OPERATION
Nautilus

Wolfgang Hohlbein

Die Rückkehr der Nautilus

Ueberreuter

Die Deutsche Bibliothek – CIP-Einheitsaufnahme

Hohlbein, Wolfgang:
Die Rückkehr der Nautilus / Wolfgang Hohlbein. – Wien : Ueberreuter,
2002
(Reihe: Operation Nautilus)
ISBN 3-8000-2878-6

J 2502/1

Umschlaggestaltung von Zembsch' Werkstatt, München

Druck: Ueberreuter Print
1 3 5 7 6 4 2

Ueberreuter im Internet: www.ueberreuter.de
Wolfgang Hohlbein bei Ueberreuter im Internet: www.hohlbein.com

Weißt du, was komisch ist?, flüsterte Astaroths lautlose Stimme direkt in Mikes Gedanken hinein.

»Ja«, antwortete Mike laut – obwohl es gar nicht notwendig gewesen wäre. Der einäugige Meerkater war durchaus in der Lage, auch eine Antwort zu verstehen, die nicht laut ausgesprochen, sondern nur gedacht wurde. Aber in Gedanken wäre es Mike schwer gefallen, seiner Stimme einen so verärgerten Unterton zu verleihen. »Dass wir hier auf einem der größten Unterseeboote der Welt sind, wenn nicht dem größten überhaupt, und es trotzdem unmöglich zu sein scheint, auch nur eine einzige Minute allein zu sein. *Das* finde ich komisch.«

Trautman, antwortete Astaroth ungerührt – was Mike nicht überraschte, denn das war genau Astaroths Art. Nicht nur in diesem Punkt ähnelte der Kater seinen an Land lebenden Brüdern und Schwestern: Was er nicht hören oder sehen wollte, das hörte und sah er auch nicht.

»Trautman?«, wiederholte Mike, während er widerwillig die Augen öffnete. Augenblicklich verflog sein Ärger auf Astaroth, als er in die smaragdfarbene Unendlichkeit auf der anderen

Seite des Bullauges hinaussah, die nichts anderes als das Meer dreißig Meter unter der Oberfläche war, unter der die NAUTILUS schnell wie ein Pfeil dahinschoss.

Hier unten war von dem rasenden Tempo, mit dem sich die NAUTILUS seit vier Tagen bewegte, nichts zu bemerken. Das Meer schien vollkommen reglos vor dem mannshohen Bullauge aus fünf Zentimetern dickem Quarzglas zu liegen und abgesehen von einem ganz sachten Vibrieren der eisernen Bodenplatten war es hier vollkommen still. Mike kam gerne hier herauf in den Turm der NAUTILUS. Der Anblick der schweigenden Ewigkeit dort draußen übte eine ungemein beruhigende Wirkung auf ihn aus und erfüllte ihn mit einem Gefühl des Friedens, das er in letzter Zeit schmerzlich vermisst hatte.

Das ist unhöflich, wisperte Astaroths Stimme in seinen Gedanken.

Mike resignierte. Auch das war etwas, worin Astaroth seinen irdischen Verwandten mehr ähnelte, als er selbst zugab: Wenn sich der Kater einmal in den Kopf gesetzt hatte, etwas zu tun, dann *tat* er es. »*Was* ist unhöflich?«, seufzte Mike.

An etwas anderes zu denken, wenn ein Freund kommt, um ein ernsthaftes Gespräch zu führen, antwortete Astaroth.

»Freund?« Mike riss seinen Blick endgültig von dem Bild vor sich los und sah stirnrunzelnd auf den einäugigen schwarzen Meerkater hinab. Astaroth glich auf den ersten Blick tatsächlich einer ganz normalen, irdischen Katze, wenn auch einem reichlich zerrupften Exemplar dieser Gattung – er hatte nur noch ein Auge, das linke Ohr sah aus wie angefressen und überall unter seinem schwarzen Fell waren die Spuren überstandener

Kämpfe und Raufereien zu sehen. Aber Astaroth war alles andere als ein »ganz normaler« Kater. Er war überhaupt kein Kater. Um ehrlich zu sein, niemand an Bord – Serena eingeschlossen – wusste, was Astaroth wirklich war.

»Freund?«, fragte Mike noch einmal. Er schüttelte den Kopf. »Ein *Freund* stört seine Freunde nicht, wenn sie allein sein wollen, du Mäuseschreck.«

Irgendwie brachte Astaroth das Kunststück fertig, einen beleidigten Ausdruck auf sein Katzengesicht zu zaubern. Mike resignierte endgültig.

»Also gut«, seufzte Mike. »Was wolltest du mir über Trautman erzählen?«

Nur, wenn du ein Geheimnis für dich behalten kannst, sagte Astaroth.

»*Ich* schon«, antwortete Mike betont. »Schließlich schnüffle ich ja auch nicht ständig in fremden Gedanken herum.«

Astaroth blinzelte ihn aus seinem einen Auge an, aber das war auch der einzige Hinweis darauf, dass er den Seitenhieb verstanden hatte.

Es geht um seinen Sohn, antwortete er, *um Thomas.*

»Und?«, fragte Mike. »Verdammt, Astaroth, lass dir nicht jedes einzelne Wort aus der Nase ziehen! Du bist hierher gekommen, um mit mir zu reden. Also rede endlich!«

Astaroth wich mit gespieltem Erschrecken ein paar Schritte vor Mike zurück und augenblicklich meldete sich dessen schlechtes Gewissen.

Es war nicht das erste Mal, dass er sich selbst dabei ertappte, ungewohnt gereizt und aggressiv zu sein. Das war auch der

Grund gewesen, aus dem er an diesem Morgen hier heraufgekommen war.

»Entschuldige«, sagte er. »Also: Was ist komisch an Trautman und seinem Sohn?«

Astaroth wäre nicht Astaroth gewesen, wenn er nicht einige Augenblicke lang beleidigt geschmollt hätte. Aber schließlich antwortete er doch: *Wie lange sind wir jetzt zusammen? Über fünf Jahre, nicht wahr?*

»Ja«, bestätigte Mike. Er runzelte die Stirn. »Warum?«

Oh, ich meine ja nur, antwortete Astaroth. *Also, ich weiß ja nicht, wie ihr Menschen mit eurer Brut umgeht –*

»Kinder«, verbesserte ihn Mike. »Wir Menschen nennen unsere *Brut* im Allgemeinen Kinder, weißt du?«

Nicht alle, antwortete Astaroth schnippisch. *Du wärst überrascht, was manche von euch von euren ... Kindern halten. Aber das ist jetzt egal. Eines finde ich aber sonderbar. Keiner von uns hat bisher gewusst, dass er überhaupt einen Sohn hat. Ist es bei euch normal, niemals über eure Kinder zu sprechen?*

»Eigentlich nicht«, gestand Mike. »Aber du hast Thomas kennen gelernt. Ich glaube nicht, dass Trautman sehr stolz auf seinen Sohn ist.«

Ich an seiner Stelle wäre das auch nicht, bestätigte Astaroth. *Aber komisch ist es trotzdem. Weißt du, dass er in den ganzen Jahren nicht ein einziges Mal an ihn gedacht hat?*

»Würdest du das, bei so einem missratenen Sohn?«, fragte Mike.

Du verstehst mich nicht, beharrte Astaroth mit typisch kätzischer Sturheit. *Ich meine: kein einziges Mal. Er hat in fünf Jah-*

ren nicht einmal an seinen Sohn gedacht. Wenn es nicht so komisch klingen würde, dann könnte man fast glauben, dass er vor ein paar Tagen noch gar nicht gewusst hat, dass es ihn gibt.

»Was für ein Unsinn!«, sagte Mike laut und hinter ihm fragte eine Stimme:

»*Was* ist Unsinn?«

Mike fuhr zusammen und drehte sich so hastig herum, dass Astaroth einen Satz zur Seite machte und mit einem verärgerten Fauchen ein paar Schritte davonlief. Serena war in den Turm gekommen und wie üblich hatte sie sich so leise bewegt, dass selbst Astaroth darauf neidisch gewesen wäre. Wie immer in letzter Zeit, wenn er Serena sah, machte Mikes Herz einen erfreuten Sprung und schlug ein wenig schneller und aufgeregter weiter. Aber zugleich war es ihm auch fast unangenehm, sie so urplötzlich hinter sich auftauchen zu sehen. Er fragte sich, wie viel von seinem einseitigen Gespräch mit Astaroth Serena mitbekommen hatte.

»Äh ... nichts«, antwortete er verwirrt. »Astaroth und ich haben ... haben über Mäusejagd gesprochen.«

Mäusejagd?, fragte Astaroth fast entsetzt.

Wäre es dir lieber, wenn ich Serena erzähle, dass du in Trautmans Gedanken herumschnüffelst?, gab Mike auf dieselbe, lautlose Weise zurück.

Astaroth war klug genug, nicht darauf zu antworten. Er bedachte Mike nur mit einem letzten, vorwurfsvollen Blick und trollte sich dann. Serena sah ihm stirnrunzelnd nach, während er zwischen ihren Beinen hindurchflitzte und die eiserne Wendeltreppe hinunterpolterte. Erst dann drehte sie sich kopfschüttelnd wieder zu Mike herum und sagte noch einmal: »Mäuse. Dreißig Meter unter dem Meer.«

»Die ... die gibt es«, behauptete Mike. »Ich wundere mich, dass du noch nie davon gehört hast. Wassermäuse. Sie sind wie Wasserratten, weißt du, nur viel kleiner.«

Serena grinste. »Schon gut. Wenn du es mir nicht verraten willst, ist das in Ordnung. Ich weiß schon, dass ihr Männer eure kleinen Geheimnisse habt.«

Mike hob nur die Schultern; die klügste Antwort, die ihm im Moment einfiel. Er wollte weder Astaroth in Verlegenheit bringen noch sich den Rest von guter Laune auch noch vermiesen, der ihm geblieben war.

Jetzt müsstest du auf Serena eigentlich auch schlecht zu sprechen sein, erklang Astaroths Stimme in seinen Gedanken. *Immerhin stört sie dich ja auch in deiner Meditation. Aber bei deinem Prinzesschen ist das natürlich was anderes, nicht wahr?*

»Ach, halt die Klappe!«, maulte Mike.

Serena blinzelte. »Wie?«

»Das ... das galt nicht dir!«, sagte Mike hastig. »Ich war ... nur in Gedanken.«

»Ach so.« Serena warf einen kurzen Blick in die Richtung, in der Astaroth verschwunden war, zuckte mit den Schultern und zwang dann ein Lächeln auf ihr Gesicht. »Trautman möchte, dass wir alle in einer halben Stunde im Salon sind.« Sie sah auf die Uhr und verbesserte sich. »In zwanzig Minuten.«

»Warum?«

»Ich weiß es nicht.« Serena hob die Schultern. »Aber es scheint wohl wichtig zu sein.«

So wie in letzter Zeit ja alles ungeheuer wichtig und dringend ist, dachte Mike griesgrämig. Seit sie die Gewässer um Grönland verlassen hatten, herrschte an Bord des gewaltigen Unterseebootes nicht nur Hektik und Aufregung, sondern auch eine Spannung, die sich auf die Stimmung der gesamten Besatzung auswirkte. Mike hatte sich allein in den letzten beiden Tagen dreimal mit Ben gestritten; nicht die kaum ernst gemeinten kleinen Sticheleien, wie sie seit dem ersten Tag zwischen ihnen üblich waren, sondern ernsthafte Auseinandersetzungen, die um ein Haar in eine handfeste Rauferei ausgeartet wären, hätte sich Singh nicht eingemischt und die Kampfhähne getrennt. Mike konnte nicht einmal mehr sagen, worum es gegangen war.

Statt jedoch irgendetwas davon auszusprechen, hob er nur die Schultern und drehte sich wieder zu dem großen Bullauge um. Es hatte schließlich keinen Zweck, Serena auch noch die Laune zu verderben. »Dann haben wir ja noch ein wenig Zeit«, sagte er.

»Ja.« Serena zögerte einen Moment, aber dann trat sie neben ihn, hakte sich bei ihm unter und lehnte den Kopf an seine Schulter.

Mike konnte gerade noch ein erschrockenes Zusammenzucken unterdrücken, sodass Serena nichts bemerkte, sondern sich noch enger an ihn schmiegte und für einen Moment die Augen schloss. »Es ist schön hier, nicht wahr?«, fragte sie. »Ich kann verstehen, dass du so gerne hier bist.«

»Es ist so friedlich«, bestätigte Mike. »Man kann fast vergessen, wo man ist.«

»Weißt du es denn?« Serena nahm den Kopf von seiner Schulter, um ihm ins Gesicht zu sehen. »Ich habe nämlich nicht die geringste Ahnung.« Sie zuckte mit den Achseln. »Und die anderen auch nicht – außer Trautman vielleicht. Und der schweigt wie ein Grab.«

»Ben meint, er wüsste es auch nicht, und fährt seit einer Woche Zickzack, damit wir es nicht merken«, bestätigte Mike, innerlich froh, dass Serena ihm diese goldene Brücke gebaut hatte, um auf ein unverfänglicheres Thema zu kommen. »Vielleicht hat er ja sogar Recht.«

»Meinst du?« Serena löste sich endgültig aus seiner Umarmung und zögerte, gerade lang genug, um ihm die Gelegenheit zu geben, erneut den Arm um sie zu legen. Als er es nicht tat, trat sie an das zweite der beiden riesigen Bullaugen, die dem Turm der NAUTILUS von außen das Aussehen eines glotzäugigen Ungeheuers verliehen. Sie sah nach draußen, als sie weitersprach, und das schwache dunkelgrüne Licht, das sich auf ihrem Gesicht spiegelte, ließ sie noch exotischer und geheimnisvoller aussehen. Es fiel Mike für einen Moment schwer, sich bei diesem Anblick auf ihr Gespräch zu konzentrieren.

»Hast du schon einmal darüber nachgedacht, was wir tun sollen, wenn wir Trautmans Sohn und die WOTAN wirklich einholen?«

»Ununterbrochen«, antwortete Mike – und damit war seine gute Laune endgültig dahin. Es war praktisch keine Stunde vergangen, in der er sich diese Frage nicht mindestens einmal gestellt hatte – wie vermutlich jedermann an Bord – und zu keinem Ergebnis gekommen war.

»Gehen wir nach unten«, schlug er vor. »Die anderen warten bestimmt schon auf uns.«

Serena drehte sich zu ihm herum. Sie sah eindeutig enttäuscht drein und setzte zu einer Antwort an (die Mike ganz bestimmt nicht gefallen würde), aber er gab ihr keine Gelegenheit dazu, sondern drehte sich mit einem Ruck herum und lief die gewendelte Metalltreppe hinunter, so schnell er konnte.

Sie waren tatsächlich die Letzten, die im Salon eintrafen – abgesehen von Trautman selbst, der pünktlich auf die Sekunde erschien. Er wirkte übernächtigt und nervös, aber das war ein Anblick, an den sich Mike und die anderen im Laufe der zurückliegenden beiden Wochen bereits gewöhnt hatten. Seit sie Grönland verlassen und die Suche nach dem Schwesterschiff der NAUTILUS aufgenommen hatten, schien Trautman jeden Tag unruhiger zu werden – und einsilbiger. Seit einer Woche hatte Mike zusammengenommen wohl kaum mehr als drei Sätze mit ihm gewechselt.

Auch jetzt benahm er sich nicht wie der Trautman, den sie alle seit fünf Jahren kannten. Er marschierte mit steinernem Gesicht herein, sah jeden Einzelnen kurz an und nahm dann am Kopfende des großen Tisches Platz. Mike tauschte einen fragenden Blick mit Ben, erntete aber nur ein hilfloses Achselzucken, und als er Singh ansah, wandte der Inder rasch den Kopf zur Seite. Auch Juan und Chris sahen so verwirrt und beunruhigt drein, wie auch Mike sich fühlte. Nur ein einziges Besatzungsmitglied fehlte jetzt noch, doch als wäre dieser Gedanke ein Stichwort gewesen (wahrscheinlich war er das, im wortwörtlichen Sinne), kam Astaroth in diesem Moment herein, sprang mit einem Satz auf den Tisch und rollte sich unmittelbar vor Trautman zusammen. Der alte deutsche Seemann streckte die Hand aus und begann Astaroth hinter den Ohren zu kraulen, woraufhin der Meerkater sein einziges verbliebenes Auge schloss und lautstark zu schnurren begann. Auch das war ungewöhnlich. Trautman mochte Astaroth sehr, aber er war der Meinung, dass Katzen nichts auf dem Tisch zu suchen hatten.

»Schön, dass ihr alle gekommen seid«, begann Trautman. Ben machte ein Gesicht, als hätte er in einen saftigen Apfel gebissen und zu spät bemerkt, dass ein Wurm mitsamt seiner Familie darin eingezogen war.

»Ich hatte gerade nichts Besseres vor, wissen Sie?«, sagte er. »Aber es ist trotzdem gut, dass Sie uns Bescheid gegeben haben. Ich hätte mich sonst möglicherweise verlaufen.«

Mike warf Ben einen strafenden Blick zu, aber er konnte ihn durchaus verstehen. Dass Trautman sie zu einer Versammlung einlud, war nicht nur ungewöhnlich, sondern auch gänzlich überflüssig. Mit ihren guten hundert Metern Länge war die NAUTILUS zwar ein gewaltiges Schiff, aber doch noch lange nicht so groß, dass man einen Termin vereinbaren musste, um sie alle zusammen an einen Tisch zu bekommen. Aber vielleicht war es gerade das, was Mike so beunruhigte, denn es machte ihm auch klar, wie ernst das war, was Trautman ihnen mitzuteilen hatte.

Dieser ignorierte Bens spitze Bemerkung auch und legte nur eine kleine Pause ein, in der er wieder einen nach dem anderen mit diesem sonderbaren Blick maß. Dann fuhr er fort: »Ich möchte noch einmal kurz zusammenfassen, was in den vergangenen zwei Wochen geschehen ist.«

»Nur für den Fall, dass es einer von uns nicht mitbekommen hat«, knurrte Ben.

Trautman ignorierte ihn weiter. »Wir sind vor mittlerweile fünfzehn Tagen von der grönländischen Küste ausgelaufen um die WOTAN zu suchen, das Schwesterschiff der NAUTILUS. Es ähnelt diesem Schiff zum Verwechseln, was kein Wunder ist –«

»– weil es aus derselben Werft stammt und von den Bewohnern des untergegangenen Atlantis gebaut wurde«, fiel ihm Ben ins Wort. »Warum erzählen Sie uns etwas, das wir alle ganz genau wissen?«

»Weil es da ein paar Dinge gibt, die ihr noch nicht wisst«, antwortete Trautman ernst.

»Sie meinen, Sie haben uns wieder einmal etwas verschwiegen«, knurrte Ben. »Allmählich wird das zu einer schlechten Angewohnheit. Ich dachte, wir vertrauen einander.«

»Ben!«, sagte Mike scharf, aber Trautman hob rasch die Hand und machte eine besänftigende Geste.

»Lass ihn, Mike. Er hat Recht. Es gibt ein paar Dinge, die ich euch nicht gesagt habe, aber ich hatte gute Gründe dafür.«

»Es hat mit Ihrem Sohn zu tun«, vermutete Chris.

Von dessen Existenz er vor zwei Wochen anscheinend noch gar nichts gewusst hat, fügte Mike in Gedanken hinzu. Astaroth öffnete träge das Auge und sah ihn durchdringend an und Trautman nickte.

»Manchmal gibt es Dinge, die man nicht wahrhaben will«,

sagte er traurig. »Auch wenn man im Grunde ganz genau weiß, dass es so ist.«

»Worauf wollen Sie hinaus?«, fragte Ben. Sein Ton war ein wenig freundlicher geworden.

»Mir ist nicht ganz klar, was Thomas jetzt vorhat«, antwortete Trautman. »Er spielt seit zwei Wochen Katz und Maus mit uns, und wenn er sich mit der WOTAN auch nur halb so gut auskennt wie wir mit der NAUTILUS, dann kann er dieses Spielchen auch noch eine ganze Weile weitertreiben.«

»Das verstehe ich nicht«, sagte Serena. »Ich dachte, die Lemuren hätten die NAUTILUS gründlich überholt, sodass sie jetzt viel schneller und leistungsfähiger ist als vorher. Wieso können wir die WOTAN dann nicht einholen?«

»Schnelligkeit allein nutzt nichts, wenn man nicht weiß, wo man zu suchen hat«, antwortete Trautman. »Du hast vollkommen Recht: Die NAUTILUS ist mindestens doppelt so schnell wie die WOTAN, sie kann tiefer tauchen, ist manövrierfähiger und was all die anderen Apparate noch können, die unsere Freunde aus Lemuria eingebaut haben, das wage ich mir kaum vorzustellen. Aber der Ozean ist gigantisch und ich habe nicht die geringste Ahnung, wo wir suchen sollen. Thomas kann sich noch Monate vor uns verstecken, wenn er will.« Er seufzte. »Trotzdem werden wir ihn irgendwann kriegen.«

»Wieso?«, fragte Ben.

»Weil es noch einen Unterschied zwischen der WOTAN und der NAUTILUS gibt«, sagte Trautman. »Einen sehr wichtigen. Die NAUTILUS ist in der Lage, jahrelang auf See zu bleiben, wenn es sein muss. Die WOTAN kann das nicht. Sie muss irgendwann zu ihrer Basis zurückkehren, um aufzutanken, die Batterien aufzuladen, Lebensmittel zu bunkern ...« Er machte eine flatternde Handbewegung, wohl um anzudeuten, dass er diese Aufzählung noch beliebig lange fortsetzen könnte. Sie wussten alle, was er damit meinte.

Und offensichtlich war Mike auch nicht der Einzige, dem der Fehler in Trautmans Argumentation auffiel, denn Ben fragte: »Woher wissen Sie das?«

»Ich ... habe mit Thomas gesprochen, als er mich im Lazarett besucht hat«, antwortete Trautman. Die Worte klangen nicht besonders überzeugend, fand Mike, und Trautman wirkte plötzlich wieder sehr nervös. »Außerdem ist die WOTAN praktisch ein eineiiger Zwilling der NAUTILUS. Sie kommt aus derselben Werft. Und ich weiß, wozu die NAUTILUS fähig war, bevor wir angefangen haben, an ihr herumzubasteln – und vor allem, wo ihre Grenzen waren.« Er schüttelte entschieden den Kopf. »In spätestens zwei oder drei Monaten muss er seinen Heimathafen anlaufen.«

»Aber der existiert doch gar nicht mehr«, sagte Juan. »Wir haben ihn zerstört.«

»Eben«, sagte Ben. »Dann müssen wir nur drei Monate warten und er ist erledigt.«

»Ich fürchte, so einfach ist das nicht«, seufzte Trautman. »Thomas ist nicht dumm. Er ist vielleicht gewissenlos, aber er ist kein Dummkopf.«

»Und was genau bedeutet das?«, fragte Serena.

»Er wird sich irgendwo neue Verbündete suchen«, sagte Trautman leise. »Ein neuer Heimathafen. Ingenieure, Techniker ...«

»Niemand kann ein Schiff wie die WOTAN warten«, sagte Ben. »Die Technik der alten Atlanter ist der jedes Landes auf dieser Welt um Jahrhunderte voraus.«

»Ich weiß«, murmelte Trautman. »Und es herrscht Krieg.«

Serena zog erschrocken die Luft ein. »Sie meinen –?«

»Ich meine«, sagte Trautman, »dass Thomas bis zum letzten Moment versuchen wird, eine andere Lösung zu finden. Es gibt noch andere Stationen der Atlanter. Die unterseeische Kuppel, in der wir Serena gefunden haben, und der Eishafen auf Grönland waren nicht die einzigen.«

»Aber Thomas weiß nicht, wo sie sind und wo er nach ihnen suchen soll«, sagte Chris.

»Wie gesagt – er wird bis zum letzten Moment versuchen, seine Unabhängigkeit zu bewahren«, fuhr Trautman fort. »Aber bevor er aufgibt und die WOTAN versenkt, wird er versuchen, neue Verbündete zu finden. Thomas kennt die WOTAN sicher nicht so gut wie ich die NAUTILUS, aber er weiß genau, dass dieses Schiff allein in der Lage ist, den Krieg zu entscheiden.«

»Die Deutschen«, hauchte Ben entsetzt.

»Das Kaiserreich, ja«, sagte Trautman düster. »Im Moment kämpft die deutsche Kriegsmarine verzweifelt um die Vorherrschaft auf dem Meer, aber sie werden Seemeile für Seemeile zurückgedrängt. Der Moment ist abzusehen, an dem sie endgültig geschlagen werden.«

»Warum erzählen Sie uns das?«, fragte Ben misstrauisch. »Wir waren übereingekommen, uns aus dem Krieg herauszuhalten, wenn ich mich richtig erinnere.«

»Wir«, bestätigte Trautman. »Thomas leider nicht. Und ich

fürchte, er hat sich bereits eingemischt.« Er machte eine Kopfbewegung auf die geschlossene Irisblende vor dem Bullauge, das fast eine ganze Wand des großen Raumes einnahm. »Du hast leider Recht, Ben. Ich habe euch etwas verschwiegen. Ich habe in den letzten beiden Wochen sehr aufmerksam den Funkverkehr abgehört. Eine Anzahl britischer und französischer Frachtschiffe ist versenkt worden. Angeblich von einem geheimnisvollen Unterseeboot, das blitzschnell auftaucht und zuschlägt und wieder verschwindet, bevor Besatzung und Kapitän auch nur richtig begreifen, wie ihnen geschieht.«

»Die WOTAN«, vermutete Chris.

Trautman nickte. »Bisher hat er noch keine Kriegs- oder Passagierschiffe angegriffen und gottlob sind noch keine Menschenleben zu beklagen. Aber wenn er tatsächlich gezwungen sein sollte, mit dem Kaiserreich zu kooperieren, dann hat er bereits bewiesen, auf welcher Seite er steht.«

»Und was geht uns das an?«, fragte Ben. »Sie haben es selbst gesagt: Dieser Krieg ist nicht unser Problem.«

»Ist er doch, Klotzkopf«, sagte Chris unfreundlich. »Thomas hat ihn dazu gemacht, weißt du?«

Bens Augen wurden schmal. »Was können wir denn dafür, wenn dieser Irre Amok läuft?«, schnappte er. Dann fuhr er zusammen und warf einen fast schuldbewussten Blick zu Trautman hin. Immerhin war der *Irre*, von dem er sprach, Trautmans Sohn.

Aber Trautman war nicht beleidigt. »Ich fürchte, eine ganze Menge, Ben«, sagte er. »Indem wir seine Heimatbasis zerstört haben, haben wir ihm praktisch keine andere Wahl mehr gelassen, als sich neue Verbündete zu suchen. Du kannst nicht ernsthaft erwarten, dass ich die Hände in den Schoß lege und zusehe, wie Thomas mit Hilfe der WOTAN die Weltgeschichte verändert.«

»Also müssen wir ihn finden«, sagte Serena.

»Nein«, widersprach Trautman. »Nicht wir.« Er atmete hörbar ein und sein Gesicht verdüsterte sich. »Ich.«

»Was soll das heißen?« Ben richtete sich kerzengerade auf.

»Ich werde Thomas und die WOTAN suchen«, sagte Trautman. »Ich bin sicher, dass ich ihn früher oder später finde. Aber ich bin auch ebenso sicher, dass er nicht so einfach aufgeben wird. Möglicherweise ...« Er schwieg einen Moment und in seinen Augen erschien ein Ausdruck, der Mike einen eisigen Schauer über den Rücken laufen ließ. Als er weitersprach, zitterte seine Stimme. »Wenn es sein muss, werde ich die WOTAN versenken. Aber Thomas wird nicht kampflos aufgeben und sein Schiff ist der NAUTILUS durchaus gewachsen. Es wird gefährlich. Lebensgefährlich vielleicht. Ich kann und will euch dieser Gefahr nicht aussetzen.« Er wiederholte seine Geste zum Fenster. »Wir sind auf dem Weg zur indischen Südküste. Ihr werdet dort von Bord gehen.«

»Wie bitte?«, murmelte Juan.

»Kommt gar nicht in Frage!«, sagte Ben.

»Wieso denn Indien?«, wollte Chris wissen.

»Weil ihr dort in Sicherheit seid«, antwortete Trautman mit einer Geste auf Mike. »Mikes Familie lebt dort und sie ist nach wie vor sehr einflussreich und angesehen. Ich habe zusammen mit Singh bereits alle notwendigen Vorbereitungen getroffen.

Ihr werdet an der Küste abgeholt und an einen sicheren Ort gebracht. Wenn alles vorbei ist, hole ich euch wieder ab – wenn ihr es wollt.«

»Und wenn nicht, bleiben wir eben da, wie?«, fragte Ben wütend. »Ich wollte meinen Lebensabend nicht als Guru beschließen oder als Elefantendompteur.«

»Bitte hör mit diesem Unsinn auf«, sagte Juan leise. »Dazu ist das Thema zu ernst.«

»Ach, wie schön, dass Majestät das auch schon merkt«, giftete Ben. »Ich meine es nämlich auch verdammt ernst, weißt du?« Er sprang so heftig auf, dass Astaroth erschrocken den Kopf hob und fauchte. »Wie kommen Sie überhaupt auf die Idee, über uns zu entscheiden, Trautman? Ich dachte, wir wären hier alle gleichberechtigt? Ich denke nicht daran, mich so einfach abschieben zu lassen!«

»Bitte setz dich wieder, Ben«, sagte Trautman ruhig. »Ich habe mir meine Entscheidung gründlich überlegt. Ich kann verstehen, dass ihr bei mir bleiben wollt, aber es wäre viel zu gefährlich. Die NAUTILUS könnte zerstört werden. Ihr alle könntet sterben.«

»So wie Sie«, sagte Mike.

Trautman schüttelte kurz den Kopf. »Ich werde alles tun, um Thomas zur Vernunft zu bringen, und ich bin fast sicher, dass es mir gelingt. Aber falls nicht, bin ich auch zum Äußersten bereit. Der Schaden, den Thomas mit der WOTAN anrichten kann, ist unermesslich. Ich muss ihn aufhalten. Aber ich werde nicht eure Leben dabei riskieren.«

»Weil Sie glauben, dass es so etwas wie eine Familienangelegenheit ist«, vermutete Serena.

»Immerhin ist er mein Sohn.«

»Aber deshalb sind Sie doch nicht für das verantwortlich, was er tut!«, widersprach Serena. »Genauso gut könnte ich mich verantwortlich fühlen! Immerhin hat mein Volk die WOTAN und die NAUTILUS gebaut!«

»Vor zehntausend Jahren«, sagte Trautman, aber dieses Argument ließ Serena nicht gelten: Sie machte eine ärgerliche Handbewegung, als wolle sie es buchstäblich vom Tisch fegen.

»Und wo ist der Unterschied?«

»Es ist ein gewaltiger Unterschied, Serena«, sagte Trautman ruhig. »Thomas ist mein Sohn. Ich fühle mich für das verantwortlich, was er tut. Er *hat* schon unermesslichen Schaden angerichtet und ich werde nicht zulassen, dass noch mehr geschieht. Meine Entscheidung steht fest, punktum. Ich werde nicht darüber diskutieren.«

»Sie allein hätten keine Chance gegen die WOTAN!«, behauptete Ben. »Sie brauchen eine Besatzung, wenn es wirklich zum Kampf kommt.«

»Singh wird bei mir bleiben«, antwortete Trautman. »Die NAUTILUS ist so konstruiert, dass sie zur Not von einem einzigen Menschen gesteuert werden kann – muss ich euch das wirklich noch erklären? Singh und ich sind mehr als genug.«

»Dann scheint ja wohl schon alles festzustehen, wie?«, fragte Ben. Er funkelte Trautman herausfordernd an, und als die erhoffte Reaktion ausblieb, drehte er sich zu Mike herum. »Verdammt, jetzt sag doch auch mal was!«

Mike sah ihn nur traurig an. Er schwieg.

»Ihr wisst jetzt Bescheid«, sagte Trautman nach einer Weile.

»Es sind noch sechs Stunden, bis wir den Treffpunkt erreichen. Zeit genug für euch, um eure persönlichen Dinge zusammenzupacken. Nehmt nur mit, was ihr unbedingt braucht. Für Unterkunft und alles andere ist gesorgt.«

»Ich *denke* ja nicht daran!«, giftete Ben. »Ich bleibe hier und basta. Wenn ihr mich von Bord haben wollt, dann müsst ihr mich schon forttragen.«

Zwei der sechs Stunden, von denen Trautman gesprochen hatte, waren bereits verstrichen. Die NAUTILUS lief noch immer mit voller Kraft nach Süden, aber davon war hier, in Mikes Kabine, nichts zu bemerken. Nur ein leises Summen und ein ganz sachtes Vibrieren des Fußbodens zeugten davon, dass die geheimnisvollen Maschinen der NAUTILUS mit aller Kraft arbeiteten, aber darüber hinaus war es hier unten so still wie in einer Gruft.

Allerdings nicht annähernd so ordentlich.

Die Kajüte sah aus, als hätte eine Bombe darin eingeschlagen. Das Bett war zerwühlt, sämtliche Schubladen und Schränke waren aufgerissen und ihr Inhalt über den Raum verteilt und Mike hockte mit ziemlich unglücklichem Gesichtsausdruck inmitten des Chaos, das er selbst angerichtet hatte, und blickte den Seesack an, in den er das von seinen Habseligkeiten stopfen wollte, was er mitzunehmen gedachte.

Er wusste einfach nicht, *was.*

Seine Kabine war nicht besonders groß, aber seit er angefangen hatte, seine persönlichen Dinge zu sichten, wurde in ihm das Gefühl immer stärker, dass es ihm im Laufe der letzten fünf

Jahre irgendwie gelungen sein musste, eines der grundlegenden Gesetze der Physik außer Kraft zu setzen.

In seinen Schubladen und Schränken befand sich eindeutig mehr, als eigentlich hineinging.

Trautman hatte gesagt, dass sie nur das mitnehmen sollten, was sie unbedingt brauchten – aber diese Definition galt im Grunde für alles, was er besaß. Sah man von ein paar Kleidungsstücken ab, bestanden seine Habseligkeiten aus den gesammelten Andenken aus fünf Jahren; Kleinigkeiten zumeist, die für einen Außenstehenden kaum von Wert gewesen wären: eine Muschel, die er vom Meeresgrund aufgehoben hatte, fünftausend Meter vom Sonnenlicht entfernt, eine Dinosaurierschuppe aus dem Tal der Giganten, eine unscheinbare rostige Schraube, die aus dem Wrack der TITANIC stammte ... Es waren zahllose Dinge, zahllose Erinnerungen an fünf Jahre voller aufregender und zum Teil lebensgefährlicher Abenteuer, voller Angst und Triumph, voller Entbehrungen und Siege ...

Es wäre sowieso nicht mehr lange gut gegangen, wisperte Astaroths Stimme in seinen Gedanken. Der Meerkater lag zu einem struppigen Ball zusammengerollt auf Mikes Kopfkissen und hatte bisher geschlafen, aber jetzt hatte er das Auge geöffnet und musterte Mike mit einem Ausdruck, den man nur noch als Schadenfreude bezeichnen konnte.

»Wie meinst du das?«, fragte Mike.

Ich glaube, das weißt du ganz genau, antwortete Astaroth.

»Nimm einfach für einen Moment an, ich wäre dumm und wüsste es nicht«, sagte Mike.

Wieso annehmen?

»Astaroth!«

Schon gut, schon gut, sagte der Meerkater. *Ich dachte wirklich, du wärst schon von selbst draufgekommen. Oder ist dir noch nicht aufgefallen, dass die Stimmung an Bord in den letzten Monaten immer gereizter wurde?*

»Du meinst, weil ich mich ein paar Mal mit Ben gestritten habe?«

Zum Beispiel, antwortete Astaroth. *Ihr seid keine Kinder mehr, weißt du?*

»Und?«

Ihr werdet langsam erwachsen, fuhr Astaroth fort. *Bisher war das alles hier nichts als ein großes Abenteuer für euch. Ein großer Spaß. Aber allmählich werdet ihr älter. Ihr fangt an, das Leben etwas anders zu sehen.*

»Quatsch«, widersprach Mike.

Serena, meinte Astaroth.

»Serena? Was soll mit ihr sein?«

Was empfindest du für sie?, wollte Astaroth wissen.

»Sie ... sie ist eine gute Freundin«, antwortete Mike stockend.

Mach dich nicht lächerlich, sagte Astaroth. *Sie ist schon lange viel mehr als eine gute Freundin für dich. Du bist in sie verknallt oder wie ihr Menschen das nennt.*

»Du hast wieder in meinen Gedanken herumgeschnüffelt«, sagte Mike vorwurfsvoll.

Dazu muss man keine Gedanken lesen, behauptete Astaroth. *Man müsste schon blind sein, um es nicht zu merken. Und das bin ich nicht. Die anderen übrigens auch nicht.*

»Was soll das heißen? Du meinst, dass die anderen –«

Es wissen? Aber natürlich. Was hast du denn gedacht, warum Ben in letzter Zeit so sauer ist?

»Ben? Er ist eifersüchtig?« Das kam Mike schlichtweg lächerlich vor.

Irgendwie schon, behauptete Astaroth. *Er weiß natürlich, dass er keine Chance bei Serena hätte, aber das macht nichts. Deine Gefühle für Serena machen ihm klar, dass ihr keine Kinder mehr seid, und das will er nicht wahrhaben. So seid ihr Menschen nun mal. Manchmal gehen Dinge zu Ende und das ist auch gut so. Trotzdem wollt ihr es nicht immer akzeptieren.*

Mike sah den Kater zutiefst verwirrt an. Er glaubte zwar zu verstehen, was Astaroth meinte, aber nur auf einer rein gefühlsmäßigen Ebene, die sich kaum in Worte fassen ließ.

»Und Serena?«, fragte er.

Was soll mit ihr sein?

»Du hast gesagt, dass es alle gemerkt haben«, antwortete Mike. »Serena auch?«

Glaubst du, sie wäre blind?, gab der Kater zurück.

»Natürlich nicht. Aber was ... ich meine ... wie ...«

Was sie von dir hält? Astaroth klang schon wieder schadenfroh. Er schüttelte tadelnd den Kopf, was bei einem Kater einigermaßen komisch aussah. *Du willst doch nicht, dass ich in ihren Gedanken herumschnüffele, oder? So etwas tut man nicht. Wenn ich mich richtig erinnere, dann waren das deine eigenen Worte.*

Bevor Mike etwas darauf erwidern konnte, gellte Alarm durch das Schiff.

Mike sprang so hastig auf, dass er um ein Haar das Gleichgewicht verloren hätte. »Was ist los?«, keuchte er und stolperte zur Tür.

Keine Ahnung, behauptete Astaroth. Aber er strafte sich schon im nächsten Augenblick selbst Lügen, denn als Mike die Tür aufriss und nach links in Richtung auf den Salon zurannte, der gleichzeitig auch die Kommandozentrale des gewaltigen Unterseebootes war, huschte er zwischen seinen Beinen hindurch und flitzte in die entgegengesetzte Richtung davon.

Wir treffen uns oben, erklang seine telepathische Stimme in Mikes Kopf. So viel zu seiner Behauptung, nicht zu wissen, was los war. Mike verschwendete jedoch keinen weiteren Gedanken daran, sondern legte den Rest des Weges so schnell zurück, wie er nur konnte. An der Tür zum Salon stieß er fast mit Ben zusammen, der vollkommen aufgelöst wirkte und außer einer dunkelblauen langen Hose nur einen einzelnen Schuh trug. Mike verzichtete jedoch auf jede entsprechende Frage, wartete voller Ungeduld, bis Ben endlich durch die Tür war, und stürmte hinter ihm in den Salon.

Abgesehen von Serena waren sie die Letzten. Singh und Juan standen hinter den Kontrollen und hantierten mit konzentrierten Gesichtern an den Instrumenten, die durch die Modifikation, die die lemurischen Ingenieure an der NAUTILUS vorgenommen hatten, noch um einiges komplizierter geworden waren, während sich Chris gerade die Kopfhörer des Funkgerätes überstülpte. Trautman lief wie ein Tiger im Käfig im Salon auf und ab und atmete erleichtert auf, als sie hereinkamen.

»Endlich!«, sagte er. »Ben, du hilfst Juan und Singh am Ruder. Wir tauchen auf, aber haltet euch bereit, im Notfall blitzschnell zu tauchen, ob wir an Bord sind oder nicht. Mike, du begleitest mich!«

»Aber –«, begann Ben.

»Wir haben keine Zeit«, unterbrach ihn Trautman. »Singh weiß Bescheid. Er hat das Kommando, bis ich zurück bin!«

»Aber was ist denn los?«, versuchte es Ben noch einmal, doch Trautman antwortete nicht und stürzte so schnell aus dem Salon, dass Mike rennen musste, um nicht den Anschluss zu verlieren. Mike sparte sich die Frage, die Ben gerade zweimal gestellt hatte, obwohl sie ihm ebenfalls auf der Zunge brannte wie allen anderen. Trautman hätte sie nicht beantwortet.

Sie stürmten den Weg zurück, den Mike gerade erst gekommen war, weiter den Gang entlang und die Wendeltreppe hinauf in den Turm. Die NAUTILUS war bereits im Auftauchen begriffen. Vor den großen Bullaugen sank der Wasserspiegel so schnell wie der Inhalt aus einer Flasche, aus der man den Boden herausgeschlagen hatte. Dahinter, auf der linken Seite, war etwas Riesiges, Dunkles zu sehen. Sie tauchten nicht weit entfernt von einem Schiff auf, was Mike erschreckte. Wenn es an Bord der NAUTILUS so etwas wie ein ungeschriebenes Gesetz gab, dann das, niemals in Sichtweite eines anderen Schiffes aufzutauchen. Sie hatten die letzten fünf Jahre nur überstanden, weil niemand von der Existenz des Schiffes wusste. Wenn Trautman trotzdem auftauchen ließ, musste es wirklich einen *wichtigen* Grund haben. Mikes Herz machte einen erschrockenen Sprung, als ihm eine ganz bestimmte Möglichkeit einfiel, aber noch während er hinter Trautman die steile Metallleiter zum Turmluk hinaufturnte, sah er genauer hin und beruhigte sich wieder. Das Schiff dort draußen war viel zu groß für die WOTAN.

Trautman hatte das obere Ende der Leiter erreicht und hielt sich jetzt nur noch mit einer Hand fest. Mit der anderen drehte er wie wild an dem großen Eisenrad, das das Turmluk verschloss. Er benutzte Schultern und Nacken, um den zentnerschweren Deckel hochzustemmen, und kletterte dann hastig weiter. Dicht hinter ihm krabbelte auch Mike auf den Turm hinaus und spreizte schnell die Beine, um auf dem nassen Metall nicht den Halt zu verlieren. Die NAUTILUS war noch immer nicht ganz aufgetaucht und schwankte wild hin und her.

Trautman marschierte breitbeinig zur Brüstung, lehnte sich schräg dagegen und bildete mit den Händen einen Trichter über dem Mund. »Ahoi, Prince of Cumberland!«, schrie er.

Mike suchte ebenfalls hastig nach Halt, bevor er sich ganz herumdrehte. Das Schiff, dem Trautmans Ruf galt, ragte backbords der NAUTILUS wie eine gewaltige, lotrechte Wand aus grau gestrichenem Stahl in die Höhe und Mike erschrak abermals, als er sah, *wie* riesig das Schiff im Verhältnis zur NAUTILUS war. Und noch etwas fiel ihm auf: Auf dem Rumpf des gewaltigen Frachtschiffes war zwar die Flagge des britischen Empires zu sehen, aber kein Name.

Über der mindestens fünfundzwanzig Meter über ihnen aufragenden Reling erschien eine Anzahl Gesichter, die erschrocken zu ihnen herabstarrte. Mike konnte sich lebhaft vorstellen, was der Anblick des so jäh aus dem Meer auftauchenden Unterseebootes in den einfachen Matrosen dort oben auslösen musste. Und dabei war die NAUTILUS noch nicht zur Gänze sichtbar. Nur der Turm mit den beiden riesigen halb kugeligen Bullaugen, die gewaltige Heckflosse und der gezackte Stahlkamm, der sich über den gesamten Rumpf zog, war aus dem schäumenden Meer aufgetaucht. Für die Männer dort oben musste es aussehen, als wäre unmittelbar neben ihrem Schiff ein bizarres Tiefseeungeheuer erschienen. Und wahrscheinlich dachten viele von ihnen in diesem Moment genau das.

»Was ist los, Trautman?«, fragte Mike. »Was ist mit diesem Schiff?«

»Jetzt nicht«, antwortete Trautman hastig. Er hob wieder die Hände an den Mund. »Ahoi, Prince of Cumberland! Hier ist die NAUTILUS! Ich muss Ihren Kapitän sprechen! Es ist wirklich wichtig! Sagen Sie ihm, es geht um Leben und Tod!«

Mike fiel erst nach einem Augenblick auf, dass Trautman englisch gesprochen hatte, was auf Grund der britischen Fahne am Bug des Schiffes passte und auch zu dessen Namen. Dennoch verging noch eine geraume Weile, bis eine weitere Gestalt – diesmal in einer dunkelblauen Kapitänsuniform – zwischen den Matrosen hinter der Reling erschien. Sie sagte jedoch nichts, sondern starrte ebenfalls fassungslos zu ihnen herab.

»Bitte kommen Sie an Bord!«, schrie Trautman. »Ich garantiere für Ihre Sicherheit!«

Tatsächlich verging nur noch ein Augenblick, bis ein Fallreep über die Reling der Prince of Cumberland geworfen wurde. Allerdings machten weder der Kapitän noch sonst jemand Anstalten, zu ihnen herunterzuklettern. Trautman fluchte leise, nahm die Hände herunter und trat von der Reling zurück. Mike sog erschrocken die Luft ein, als ihm klar wurde, was Trautman vorhatte.

»Sie wollen doch nicht etwa dort hinauf?«, keuchte er.

»Er wird nicht herunterkommen«, antwortete Trautman. »Ich an seiner Stelle würde es auch nicht tun. Wahrscheinlich sind sie alle halb erstarrt vor Schrecken dort oben.« Er machte eine entsprechende Handbewegung. »Du wartest hier auf mich. Wenn ich in fünf Minuten nicht zurück bin, taucht ihr und bringt euch in Sicherheit.«

»Ich denke ja nicht daran«, antwortete Mike. »Sie gehen nicht allein dort hinauf!«

»Bitte, Mike!«, flehte Trautman. »Wir haben keine Zeit.«

»Dann sollten wir die wenige Zeit, die wir haben, nicht mit Diskussionen verschwenden«, antwortete Mike. »Gehen Sie voraus oder soll ich als Erster hochklettern?«

Trautman setzte zu einer Antwort an, beließ es aber dann bei einem Schulterzucken und eilte ohne ein weiteres Wort an Mike vorbei. Hintereinander kletterten sie vom Turm herab und gingen über das immer noch halb unter Wasser stehende Deck nach vorne, bis sie das Fallreep erreichten. Trautman griff kommentarlos nach der Leiter und stieg vor ihm in die Höhe. Wie schon vorhin musste sich Mike bemühen, um mitzukommen. Trautman brannte die Zeit wirklich auf den Nägeln, wie es aussah.

Oben angekommen, beeilte er sich über die Reling zu steigen und trat rasch an Trautmans Seite. Das Deck hatte sich mittlerweile mit Menschen gefüllt: Mindestens zwei Dutzend Matrosen und drei weitere Offiziere umlagerten Trautman und ihn. Die meisten sahen nach wie vor erschrocken drein, aber Mike entging keineswegs, dass mindestens zwei der Männer bewaffnet waren.

Trautman wandte sich an den Mann in der Kapitänsuniform. Seltsamerweise streckte er ihm nicht die Hand entgegen, sondern salutierte militärisch. Der Kapitän der Prince of Cumberland erwiderte den Gruß nicht.

»Commander McFarlane, nehme ich an?«, fragte Trautman. »Mein Name ist Trautman. Das ist Mike. Wir müssen Sie sprechen. Allein, wenn es möglich ist.«

McFarlane runzelte die Stirn. »Mein Name *ist* McFarlane«, sagte er im Ton leiser Verblüffung. »Aber woher wissen Sie das? Kennen wir uns? Und was ist das für ein sonderbares Schiff, von dem Sie kommen? So etwas habe ich noch nie gesehen.«

»Allein, Commander«, sagte Trautman noch einmal. »Was ich Ihnen mitzuteilen habe, ist sehr wichtig. Für Sie, Ihr Schiff und Ihre Besatzung. Aber ich glaube nicht, dass Sie das vor Ihrer Mannschaft besprechen wollen.«

McFarlane zögerte sichtlich. Aber schließlich nickte er. »Also gut. Aber Sie werden mir eine Menge Fragen beantworten müssen, Mister Trautman. Und meine Offiziere bleiben hier.«

»Einverstanden«, sagte Trautman.

McFarlane machte eine befehlende Geste. Zwei der drei Offiziere begannen Anweisungen zu brüllen, auf die hin sich die Mannschaft widerwillig zu zerstreuen begann, während der dritte demonstrativ neben seinem Kapitän Aufstellung nahm. Mike erhaschte einen kurzen Blick unter seine Jacke und stellte ohne besondere Überraschung fest, dass der Mann eine Pistole im Gürtel trug.

Es vergingen nur ein paar Augenblicke, bis die Mannschaft den Befehlen der beiden Offiziere Folge geleistet hatte und sich zumindest außer Hörweite zurückgezogen hatte. Mike nutzte die kurze Pause, um sich einen schnellen Überblick über die Prince of Cumberland zu verschaffen. Es war ein sehr großer, sichtlich betagter Frachter, der unter der Flagge der britischen Handelsmarine lief. Alles an Deck wirkte zwar alt, schien aber dennoch in tadellosem Zustand zu sein. Irgendetwas an diesem Schiff kam Mike dennoch sonderbar vor, aber er konnte das Gefühl nicht in Worte fassen. Etwas war hier ... *falsch.*

»Ihrem Wunsch wurde entsprochen, Kapitän Trautman«, sagte McFarlane, nachdem sich alle Matrosen außer Hörweite zurückgezogen hatten und die beiden anderen Offiziere an seine Seite getreten waren. Sie sprachen kein Wort, maßen Trautman und Mike aber auf dieselbe misstrauische Art wie der andere Offizier und Mike zweifelte auch nicht daran, dass sie ebenso wie dieser bewaffnet waren. »Wenn Sie jetzt also die Güte hätten, zu sagen, wer Sie sind und was es ist, das Sie uns so furchtbar dringend mitteilen müssen?«

»Und was ist das für ein seltsames Schiff?«, fügte einer der Offiziere hinzu. »Ein Unterseeboot?«

»Die NAUTILUS, ja«, bestätigte Trautman. Er wandte sich wieder direkt an McFarlane. »Es tut mir Leid, Commander, aber ich fürchte, für Erklärungen bleibt uns keine Zeit.«

»Wieso nennen Sie mich Commander?«, fragte McFarlane. »Ich bin nur ein einfacher Kapitän der Handelsmarine, kein Militär.«

»Sie müssen sofort Ihren Kurs ändern ... *Kapitän*«, antwortete Trautman, wobei er das letzte Wort auf eine Weise betonte, die klar machte, was er von McFarlanes Beteuerung hielt. »Auf der

Stelle. Kehren Sie um und fahren Sie zurück, so schnell sie können.«

McFarlane tauschte einen bezeichnenden Blick mit einem seiner Offiziere. »Ich fürchte, ich verstehe Sie nicht ganz, Mister Trautman. Warum sollte ich meinen Kurs ändern? Wir haben einen ziemlich engen Terminplan und –«

»Das ist mir bekannt«, unterbrach ihn Trautman. Er klang nervös. »Aber Sie werden Ihren Termin nicht halten können, wenn Sie weiterfahren. Bitte glauben Sie mir, Commander – Sie bringen sich, Ihr Schiff und Ihre gesamte Crew in Gefahr, wenn Sie Ihrem bisherigen Kurs weiter folgen. Wir haben von einem deutschen Unterseeboot gehört, das sich in diesen Gewässern herumtreibt und Jagd auf britische und französische Schiffe macht.«

»Ich fürchte, ich verstehe Sie immer noch nicht, Mister Trautman«, sagte McFarlane. Er runzelte die Stirn. »Trautman – was ist das überhaupt für ein Name. Er klingt ...«

»Deutsch«, sagte Trautman. »Ich *bin* Deutscher. Aber ich kann Sie beruhigen: Die NAUTILUS ist vollkommen neutral. Wir haben mit diesem irrsinnigen Krieg nichts zu schaffen. Aus diesem Grund sind wir auch hier: Um Sie zu warnen. Wir sind neutral, aber ich kann und will nicht tatenlos zusehen, wie fast hundert unschuldige Matrosen in den sicheren Tod laufen.«

»Sie sind ja verrückt, Trautman«, sagte McFarlane kopfschüttelnd. »Wir sind hier nicht in der Nordsee, sondern keine hundert Meilen von der indischen Südküste entfernt und die Prince of Cumberland ist ein harmloses Frachtschiff, das Saatgut und landwirtschaftliche Maschinen geladen hat.«

»Das ist genau das, was die meisten glauben«, sagte Trautman. »Einschließlich der Mannschaft. Aber Sie, Ihre Offiziere und ich wissen es besser, nicht wahr, Commander? Unter dem Saatgut ist Munition versteckt und Ihre so genannten landwirtschaftlichen Maschinen sind in Wahrheit Tanks und zerlegte Geländewagen für das britische Expeditionskorps in Indien.«

»Was für ein Unsinn«, sagte McFarlane. Einer seiner Offiziere bewegte sich langsam zur Seite, während seine Hand unter die Jacke kroch. Die Bewegung entging weder Trautman noch Mike.

»Und selbst wenn es so wäre«, fuhr McFarlane fort, »warum sollte ich dann wohl auf Ihre Warnung hören? Ich kenne Sie nicht. Ich habe weder von Ihnen noch von Ihrem Schiff jemals gehört. Warum also sollte ich Ihnen glauben?«

»Weil ich *hier* bin«, antwortete Trautman. Er klang jetzt sehr aufgeregt. »Wenn ich wirklich ein deutscher Spion wäre und die NAUTILUS unter der Flagge des Kaiserreiches laufen würde, was hätte mich dann davon abhalten sollen, Ihr Schiff einfach zu versenken?«

»Das weiß ich nicht«, antwortete McFarlane. »Aber ich bin sicher, dass Sie es mir gleich sagen werden, *Herr* Trautman.«

»Dazu ist keine Zeit!«, antwortete Trautman. »So glauben Sie mir doch! Ich verlange nichts Unmögliches von Ihnen! Ändern Sie den Kurs! Fahren Sie nur eine Stunde in die entgegengesetzte Richtung und dann machen Sie meinetwegen wieder kehrt und laufen Ihren ursprünglichen Zielhafen an!«

»Warum sollten wir das tun, Trautman?«, fragte einer der Offiziere. »Um einem deutschen U-Boot vor die Torpedorohre zu laufen, das irgendwo dort draußen wartet?«

»Ich dachte, britische Offiziere wären klüger«, mischte sich

Mike ein. »Sehen Sie sich die NAUTILUS doch an! Glauben Sie wirklich, Sie würden noch hier stehen und uns mit diesen absurden Anschuldigungen überhäufen können, wenn wir Sie tatsächlich hätten versenken wollen?«

»Sich die NAUTILUS ansehen?« Der Offizier machte ein nachdenkliches Gesicht. »In der Tat, das ist ein interessanter Vorschlag. Vielleicht sollten wir genau das tun.«

»Dazu bleibt uns keine Zeit«, sagte Trautman. »Verstehen Sie doch! Wir müssen –«

McFarlane hob die Hand und zwei seiner Offiziere zogen gleichzeitig die Pistolen und richteten sie auf Trautman. »Ich fürchte, ich muss Sie bitten, bei uns zu bleiben, Herr Trautman«, sagte er. »Zumindest so lange, bis Ihre Identität – und die Ihres Bootes – zweifelsfrei geklärt worden ist.«

»Commander McFarlane, ich beschwöre Sie!«, sagte Trautman verzweifelt. »Es geht um jede Minute! Überprüfen Sie, was Sie wollen, aber zuvor ändern *Sie den Kurs!*«

»Das kann ich nicht machen«, antwortete McFarlane bedauernd. »Aber ich kann Sie beruhigen, Herr Trautman. Ich gebe Ihnen das Ehrenwort eines britischen Offiziers, dass Sie nichts zu befürchten haben, wenn sich Ihre Angaben als wahr herausstellen. Aber so lange« – er machte eine Geste auf den Offizier neben sich – »muss ich Sie und Ihren Begleiter bitten, an Bord der Prince of Cumberland zu bleiben.«

»Sie nehmen uns gefangen?«, fragte Trautman ungläubig.

»Der Begriff *Gast* wäre mir lieber«, antwortete McFarlane. »Es liegt ganz bei Ihnen.«

»Ja, ein wirklich großzügiges Angebot«, sagte Mike zornig.

»Vor allem, wenn Ihre Leute dabei mit Pistolen auf uns zielen.«

McFarlane hob abermals die Hand und die beiden Offiziere steckten ihre Pistolen ein. Was hatten sie auch zu befürchten von einem alten Mann und einem Halbwüchsigen?

»Habe ich Ihr Ehrenwort, dass Sie keinen Fluchtversuch unternehmen?«, fragte McFarlane.

Trautman sagte nichts, aber nach zwei oder drei Sekunden nickte er und auf Mikes Reaktion schien niemand Wert zu legen.

»Dann folgen Sie mir bitte, Herr Trautman«, sagte McFarlane.

Die Kabine war klein, wenn man bedachte, dass es die des Kapitäns war. Neben einem schmalen Bett, einem Sekretär und dem üblichen Waschtisch gab es ein Bücherregal und einen großen Schreibtisch und an der einzigen Tür an der gegenüberliegenden Wand einen wuchtigen Tresor, der aussah, als würde er ohne Probleme selbst einem Kanonenschuss standhalten. Die wenigen Fleckchen Mauer, die frei geblieben waren, waren fast vollkommen mit großformatigen Fotografien englischer Kriegsschiffe bepflastert.

»Dieser Commander McFarlane gibt sich ja keine besondere Mühe, seine Verkleidung aufrechtzuerhalten«, sagte Mike. Sie waren jetzt seit gut zwanzig Minuten hier drinnen eingesperrt und Mike hatte ein paar Mal versucht, ein Gespräch in Gang zu bringen, aber Trautman saß auf der Kante von McFarlanes Bett und starrte mit leerem Blick vor sich hin. Mike rechnete damit, auch diesmal keine Antwort zu bekommen, aber plötzlich hob

Trautman den Kopf und das Leben schien in seine Augen zurückzukehren.

»Wozu auch?«, fragte er. »Wenn jemand erst einmal bis hierher vorgedrungen ist, spielt es sowieso keine Rolle mehr. Außerdem sind es Fotografien von Schiffen.«

»Ausnahmslos Kriegsschiffe.«

»Und?« Trautman hob die Schultern. »Seeleute hängen sich Fotografien von Schiffen an die Wand. Daran ist nichts Ungewöhnliches.«

»So wenig wie an einem angeblichen Frachter, der Munition und zerlegte Tanks und Kanonen an Bord hat?« Mike wartete sekundenlang vergebens auf eine Antwort. Schließlich fragte er: »Woher haben Sie das gewusst?«

»Ich ... ich kenne dieses Schiff«, antwortete Trautman nach kurzem Überlegen. »Ich habe es vor ein paar Jahren schon einmal gesehen, weißt du? Damals war es ein Kriegsschiff.«

Diese Antwort klang so wenig überzeugend, dass sich Mike nicht einmal die Mühe machte, darauf zu antworten. Trautman hatte eine Menge Talente, aber ein guter Lügner zu sein, hatte noch nie dazugehört.

»Und deshalb wissen Sie auch, was passieren wird, wenn das Schiff seinem bisherigen Kurs folgt, und sogar wann«, sagte er mit sanftem Spott.

Trautman sah schuldbewusst drein. »Es tut mir wirklich Leid, Mike«, sagte er. »Ich wollte nicht, dass du mit hineingezogen wirst. Ich hätte nie erlauben dürfen, dass du mit hier heraufkommst. Ich bin ein alter Dummkopf.«

»Unsinn!«, widersprach Mike. »Sie konnten nicht wissen, dass McFarlane und seine Offiziere so reagieren.«

»Doch, ich hätte es wissen müssen«, beharrte Trautman. »Geheimdienstleute reagieren selten erfreut, wenn man ihnen auf den Kopf zusagt, dass man sie durchschaut hat.«

Mike konnte ihm nicht widersprechen. Es war schon mehr als naiv gewesen, tatsächlich anzunehmen, dass er einfach hierherkommen und den englischen Kapitän mit dieser unglaublichen Geschichte konfrontieren konnte. Trautman begann Fehler zu machen, immer mehr und immer schlimmere Fehler. Hätte Mike es nicht besser gewusst, dann hätte er gesagt, dass sich Trautman ganz wie ein Mensch benahm, der in nahezu kopfloser Panik handelte.

Aber er sprach nichts von alledem aus, sondern antwortete: »Das reicht jetzt aber. Wissen Sie nicht mehr, was Sie selbst uns immer wieder predigen? Es ist völlig sinnlos, über einmal gemachte Fehler zu jammern. Man sollte lieber darüber nachdenken, wie man den Schaden wieder gutmacht.«

Trautman lächelte traurig. »Ich danke dir für den Versuch«, sagte er, »aber in diesem Fall hast du leider Unrecht. Ich hätte es besser wissen müssen. Ich habe versucht, etwas zu ändern, was nicht mehr zu ändern ist. Ich hätte wissen müssen, dass es nicht funktioniert. Wenn es irgendjemand auf dieser Welt wissen müsste, dann ich.«

»Was soll das jetzt wieder heißen?«, fragte Mike verwirrt.

Bevor Trautman antworten konnte, hörten sie das Geräusch des Schlüssels. Die Tür wurde geöffnet und McFarlane und einer seiner Offiziere traten ein.

»Commander«, sagte Trautman.

McFarlane erwiderte seinen Blick mit einem knappen Nicken und einem angedeuteten Lächeln, kam aber sofort zur Sache. Wie schon zuvor ignorierte er Mike auch diesmal.

»Ich habe Ihre Angaben überprüft, so weit mir das in der Kürze der Zeit möglich war, Herr Trautman«, begann er ohne Umschweife. »Es sieht so aus, als wären in der Tat in den letzten Tagen mehrere britische Frachter unter bisher ungeklärten Umständen verschwunden.«

»Die Mühe hätten Sie sich sparen können, Commander«, antwortete Trautman. »Ich habe die Wahrheit gesagt.«

»Es scheint so«, sagte McFarlane.

»Können wir jetzt gehen?«, fragte Mike. Er rechnete nicht wirklich mit einer Antwort, aber er bekam eine.

»Ich fürchte, so einfach ist das nicht, mein junger Freund«, sagte McFarlane, nach wie vor ganz englischer Offizier und Gentleman, aber trotzdem unnachgiebig. Er wandte sich wieder an Trautman. »Wir haben ein kleines Problem mit Ihrem Schiff, Herr Trautman.«

»Die NAUTILUS?«, entfuhr es Trautman.

»Das ist wohl sein Name, ja«, nickte McFarlane. »Ich habe mehrmals versucht, Kontakt mit Ihrer Besatzung aufzunehmen, aber leider ist es mir bisher nicht gelungen. Das Luk ist verschlossen.«

»Was haben Sie erwartet?«, fragte Trautman. »Dass man Sie mit offenen Armen empfängt, nachdem Sie Mike und mich gekidnappt haben?«

McFarlane wirkte ehrlich verletzt. »Ich wünschte, Sie würden es nicht so sehen, Herr Trautman«, sagte er. »Würden Sie an meiner Stelle anders handeln?«

»Vermutlich nicht«, gestand Trautman, nachdem er McFarlane einen Moment lang feindselig angestarrt hatte. »Aber Sie würden umgekehrt auch nicht anders handeln.«

»Wahrscheinlich nicht«, sagte McFarlane. »Ich fürchte, ich kann Sie nicht gehen lassen, bevor ich mich nicht mit eigenen Augen davon überzeugt habe, dass es sich bei der NAUTILUS tatsächlich um ein neutrales Schiff handelt und nicht um ein Sabotageschiff der kaiserlichen Kriegsmarine.«

»Und wie stellen Sie sich das vor?«, erkundigte sich Trautman.

»Sie gestatten mir und einigen meiner Männer, an Bord Ihres Schiffes zu gehen und es zu inspizieren. Ich versichere Ihnen, dass es nicht länger als zwei oder drei Stunden dauert.«

»Zwei Stunden!« Trautman ächzte. »Bis dahin sind wir längst tot! Wir alle!«

»Wieso?«, fragte McFarlane scharf.

Trautman schwieg.

Das Fenster, sagte eine Stimme in Mikes Kopf.

Mike fuhr erschrocken zusammen. »Wie?«

Trautman blickte irritiert in seine Richtung und auch McFarlane drehte den Kopf und sah ihn an. »Was hast du gesagt?«

Er muss das Bullauge aufmachen, wiederholte Astaroths lautlose Stimme in Mikes Kopf. *Bring ihn dazu, ganz egal, wie!*

»Nichts«, antwortete Mike hastig. »Ich war nur ... ich finde die Luft hier drinnen sehr schlecht. Würde es Ihnen etwas ausmachen, das Fenster zu öffnen?«

McFarlane wirkte verwirrt – es war in der Kajüte eher zu kalt als zu warm –, aber Mike hatte ihn richtig eingeschätzt. Nach einem kurzen Moment des Zögerns gab er dem Offizier einen Wink und der Mann trat an das kleine Bullauge und löste die Flügelschrauben, die das Fenster verschlossen. Das Bullauge war kaum größer als ein Suppenteller. Nicht einmal Mike hätte sich durch das winzige Fensterchen quetschen können. Eiskalte Luft fauchte herein und Mike konnte sich gerade noch beherrschen, um nicht fröstelnd zusammenzufahren.

»Ich wäre Ihnen wirklich verbunden, wenn Sie mit Ihrer Besatzung sprechen könnten, Herr Trautman«, fuhr McFarlane fort. »Es würde mir aufrichtig Leid tun, das Problem gewaltsam lösen zu müssen. Aber ich werde nicht zögern, so zu handeln, wenn Sie mir keine andere Wahl lassen.«

Trautman starrte ihn fassungslos an und Mike antwortete an seiner Stelle. »Lassen Sie uns darüber nachdenken, Kapitän. Nur einen Moment.« Er warf Trautman einen fast flehenden Blick zu. »Bitte.«

Insgeheim hoffte er, den Bogen damit nicht überspannt zu haben. McFarlane sah ihn voller unverhohlenem Misstrauen an. Natürlich konnte er nicht ahnen, worauf Mike wirklich hinauswollte. Aber er war ein kluger Mann und spürte, dass etwas nicht stimmte. Einen Moment lang sah er sogar nachdenklich das offen stehende Bullauge an, aber dann zuckte er nur mit den Schultern.

»Also gut. Ich gebe Ihnen noch zwanzig Minuten Bedenkzeit. Wenn Sie danach nicht bereit sind, Ihre Besatzung zur Vernunft zu bringen, sehe ich mich leider gezwungen, mir gewaltsam Zutritt zu Ihrem Schiff zu verschaffen.« Ohne ein weiteres Wort drehte er sich herum und verließ die Kajüte, dicht gefolgt von seinem Ersten Offizier. Mike hörte, wie der Schlüssel hinter ihnen im Schloss gedreht wurde.

»Dieser Dummkopf!«, schimpfte Trautman. »Großer Gott, ich hätte ihn wahrlich für klüger gehalten!«

»Er ist ein Soldat«, antwortete Mike. »Wenn er klug wäre, wäre er das nicht.«

»Ich rede nicht von McFarlane!«, polterte Trautman. »Ich spreche von Singh! Ich habe mich doch unmissverständlich ausgedrückt, oder? Die NAUTILUS hätte längst weg sein müssen!«

»Und uns im Stich lassen?« Mike schüttelte den Kopf. »Das würde Singh niemals tun. Und die anderen auch nicht, das wissen Sie doch.«

»Und was wollen sie für uns tun?«, knurrte Trautman. »Dieser Dummkopf! Er bringt nur sich und alle anderen in Gefahr.«

Astaroth?, dachte Mike. *Das Fenster ist auf. Worauf wartest du?*

Nicht hetzen, ja?, maulte der Meerkater. *Ich beeile mich ja, aber ich kann schließlich nicht zaubern!*

»Das bringt mich zu einer anderen Frage«, sagte Mike. »Woher wissen Sie so genau, dass diesem Schiff Gefahr droht?«

»Du hast McFarlane doch gehört, oder?«, antwortete Trautman. »In den letzten Tagen sind mehrere Schiffe verschwunden. Was glaubst du wohl, wer dafür verantwortlich ist?«

»Vermutlich die WOTAN«, sagte Mike. Er vermied es ganz bewusst, *Thomas* zu sagen. »Aber das ist keine Antwort auf meine Frage. Woher wissen Sie, dass er ausgerechnet dieses Schiff angreifen will? Und noch dazu wann?« Als Trautman nicht antwortete, nickte er grimmig: »Sie stehen mit ihm in Verbindung.«

»Unsinn«, sagte Trautman. Er brachte es nicht fertig, Mike bei diesem Wort direkt anzusehen, sondern starrte zu Boden.

»Habe ich Ihnen schon gesagt, dass Sie ein erbärmlicher Lügner sind?«, fragte Mike. »Es ist die einzige Erklärung.«

Ja, und es ist auch vollkommen falsch, erklang Astaroths Stimme in seinem Kopf. *Ich enttäusche dich ja nur ungern, o großer Herr und Gebieter, aber du tust Trautman bitter Unrecht.*

»Wie meinst du das?«, fragte Mike.

Trautman hob den Blick. »Was?«

Ich kann es dir nicht sagen, antwortete Astaroth. *Wenigstens jetzt noch nicht. Vertrau ihm einfach. Und jetzt gib endlich Ruhe. Ich muss mich konzentrieren.*

»Was hast du gesagt?«, fragte Trautman noch einmal.

»Ich habe nicht mit Ihnen geredet«, antwortete Mike. »Astaroth ist hier.«

»Hier an Bord?« Trautman sprang halb auf und ließ sich dann wieder zurücksinken. Er sah regelrecht schockiert drein. »*Jetzt?*«

»Warum nicht jetzt?«, fragte Mike irritiert.

Statt direkt zu antworten, kramte Trautman seine Taschenuhr hervor und klappte den Deckel auf. Mike sah, dass er noch ein wenig blasser wurde, als er auf das Zifferblatt sah. »Dieser Irrsinnige«, murmelte er. »Offensichtlich haben jetzt alle den Verstand verloren.«

Nur Geduld, sagte Astaroth. *Ich bin gleich so weit.*

»Wie weit?«, fragte Mike misstrauisch.

Astaroth antwortete nicht, aber nur einen Moment später wehte ein gellender Schrei durch das offen stehende Bullauge zu ihnen herein, gefolgt von einer wahren Flut von Flüchen und Verwünschungen in englischer Sprache. Sowohl Mike als auch Trautman sahen überrascht zum Fenster – in dem ein struppiges, einäugiges Etwas erschien, in dessen Maul ein silberfarbener Funke blitzte.

»Astaroth!«, murmelte Trautman.

Ihr könnt mir später applaudieren, sagte Astaroth. *Jetzt solltet ihr euch besser beeilen. Sie sind auf dem Weg hierher. Schnell!*

Mike machte sich nicht die Mühe, irgendeinen Sinn in den Worten des Meerkaters zu suchen. Er sprang auf und Astaroth stieß sich aus dem Bullauge ab und flog ihm regelrecht entgegen. Aus dem silbernen Funkeln in seinem Maul wurde ein kleiner Schlüssel, der zielsicher in Mikes vorgestreckter Hand landete.

Schnell jetzt!, drängte Astaroth. *Sie sind in ein paar Augenblicken hier! Und sie sind verdammt sauer!*

Während Trautman noch verwirrt von Astaroth zu Mike starrte, fuhr dieser bereits herum und war mit einem Satz bei der Tür. Mit fliegenden Fingern steckte er den Schlüssel ins Schloss, riss die Tür auf und hätte um ein Haar erschrocken aufgeschrieen, als er sah, *wie* bitter ernst Astaroths Warnung gemeint gewesen war.

Mindestens ein halbes Dutzend Männer rannte aus verschiedenen Richtungen auf sie zu. Einer von ihnen trug eine blaue Offiziersuniform und zerrte gerade mit der linken Hand eine Pistole aus dem Gürtel; die andere schwenkte er wild herum und Mike konnte selbst über die große Entfernung hinweg erkennen, dass sie heftig blutete. Aber auch einige der anderen Männer waren bewaffnet. Und Astaroth hatte keineswegs übertrieben: Sie *waren* nicht besonders gut gelaunt ...

Schnell! Astaroths eigentlich lautlose Stimme überschlug sich geradezu in seinen Gedanken. *Mir nach!*

Noch bevor Mike auch nur zwei Schritte getan hatte, flitzte Astaroth zwischen seinen Füßen hindurch und rannte hakenschlagend nach links. Ein Schuss krachte und eine Kugel schlug nur Zentimeter neben dem Meerkater Funken aus dem Deck und heulte als Querschläger davon. Astaroth machte einen weiteren Haken und der Offizier schoss erneut auf ihn. Diesmal schlug die Kugel noch dichter neben dem schwarzen Kater ein.

Aber mit seiner selbstmörderischen Aktion verschaffte Astaroth ihnen die wertvollen Sekunden, die sie brauchten, um die Bordwand und damit die Reling zu erreichen. Der Gedanke an das, was dahinter lag, erfüllte Mike mit blankem Entsetzen, aber die Alternative war auch nicht unbedingt verlockend. Der Offizier schoss zum dritten Mal auf Astaroth und diesmal verfehlte er ihn buchstäblich um Haaresbreite, aber irgendwann würde er sich ein anderes Ziel suchen – und Mike hatte eine ziemlich genaue Vorstellung davon, wie dieses Ziel aussehen würde. Mit ihrem Fluchtversuch hatten sie sowohl dem Offizier als auch McFarlane jeden Grund geliefert, sich nicht mehr an ihr Ehrenwort gebunden zu fühlen.

Mir nach!, kreischte Astaroth. Ohne innezuhalten erreichte er die Reling und verschwand mit einem gewaltigen Satz dahinter und nur einen halben Atemzug später waren auch Mike und

Trautman dort angekommen und stürzten sich nebeneinander und mit weit ausgebreiteten Armen in den Abgrund, über dem das Schiff aufragte.

Der Sturz in die Tiefe schien kein Ende zu nehmen. Himmel und Erde vollführten einen unsinnigen, mehrfachen Salto rings um Mike herum und obwohl die Zeit scheinbar stehen geblieben war, sprang ihm die Wasseroberfläche regelrecht entgegen. Nur wenige Meter neben dem stählernen Rumpf der NAUTILUS und mit rudernden Armen und Beinen schlug er auf dem Wasser auf.

Es war, als wäre er durch eine Glasscheibe gestürzt.

Wie durch ein Wunder verlor er nicht das Bewusstsein, aber er war auf der Stelle gelähmt. Hilflos registrierte er, wie er fünf, sechs, sieben Meter weit unter die Wasseroberfläche gepresst wurde und dann allmählich zur Ruhe kam. Er musste sich bewegen. Schwimmbewegungen machen, um zurück zur Oberfläche zu gelangen und zu atmen, aber sein Körper war ein einziger, pulsierender Schmerz, in dem nicht mehr das allergeringste bisschen Kraft war. Vor seinem Gesicht stieg ein Vorhang aus silbernen Luftblasen auf, seine eigene, unendlich kostbare Atemluft, die aus seinem offen stehenden Mund entwich. Er spürte auch, dass er langsam wieder nach oben stieg, weil ein menschlicher Körper in Salzwasser einen starken Auftrieb entwickelte, aber diese Bewegung war viel zu langsam. Er würde ertrinken, noch bevor er der Oberfläche auch nur nahe gekommen war.

Schatten bewegten sich am Rand seines Blickfeldes; vielleicht die Vorboten des Todes, der immer schneller herannahte. Er versuchte noch einmal, sich zu bewegen, aber auch diesmal konnte er es nicht. Alles begann zu verschwimmen. Seine Glieder waren plötzlich schwer wie Blei.

Die Schatten kamen näher, griffen mit starken Händen nach ihm und zerrten ihn herum, weiter in die Tiefe, statt hinauf zum Licht und der rettenden Atemluft, dann wurde etwas auf sein Gesicht gepresst und kühler, unendlich süßer Sauerstoff strömte in seine Lungen. Für Sekunden tat Mike nichts anderes, als mit tiefen, gierigen Zügen ein und aus zu atmen und das Gefühl zu genießen, mit dem das Leben in seinen Körper zurückkehrte. Er registrierte den riesigen schwarzen Umriss, der ihn gepackt hielt und weiter in die Tiefe zerrte, nur wie eine Gestalt aus einem Albtraum.

Erst als die Gestalt ihn in die Luftschleuse der NAUTILUS zerrte, begannen sich seine Sinne allmählich wieder zu klären, aber er hatte noch immer das Gefühl, einen quälenden Albtraum zu durchleben. Dann befand er sich in der inneren Schleusenkammer, das Wasser rings um ihn herum lief gluckernd ab und allmählich kehrte er *wirklich* ins Bewusstsein zurück.

Mike setzte sich mit einem Ruck auf, riss die Sauerstoffmaske von seinem Gesicht und rang keuchend nach Luft. »Trautman!«, würgte er. »Was ist mit ... mit Trautman?«

Er bekam nicht sofort eine Antwort, obwohl er nicht allein in der Schleusenkammer war. Neben ihm kniete eine Gestalt in einem klobigen Taucheranzug, der zur Ausrüstung der NAUTILUS gehörte. Während Mike noch immer qualvoll nach Luft rang, hob sie die Arme und löste den wuchtigen Helm. Darunter kam Singhs dunkles Gesicht zum Vorschein.

»Wie geht es dir?«, fragte er besorgt.

Mike musste noch zweimal tief ein- und ausatmen, ehe er auch nur in der Lage war, ein Wort zu sprechen, und auch dann antwortete er nicht, sondern stellte seinerseits eine Frage.

»Trautman«, keuchte er mühsam. »Was ist mit ... mit Trautman?«

»Er lebt«, antwortete Singh. »Keine Sorge. Er ist verletzt, aber er lebt und er wird auch durchkommen. Serena und Chris haben ihn schon nach oben gebracht.« Singh legte den Helm vor sich auf den Boden und stand mit sichtbarer Mühe in dem schweren Taucheranzug auf.

Mike versuchte ebenfalls auf die Füße zu kommen, schaffte es aber erst beim dritten Versuch und selbst dann erst, als Singh die Hand ausstreckte und ihm half.

»Wir haben wenig Zeit«, sagte der Inder. »Juan und Chris brauchen Hilfe in der Zentrale und ich muss diesen verdammten Anzug loswerden. Könntest du vorgehen und ihnen helfen?«

»Astaroth?«

»Er ist als Erster an Bord zurückgekommen«, antwortete Singh. »Bitte! Jeder Augenblick zählt!«

Mike fühlte sich noch immer benommen, aber in Singhs Stimme war ein Ernst, der ihm einen kalten Schauer über den Rücken jagte. Singh war der mit Abstand stärkste und tapferste Mensch, den er kannte. Wenn er vor irgendetwas Angst hatte, dann war die Lage *wirklich* ernst.

Mühsam drehte er sich herum und machte sich auf den Weg zum Salon. In seinen Ohren rauschte immer noch das Blut, aber da war auch noch ein anderes, dröhnendes Geräusch, das an Lautstärke zunahm: Es war das Grollen der Maschinen, die mit aller Kraft liefen; vermutlich, um die NAUTILUS so schnell wie möglich von der Prince of Cumberland wegzubringen.

Die große Irisblende vor dem deckenhohen Bullauge war geöffnet, als er in die Zentrale kam, sodass Mike erkennen konnte, dass sich die NAUTILUS noch nicht einmal eine halbe Seemeile von dem vermeintlichen Handelsschiff entfernt hatte. Sie drehte sich im Moment nahezu auf der Stelle und gewann allmählich an Schnelligkeit, aber alles schien mit geradezu quälender Langsamkeit zu geschehen.

»Warum tauchen wir nicht?«, fragte er.

»Wir sind schon dabei«, antwortete Ben gereizt. »Komm her und hilf uns, statt schlaue Sprüche zu klopfen! Dann geht es nämlich schneller, weißt du?«

Mike setzte sich gehorsam in Bewegung, doch noch bevor er die halbe Strecke zurückgelegt hatte, sah er etwas, was ihm buchstäblich den Atem stocken ließ:

»Großer Gott!«, keuchte er.

Auch Ben hob den Kopf und sah in die gleiche Richtung wie er. Seine Augen wurden groß.

Überall auf dem Deck der Prince of Cumberland erhoben sich große Kistenstapel und andere Ladung, die zum Schutz vor der Witterung abgedeckt worden war – jedenfalls hatte Mike das bisher angenommen. Aber zumindest bei einem dieser klobigen Umrisse stimmte das nicht. Die Plane war entfernt worden und darunter kam der bedrohliche Umriss einer gewaltigen Zwillingskanone zum Vorschein. Die bestimmt acht Meter langen

Rohre begannen sich zu bewegen und schwenkten langsam in ihre Richtung.

»*Tauchen!*«, schrie Mike. »*Tauchen, Ben! Tauchen!*«

Bens Hände schienen zu verschwimmen, so schnell huschten sie über die Kontrollen, betätigten Schalter und drückten Knöpfe. Die Alarmsirene heulte durch das Schiff und das Dröhnen der Motoren wurde noch lauter. Mike spürte, wie sich das Deck unter seinen Füßen nach vorne zu neigen begann, als die NAUTILUS gehorsam auf Bens Befehle gehorchte und zu tauchen begann.

Trotzdem schafften sie es nicht.

Über den Geschützrohren erschien eine graue Rauchwolke. Eine schreckliche, halbe Sekunde lang geschah gar nichts, dann spritzte unmittelbar neben der NAUTILUS das Wasser in einer gewaltigen Schaumexplosion hoch und fast im selben Moment schlug auch das zweite Geschoss ein.

Ein ungeheurer Schlag traf die NAUTILUS. Die Erschütterung riss Mike von den Beinen und schmetterte Juan gegen das Instrumentenpult und auch Ben klammerte sich mit aller Kraft fest, um nicht vom Stuhl zu fallen. Die NAUTILUS dröhnte, als befänden sie sich im Inneren einer riesigen Glocke, auf die ein Riese mit einem Vorschlaghammer einschlug, und Mike glaubte zu hören, wie irgendwo über ihnen etwas zerbrach. Das gesamte Schiff legte sich auf die Seite, sodass die Prince of Cumberland vor dem Bullauge plötzlich verschwand und dem Anblick des strahlend blauen Sommerhimmels Platz machte, dann richtete sich die NAUTILUS mit einer zweiten, kaum weniger heftigen Bewegung wieder auf, die Mike erneut von den Füßen riss.

Zu dem nervenzerfetzenden Dröhnen und dem Heulen der Alarmsirene gesellte sich ein anderes, noch viel schlimmeres Geräusch: das Rauschen von Wasser, das irgendwo eindrang. Plötzlich schwappte es eiskalt um Mikes Füße und dann erscholl eine Anzahl dumpfer, lang anhaltender Schläge, als die Notautomatik reagierte und die wasserdichten Schotten schloss, um die Sektion um den beschädigten Teil herum zu verriegeln.

Mike richtete sich mühsam auf. Das Schiff tanzte wie ein Kahn auf der Wasseroberfläche, sodass er hastig die Beine spreizen und beide Arme ausbreiten musste, um nicht gleich wieder hinzufallen. Neben ihm rappelte sich Ben umständlich hoch. Juan war schon wieder auf den Füßen, wirkte aber ziemlich benommen. Mikes Blick fiel aus dem Fenster.

Sie waren allerhöchstens zweihundert Meter von der Prince of Cumberland entfernt. Kein Wunder, dass die Kanone sie mit Leichtigkeit getroffen hatte. Die beiden riesigen Rohre waren weiter auf die NAUTILUS gerichtet und Mikes Herz begann wie rasend zu pochen.

»Worauf warten sie?«, murmelte Ben. »Wir sitzen doch wie auf dem Präsentierteller da!«

Ben hatte Recht. Das Schiff lag schräg und mit deutlicher Neigung nach vorne im Wasser, dennoch aber fast reglos. Irgendeine Automatik hatte den begonnenen Tauchvorgang abgebrochen, als sie den Wassereinbruch registriert hatte, und auch die Motoren gestoppt.

»Weil sie uns nicht versenken *wollen*«, sagte eine Stimme hinter ihm. Mike fuhr leicht zusammen, als er Trautman erkannte, der hereinkam. Der alte Seemann schwankte sichtbar, als er an ihm vorbeiging. Sein Gesicht hatte einen ungesunden, fast grauen Farbton angenommen und ein einzelner Blutstropfen lief aus seiner Nase.

»Ich konnte nichts machen«, verteidigte sich Chris, der hinter ihm hereinstolperte. »Ich habe versucht, ihn im Bett festzuhalten, aber er hört nicht auf mich. Ich kann nichts dafür, ehrlich!«

Hinter Chris kam Serena herein und schließlich Singh, der noch einen Teil seiner Taucherausrüstung trug, und ein klitschnasser Astaroth, sodass sie alle zusammen waren. Vielleicht um gemeinsam zu sterben, dachte Mike bitter. Ihre Situation war noch nie so aussichtslos wie jetzt gewesen. Das Geschütz musste längst nachgeladen haben und die Zwillingsrohre deuteten so genau auf die NAUTILUS, dass Mike fast das Gefühl hatte, in einen Gewehrlauf zu blicken, den jemand aus wenigen Metern Entfernung auf ihn gerichtet hatte. Wenn jemand dort drüben auch nur einen winzigen Fehler machte oder nervös wurde, dann war es um sie alle geschehen.

»Ben, lass um Gottes willen die Hände vom Steuer«, murmelte Trautman. »Rühr nichts an! Habt keine Angst – sie werden uns nicht versenken.«

»Ich wollte, ich wäre da so sicher wie Sie«, antwortete Ben, aber er zog hastig die Hände zurück. Serena trat neben Mike und schmiegte sich an ihn. Sie zitterte am ganzen Leib, auch dann noch, als Mike den Arm um sie legte und sie beruhigend an sich drückte.

»Er wird nicht schießen«, beharrte Trautman. »McFarlane ist kein Mörder. Er wird uns nicht angreifen, solange wir nicht zu fliehen versuchen.«

»Wie beruhigend«, nörgelte Ben. »Er wird nur gleich eine Entermannschaft herüberschicken und wir verbringen den Rest unseres Lebens in einer englischen Strafkolonie.«

»Wir könnten näher heranfahren«, schlug Juan vor. »Wenn wir nahe genug sind, kann er nicht mehr auf uns schießen.«

»Und wenn wir unmittelbar unter das Schiff tauchen, kann er auch keine Wasserbomben einsetzen«, pflichtete ihm Singh bei. »Ein kluger Plan.«

»Aber leider undurchführbar.« Trautman schüttelte den Kopf. »Sobald wir uns auch nur bewegen, eröffnen sie das Feuer. Wir können nur abwarten.«

»Abwarten?«, fragte Ben und Juan fügte hinzu. »Und wie lange?«

Trautman sah die beiden Jungen wortlos an. Statt zu antworten, griff er unter die Jacke und zog seine Taschenuhr hervor. Seine Hände zitterten so sehr, dass er Mühe hatte, den Deckel hochzuklappen, und Mike fiel erneut auf, wie schlecht er aussah. Er war nicht einfach nur erschöpft, begriff Mike. Er musste sich bei dem Zwanzig-Meter-Sprung verletzt haben. Aber was hatte er erwartet? Selbst ihn hätte der »kleine Hüpfer« fast umgebracht und er war beinahe fünfzig Jahre jünger als Trautman.

»Nicht mehr lange«, sagte Trautman nach einer Weile.

»Was soll das heißen?«, verlangte Ben zu wissen. »Wieso sehen Sie dauernd auf die Uhr und was –«

Er brach mitten im Satz ab, als es drüben bei der Prince of Cumberland hell aufblitzte. Eine halbe Sekunde lang geschah gar nichts und Mike fragte sich schon, ob sie vielleicht nur einen verirrten Sonnenstrahl gesehen hatten, der sich auf Metall oder

Glas brach – und dann schoss eine gewaltige, mindestens dreißig Meter hohe Feuersäule aus dem Heck des Frachters, gefolgt von wirbelnden Trümmerstücken und brodelndem schwarzem Qualm!

Nicht nur Mike schrie erschrocken auf, aber ihre Schreie gingen in dem gewaltigen Dröhnen und Krachen unter, das von der Prince of Cumberland herüberwehte. Das riesige Schiff zitterte wie unter einem Faustschlag und nur eine Sekunde später erreichte die Druckwelle auch die NAUTILUS und ließ sie abermals erbeben. Für eine weitere Sekunde war Mike felsenfest davon überzeugt, dass die Geschütze der Prince of Cumberland nun feuern und ihr Schicksal endgültig besiegeln würden.

Stattdessen begann sich der Kanonenturm zu drehen, um in die Gegenrichtung zu zielen.

»Was ... was ist denn das?«, murmelte Ben.

Niemand antwortete ihm. Alle sahen gebannt und bis ins Mark erschrocken zu, was drüben auf der Prince of Cumberland weiter geschah. Die Flammen, die aus der zerborstenen Frachtluke im Achterdeck des Schiffes gekommen waren, waren erloschen, und an ihrer Stelle quoll jetzt fettiger schwarzer Qualm aus dem Rumpf. Gestalten hasteten über das Deck und versuchten eine Anzahl kleinerer Brände zu löschen, die überall auf dem hinteren Teil des Schiffes ausgebrochen waren und der Geschützturm hatte seine Drehung fast vollendet.

»Das ist unsere Chance!«, keuchte Ben. »Wir müssen tauchen!«

Trautman hob die Hand. Er schüttelte den Kopf. Die Bewegung wirkte unendlich müde und seine Stimme war kaum mehr als ein Flüstern, als er antwortete: »Es ist zu spät, Ben. Was geschehen wird, geschieht.«

Niemand im Salon verstand, was Trautman mit diesen Worten meinte, aber es achtete im Grunde auch niemand darauf. Alle starrten gebannt das riesige angebliche Handelsschiff an. Es hatte sich in Bewegung gesetzt und drehte sich auf der Stelle. Die Matrosen löschten die Brände an Deck mit erstaunlicher Schnelligkeit und unter einer der weggerissenen Planen am Heck des Schiffes war eine zweite, nicht minder große Kanone zum Vorschein gekommen, die nun ebenfalls in die der NAUTILUS abgewandten Richtung schwenkte.

»Die WOTAN?«, fragte Singh leise.

Trautmans Antwort bestand nur in einem kurzen Nicken und einem neuerlichen Blick auf die Uhr und bevor Singh eine weitere Frage stellen konnte, feuerten alle drei Kanonen. Mike konnte nicht erkennen, ob und was sie getroffen hatten oder worauf sie überhaupt zielten.

Die Prince of Cumberland hatte ihre Wendung beendet und nahm allmählich Fahrt auf. Sie hatte jetzt deutliche Schlagseite und zog eine breite Spur aus ausgelaufenem Öl hinter sich her, wurde aber trotzdem immer schneller. Die Geschütze feuerten erneut, aber wenn sie überhaupt ein Ziel erfasst hatten, dann musste es sehr weit entfernt sein.

Schweigend und wie erstarrt standen sie alle da und sahen zu, wie die Prince of Cumberland immer schneller wurde und sich von ihnen entfernte, einen glitzernden Ölteppich und eine gewaltige schwarze Qualmwolke hinter sich her ziehend. Obwohl sie angeschlagen war, wirkte sie dennoch beeindruckend, ein Koloss, der ebenso unaufhaltsam wie unbesiegbar wirkte.

Es war weder das eine noch das andere. Es waren sicherlich fünf Minuten vergangen und die Prince of Cumberland begann langsam zu einem kleinen Punkt am Horizont zusammenzuschrumpfen, als es geschah: Ein greller Blitz am Horizont und dann explodierte die Prince of Cumberland in einer gewaltigen Feuerwolke, deren Widerschein den gesamten Salon für einen Moment in blutigrotes Licht tauchte.

»Kurs Nord-Nord-Ost«, flüsterte Trautman. Seine Stimme zitterte und er sah wieder auf die Uhr. »Achtzehn Minuten nach drei. Großer Gott, sie sind alle tot! Und es ist meine Schuld!«

»Aber das ist doch Unsinn!«, protestierte Serena. Sie löste sich aus Mikes Umarmung und wollte auf Trautman zutreten, blieb dann aber mitten in der Bewegung wieder stehen, als sie seinem Blick begegnete. Trautmans Gesicht war aschfahl und seine Augen hatten einen fiebrigen Glanz angenommen.

Ben war etwas weniger feinfühlig. »Meinen Sie nicht, dass Sie uns jetzt ein paar Erklärungen schuldig sind?«, fragte er.

Vielleicht wollte Trautman tatsächlich antworten, denn er drehte sich langsam zu Ben herum und öffnete den Mund. Doch bevor auch nur ein Laut über seine Lippen kam, machte er einen unbeholfenen Schritt zur Seite und drohte zu stürzen. Singh konnte gerade noch hinzuspringen und ihn auffangen, bevor er zu Boden fiel.

»Er schläft jetzt«, sagte Serena, als sie aus Trautmans Kajüte kam. Sie war bleich und wirkte erschöpft, aber Mike hatte den

Eindruck, dass ihre Blässe und auch das Zittern ihrer Hände viel mehr ihrer tiefen Besorgnis entsprangen als körperlicher Erschöpfung. »Ich glaube, im Moment können wir sowieso nichts tun.«

»Dann sollten wir vielleicht in den Salon gehen«, antwortete Mike. »Singh hat Tee gemacht. Der wird dir bestimmt gut tun.«

Serena lächelte dankbar und ging langsam an ihm vorbei und Mike folgte ihr – allerdings erst, nachdem er einen fast wehmütigen Blick auf die beiden Zinkeimer geworfen hatte und auf den altmodischen Wischmopp, der neben ihnen an der Wand lehnte. Ben, Juan, Chris und er hatten die letzten anderthalb Stunden damit verbracht, die Gänge und Korridore der NAUTILUS trocken zu wischen – und jeden einzelnen Raum, dessen Tür offen gestanden hatte, als die Kanonenkugel das Schiff traf. Trotzdem platschte es noch immer hörbar unter ihren Füßen, als sie nebeneinander in Richtung Salon gingen. Wahrscheinlich würde es noch Wochen dauern, bis das Schiff wieder endgültig trocken war. Das ist typisch, dachte Mike missmutig. Die NAUTILUS war ein wahres Wunderwerk der Technik. Er wäre nicht einmal wirklich überrascht zu erfahren, dass man mit diesem Ding sogar zum Mond fliegen könnte. Aber gegen etwas so Simples wie ein paar hundert Liter eingedrungenes Salzwasser war selbst die an Magie grenzende Technik der alten Atlanter machtlos; da war wieder gute altmodische Handarbeit gefragt.

Der Duft von frisch aufgebrühtem Zitronentee schlug ihnen entgegen, als sie den Salon betraten. Ben, Juan und Chris saßen an dem großen Tisch und knabberten an einem Stück Algenkuchen, einer Köstlichkeit, die es an keinem anderen Ort der

Welt gab und die zwar einigermaßen komisch aussah, aber ganz hervorragend schmeckte. Als sie eintraten, ließen alle drei ihren Kuchen jedoch sinken und Juan sprang sogar halb von seinem Stuhl hoch. »Wie geht es Trautman?«, fragte er.

»Er schläft jetzt«, sagte Serena. »Aber er hat hohes Fieber und fantasiert. Ich weiß nicht, was mit ihm ist.« Sie hob in einer hilflos wirkenden Geste die Schultern, ging zum Tisch und ließ sich auf einen der schweren geschnitzten Stühle fallen. Mike schenkte ihr eine Tasse Tee ein, bevor er sich ebenfalls setzte, und Serena griff dankbar danach. Sie trank jedoch nicht, sondern schloss nur die Finger um das dünne Porzellan, als müsse sie sich an dem heißen Tee darin wärmen. Seltsamerweise verspürte auch Mike plötzlich ein eisiges Frösteln. War es in der NAUTILUS kälter geworden?

»Aber er wird wieder gesund?«, vergewisserte sich Chris.

»Ich weiß es nicht«, sagte Serena erneut. Sie sah dabei nicht von ihrer Tasse auf, die sie noch immer mit beiden Händen umklammert hielt. »Ich weiß nicht einmal, was ihm fehlt. Vielleicht hat er sich bei dem Sprung auch innerlich verletzt. Ich bin keine Krankenschwester, wisst ihr – und erst recht keine Ärztin.«

Niemand antwortete, aber Mike war sicher, dass alle mehr oder weniger dasselbe dachten. Früher oder später hatte so etwas einfach passieren müssen. Sie hatten an Bord der NAUTILUS alles, was sie zum Überleben brauchten, und die Medizin der alten Atlanter war mindestens ebenso fortschrittlich gewesen wie ihre Technik; sie hatten Medikamente gegen fast alle bekannten Krankheiten an Bord; Medikamente, für die jeder menschliche Arzt ohne zu zögern seinen rechten Arm geopfert hätte. Aber sie hatten immer gewusst, dass sie hilflos wären, wenn einer von ihnen wirklich schwer verletzt werden würde.

Aber hatte es ausgerechnet Trautman treffen müssen?

»Dann müssen wir ihn an Land bringen«, sagte Juan ernst. »Er muss zu einem Arzt.«

»Zuallererst einmal müssen wir ihm ein paar Fragen stellen«, sagte Ben. Mike und auch Chris sahen ihn empört an, aber Ben nippte nur an seinem Tee und fuhr mit leiser, aber sehr bestimmter Stimme fort: »Ich will hier nicht den Herzlosen herauskehren, auch wenn ein paar von euch mich gerne als den Buhmann vom Dienst hinstellen, aber Trautman verschweigt uns etwas. Und ich fürchte, dass unser Leben davon abhängen könnte, dass wir erfahren, was es ist.«

»Jetzt übertreib aber mal nicht«, beschwerte sich Chris.

»Ich übertreibe keineswegs«, antwortete Ben, zur allgemeinen Überraschung nicht in seinem gewohnten angriffslustigen Ton, sondern sehr ruhig. »Überlegt doch mal selbst. Angeblich haben wir die Spur der WOTAN verloren, seit sie uns vor Grönland entkommen ist, und trotzdem scheint Trautman immer genau zu wissen, wo sie sich gerade aufhält. Dann die Geschichte mit der Prince of Cumberland. Er wusste genau, dass es sich nicht um ein Handelsschiff handelte, sondern um einen getarnten Waffentransporter. Und er wusste ganz genau, wo sie versenkt werden würde.«

»Und auf die Minute präzise, wann«, pflichtete ihm Juan bei. Er klang widerwillig, aber auch ein bisschen erschrocken. »Ben hat Recht. Da geht etwas ... Unheimliches vor.«

»Und dann seine verrückte Idee, uns an Land zu bringen«, fuhr Ben fort. »Er verheimlicht uns etwas.«

»Oder er hat vor etwas Angst«, sagte Juan.

»Jetzt hört aber auf«, mischte sich Serena ein. »Trautman ist krank, vielleicht sogar schwer! Und ihr redet über ihn, als wäre er unser Feind!«

»Um ein Haar hätten wir alle ins Gras gebissen«, erinnerte Ben. »Wenn er uns eingeweiht hätte, dann wäre das alles vielleicht nicht passiert.« Seine Stimme wurde um eine Spur schärfer, als Serena zu einer Antwort ansetzte. »Du hast doch auch gehört, was er gesagt hat, oder? ›Sie sind alle tot und es ist meine Schuld!‹«

»Er... er hatte Fieber«, antwortete Serena unsicher.

»Da noch nicht«, erwiderte Ben. Er schüttelte den Kopf und zwang sich zu einem Lächeln. »Serena, ich will Trautman doch nichts Schlimmes antun. Im Gegenteil. Ich weiß, dass er jederzeit sein Leben für uns riskieren würde. Er würde uns bestimmt nicht belügen, wenn er nicht einen verdammt guten Grund dafür hätte.«

»Und was soll dann dieses Gerede, dass er uns etwas verheimlicht?«

»Ben hat Recht, Serena«, hörte sich Mike zu seiner eigenen Überraschung sagen. »Trautman verheimlicht uns wirklich etwas. Ich glaube, dass er vor irgendetwas schreckliche Angst hat. Vielleicht eine Gefahr, von der er glaubt, dass sie uns allen droht. Du kennst Trautman doch. Er bringt es fertig, irgendetwas Verrücktes zu tun, nur um uns zu schützen. Wir sind es ihm schuldig, ihm zu helfen.« Er machte eine Handbewegung. »Jeder von uns verdankt Trautman sein Leben. Ich jedenfalls denke nicht daran, vollkommen tatenlos zuzusehen, wie er seines opfert, um uns zu retten.«

In Serenas Augen blitzte es auf. Sie musste nichts sagen, um Mike die Antwort auf seine Worte wissen zu lassen. Zwei, drei Sekunden lang starrte sie Mike noch wütend an, dann sprang sie auf und rauschte wortlos davon.

Um ein Haar hätte sie Singh über den Haufen gerannt, der in diesem Moment hereinkam und sich nur durch einen hastigen Schritt zur Seite in Sicherheit bringen konnte. Verwirrt blickte er ihr nach, dann deutete er ein Achselzucken an und kam vollends herein.

»Könnt ihr eine schlechte Nachricht vertragen?«, fragte er.

»Nur zu«, sagte Ben spöttisch. »Das wäre doch endlich mal eine Abwechslung.«

»Die Prince of Cumberland hat uns ziemlich übel erwischt«, sagte Singh, ohne auf Bens herausfordernden Ton einzugehen. »Der halbe Turm ist weg.«

»Weg?« Mike riss erschrocken die Augen auf. »Was soll das heißen: weg?«

»Nicht ganz weg«, antwortete Singh, während er näher kam. Er langte nach einem Stück Algenkuchen, biss hinein und fuhr mit vollem Mund kauend fort: »Aber ziemlich demoliert, um es mal so auszudrücken.«

»Von einem einzigen Kanonenschuss?«, fragte Ben zweifelnd. »Das ist kaum möglich. Nicht bei diesem Kaliber.«

»Ein ausgesprochener Glückstreffer«, sagte Singh, »oder auch Pech, das kommt ganz auf den Standpunkt an. Die Kugel hat das Bullauge durchschlagen und ist im Turm explodiert. Bumm!«

»Wie schlimm ist es?«, fragte Mike.

»Jedenfalls zu schlimm, um den Schaden mit den Werkzeugen, die wir an Bord haben, zu reparieren«, antwortete Singh. »Wir müssen in eine Werft.«

»Eine Werft?«, ächzte Ben. »So weit ich weiß, liegt die nächste Werft für atlantische Unterseeboote ungefähr zehntausend Jahre in der Vergangenheit.«

»Heißt das, dass wir nicht tauchen können?«, fragte Juan.

»Nein.« Singh biss erneut in seinen Kuchen. »Wir können tauchen, aber nicht besonders tief. Und wir können auch nicht annähernd so schnell fahren, wie wir es gewohnt sind. Tut mir Leid, dass ich keine besseren Neuigkeiten habe, aber das sind die Tatsachen.«

»Wunderbar«, maulte Ben. »Dann brauchen wir ja nur noch darauf warten, dass die WOTAN auftaucht und uns den Fangschuss verpasst.«

An diesem Tag geschah nichts dergleichen und auch nicht in der darauf folgenden Nacht. Singh hatte die NAUTILUS auf einen willkürlichen Kurs wieder gute hundert Seemeilen weit von der indischen Küste fortgesteuert, dann waren sie wieder aufgetaucht und Mike und die anderen hatten die Schäden begutachtet, die die Granate der Prince of Cumberland angerichtet hatte.

Wie sich herausstellte, hatte Singh keineswegs übertrieben. Das Geschoss hatte eines der mannshohen Bullaugen glatt durchschlagen und die nachfolgende Druckwelle hatte nicht nur das andere Fenster zertrümmert, sondern auch das Turmluk herausgesprengt und die Wände des Turmluks verformt. Der gesamte Aufbau wirkte so schief und verzogen wie eine Konservendose, die zu lange in kochendem Wasser gelegen hatte. Etliche Schweißnähte waren geplatzt. Diesen Turm konnte man nicht mehr reparieren, sondern nur komplett erneuern.

Immerhin gab es eine gute Nachricht: Singh erklärte, dass die NAUTILUS trotz dieser schweren Beschädigungen noch immer ein gutes Stück schneller war als die WOTAN und auch mindestens doppelt so tief tauchen konnte. Selbst wenn Trautmans Sohn auf die selbstmörderische Idee kommen würde, den Spieß umzudrehen und nun seinerseits Jagd auf die NAUTILUS zu machen, waren sie nicht ernsthaft in Gefahr.

Mike verbrachte dennoch eine sehr unruhige Nacht. Er wurde von Albträumen geplagt und erwachte mindestens ein halbes Dutzend Mal, mit klopfendem Herzen und am ganzen Leib zitternd.

Und irgendwann wurde ihm klar, dass es für dieses Zittern einen ganz banalen Grund gab: Es war eiskalt in seiner Kajüte.

Wie fast immer hatte er das Licht in seiner Kabine brennen lassen, als er sich hingelegt hatte; Mike hatte es schon als kleines Kind gehasst, bei völliger Dunkelheit zu schlafen. Als er sich aufsetzte und fröstelnd die Decke um die Schultern zog, konnte er seinen eigenen Atem als graue Dampfwölkchen vor dem Gesicht erkennen. Irgendetwas stimmte nicht. Normalerweise herrschten an Bord des Schiffes immer angenehme zwanzig Grad, ganz egal, ob das Schiff unter der glühenden Sonne der

Karibik in einer Bucht oder in dreitausend Metern Tiefe auf dem Meeresgrund lag.

Jetzt bibberte Mike vor Kälte. Er stand vollends auf, schlang sich die Decke als Mantel um die Schultern und ging ein paar Schritte unschlüssig in der Kabine auf und ab. Ein Blick auf die Uhr verriet ihm, dass es noch nicht einmal fünf war; oben auf der Meeresoberfläche war es vermutlich kaum weniger dunkel als hier und ganz bestimmt schlief der Rest der Besatzung noch tief und fest. Sie würde ein unangenehmes Erwachen erleben; und vor allem ein *kaltes.*

Mike spielte einen Moment lang mit dem Gedanken, Singh zu wecken, um ihn mit dem Problem der offensichtlich streikenden Heizung zu konfrontieren, verwarf den Gedanken aber wieder. Er konnte ebenso gut selbst in den Salon gehen und sich die Kontrolltafel vornehmen. Vielleicht ließ sich das Problem ja mit einem Knopfdruck aus der Welt schaffen. Bei all der Aufregung, die es gestern gegeben hatte, würde es ihn nicht wundern, wenn irgendjemand den falschen Knopf gedrückt hatte, ohne es zu merken.

Er verließ die Kabine, ging ein paar Schritte und blieb wieder stehen, als er ein Geräusch hörte. Es kam vom anderen Ende des Ganges, genauer gesagt aus Trautmans Kabine. Vielleicht war Trautman ja auch munter.

Mike machte mitten im Schritt kehrt und blieb vor der Tür zur Kapitänskajüte wieder stehen. Sie stand eine Handbreit offen, sodass er einen Teil des dahinter liegenden Raumes einsehen konnte. Auch in Trautmans Kajüte brannte Licht, aber der grauhaarige alte Seemann lag auf seinem Bett und schlief. Trotzdem war jemand bei ihm in der Kabine, das konnte Mike ganz deutlich hören. Plötzlich war er sehr aufgeregt. Es war mitten in der Nacht. Wer um alles in der Welt war dort drinnen?

Im nächsten Moment musste er über seine eigenen Gedanken lächeln. Wer sollte es schon sein? Einer der anderen, der genau wie er nicht schlafen konnte, sich um Trautman sorgte und nach ihm schauen wollte. Er begann schon Gespenster zu sehen.

Entschlossen trat er über die Türschwelle und blieb sofort wieder überrascht stehen, als er sah, *wer* in Trautmans Kabine war und was er tat.

»Ben?«, fragte er halb laut.

Ben fuhr erschrocken zusammen, aber Mike maß ihn nur mit einem kurzen Blick. Sein Gesicht verfinsterte sich, als er den Sekretär hinter Ben ansah. Sämtliche Schubladen des Möbels standen offen, ihr Inhalt war zerwühlt und zum Teil über den Fußboden verstreut.

»Was tust du denn da?«, murmelte Mike verwirrt, aber auch mit wachsendem Zorn. »Du durchwühlst Trautmans Sachen?«

Einen Moment lang sah Ben aus wie der sprichwörtliche ertappte Sünder, aber dann machte sich Trotz auf seinem Gesicht breit. »Und ob ich das tue!«, sagte er herausfordernd. »Irgendjemand hier muss ja schließlich was unternehmen.«

»Bist du verrückt geworden?«, ächzte Mike. Seine Empörung hatte einen guten Grund. Es gab nicht viele Regeln an Bord der NAUTILUS, aber eine der wichtigsten und zugleich die, gegen die nie jemand verstieß, lautete, die Privatsphäre des anderen auf jeden Fall zu respektieren; gerade weil es an Bord des Schiffes so wenig davon gab. Was Ben getan hatte, war geradezu ungeheuerlich.

Auf seinem Gesicht war allerdings nicht besonders viel von schlechtem Gewissen zu erkennen. »Warum siehst du dir das hier nicht mal an, bevor du mir eine Moralpredigt hältst?«, fragte er. Er hob die Hand und hielt Mike ein kleines, in dunkles Leder gebundenes und sichtlich sehr altes Büchlein hin. Mike streckte ebenfalls die Hand aus, aber er zögerte, nach dem Buch zu greifen, und sei es nur aus dem verrückten Gefühl heraus, sich mitschuldig zu machen, wenn er es tat.

»Sieh hinein«, sagte Ben auffordernd. »Die letzten Seiten sind besonders interessant.«

Mike überwand seine Skrupel und griff nach dem Buch. Der Einband war steinhart, und als er ihn aufklappte, erkannte er, dass es sich um ein Notizbuch handelte. Die Seiten waren vergilbt und so brüchig wie uraltes Pergament, sodass er sich kaum traute, die Seiten umzublättern, aber er erkannte auf Anhieb, dass sie mit Trautmans kleiner, gestochen scharfer Handschrift bedeckt waren.

»Was soll das?«, fragte er. »Das ist Trautmans Tagebuch. Was da drin steht, geht uns nichts an!«

»Warum blätterst du nicht weiter?«, fragte Ben. »Dann denkst du vielleicht anders. Die letzten Seiten sind besonders spannend.«

Noch immer voll schlechtem Gewissen, aber auch neugierig geworden tat Mike, was Ben vorgeschlagen hatte. Er las nicht wirklich in dem Buch, aber er bemerkte immerhin, dass es tatsächlich sehr alt sein musste, mindestens dreißig oder vierzig Jahre, wenn nicht mehr.

»Da.« Ben tippte mit dem Zeigefinger auf eine größtenteils aus Zahlen- und Buchstabenkombinationen bestehende Aufstellung ganz am Ende des Büchleins. »Siehst du das?«

Mike sah es. Und er fuhr mittlerweile lange genug zur See, um zu erkennen, dass es sich um nautische Positionsangaben handelte, Längen- und Breitengrade.

»Das ... das ist die exakte Position, an der die Prince of Cumberland gesunken ist«, erklärte Ben überflüssigerweise. »Und die genaue Uhrzeit.«

»Aber warum hat er sie aufgeschrieben?«

»Da stehen noch mehr Daten«, sagte Ben. »Und Schiffsnamen. Trautman hat erzählt, dass die WOTAN schon mehrere andere Schiffe versenkt hat. Ich nehme an, dass das die entsprechenden Daten sind.«

»Er hat Buch geführt«, bestätigte Mike. »Das ist seltsam, aber doch nicht verboten.«

»Blätter einmal weiter«, sagte Ben.

Mike tat, wie ihm geheißen. Auf der nächsten Seite standen noch mehr Längen- und Breitengrade, weitere Schiffsnamen – und weitere Daten. Mikes Augen wurden groß. »Aber das ist ...«

Das ist völlig unmöglich, dachte Mike. Das jüngste Datum auf dieser Seite war ... *übermorgen.*

»Es stimmt, was du sagst«, stellte Ben fest. »Es ist nicht verboten, Buch zu führen. Aber es ist schon einigermaßen komisch, Buch über etwas zu führen, was noch gar nicht geschehen ist.«

»Es muss eine Erklärung geben«, sagte Mike verstört. »Vielleicht ... vielleicht kennt er Thomas' Pläne und weiß, welches Schiff er angreifen will.«

»Wann und wo«, sagte Ben höhnisch. »Und auf die Minute genau.«

»Es gibt bestimmt eine Erklärung«, beharrte Mike. Die Worte klangen selbst in seinen eigenen Ohren alles andere als überzeugend – um nicht zu sagen hilflos. »Ganz bestimmt!«

»Sieh am Schluss nach«, sagte Ben.

Mike gehorchte. Ein ungläubiges Keuchen kam über seine Lippen.

Die letzte Eintragung auf der Seite bestand wie alle anderen aus einer nautischen Positionsangabe, einem Datum (das mehr als eine Woche in der Zukunft lag), einer präzisen Uhrzeit und dem Namen des Schiffes:

NAUTILUS

»Ihr hattet nicht das Recht, in seinen Sachen herumzuwühlen«, sagte Serena zornig. Sie schüttelte ein paar Mal den Kopf und ihr Blick glitt dabei vorwurfsvoll von Ben zu Mike und wieder zurück. »Ich bin wirklich enttäuscht. Trautman hat euch vertraut!«

»Und wir ihm!« Bens Hand klatschte flach neben das kleine Notizbuch, das auf dem großen Tisch im Salon lag. Sie hatten alle zusammengerufen, um ihren unheimlichen Fund zu präsentieren, und die Reaktionen waren völlig unterschiedlich ausgefallen. Singh und Juan wirkten äußerst besorgt, während Chris einfach nur hilflos dreinsah und nicht so richtig zu verstehen schien, was überhaupt los war. Serena schäumte vor Wut, nur Astaroth, der wie üblich mitten auf dem Tisch lag und so tat, als ob er schliefe, hatte sich bisher nicht an der immer hitziger werdenden Diskussion beteiligt.

»Und was haben wir jetzt davon?«, fuhr Ben fort. »Sieh dir dieses Buch an! Er hat uns alle getäuscht!«

»Er wird seine Gründe gehabt haben«, sagte Serena bestimmt.

Ben wollte antworten, aber in diesem Moment bekam er Hilfe von unerwarteter Seite. »Ben hat Recht, weißt du?«, sagte Singh. »Trautman mag seine Gründe gehabt haben, uns dieses Buch nicht zu zeigen. Sehr gute Gründe, da bin ich sicher. Aber jetzt erinnert euch, was gestern passiert ist. Wenn wir dieses Buch gekannt hätten, dann wären wir vielleicht gewarnt gewesen. So wurde die NAUTILUS um ein Haar zerstört und Trautman selbst schwer verletzt.«

»Du auch?« Serena war empört. Sie schien gar nicht zu registrieren, *was* Singh gesagt hatte. »Von dir hätte ich nun wirklich etwas anderes erwartet.«

»Hört auf zu streiten«, seufzte Juan. Er blickte in die Runde. »Vielleicht sollten wir uns lieber die Frage stellen, *wie* Trautman an diese Informationen gekommen ist. Ich meine: Immerhin scheint er zu wissen, was in der Zukunft passiert – und das ist doch eigentlich unmöglich, oder?«

Einen Moment lang herrschte betretenes Schweigen. Dann streckte Ben die Hand nach dem Buch aus und sagte: »Vielleicht steht die Antwort ja hier drin.«

»Rühr es nicht an!«, sagte Serena scharf.

Tatsächlich zog Ben die Hand erschrocken zurück, funkelte Serena aber dennoch herausfordernd an. »Wieso nicht? Immerhin könnte unser Leben davon abhängen. *Trautmans* Leben könnte davon abhängen.«

»Du hast schon genug Schaden angerichtet!« Serena beugte sich blitzschnell über den Tisch und nahm das Buch an sich.

»Und was hast du jetzt damit vor?«, wollte Ben wissen.

»Ich bringe es Trautman zurück«, antwortete Serena. *Versuch doch, mich daran zu hindern!* Sie sprach es nicht laut aus, aber Ben las die Worte so deutlich in ihren Augen, dass er es nicht wagte zu protestieren. »Und ich hoffe, er hat es noch nicht gemerkt.«

Hat er nicht, meldete sich Astaroth zu Wort. *Er schläft immer noch.*

Wie geht es ihm?, fragte Mike auf dieselbe, lautlose Art. Er sah nicht einmal in Astaroths Richtung, denn er wollte nicht, dass die anderen etwas von ihrem gedanklichen Gespräch merkten. Mike war der Einzige an Bord der NAUTILUS, der auf diese Weise mit dem Kater reden konnte, und obwohl die anderen längst Zeit genug gehabt hätten, sich daran zu gewöhnen, wusste er doch, dass es ihnen noch immer ein bisschen unheimlich war. Und bei dem Thema Vertrauen, über das sie gerade stritten, wäre es vielleicht nicht so geschickt, sie ausgerechnet jetzt wieder mit der Nase darauf zu stoßen.

Schlecht, antwortete der Kater, der das Spiel perfekt mitspielte und nun auch noch hörbar zu schnarchen begann. *Er hat schlimme Träume. Und hohes Fieber. Er muss zu einem Arzt.*

Serena ließ ihren Blick noch einmal herausfordernd über alle schweifen, dann verließ sie hoch erhobenen Hauptes den Raum. Wäre das Panzerschott aus massivem Stahl nicht viel zu schwer gewesen, hätte sie es wütend hinter sich zugeknallt, da war Mike sicher.

Ben runzelte die Stirn und setzte zu einer bissigen Bemerkung an, aber ein warnender Blick aus Mikes Augen ließ ihn verstummen.

»Trautman wird uns bestimmt alles erklären, sobald er wieder zu sich kommt«, sagte Singh.

»Aber dazu *muss* er erst einmal wieder zu sich kommen«, sagte Mike. Er war dem Inder insgeheim dankbar für das Stichwort, denn er hatte sich bereits vergeblich den Kopf zerbrochen, wie er das Thema wechseln konnte, ohne dass es auffiel. »Allmählich beginne ich mir ernsthafte Sorgen um ihn zu machen. Wir brauchen einen Arzt.«

»Gute Idee«, sagte Ben spöttisch. »Geh doch mal vor die Tür. Vielleicht ist ja zufällig ein Arzt in der Nähe.«

Mike tat das Einzige, was ihm sinnvoll erschien – er ignorierte Ben und wandte sich mit einem fragenden Blick an Singh.

»Wir können ihn nicht einfach in ein Krankenhaus bringen«, sagte Singh nach kurzem Nachdenken. »In dem Zustand, in dem sich die NAUTILUS befindet, wäre es zu riskant, in einen Hafen einzulaufen. Selbst unter Wasser.« Er hob die Hand, als Mike etwas sagen wollte. »Es gibt eine Anzahl kleinerer Inseln, nicht allzu weit von hier. Auf einer davon befindet sich eine niederländische Handelsniederlassung. Ich war vor Jahren schon einmal dort. Sie ist ziemlich groß und hatte damals sogar ein eigenes Hospital. Wenn wir Glück haben, existiert es noch.«

»Worauf warten wir dann?«, fragte Juan.

Was Singh mit *ganz in der Nähe* bezeichnet hatte, das bedeutete gute zweieinhalb Stunden Fahrt, plus einer weiteren, die sie gebraucht hatten, um das beschädigte Schiff aus tausend Metern Tiefe vorsichtig an die Wasseroberfläche zu manövrieren. Trautman wachte in dieser Zeit nicht auf, aber sein Fieber stieg weiter an, und als Mike ihn das zweite Mal besuchte, fantasierte er wirr.

Jetzt stand Mike am Periskop und presste die Augen gegen die Gummiringe des Geräts. Sie hatten die Insel, von der Singh gesprochen hatte, erreicht und näherten sich jetzt dem halbrunden, natürlichen Hafen, hinter dem die kleinen, aber schmucken Häuser der holländischen Handelsniederlassung lagen. Über einem davon wehte eine weiße Fahne mit einem roten Kreuz. Das Hospital existierte also noch. Und sie hatten auch noch in anderer Hinsicht Glück: In dem Hafen lagen nur zwei alte Fischerboote.

Mike trat vom Periskop zurück und rieb sich mit Daumen und Zeigefinger über die Augen. »Alles friedlich«, sagte er. »Und das Hospital ist auch noch da. Jetzt brauchen wir nur noch ein Versteck für die NAUTILUS.«

»In den Hafen können wir jedenfalls nicht«, sagte Singh, der an den Kontrollen stand. »Er ist zu flach. Wir müssten auftauchen und dann würden sie uns sehen.«

»Auf welcher Seite stehen die Niederländer eigentlich?«, wollte Chris wissen.

»Keine Ahnung«, gestand Singh. »Es spielt auch keine Rolle. Wir dürfen auf keinen Fall gesehen werden.«

»Dann warten wir, bis es dunkel ist«, schlug Ben vor.

»Das sind noch mehr als zwölf Stunden!« Mike schüttelte heftig den Kopf. »So lange können wir keinesfalls warten. Wer weiß, was bis dahin mit Trautman ist.« Er seufzte hörbar. »Ich gehe an Land und sehe mich erst einmal um. Vielleicht kann ich den Arzt hierher bringen.«

»Ich nehme an, du sprichst perfekt holländisch?«, spöttelte Ben.

»Es heißt flämisch«, antwortete Mike. »Und es ist bestimmt nicht nötig. Ich bin sicher, dass die hier alle englisch reden. Außerdem nehme ich Astaroth mit.«

»Und mich«, sagte Ben. Er erstickte den Protest, zu dem Mike ansetzen wollte, mit einer energischen Geste. »Du kennst doch unsere eiserne Regel: Niemand geht allein von Bord, wenn wir nicht wissen, was uns draußen erwartet.«

Mike hatte gar nicht widersprechen wollen. Er war im Gegenteil sogar froh, nicht allein auf die Insel gehen zu müssen – nur hätte er sich vielleicht einen anderen Begleiter ausgesucht.

Oder auch eine Begleiterin, wie?, spöttelte Astaroths Stimme in seinem Kopf. *Ach, und übrigens auch noch einmal vielen Dank, dass du mich freiwillig gemeldet hast. Ich warte unten in der Schleuse auf euch.*

»In Ordnung«, sagte Singh. »In zwei Stunden erreicht die Flut ihren Höchststand. So lange warten wir hier auf euch. Danach müssen wir uns weiter aufs Meer zurückziehen.«

»Bis dahin sind wir längst wieder hier«, versicherte Ben. Er machte eine auffordernde Geste. »Komm.«

Sie verließen den Salon. Da der Turm zerstört war und Singh daher nicht das Risiko eingehen wollte, ganz aufzutauchen, mussten sie das Schiff durch die Bodenschleuse verlassen. Mike überlegte auf dem Weg nach unten, einen Taucheranzug anzulegen, entschied sich aber dann dagegen. Sie würden eine halbe Stunde brauchen, um die klobigen Unterwassermonturen an- und am Ufer wieder abzulegen, und das Ganze würde sich auf dem Rückweg wiederholen. Außerdem lag die NAUTILUS dicht genug unter der Wasseroberfläche, dass sie die wenigen Meter bequem mit angehaltenem Atem nach oben tauchen konnten. Ben war ein mindestens ebenso guter Taucher wie er und um Astaroth musste er sich keine Sorgen machen. Der Meerkater konnte im Wasser atmen wie ein Fisch.

Nicht einmal zehn Minuten später kletterten sie nebeneinander an Land, vollkommen durchnässt, aber kaum außer Atem und nur wenige hundert Meter vom Hafen und damit dem Stadtrand entfernt. Astaroth war schon lange vor ihnen angekommen und in dem dichten Gestrüpp verschwunden, das das Ufer an dieser Stelle säumte. Es kostete sie einige Mühe, sich durch das verfilzte Unterholz an Land zu kämpfen, aber genau aus diesem Grund hatten sie diese Stelle ja ausgesucht. Niemand würde sie bemerken, wenn sie an Land gingen. Sie konnten sich sogar eine kurze Verschnaufpause gönnen.

Ihr habt Glück, meldete sich Astaroth. *Sie erwarten den nächsten Frachter erst in einer Woche. Die meisten sind irgendwo auf der Insel unterwegs. Wenn ihr nicht direkt über die Hauptstraße spaziert, wird euch niemand bemerken.*

Mike teilte Ben mit, was er von Astaroth erfahren hatte, aber der junge Engländer wirkte nicht so erleichtert, wie er erwartet hatte, sondern zog im Gegenteil eine Grimasse.

»War vielleicht doch keine so gute Idee, hierher zu kommen«, sagte er.

»Wieso?«

Ben bog die Zweige des Gebüsches zur Seite, hinter dem sie sich niedergekauert hatten, und deutete mit einer Kopfbewegung auf die Ansammlung kleiner Häuser, die sich an einer einzigen, ungeteerten Straße reihten. »Dieses Kaff hat doch höchstens fünfhundert Einwohner. Hier fällt jeder Fremde auf wie ein bunter Hund.«

Mike musste Ben widerwillig Recht geben. Der Ort war wirklich klein. Sie konnten sich nicht einfach unter die Bevölkerung mischen und hoffen, nicht aufzufallen.

»Dann müssen wir außen herumgehen.« Er deutete auf das zweigeschossige, weiße Gebäude mit der Rot-Kreuz-Fahne, das sich am anderen Ende des Ortes befand. Dahinter erhob sich dichter, tropischer Wald, wie er auf den Inseln in diesen Breitengraden überall anzutreffen war. Ein Fußmarsch von sicherlich einer Stunde, dachte er missmutig. Vielleicht war ihr Zeitplan doch nicht so großzügig bemessen, wie er am Anfang geglaubt hatte.

Bevor sie losmarschierten, sah er noch einmal zurück aufs Meer, dorthin, wo die NAUTILUS lag. Das Schiff hatte sich nicht bewegt und lag noch immer knappe drei Meter unter der Wasseroberfläche, ein kolossaler dunkelgrüner Umriss, der mit dem etwas helleren Grün des Wassers zu verschwimmen schien. Man musste schon wissen, wonach man zu suchen hatte, oder ganz genau hinsehen, um die NAUTILUS zu entdecken.

»Da kommt jemand!«, sagte Ben plötzlich.

Mike fuhr erschrocken herum und sah in die Richtung, in die Bens ausgestreckte Hand wies. Tatsächlich bewegte sich eine einzelne Gestalt auf einem Fahrrad auf sie zu. Der Mann trug einen weißen Tropenanzug und einen gleichfarbigen Sonnenhut mit breiter Krempe. Auf dem Gepäckträger seines Fahrrades klemmte eine lederne Tasche und trotz der Entfernung konnte Mike hören, wie erbärmlich sein altersschwaches Fahrzeug quietschte und klapperte.

»Wir warten einfach hier, bis er vorbeigefahren ist«, schlug Ben vor.

Mike nickte zögernd. Der Mann hatte es nicht eilig und die Straße führte nicht weit an ihrem Versteck vorbei. Es bestand keine Gefahr, dass er sie entdeckte, aber Bens Vorschlag bedeutete einen weiteren Zeitverlust. Dennoch hatten sie wohl keine andere Wahl.

Nervös sah Mike noch einmal zur NAUTILUS zurück. Das Boot hatte seine Position nicht verändert, aber gerade als er sich wieder abwenden wollte, gewahrte er einen winzigen weißen Punkt, weit entfernt am Horizont. Ein Schiff? Mikes erster Gedanke war die WOTAN, aber er sah gleich darauf, dass zumindest *diese* Sorge unbegründet war. Die WOTAN war ein graugrüner Koloss, genau wie die NAUTILUS, und ebenso wie sie fuhr sie die meiste Zeit *unter* Wasser. Wäre es wirklich Thomas Trautmans Schiff gewesen, das sich da heranpirschte, dann hätten sie es erst gesehen, wenn es viel zu spät war. Das Schiff dort hinten machte keine Anstalten, sich zu verstecken, sondern kam ganz offen und überraschend schnell näher. Es schien eine große Jacht zu sein.

»Mensch, Opa, tritt in die Pedale«, murmelte Ben. »Ich habe keine Lust, hier Wurzeln zu schlagen.«

Mike sah zu dem Mann hin, dem Bens wenig freundliche Worte galten. Tatsächlich kam der Radfahrer so gemächlich näher, als wüsste er um ihre Anwesenheit und wollte sie provozieren. Mike vermutete allerdings eher, dass sein Schneckentempo auf das rostige Fahrrad zurückzuführen war, auf dem er sich abstrampelte. Außerdem war er alles andere als der Opa, als den Ben ihn bezeichnet hatte. Er war kahlköpfig und hatte ein schmales, fast ausgezehrt wirkendes Gesicht, aber Mike schätzte ihn kaum älter als fünfundvierzig.

Und er dachte überhaupt nicht daran, vorbeizufahren.

Mike hätte um ein Haar laut aufgestöhnt, als er keine zwanzig Meter von ihrem Versteck entfernt anhielt und sein Fahrrad gegen einen Baum lehnte. Umständlich beugte er sich vor, entfernte die Hosenklammern und nahm dann die abgewetzte Tasche vom Gepäckträger des Fahrrads.

»Ach du heilige Seekuh«, flüsterte Ben. »Was hat der denn vor?«

Mike zuckte mit den Achseln – woher sollte er das wissen –, rief aber gleichzeitig in Gedanken nach Astaroth. Der Kater antwortete nicht.

»Er kommt genau auf uns zu!«, keuchte Ben. »Nichts wie weg!«

Mike rief noch einmal nach Astaroth, aber er bekam auch diesmal keine Antwort. Und Ben hatte Recht: Der Mann in dem weißen Tropenanzug kam schnurstracks auf ihr Versteck zu! Hastig, aber sehr leise stemmte er sich hoch und eilte hinter Ben her.

»Wo ist dieser verdammte Kater?«, knurrte Ben. »Immer wenn man ihn wirklich braucht, ist er nicht da!«

Das stimmte natürlich nicht, aber Mike fragte sich dennoch, wieso Astaroth sie nicht gewarnt hatte. Nur eine oder zwei Minuten eher und sie hätten sich rechtzeitig ein anderes Versteck suchen können. Jetzt konnten sie froh sein, wenn sie das Ufer erreichten und sich dort verbergen konnten, bevor der Fremde hinter ihnen auftauchte.

Wie auf ein Stichwort hin knackte und raschelte es hinter ihnen im Geäst und eine leicht atemlose Stimme rief: »So bleibt doch stehen, Jungs! Ich muss mit euch reden! Ben! Mike!«

Mike blieb abrupt stehen und riss ungläubig die Augen auf. *Was* hatte der Fremde gesagt?

Auch Ben machte nur noch zwei weitere stolpernde Schritte und hielt dann an, kaum einen Meter vom Wasser entfernt. Verwirrt drehte er sich herum und starrte Mike an. »Wieso ... wieso kennt er unsere Namen?«, murmelte er.

Mike hob abermals die Schultern und drehte sich mit klopfendem Herzen herum. Der Fremde trat gerade wenige Schritte hinter ihnen aus dem Gebüsch. Obwohl er im Gegensatz zu Ben und ihm nicht gerannt war, schien er ziemlich außer Atem zu sein. Offenbar war er nicht besonders gut in Form.

»Mike?«, fragte er kurzatmig. »Bist du Ben oder Mike? Nein, du musst Mike sein, so wie du mir beschrieben wurdest.«

»Wer sind Sie?«, fragte Mike und Ben fügte hinzu:

»Woher kennen Sie unsere Namen?«

»Van Aldekerk«, sagte der Fremde. »Ich bin Henk Van Aldekerk. Doktor Van Aldekerk, um genau zu sein.« Er kam heftig schnaufend näher und streckte Mike die Hand entgegen. »Und du musst Mike sein. Tatsächlich, die Beschreibung hätte nicht besser sein können.«

Mike griff ganz automatisch nach Van Aldekerks ausgestreckter Hand, sah sich aber äußerst misstrauisch um. Was ging hier vor?

»Keine Sorge, ich bin allein gekommen«, sagte Van Aldekerk. »Genau wie es vereinbart war.«

»Vereinbart? Mit wem?«, fragte Ben misstrauisch. »Und wer sind Sie überhaupt?«

»Mit dem Mann, der mich hierher bestellt hat«, antwortete Van Aldekerk.

»Wer war das?«

Van Aldekerk schüttelte den Kopf. »Das darf ich nicht sagen«, antwortete er. »Aber mein Auftraggeber hat mir aufgetragen, ich solle euch Folgendes ausrichten: Ihr könnt mir vertrauen.«

»Na wenn das so ist, ist ja alles klar«, sagte Ben säuerlich. »Wie konnte ich nur so vollkommen grundlos misstrauisch sein?«

»Er hat mir auch gesagt, dass du ganz genau das sagen würdest«, sagte Van Aldekerk grinsend. »Und er hat mir auch von deinem Missgeschick erzählt.«

»Was für ein Missgeschick?«, fragte Ben verwirrt. Er machte einen Schritt zur Seite, glitt auf einem nassen Stein aus und begann mit den Armen zu rudern. Vergebens. Er stürzte nach hinten, fiel mit einem gewaltigen Platschen ins Wasser und kam prustend und wie ein Rohrspatz fluchend wieder hoch.

»Diesem«, sagte Van Aldekerk ruhig.

Ben spießte ihn mit Blicken regelrecht auf, während Mike für einen Moment alle Mühe hatte, nicht vor Lachen laut herauszuplatzen.

Aber er wurde sofort wieder ernst, als er sich zu Van Aldekerk herumdrehte. »Wer sind Sie?«, fragte er. Obwohl er immer noch gegen ein Grinsen ankämpfen musste, fand er das Ganze doch recht sonderbar. Wie hatte der Mann wissen können, dass Ben ins Wasser fallen würde?

»Wer sind Sie?«, fragte er noch einmal.

»Warum unterhalten wir uns nicht später darüber, auf eurem Schiff?«, fragte Van Aldekerk. »Nach allem, was ich gehört habe, braucht euer Freund ziemlich dringend Hilfe.«

»Welcher Freund?«, fragte Mike.

»Was für ein Schiff?«, wollte Ben wissen.

Van Aldekerk setzte zu einer Antwort an, aber dann machte er ein verblüfftes Gesicht und schlug sich mit der flachen Hand vor die Stirn, dass es klatschte. »Ich Dummkopf«, sagte er. »Ich hätte euch sagen müssen, dass ich Doktor der Medizin bin.«

»Sie sind Arzt?«, fragte Ben misstrauisch.

»Vielleicht kein besonders guter, aber der Einzige, den ihr im Umkreis von hundert Seemeilen finden werdet. Ich soll mich um euren Steuermann kümmern. Wie ich gehört habe, ist er ziemlich schwer verletzt. Wie ist es also? Bringt ihr mich zu meinem Patienten oder soll ich wieder nach Hause gehen und die horrende Summe, die mir euer Freund gegeben hat, fürs Nichtstun einstreichen?«

Mike war nun völlig verwirrt. Dieser Van Aldekerk wurde ihm

allmählich unheimlich. Er wusste Dinge, die er einfach nicht wissen konnte!

»Wer hat Sie engagiert?«, beharrte Ben. »Wie hat er ausgesehen?«

»Das darf ich euch nicht sagen«, antwortete Van Aldekerk stur. »Aber ich soll euch mitteilen, dass ihr Azalot fragen sollt, wenn ihr mir nicht glaubt.«

»Azalot?«

»Astaroth«, sagte Mike. »Er meint Astaroth.«

Genau das, erklang die Stimme des Meerkaters hinter seiner Stirn. *Und ihr könnt ihm vertrauen. Er sagt die Wahrheit.*

Es raschelte und hinter Van Aldekerk tauchte der einäugige Kater im Gebüsch auf.

Steht nicht rum und haltet Maulaffen feil. Trautman geht es sehr schlecht. Und Van Aldekerk ist wirklich der einzige Arzt weit und breit. Und ein verdammt guter dazu.

Mike überlegte noch einen Moment. *Beobachtet uns Singh?,* fragte er.

Natürlich.

»Also gut«, murmelte Mike. Ben sah ihn fragend an, aber Mike ignorierte ihn, drehte sich zum Wasser um und winkte mit beiden Armen.

»Was tust du da?«, keuchte Ben. »Bist du verrückt geworden?«

»Er sagt die Wahrheit«, antwortete Mike. »Astaroth vertraut ihm.«

»Aber du kannst ihm doch nicht die NAUTILUS zeigen!«, ächzte Ben.

Mike gestikulierte weiter, aber was für Van Aldekerk und die meisten anderen nur wie ein hektisches Armwedeln ausgesehen hätte, war in Wirklichkeit eine Zeichensprache, die sie schon vor Jahren miteinander vereinbart hatten. Es verging auch nur ein Augenblick, bis das Wasser über dem verschwommenen Umriss des eisernen Riesenfisches zu schäumen begann. Sprudelnde Luftblasen stiegen in immer größerer Zahl empor und zerplatzten und dann brach das ganze gewaltige Unterseeboot durch das Meer.

Ben ächzte und Van Aldekerk sog überrascht die Luft ein. In seinen Augen stand jedoch kein Schrecken, als Mike sich zu ihm herumdrehte, sondern nur Staunen und Neugier.

»Das ist ... beeindruckend«, sagte er. »Genauso, wie er es beschrieben hat. Aber ich habe es mir nicht so gewaltig vorgestellt.«

»Er?«, fragte Ben.

»Der Mann, der mich hierherbestellt hat«, antwortete Van Aldekerk augenzwinkernd. »Mehr darf ich nicht sagen. Henk Van Aldekerk hält sein Wort, müsst ihr wissen.«

»Sie dürfen mit niemandem über das sprechen, was Sie jetzt gesehen haben, Doktor«, sagte Mike beschwörend. »Und schon gar nicht über das, was Sie gleich sehen werden.«

»Ehrensache«, antwortete Van Aldekerk fröhlich. »Unter einer Bedingung.«

»Welcher?«, fragte Mike misstrauisch.

Der holländische Arzt deutete auf die NAUTILUS. »Ihr verratet mir, wie ich dort hinüberkomme. Ich kann nämlich nicht schwimmen.«

Singh hatte das Beiboot geschickt, das sich in einer speziell dafür vorgesehenen Vertiefung im Heck der NAUTILUS befand. Sie hatten den Weg durch den zerstörten Turm genommen – mit dem Ergebnis, dass wieder Wasser in das Schiff geschwappt war und die Putzarbeit von zwei Tagen zunichte gemacht hatte.

Mike verschwendete allerdings in diesem Moment keinen Gedanken daran, sondern behielt Van Aldekerk aufmerksam im Auge. Der niederländische Arzt wurde ihm mit jeder Sekunde unheimlicher. Er zeigte nicht die geringste Spur von Überraschung oder gar Furcht – zwei Reaktionen, die der Anblick der NAUTILUS bei fast jedem Menschen auslöste, der unvorbereitet damit konfrontiert wurde –, sondern sah sich mit unverhohlener Neugier um. Er sparte auch nicht mit größtenteils unverständlichen Kommentaren.

Sie warteten vor der geschlossenen Tür zu Trautmans Kajüte, während Van Aldekerk ihn untersuchte, und natürlich gab es nur ein einziges Thema. Van Aldekerk. Wer war dieser Mann? Woher kam er und woher hatte er sein Wissen über die NAUTILUS und ihre Besatzung? Und vor allem: Wer war sein geheimnisvoller Auftraggeber?

Es war eine hitzige, allerdings nicht sehr lange Diskussion. Van Aldekerk kam nach überraschend kurzer Zeit wieder heraus. Er hatte ein Stethoskop um den Hals hängen und trocknete sich gerade die Hände an einem sauberen Tuch ab. Der Ausdruck auf seinem Gesicht war ernst.

»Was ist mit Trautman?«, fragte Serena, bevor einer der anderen etwas sagen konnte.

Van Aldekerks Gesicht wurde noch ernster. »Sein Zustand ist nicht gut«, sagte er. »Er hat schwere innere Verletzungen.«

»Aber Sie können ihm helfen.«

»Nicht hier«, antwortete Van Aldekerk. »Er muss in ein Krankenhaus –«

»Dann bringen wir ihn an Land«, sagte Serena.

»Ganz egal, ob man uns dabei beobachtet oder nicht«, fügte Singh in einem Ton grimmiger Entschlossenheit hinzu.

»– aber ich fürchte, unser kleines Spital ist nicht für so schwere Fälle eingerichtet«, führte Van Aldekerk den angefangenen Satz zu Ende.

Für einen Moment legte sich ein beinahe entsetztes Schweigen über die kleine Gruppe.

»Also ein ... ein anderes Krankenhaus?«, murmelte Serena.

»Das nächste Krankenhaus, das diesen Namen wirklich verdient, ist eine halbe Tagesreise entfernt, selbst mit diesem Schiff«, sagte Van Aldekerk bedauernd. »Ich glaube nicht, dass er noch so lange durchhält. Es ist ein Wunder, dass er überhaupt noch lebt.«

»Aber wir können ihn doch nicht einfach sterben lassen!«, murmelte Serena. Ihre Stimme zitterte. Sie rang sichtlich mit den Tränen und Mike glaubte plötzlich eine eiskalte Hand zu spüren, die ihm den Atem abschnürte.

»Das habe ich auch nicht gesagt«, antwortete Van Aldekerk. Er griff in die Tasche, förderte ein total zerknittertes Blatt Papier zu Tage und sah sich in der Runde um. »Wer von euch ist Singh?«

Noch bevor der Inder antworten konnte, identifizierte Van Aldekerk ihn offensichtlich selbst, denn er hielt ihm den Zettel hin. Singh griff danach, strich ihn hastig glatt und überflog die wenigen Zeilen, die darauf geschrieben standen. Mike konnte sehen, wie das Blut aus seinem Gesicht wich.

»Aber das ist doch –«, keuchte er.

»Was?«, fragte Ben alarmiert.

Singh beachtete ihn gar nicht. Er starrte Van Aldekerk an, dann wieder das Blatt und schließlich wieder den Arzt. »Wer hat Ihnen das gegeben?«

»Der Mann, der mich hierher geschickt hat«, antwortete Van Aldekerk.

»Das ist vollkommen unmöglich!«, antwortete Singh. Seine Hände zitterten plötzlich so stark, dass er Mühe hatte, das Blatt zu halten. Mike versuchte einen Blick darauf zu werfen, aber es gelang ihm nicht.

»Ja, er hat gesagt, dass Sie genauso reagieren würden«, antwortete Van Aldekerk. »Aber er hat auch gesagt, dass Sie mir im Endeffekt glauben würden – und dass Sie einen Blick auf Ihre Ortungsgeräte werfen sollten. Ich verstehe zwar nicht, was er damit meint, aber ich soll Ihnen sagen, dass sich die WOTAN auf dem Weg hierher befindet und dass Ihnen nur noch sehr wenig Zeit bleibt.«

Singh wurde noch blasser, fuhr auf dem Absatz herum und lief davon und Van Aldekerk rief ihm nach: »Und passen Sie an der Tür auf!«

»An welcher Tür?« Singh drehte im Laufen den Kopf, und das hätte er besser nicht getan, denn im nächsten Moment knallte er mit solcher Wucht gegen den Rand des niedrigen halb runden Panzerschotts, das sich vor ihm befand, dass er taumelte.

»An der«, sagte Van Aldekerk.

Singh fand sein Gleichgewicht wieder und war im nächsten Moment verschwunden und Mike und die anderen drehten sich wieder zu Van Aldekerk um.

Der kahlköpfige Arzt seufzte tief. »Ich würde gerne noch eine Weile bleiben und dieses fantastische Schiff erkunden, aber ich fürchte, für mich wird es allmählich Zeit. Ich muss zurück an Land. Dort warten noch andere Patienten auf mich.«

»Das kommt überhaupt nicht in Frage!«, sagte Ben.

»Was soll das heißen?«, fragte Chris.

»Ihr könnt ihn doch nicht einfach gehen lassen!«, ächzte Ben. »Nicht nach allem, was er gesehen hat.«

»Ach, und was schlägst du vor?«, fragte Mike. »Sollen wir ihn vielleicht erschießen?«

»Natürlich nicht«, antwortete Ben, »aber er ...«

»Er wird niemandem etwas verraten«, unterbrach ihn Serena. Sie wandte sich an Van Aldekerk. »Das stimmt doch, oder?«

»Selbstverständlich«, antwortete der Arzt. »Und selbst wenn ich es wollte: Wer würde mir das schon glauben?«

»Ich bin trotzdem dagegen«, maulte Ben. Aber er war überstimmt. Niemand hörte mehr auf ihn.

»Ich bringe Sie an Land«, sagte Juan, doch Van Aldekerk schüttelte den Kopf.

»Das wird nicht nötig sein«, sagte er. »Es reicht, wenn ihr mir das Boot überlasst. Ich kann zwar nicht schwimmen, aber ich bin ein ganz passabler Ruderer. Und ich soll euch ausrichten, dass ihr das Beiboot ohnehin nicht mehr braucht.«

»Aber Sie können uns nicht sagen, von wem?«, vermutete Ben. Seine Stimme triefte vor Hohn.

Hört mit dem Unsinn auf!, mischte sich Astaroth ein. *Er sagt die Wahrheit! Trautman junior ist wirklich auf dem Weg hierher. Und er poliert schon seine Torpedos!*

»Er sagt die Wahrheit«, wiederholte Mike. »Wir können ihm vertrauen.«

»Wer sagt das?«, giftete Ben. »Ach ja, ich verstehe. Astaroth, stimmt's? Wenn sich so eine blöde Katze für ihn verbürgt, dann können wir den gesunden Menschenverstand ja über Bord werfen.«

Das hat er doch schon vor zehn Jahren gemacht, spöttelte Astaroth. *Und über die blöde Katze unterhalten wir uns noch, das kannst du ihm ausrichten.*

Mike zog es vor, das nicht zu tun, sondern wandte sich mit einem auffordernden Nicken an Juan. »Bring ihn zum Boot«, sagte er. »Und Ihnen, Doktor Van Aldekerk, möchte ich noch einmal danken.«

»Ich wurde überaus großzügig entlohnt«, antwortete Van Aldekerk. »Allein dieser Anblick hier war die Mühe hundertmal wert. Es tut mir Leid, dass ich nicht mehr für euren Freund tun konnte. Aber er wird gut versorgt, dort wo ihr ihn hinbringt. Mijnheer Singh weiß Bescheid.«

Er wandte sich mit einem auffordernden Nicken an Juan und beide verschwanden. Noch während ihre Schritte auf dem Metallboden allmählich verklangen, knurrte Ben: »Wer hat dich eigentlich zum Anführer gemacht, wenn ich fragen darf?«

Mike machte sich nicht die Mühe, zu antworten. Sie hatten

im Moment wirklich wichtigere Dinge zu tun, als sich zu streiten.

Nur Serena war bei Trautman zurückgeblieben, obwohl er das Bewusstsein nicht wiedererlangt hatte, alle anderen waren in den Salon gestürmt und hatten Singh mit einer Flut von Fragen bestürmt – von denen er keine einzige beantwortet hatte. Ganz im Gegenteil: Kaum war Juan als Letzter hereingekommen und hatte erklärt, dass die Luke zum Turm verschlossen war, da scheuchte er sie mit groben Worten auf ihre Plätze. Die Motoren der NAUTILUS erwachten grollend zum Leben und das Schiff sank so schnell, dass Mike wohl nicht der Einzige war, der ernsthaft befürchtete, der Inder würde das Schiff in den Meeresgrund rammen, der hier, unmittelbar vor der Küste, nicht besonders tief lag. Im buchstäblich allerletzten Moment hörte die Sinkbewegung auf und die NAUTILUS begann sich stampfend und wie ein störrisches Pferd bockend auf der Stelle zu drehen. Singh belastete die NAUTILUS rücksichtslos bis an ihre Grenzen. Offensichtlich kam es ihm tatsächlich auf jede Sekunde an.

Erst als sie allmählich Fahrt aufnahmen und sich von der Küste zu entfernen begannen, atmete Singh erleichtert auf. Er blieb nervös, aber er war jetzt zumindest nicht mehr in Panik.

»Und?«, fragte Ben.

»Was – und?«, erwiderte Singh.

»Jetzt spiel nicht den Dummkopf!«, fauchte Ben. »Was ist los? Wieso rennen wir davon, als wäre der Teufel persönlich hinter uns her? Was stand in diesem seltsamen Brief und vor allem: Wer hat ihn geschrieben?«

Singh warf einen Blick auf die Kontrollinstrumente vor sich und betätigte ein paar Schalter, bevor er antwortete. »Die WOTAN. Fragt mich nicht wie, aber sie hat uns entdeckt und sie ist bereits auf dem Weg hierher.«

»Das wissen wir bereits«, sagte Ben. »Aber woher wusste es dieser ominöse Briefschreiber? Wer zum Teufel *ist* er?«

»Das kann ich euch im Moment noch nicht sagen«, antwortete Singh. »Das ist alles so...« Er sprach den Satz nicht zu Ende. Schließlich gab er sich einen deutlichen Ruck.

»Jetzt müssen wir erst einmal der WOTAN entkommen«, sagte er.

»Moment mal«, sagte Ben. »Ich dachte, *wir* würden die *WOTAN* jagen und nicht umgekehrt.«

»Wir können keinen Kampf riskieren«, antwortete Singh bestimmt. »Nicht mit einem Schwerverletzten an Bord, für den jede Minute zählt.«

»Aber sie kann uns doch nicht einholen, oder?«, fragte Chris unruhig.

»Die WOTAN ist so schnell, wie es die NAUTILUS vor der Überholung durch die lemurischen Ingenieure war«, antwortete Singh. »Wir sind zwar beschädigt, aber immer noch deutlich schneller als das Schwesterschiff ... Außerdem haben wir noch einen Vorsprung.« Er zuckte mit den Achseln. »Was mir viel größere Sorgen bereitet, ist die Frage, wie sie uns überhaupt finden konnten.«

»Wenn die Schiffe fast gleich sind, dann haben sie auch die gleichen Ortungsgeräte an Bord«, gab Chris zu bedenken, aber Singh schüttelte entschieden den Kopf.

»Die lemurischen Suchgeräte sind viel besser«, sagte er. »Und *ich* habe die WOTAN erst vor ein paar Minuten entdeckt und selbst das nur, weil ich ganz genau wusste, wo ich zu suchen hatte. Es gibt nur eine einzige Erklärung.«

»Er hat gewusst, dass wir hier sind«, sagte Mike leise.

»Aber woher?«, fragte Chris. »Vor zwei Stunden wussten wir es doch selbst noch nicht.«

Ben schnaubte abfällig. »Vielleicht von demselben großen Unbekannten, der Van Aldekerk hergeschickt hat«, sagte er. »Und dieser Brief –« Herausfordernd funkelte er Singh an. »– jetzt sag uns endlich, von wem er ist und was drinsteht. Die Lage ist zu ernst, um Spielchen zu spielen, Singh.«

»Glaub mir, Ben«, sagte Singh fast sanft. »Der Absender dieses Briefes hat nichts damit zu tun. Darauf verwette ich mein Leben.«

»Na dann wollen wir nur alle hoffen, dass du Recht hast«, sagte Ben wütend. »Du *hast* dein Leben nämlich gerade darauf verwettet – und unsere dazu.«

Mit einem wütenden Ruck drehte er sich herum und stampfte davon. Singh blickte ihm kopfschüttelnd nach, seufzte tief und senkte den Blick dann wieder auf die Instrumente vor sich. »Es wird Zeit«, sagte er. »Wir müssen auftauchen.«

»Auftauchen?«, wiederholte Mike verblüfft. Trotz der enormen Geschwindigkeit, mit der die NAUTILUS durch das Wasser pflügte, konnten sie sich erst wenige Meilen von der Insel entfernt haben. Auf jeden Fall nicht annähernd weit genug, um vor der näher kommenden WOTAN in Sicherheit zu sein.

Juan betätigte gehorsam die Kontrollen und die NAUTILUS

begann langsamer zu werden und stieg gleichzeitig nach oben. Die Irisblende vor dem großen Bullauge war geschlossen, sodass Mike nicht sagen konnte, wie nahe sie der Oberfläche schon waren, aber sie waren im seichten Wasser vor der Insel ja auch nicht tief getaucht. Es vergingen nur wenige Augenblicke, bis Mike den leichten Ruck spürte, mit dem die NAUTILUS durch die Wasseroberfläche brach und zur Ruhe kam.

»Mike, komm mit.« Singh trat mit schnellen Schritten hinter dem Steuerpult hervor und verließ den Salon und Mike folgte ihm. Sie eilten den langen Mittelgang entlang und die Treppe nach oben.

»Ich gehe zum Turm«, sagte Singh. »Du gehst zu Serena und sagst ihr Bescheid, dass Trautman gleich abgeholt wird.«

»Abgeholt? Aber –«

Singh schnitt ihm mit einer Handbewegung das Wort ab. »Später. Jetzt beeil dich. Jede Minute zählt.«

Er eilte weiter und ließ Mike vollkommen verwirrt zurück. Aber er blieb nur kurz so stehen und setzte seinen Weg fort und lief zu Trautmans Kabine.

Trautman war nicht allein. Serena saß auf seiner Bettkante und hielt seine Hand und auf der anderen Seite hatte sich Astaroth zusammengerollt. Sein Auge war geschlossen und er schnurrte laut, aber Mike spürte, dass er nicht schlief. Seine linke Pfote lag auf Trautmans Hals.

»Wie geht es ihm?«, fragte Mike.

Serena hob nur die Schultern. »Er schläft«, antwortete sie, so leise, als hätte sie Angst, Trautman aufzuwecken. »Wenigstens fantasiert er nicht mehr. Der Arzt hat ihm eine Injektion gegeben.«

»Gleich kommt jemand, der sich um ihn kümmert«, sagte Mike.

Jetzt sah Serena zu ihm hoch. »Wer?«

»Ich weiß es nicht«, antwortete Mike. »Singh hüllt sich weiter in Schweigen. Aber ich bin sicher, dass es das Richtige ist. Er würde nie etwas tun, was Trautman schadet.«

Ein dumpfer Schlag hallte durch das Schiff und Mike fuhr erschrocken zusammen. Sie alle kannten dieses Geräusch – es war der Laut, mit dem das Turmluk aufschwang und gegen den metallenen Rumpf prallte. Aber er war ihm niemals so laut und unheimlich vorgekommen.

»Ich verstehe das alles nicht«, murmelte Serena. »Ich ... ich habe Angst, Mike.«

Mike erging es nicht besser. Er wollte zu Serena hingehen und sie tröstend in die Arme schließen, aber er tat es nicht. Es wäre ihm in diesem Moment einfach unpassend erschienen.

Es vergingen nur wenige Augenblicke, bis er Schritte hinter sich hörte. Singh kam zurück. Er war nicht mehr allein. In seiner Begleitung befanden sich drei Männer, die eine Art dunkelblauer Seemannsuniform mit goldenen Tressen trugen. Auf ihren Mützen prangte ein sonderbares Emblem: ein kleiner Oktopus, der eine Art geschliffenen Diamanten in den Fangarmen hielt. Zwei von ihnen waren relativ jung, vielleicht Mitte zwanzig, der Dritte mindestens doppelt so alt und grauhaarig. Mike hätte die schwarze Arzttasche, die er in der Hand trug, gar nicht sehen müssen, um zu wissen, wen er vor sich hatte.

Ohne ein überflüssiges Wort zu verlieren, setzte sich der Arzt zu Trautman und sagte knapp: »Lassen Sie mich einen Moment mit dem Patienten allein, bitte.«

Singh und Mike gehorchten sofort, aber Serena zögerte einen Moment. Erst als auch Astaroth von der Liege heruntersprang, wandte auch sie sich um und trat auf den Gang hinaus.

»Wer ist das?«, fragte sie, an Singh gewandt. »Was sind das für Männer?«

»Kommt mit«, antwortete Singh. »Ich erkläre euch alles. So weit ich es selbst verstehe.«

Serena drehte sich noch einmal zur Tür von Trautmans Kabine um, die jetzt allerdings geschlossen war. Widerwillig nickte sie schließlich und folgte Singh, der bereits in Richtung Salon zurückging. Auch Mike tat so, als setze er sich hinter ihnen in Bewegung, aber er tat nur wenige Schritte, dann machte er kehrt und lief den Weg zurück. Immer zwei Stufen auf einmal nehmend, lief er die Treppe zum Turm hinauf und trat geduckt und mit klopfendem Herzen in den demolierten Aufbau hinaus.

Gischt und unerwartet kalte Luft stoben durch die zertrümmerten Bullaugen herein und dicht neben der NAUTILUS ragten die Aufbauten eines Schiffes in die Höhe. Mike hörte gedämpfte Stimmen, die sich Kommandos in einer ihm völlig unbekannten Sprache zuriefen, trappelnde Schritte und das Knarren des Schiffsrumpfes und der Wanten.

Hastig drehte er das Gesicht aus dem Wind, zog den Kopf zwischen die Schultern und trat geduckt durch das zerborstene Bullauge auf das Vorderdeck der NAUTILUS hinaus. Obwohl die Stimmen jetzt deutlicher wurden, war kein Mensch zu sehen, sodass er sich das fremde Schiff in aller Ruhe ansehen konnte.

Er erkannte es sofort wieder. Es war die weiße Jacht, die er von der Insel aus gesehen hatte. Sie war sehr groß und von einer Bauweise, die ihm vollkommen fremd war. Mike hätte den Unterschied zu anderen Schiffen kaum in Worte fassen können. Alles an diesem Schiff wirkte fließend und elegant. Es gab keine scharfen Kanten, keine jähen Winkel, alles schien organisch, fast lebendig. Dieses Schiff machte auf ihn den Eindruck eines großen, geschmeidigen und unglaublich starken Tieres, das vielleicht nicht nur für das Element geschaffen war, in dem er es jetzt erlebte.

Mike riss sich mühsam vom Anblick der weißen Segeljacht los, sah sich noch einmal nach allen Seiten um und trat dann mit einem entschlossenen Schritt auf das nur wenig tiefer liegende Deck der Segeljacht hinab. Er musste das Geheimnis dieses Bootes ergründen. Schließlich würden sie seinem Besitzer Trautmans Leben anvertrauen. Und vielleicht auch ihre.

Er sah sich einen Moment unschlüssig um und steuerte schließlich die erstbeste Tür an, die in die Aufbauten hineinführte. Sie glitt lautlos vor ihm zur Seite, als er sich auf einen halben Meter genähert hatte. Mikes schon ausgestreckte Hand erstarrte für einen Moment reglos in der Luft, dann machte er einen weiteren Schritt und betrat den Raum. Hinter ihm glitt die Tür genauso lautlos und wie von Geisterhand bewegt wieder zu, wie sie sich geöffnet hatte.

Aber das nahm Mike in diesem Moment gar nicht zur Kenntnis.

Fassungslos und aus ungläubig aufgerissenen Augen sah er sich um. Hätte er es nicht besser gewusst und wäre der Raum nur ein wenig größer gewesen, dann hätte er sich genauso gut im Salon der NAUTILUS befinden können.

Die Bücherregale, der große Tisch, die schweren Seidentapeten an den Wänden – sie waren nicht wirklich identisch, aber doch so ähnlich, dass es sich dabei unmöglich um einen Zufall handeln konnte. Wer immer diesen Raum eingerichtet hatte, hatte den Salon der NAUTILUS gekannt und sich bemüht, ihn nachzuahmen. Es gab nur zwei wirkliche Unterschiede: Statt des riesigen Bullauges mit der Irisblende hatte dieser Raum ganz normale Fenster – Mike war fast sicher, von außen *keine* Fenster gesehen zu haben – und wo bei der NAUTILUS das komplizierte Steuerpult stand, erhob sich hier eine ausgewachsene Kirchenorgel.

Nachdenklich trat er an eines der Bücherregale heran und studierte die Titel auf den Buchrücken. Selbst die Auswahl war der der Bibliothek der NAUTILUS ähnlich. Bücher über Seefahrt und Schiffsbau, über Meeresbiologie und Vulkanismus, aber auch über versunkene Kulturen und Archäologie.

Er hörte ein Geräusch. Mike fuhr erschrocken zusammen, sah einen verschwommenen Schatten am Fenster vorbeigehen und begriff, dass jemand kam. Nach allem, was sie bisher erlebt hatten, schien es zwar kaum wahrscheinlich, dass ihnen die Besatzung dieser Jacht feindselig gesonnen war – aber sie würden vielleicht doch nicht begeistert reagieren, wenn er hier herumschnüffelte.

Hastig sah er sich nach einem Versteck um, fand keines und duckte sich schließlich hinter die Orgel.

Und keine Sekunde zu früh. Die Tür glitt lautlos auf und zwei Gestalten betraten den Raum, ein Mann und eine Frau. Das Gesicht des Mannes konnte er nicht erkennen, denn er hatte sich halb herumgedreht und sprach mit seiner Begleiterin; das der Frau dafür umso besser.

Sie war sehr alt, siebzig, vielleicht sogar achtzig Jahre oder älter, ging aber dennoch hoch aufgerichtet und ohne das geringste Anzeichen von Gebrechlichkeit. Ihr langes Haar hatte dieselbe Farbe wie das schneeweiße Kleid, das sie trug, und man konnte ihr ansehen, dass sie früher einmal eine sehr schöne Frau gewesen sein musste.

Aber das war nicht der Grund, aus dem Mike sie beinahe fassungslos anstarrte. Die alte Frau sah aus wie ...

Aber das war unmöglich.

Der Gedanke war so absurd, dass Mike sich einfach weigerte, ihn zu Ende zu denken, und er kam auch nicht dazu, sie noch einmal genauer in Augenschein zu nehmen, denn in diesem Moment wandte sie sich wieder um und ging. Ihr Begleiter blieb, und als er sich zu Mike herumdrehte und dieser in sein Gesicht sah, vergaß er die weißhaarige Frau schlagartig.

Mike riss ungläubig die Augen auf, als er in ein Gesicht blickte, das es einfach ... nicht geben durfte.

Der Mann trug dieselbe Art von dunkelblauer Seemannsuniform wie die Matrosen, die an Bord der NAUTILUS gekommen waren. Er trug keine Mütze, aber auf seinen Manschettenknöpfen wiederholte sich das Emblem, das Mike schon kannte – ein Oktopus, der einen Diamanten umklammert hielt –, und er hatte drei dünne goldene Streifen an den Jackenaufschlägen. Er musste mindestens so alt sein wie die Frau, die Mike gerade bei ihm gesehen hatte, aber genau wie sie wirkte er nicht im Geringsten gebrechlich. Und sein Gesicht ...

Mike hatte plötzlich dasselbe, unheimliche Gefühl wie vor zwei Wochen, als er Trautmans Sohn das erste Mal begegnet war.

Dieser Mann hatte *sein* Gesicht. Abgesehen von vielleicht sechzig oder siebzig Jahren Lebenszeit hätten sie Brüder sein können. Zwillinge. Oder –

»Ich finde, du hast mich jetzt lange genug angeschaut, Mike«, sagte der Mann. »Komm heraus.«

Mike erstarrte. Zugegeben, sein Versteck war nicht besonders gut, aber er war sicher, nicht den mindesten Laut verursacht zu haben. Und von dort aus, wo der Fremde stand, *konnte* er ihn gar nicht gesehen haben.

»Jetzt sei nicht albern, Mike«, fuhr dieser fort, lächelnd, aber doch in leicht ungeduldigem Ton. »Uns bleibt nicht sehr viel Zeit. In ein paar Minuten wird Trautman an Bord gebracht und danach müssen wir von hier verschwinden, so schnell es geht. Und ihr auch.«

Mike sah ein, wie sinnlos es war, weiter stur zu bleiben, und kam aus seinem Versteck. Der Mann in der blauen Kapitänsuniform sah ihn auf eine Weise an, die Mike einen eiskalten Schauer über den Rücken jagte.

»Wer ... wer sind ... wer sind Sie?«, brachte er mühsam hervor.

Der Fremde lächelte. »Ich glaube, das weißt du ganz genau«, sagte er und verbesserte sich gleich darauf selbst: »Nein. Ich weiß, dass es so ist. Du kannst es nur noch nicht zugeben. Das verstehe ich. Der Schock ist einfach zu groß.«

»Aber das ist unmöglich«, murmelte Mike zum wiederholten Male. »Ich dachte ... ich meine, man hat mir gesagt, du ...«

»Ich wäre tot, ja«, entgegnete sein Gegenüber. »Ich bedaure es von ganzem Herzen, dass ich selbst dich in diesem Glauben lassen musste, aber ich hatte keine andere Wahl. Nicht mehr lange und du wirst verstehen, warum ich so handeln musste.«

Er drehte sich zur Tür herum und trat einen halben Schritt zur Seite. Einer der Matrosen, die Mike schon drüben auf der NAUTILUS gesehen hatte, kam herein, gefolgt von dem grauhaarigen Arzt und Singh. Singh sah den Mann in der blauen Kapitänsuniform fassungslos an und verlor alle Farbe.

»Singh«, sagte der Fremde. »Mein treuer, guter Singh. Wie sehr ich mich doch freue, dich wiederzusehen!«

»Also doch«, flüsterte Singh. Wenn Mike ihn jemals zutiefst erschüttert gesehen hatte, dann jetzt. »Ich konnte es nicht glauben, aber nun ...«

»Was ich gerade schon zu Mike gesagt habe, gilt auch für dich, Singh«, sagte der Kapitän. »Ich entschuldige mich dafür, dich in dem Glauben gelassen zu haben, ich wäre gestorben. Aber es musste sein.« Er wandte sich an den Arzt. »Trautman?«

»Er ist in der Krankenstation«, antwortete der Arzt. »Doktor Van Aldekerk hat gute Arbeit geleistet, so weit ihm das möglich war. Er wird überleben.«

Deutlich erleichtert nickte sein Gesprächspartner und wandte sich wieder an Singh. »Ich würde dir und Mike gerne so vieles erklären, aber jetzt ist nicht der Moment dazu.«

»Aber warum?«, fragte Mike mit fast tonloser Stimme. Er fühlte sich wie betäubt. Er sollte entsetzt sein, überrascht, erfreut oder zumindest wütend, aber er empfand von alledem nichts. »Warum hast du das getan? All die Jahre ...«

»Ich könnte verstehen, wenn du mich für das hasst, was ich dir antun musste, Mike«, sagte sein Gegenüber. »Aber ich weiß, dass du es nicht tust. Du wirst alles verstehen, glaub mir. Bald.« Er wandte sich wieder an Singh. »Ihr müsst fort. Die WOTAN kommt schnell näher und ihr solltet Thomas Trautman nicht unterschätzen. Er ist ein guter Kommandant. Es wird nicht leicht werden, ihn abzuschütteln, aber ihr werdet es schaffen.«

»Und ... Ihr?«, fragte Singh. Es fiel ihm schwer, zu sprechen. Er zitterte am ganzen Leib.

»Wir sind nicht in Gefahr«, lautete die Antwort. »Die WOTAN stellt keine Bedrohung für dieses Schiff dar. Dennoch haben wir wenig Zeit. Trautman muss in eine Klinik.« Er griff in die Tasche seiner blauen Uniformjacke und förderte einen Zettel zu Tage, den er Singh reichte. »Fahrt zu diesen Koordinaten.«

Singh ergriff den Zettel und ließ ihn in der Tasche verschwinden, ohne auch nur einen Blick darauf zu werfen. »Sehen wir uns dort wieder?«, fragte er.

»Ihr werdet dort alles erfahren, was notwendig ist«, antwortete sein Gegenüber ausweichend. »Und nun geht – schnell. Die WOTAN wird in weniger als zehn Minuten hier sein. Versucht nicht gegen sie zu kämpfen. Die WOTAN darf nicht beschädigt werden.«

»Warum nicht?«, fragte Singh.

»Ich würde euch gerne mehr erzählen, aber ich darf es nicht«, lautete die Antwort. »Und es hätte auch keinen Sinn. Geht. Schnell.«

Mike ging nicht, er stand einfach da und sah den alten Mann nach wie vor aus aufgerissenen Augen an und schließlich trat Singh auf ihn zu, ergriff ihn am Arm und zog ihn mit sanfter Gewalt aus der Kajüte.

Mike folgte ihm wie betäubt. Mittlerweile waren auch alle anderen Besatzungsmitglieder der NAUTILUS an Deck gekommen und starrten die weiße Jacht an, aber das registrierte Mike kaum. Singh musste ihn stützen, sonst wäre er womöglich ins Wasser gestürzt, als sie zur NAUTILUS übersetzten.

Sofort stürmten tausend Fragen auf ihn ein – jedenfalls kam es ihm so vor –, aber Singh hätte gar nicht zugelassen, dass er sie beantwortete, selbst wenn er es gewollt hätte. Mit heftigen Handbewegungen scheuchte er sie vor sich her zurück ins Schiff. Er selbst stieg als Letzter ein und hielt sich mit nur einer Hand an der Leiter fest, um das Turmluk über sich zu verriegeln.

»Schnell jetzt«, befahl er. »Wir müssen weg. Die WOTAN ist fast hier.«

»Wer war das?«, fragte Chris. »Dieses Schiff! So etwas habe ich noch nie gesehen!«

»Niemand hat das«, antwortete Singh. »Aber wir können ihnen vertrauen, glaubt mir.«

»Und Trautman?«, wollte Serena wissen. »Was ist mit Trautman?«

»Sie nehmen ihn mit«, sagte Mike leise.

Serena ächzte. »Sie ... sie nehmen ihn mit?«, wiederholte sie. »Ihr gebt ihn einfach in die Obhut wildfremder Leute, von denen wir nicht einmal wissen, wer sie sind?« Sie machte eine Bewegung, wie um die Leiter zum Turm wieder hinaufzuklettern, aber Mike hielt sie mit einer raschen Bewegung am Arm zurück.

»Nicht«, sagte er. »Das hat keinen Sinn. Er ist wahrscheinlich schon abgefahren.«

»Er?«, wiederholte Serena. »Wer ist *er*?«

»Der Kapitän der Jacht«, antwortete Mike. Plötzlich fiel es ihm schwer, überhaupt weiterzusprechen. »Mein Vater.«

»Dein ... *Vater?*«, fragte Serena fassungslos. »Dieser Mann ist ... ist dein Vater?«

»Aber ich dachte, er wäre tot!«, flüsterte Chris.

»Das dachte ich bisher auch«, murmelte Mike. »Ich verstehe es ja auch nicht.«

»Aber es ist so.« Singh überwand die letzten Sprossen der Leiter mit einem Sprung und warf einen ernsten Blick in die Runde. »Er hat die Wahrheit gesagt. Dieser Mann ist Mikes Vater, Prinz Dakkar. Kapitän Nemo.«

So sehr ihnen allen – und Mike ganz besonders – ungefähr eine Million Fragen auf der Zunge brannten, kamen sie doch nicht dazu, auch nur eine einzige davon innerhalb der nächsten halben Stunde zu erörtern. Nemo hatte nicht übertrieben, als er behauptete, die WOTAN würde in knapp zehn Minuten hier sein, ganz im Gegenteil. Sie waren kaum im Salon und hatten ihre Position eingenommen, da begann der Annäherungsalarm zu schrillen und Singh musste die ohnehin angeschlagene NAUTILUS zum zweiten Mal bis an ihre Grenzen belasten, um dem heranrasenden Unterseeboot zu entkommen.

Dennoch wurde es knapp; sehr knapp. In den seichten

Gewässern hier zwischen den Inseln konnten sie nicht einfach tauchen, um ihrem Verfolger zu entkommen, und aus demselben Grund war es Singh auch nicht möglich, die überlegene Schnelligkeit der NAUTILUS auszuspielen. Es wurde zu einer wilden Folge von Angriffen und Taktieren und riskanten Wendemanövern, bei denen Singh verzweifelt versuchte, das offene Meer zu erreichen, und Trautman junior sie ebenso hartnäckig daran zu hindern versuchte und sich eindeutig als der bessere Kommandant erwies. Niemand sprach es aus, auch nicht, als sie es endlich geschafft hatten und in Sicherheit waren, aber allen war klar, dass sie nur Glück gehabt hatten. Ein zweites Mal würden sie ihm vermutlich nicht entkommen.

Mike zog sich in seine Kajüte zurück. Niemand hielt ihn auf, obwohl er die Enttäuschung der anderen spürte, aber er hätte ihre Fragen gar nicht beantworten können, selbst wenn er es gewollt hätte. Und er wollte jetzt nicht reden. Er wollte allein sein und nachdenken.

Mit angezogenen Knien saß er auf seinem Bett und starrte ins Leere. Er hätte nicht sagen können, was er in dieser Zeit gedacht hatte, aber es waren größ tenteils trübsinnige Gedanken gewesen, eine Mischung aus dumpfem Zorn und Verzweiflung, die immer schlimmer wurde.

Dann ging die Tür auf und Serena kam herein. Mike hob nur flüchtig den Kopf und funkelte sie an. Er wollte sie nicht sehen; nicht einmal sie. Im Grunde wollte er überhaupt niemanden mehr sehen. Nie wieder. »Geh«, sagte er. »Lass mich in Ruhe.«

»Gleich«, antwortete Serena, während sie näher kam und sich neben ihn auf die Bettkante setzte. Sie streckte den Arm aus und legte die Hand auf seine Schulter. Mike schüttelte sie ab.

»Bitte lass mich allein«, sagte er. »Ich will mit niemandem reden.«

»Das verstehe ich«, sagte Serena.

»Ach?«, fragte Mike. »Tust du das?«

»Ich war auch sehr traurig, als mein Vater starb«, sagte Serena. »Jeder macht das irgendwann einmal durch, weißt du? Es ist schlimm.«

»All diese Jahre«, murmelte Mike. »All diese Jahre hat er mich in dem Glauben gelassen, meine Eltern wären tot! Dabei war er die ganze Zeit über da. Aber es war ja so einfach, mich in ein Internat abzuschieben, nicht wahr? Wahrscheinlich war ich ihm nur lästig.«

Er merkte gar nicht, dass er die Hände so heftig zu Fäusten ballte, dass seine Gelenke knackten. Serena schüttelte traurig den Kopf.

»Das ist nicht gerecht und ich glaube, du weißt das auch«, sagte sie leise. »Er wird seine Gründe gehabt haben.«

Natürlich hatte er das und Mike kannte diese Gründe sogar. Indem sein Vater ihn unter einem falschen Namen in ein englisches Internat geschickt hatte, hatte er das Einzige getan, was ihm übrig blieb. Wäre bekannt geworden, dass er der Sohn des legendären Kapitän Nemo war, dann wäre er seines Lebens nicht mehr sicher gewesen. Und dasselbe galt auch für Nemo selbst – zu sterben war vermutlich die einzige Möglichkeit gewesen, am Leben zu bleiben. Was sollte ein Mann auch tun, der von der ganzen Welt gejagt wurde? Mike wusste all das und er wusste auch, dass seine Vorwürfe ungerecht waren. Aber er *wollte* nicht gerecht sein. Ihm war wehgetan worden, schrecklich weh, und er reagierte darauf wie die meisten Menschen: mit Zorn und dem ohnmächtigen Bedürfnis, nun seinerseits einem anderen wehzutun.

Dennoch sagte er: »Ich weiß. Aber das... das ist einfach nicht *fair.* Mein Leben lang habe ich geglaubt, meine Eltern wären tot. Dann erfahre ich, wer mein Vater wirklich war – der berühmte, sagenumwobene Kapitän Nemo! Und jetzt, kaum dass ich mich an diesen Gedanken gewöhnt habe, muss ich erfahren, dass er noch am Leben ist! Ich habe ihn *gesehen*, Serena! Ich habe ihm gegenübergestanden und mit ihm geredet!«

»Und das alles nur, um ihn sofort wieder zu verlieren«, sagte Serena leise und voll ehrlichem Mitgefühl. »Das ist hart. Es muss sehr wehtun. Aber es wird sich alles aufklären, da bin ich sicher.« Sie stand auf. »Singh hat mir erzählt, dass Nemo ihm einen Zettel mit Koordinaten gegeben hat. Bestimmt wird er dort auf uns warten und dann wird er dir alle deine Fragen beantworten.«

»Wer sagt, dass mich das interessiert?«, fragte Mike böse.

Serena runzelte die Stirn und Mike bedauerte seine Worte augenblicklich. Es war genauso, wie Nemo gesagt hatte: Er sollte ihn hassen für das, was er ihm angetan hatte. Aber es war ihm einfach nicht möglich.

»In einer halben Stunde gibt es Essen«, sagte Serena, während sie zur Tür ging. »Wenn du willst ... wir sind im Salon. Und keine Sorge: Eigentlich ist Ben dran mit Küchendienst. Aber heute habe ich gekocht.«

Serena war eine gute Köchin (wie eigentlich alle an Bord, Ben einmal ausgenommen), aber niemand hatte großen Appetit. Selbst Serena stocherte nur eine Weile lustlos in ihrem Essen herum und schob den Teller dann zurück und den anderen erging es nicht besser. Sie sprachen kaum ein Wort miteinander. Während des Essens war es im Salon der NAUTILUS fast so still wie vorhin in Mikes Kabine. Er bedauerte schon, überhaupt gekommen zu sein. In seiner Kajüte war er wenigstens allein gewesen. Hier herrschte eine ungute, angespannte Atmosphäre. Er wusste natürlich, wie unsinnig dieser Gedanke war, aber er wurde das Gefühl nicht los, dass die anderen ihn irgendwie für das verantwortlich machten, was geschehen war.

Vor allem Singh war ausgesprochen wortkarg und still. Mike nahm zu Recht an, dass es dem Inder kaum anders erging als ihm. Immerhin war er nicht nur Mikes Leibwächter, sondern auch ein enger Vertrauter Kapitän Nemos gewesen, bevor sie alle auf dieses Schiff kamen und ihr Leben eine so radikal andere Bahn einschlug. Vermutlich litt er ebenso wie Mike.

Trotzdem war er es, der das unangenehme Schweigen schließlich brach. Er half Serena und Chris, das Geschirr in die Kombüse zu bringen, machte aber dann eine Bemerkung, dass er ihnen noch etwas sagen wolle, sodass sie sich erneut am Tisch versammelten.

»Ich habe die Koordinaten überprüft, die Nemo mir gegeben hat«, begann er. »Serena, du hast doch noch Trautmans Tagebuch. Gibst du es mir bitte?«

Serena nickte zwar, aber sie zögerte Singhs Bitte nachzukommen. Der Inder streckte die Hand aus. »Es ist wichtig.«

Es verging noch eine Sekunde, aber dann zog Serena doch das Büchlein hervor und reichte es ihm. Singh schlug es fast am Ende auf, warf einen flüchtigen Blick hinein und runzelte die Stirn.

»Das ist eigenartig«, sagte er. »Sein letzter Eintrag. Es sind dieselben Koordinaten, die mir auch Nemo gegeben hat.«

»Du meinst die Stelle, an der die NAUTILUS versenkt wird?«, fragte Ben.

»Hier steht nirgendwo, dass sie versenkt wird«, sagte Singh. »Nur nautische Positionsangaben und ein Datum. Und der Name NAUTILUS. Wir haben das hineingedeutet, weil sich die anderen Angaben auf Schiffe beziehen, die die WOTAN versenkt hat.«

Obwohl er mit sehr selbstsicherer Stimme sprach, wurde Mike das Gefühl nicht los, dass die Worte vor allem ihrer Beruhigung galten – und auch seiner eigenen. Trotzdem stimmte er ihm zu: »Trautman konnte schließlich nicht wissen, ob sein Sohn die NAUTILUS versenkt oder nicht.«

»Er konnte auch nicht wissen, dass er die Prince of Cumberland torpediert«, sagte Ben. »Und schon gar nicht die genaue Uhrzeit. Trotzdem hat er es aufgeschrieben. Auf die Minute genau. Und eine Menge anderer Daten auch.«

»Das alles ist sehr rätselhaft«, sagte Singh, »aber ich bin sicher, dass es eine Erklärung gibt und auch, dass wir sie finden werden. Spätestens wenn wir Nemo wiedersehen.«

»Wer sagt uns denn, dass wir ihn wiedersehen?«, beharrte Ben stur. »Immerhin hat er sich fünf Jahre nicht blicken lassen. Und wir hätten seine Hilfe ein paar Mal verdammt gut gebrauchen können.«

»Wir haben es doch auch ganz gut allein geschafft, oder?«, fragte Juan. Er hob sowohl die Stimme als auch die Hand, als Ben widersprechen wollte, und fuhr fort: »Statt uns auf ihn einzuschießen, sollten wir uns lieber freuen. Ich meine: Immerhin könnte Nemo uns helfen, die NAUTILUS wieder zu reparieren.«

»Falls er zufällig einen Schraubenschlüssel und eine Rolle Klebeband in der Tasche hat«, spöttelte Ben.

Juan blieb ernst. »Du hast sein Boot doch gesehen, oder?«, fragte er. »Genau wie wir alle. Wer so ein Schiff bauen kann, der kann auch die NAUTILUS reparieren.«

»Diese Koordinaten«, wandte sich Chris an Singh, »wo genau sind sie? Vielleicht liegt ja dort Nemos geheime Basis.«

»Es ist sozusagen mitten im Nichts«, antwortete Singh. »Ich habe auf der Karte nachgesehen. In der Nähe der Bermudas, aber trotzdem weit draußen auf See. Dort gibt es keine Inseln.«

»Vielleicht liegt sie ja auf dem Meeresgrund?«

Singh verneinte abermals. »Du hast Nemos Jacht doch gesehen. Das war kein Unterseeboot.« Er seufzte. »Es hat keinen Sinn, wild herumzuraten. Ich schlage vor, wir fahren dorthin und warten ab, was geschieht.«

»Toller Plan«, maulte Ben. »Vielleicht taucht Trautman junior ja auf und verpasst uns eine Breitseite.«

»Wir haben von der WOTAN nichts zu befürchten«, sagte Singh.

»So?«, giftete Ben. »Den Eindruck hatte ich vorhin aber gar nicht.«

Singh sah betroffen drein. Dennoch blieb er ruhig, als er antwortete: »Das war etwas anderes. Noch einmal wird es ihm nicht gelingen, sich an uns anzuschleichen. Wenn wir ausreichend Platz zum Manövrieren haben, können wir ihm spielend davonfahren.«

»Und wie lange?«, beharrte Ben. Er deutete herausfordernd auf das Buch, das Singh vor sich auf den Tisch gelegt hatte. Serena beugte sich rasch vor und steckte es wieder ein. »Da drin sind die Namen von fast einem Dutzend Schiffe aufgeschrieben, die Thomas versenkt hat oder noch versenken wird! Sollen wir wirklich tatenlos zusehen, wie er weiter Menschen umbringt und seinen kleinen Privatkrieg führt?«

»Natürlich nicht«, sagte Sing, »aber –«

»Wie lange also wollen wir noch vor ihm davonlaufen?«, fuhr Ben wütend fort. Er schlug mit der flachen Hand auf den Tisch, dass es nur so klatschte. »Die NAUTILUS hat vielleicht ein paar Schrammen, aber sie ist immer noch zehnmal so stark wie die WOTAN. Ich schlage vor, wir suchen Thomas und schießen ihm sein hübsches kleines Schiff unter dem Hintern weg!«

Singh seufzte. »Ich kann dich verstehen, Ben«, sagte er. »Aber ich habe nicht vor, einen Privatkrieg anzufangen, weißt du?«

Und da ist auch noch das, was Nemo gesagt hatte, fügte Mike in Gedanken hinzu: *Die WOTAN darf nicht beschädigt werden.* Er tauschte einen verstohlenen Blick mit Singh, den der Inder auf dieselbe Weise erwiderte, wobei er noch ein angedeutetes Nicken hinzufügte.

Offensichtlich nicht verstohlen genug, denn Ben sagte gehässig: »Ihr habt nicht zufällig Geheimnisse vor uns?«

»Doch«, antwortete Mike böse. »Aber wenn wir es verraten würden, dann wäre es ja kein Geheimnis mehr, oder?«

Ben riss Mund und Augen auf und starrte ihn fassungslos an, dann stand er einfach auf und verließ wütend den Raum; in letzter Zeit seine bevorzugte Weise, abzutreten. Chris sah ihm kopfschüttelnd nach, aber dann erhob er sich ebenfalls.

»Vielleicht kann ich ihn ja beruhigen«, sagte er.

Er folgte Ben und wieder legte sich dieses unangenehme Schweigen über den Raum. Schließlich räusperte sich Juan gekünstelt. Ohne Mike anzusehen, sagte er: »Versteh mich jetzt nicht falsch, Mike. Ich will Ben gewiss nicht Recht geben, aber so *ganz* falsch ist es nicht, was er sagt. Wir können nicht einfach zusehen, wie er nach Belieben Schiffe versenkt. Wenn wir das tun, dann sind wir genauso schuldig wie er.«

Ihr könnt es aber auch nicht verhindern.

Mike sah fast erschrocken hoch, als Astaroths Stimme in seinen Gedanken erscholl. Seit er Nemos Jacht verlassen hatte, hatte er den Kater weder gesehen noch gehört. Aber als er sich umdrehte, sah er Astaroth in einem der Bücherregale sitzen. Anscheinend war er die ganze Zeit über da gewesen, aber er hatte sich so mucksmäuschenstill verhalten, dass niemand ihn bemerkt hatte. Seltsam – das war eigentlich gar nicht seine Art.

»Wie meinst du das?«, fragte er laut.

Ihr habt versucht ihn aufzuhalten, antwortete Astaroth. *Du hast gesehen, was passiert ist. Alles kommt, wie es kommen muss.*

»Was sagt er?«, fragte Serena.

Mike machte eine rasche, abwehrende Bewegung und wandte sich, nun ebenfalls nur in Gedanken, wieder an den Kater. *Du weißt doch etwas,* sagte er. *Du hast Trautmans Gedanken gelesen. Und die von Nemo auch.*

Das stimmt, gestand Astaroth – was eigentlich gar nicht seine Art war. *Aber glaub mir, ich wünschte mir, ich hätte es nicht getan.*

Weil es so schlimm ist, was du erfahren hast?, fragte Mike bitter.

Ich kann es dir nicht sagen, antwortete Astaroth. *Was geschehen soll, muss geschehen. Schon der Versuch, es zu ändern, hätte katastrophale Folgen. Beim letzten Mal hätte es um ein Haar Trautmans Leben gekostet. Das nächste Mal könnte es schlimmer werden. Das Schicksal lässt sich nicht gerne ins Handwerk pfuschen, weißt du?*

»Was soll denn *das* jetzt wieder heißen?«, fragte Mike laut. »Verdammt, Astaroth, sprich nicht in Rätseln! Du bist nicht die Sphinx!«

Ich könnte es aber sein, sagte der Meerkater. *Außer natürlich, dass sie ein wenig größer ist und ich viel hübscher bin. Und ich habe schon viel zu viel gesagt.* Er richtete sich auf dem Bücherregal auf, reckte sich gähnend und nach Katzenmanier, wobei er einen Buckel machte und Mike aus seinem einzigen Auge spöttisch anfunkelte, dann sprang er mit einem Satz zu Boden. Ohne ein weiteres Wort verschwand er.

»Was hat er gesagt?«, fragte Serena noch einmal.

»Nichts«, grollte Mike. »Der übliche Unsinn eben, den Kater so reden.«

»Das sah aber gar nicht so aus«, sagte Juan.

»Es war aber so!«, versetzte Mike.

Zur Abwechslung war er es diesmal, der beleidigt den Raum verließ.

Später, wenn Mike über diese letzten beiden Wochen an Bord der NAUTILUS nachdachte, wurde ihm klar, dass sie wahrscheinlich alle instinktiv gespürt hatten, dass etwas Schreckliches geschehen würde. Es war, als hätte das Schicksal versucht, die Luft anzuhalten. Eine angespannte, unangenehme Stimmung hatte sich über alle gelegt und sie verhielten sich einander gegenüber sehr distanziert und sprachen nur wenig. Selbst Astaroth war so still und zurückhaltend wie in den ganzen fünf Jahren zuvor nicht.

Genau an dem Tag, der in Trautmans Notizbuch aufgeschrieben stand, trafen sie bei den Koordinaten ein, die Nemo ihnen gegeben hatte. Ganz nach Singhs Voraussage handelte es sich um eine Stelle mitten im Ozean – hundert Seemeilen von der nächsten bewohnten Insel entfernt und nahezu fünftausend Meter über dem Meeresgrund. Nirgendwo war eine Spur von Nemos Jacht zu sehen und auch nicht von der WOTAN oder irgendeinem anderen Schiff.

Mike stand hinter den Kontrollen und starrte seit einer Stunde so konzentriert auf die grüne Glasplatte des Ortungsgerätes, dass seine Augen allmählich zu brennen begannen. Es war noch nicht einmal sechs Uhr morgens. Fünfzehn Meter über ihnen ging in diesem Moment gerade die Sonne auf, aber er war nicht der Einzige, der schon seit langem wach war und dem Tag entgegenfieberte. Niemand hatte in der zurückliegenden Nacht besonders gut geschlafen. Um ehrlich zu sein: Mike hatte kein Auge zugetan und er fühlte sich entsprechend zerschlagen und müde, dennoch aber von einer kribbelnden Nervosität erfüllt, die es ihm fast unmöglich machte, länger als eine Sekunde stillzustehen.

»Er wird nicht schneller auftauchen, wenn du ein Loch in den Schirm starrst.«

Mike hatte im ersten Moment Mühe, zu begreifen, wer diese Worte gesagt hatte. Es war Ben, natürlich, aber die Bemerkung war nicht böse gemeint und falls doch, dann entschärfte Ben sie sofort mit einem breiten Grinsen.

»Wenn du willst, löse ich dich für einen Moment ab«, erbot er sich. »Du siehst aus wie der Tod auf Latschen, wenn die Bemerkung gestattet ist. Troll dich in die Kombüse und trink einen starken Tee. Ich passe so lange auf, dass niemand den Ozean klaut.«

Mike zwang sich, mit einem müden Lächeln auf Bens schalen Witz zu antworten. Bens aufgesetzte Fröhlichkeit täuschte nicht darüber hinweg, dass er genauso nervös und aufgeregt war wie er; und vielleicht auch ein wenig Angst hatte. Das war eben seine Art, mit der Anspannung fertig zu werden.

»Eine gute Idee«, rief Singh. Er stand am Tisch und hatte mindestens ein Dutzend Karten vor sich ausgebreitet. »Du könntest Serena helfen, das Frühstück vorzubereiten. Macht etwas Vernünftiges. Wir haben einen langen Tag vor uns.«

»Keine Sorge«, sagte Mike. »Schließlich hat Ben nicht Küchendienst.«

Ben quittierte seine Bemerkung mit einem noch breiteren Grinsen und Mike trat widerstrebend hinter dem Kontrollpult hervor. Ben hatte ja Recht – er konnte das, worauf sie warteten, schließlich nicht herbeizwingen; was immer es sein mochte.

Er ging los, blieb aber neben Singh wieder stehen und warf einen neugierigen Blick über dessen Schulter. Die Karten zeigten alle das Seegebiet, in dem sie sich befanden, manche in großem Maßstab, sodass man noch die Bermuda-Inseln und einen Teil der nordamerikanischen Küste erkennen konnte, andere waren einfach nur blaue Flächen, die mit Zahlen und nautischen Symbolen übersät waren; etliche topografische Karten zeigten auch den Meeresgrund unter ihnen.

»Wonach suchst du?«, fragte er.

Singh deutete ein Schulterzucken an, ohne den Blick von den Karten zu nehmen. »Ich weiß es nicht«, gestand er. »Aber irgendetwas an den Gewässern hier ist sonderbar. Wusstest du, dass hier mehr Schiffe verschwinden als irgendwo sonst auf der Welt?«

»Das Bermuda-Dreieck«, sagte Ben vom Schaltpult aus. »Ja. Es ist bei den Seeleuten bekannt und gefürchtet.«

»Aber eigentlich gibt es keinen Grund dafür.« Singh seufzte tief.

Ben lachte. »Hast du vielleicht noch was auf Lager, um uns aufzuheitern?«

Mike hörte nicht weiter zu, sondern zuckte nur mit den Schultern und setzte seinen Weg fort und gerade, als er den Salon verlassen wollte, sagte Ben: »Da sind sie.«

Mike war mit einem einzigen Satz wieder zurück am Kontrollpult und neben Ben. Tatsächlich war ganz am Rande der dunkelgrünen runden Glasscheibe ein winziger heller Punkt aufgetaucht, der in regelmäßigen Abständen hell aufleuchtete und wieder verblasste; immer dann, wenn der unsichtbare Ortungsstrahl ihn berührte.

»Wer?«, fragte er.

»Keine Ahnung.« Ben war instinktiv einen halben Schritt zur Seite gewichen, um nicht von Mike über den Haufen gerannt zu werden, blickte aber ebenso konzentriert wie er auf den Schirm.

»Aber es muss etwas Größeres sein.« Auch Singh war hinter Mike getreten und starrte den grünen Leuchtpunkt an. »Es ist viel zu groß für Nemos Jacht.«

»Die WOTAN?«, fragte Ben.

Singh hob die Schultern. »Selbst wenn sie es ist, haben sie uns noch nicht bemerkt«, sagte er. »Unser Ortungssystem hat eine viel größere Reichweite.« Er überlegte einen Moment. »Trotzdem ist es besser, wenn wir auf Nummer sicher gehen. Alle auf eure Plätze. Wir tauchen.«

Niemand widersprach. Juan, Chris und Ben traten schnell zu ihren Apparaten, während Mike der Einfachheit halber gleich blieb, wo er war. Singh schloss die große Irisblende vor dem Bullauge, ehe er hinter das Steuer trat, und noch bevor die Motoren der NAUTILUS ansprangen, kam auch Serena in den Salon und nahm ihren Platz ein. Von Astaroth war nichts zu sehen, aber Mike wusste, dass er sich um den Kater hier an Bord am wenigsten sorgen musste.

Die NAUTILUS begann zu tauchen, während der grüne Leuchtpunkt ganz langsam zur Mitte des Schirmes wanderte;

eine durchaus sinnvolle Vorsichtsmaßnahme. Die WOTAN – wenn es sich bei dem grünen Punkt tatsächlich um sie handelte – würde sie zwar bald ihrerseits entdecken, aber je tiefer sie tauchten, desto länger würde es dauern, falls Trautman überhaupt auf die Idee kam, *unter* sich nachzusehen. Und je tiefer sie sich unter Wasser befanden, desto größer war die Überlegenheit der NAUTILUS ihrem Schwesterschiff gegenüber.

»Das ist nicht die WOTAN«, sagte Singh nach einer Weile.

»Woher willst du das wissen?«, fragte Ben.

»Sieh doch selbst hin«, sagte Singh mit einer entsprechenden Kopfbewegung. »Es ist viel zu groß.«

»Und zu langsam«, stimmte Mike zu. »Die WOTAN hätte uns längst entdeckt und wäre schneller geworden.« Er atmete vorsichtig erleichtert auf. »Das ist nur irgendein Schiff. Ich glaube, wir können wieder auftauchen.«

Singh war nicht überzeugt. Besorgt sah er den grünen Leuchtpunkt an, nickte aber schließlich widerwillig. »Meinetwegen. Aber wir gehen nur auf Seerohrtiefe. Ich traue dem Braten nicht.«

Rasch trat er wieder hinter das Steuer. Das Motorengeräusch änderte sich und der Boden begann sacht zu zittern, als die NAUTILUS der Wasseroberfläche wieder entgegenglitt. Fünf Meter unter dem Meer kam sie zum Stillstand. Singh trat mit schnellen Schritten ans Periskop, fuhr es aus und presste die Augen gegen das Okular.

»Es ist nicht die WOTAN«, sagte er, nachdem er einige Sekunden konzentriert hineingeblickt hatte. Aber er klang nicht erleichtert. »Es läuft unter britischer Flagge ... ein Passagierschiff, glaube ich ... ja, ein Passagierdampfer. Mindestens fünf-, sechshundert Leute an Bord.«

»Das passt«, sagte Ben.

Singh nahm die Augen vom Okular und sah ihn fragend an. »Wieso?«

»Na, was glaubst du, warum wir hier sind?«, fragte Ben säuerlich. »Ich schätze, Trautmans missratener Sprössling ist es leid, immer nur Lastkähne zu versenken.«

»Ein Passagierschiff?« Serena schüttelte überzeugt den Kopf. »Das wäre glatter Mord. Nicht einmal Trautman junior wäre so kaltblütig.«

»Na, du musst es ja wissen«, sagte Ben. Er linste über Mikes Schulter und fügte dann hinzu: »Wenn ich das richtig sehe, können wir ihn gleich selbst fragen.«

Tatsächlich war ganz am Rande des Schirmes ein zweiter, deutlich kleinerer Leuchtpunkt erschienen, der sich allerdings viel schneller bewegte als der erste.

»Er nimmt Kurs auf das Passagierschiff.«

»Oder auf uns«, fügte Singh grimmig hinzu.

»Wenn das so ist, sollten wir vielleicht wieder tauchen«, meinte Ben.

»Das hätte keinen Sinn mehr«, sagte Singh kopfschüttelnd. »Wenn es wirklich Trautman ist, dann hat er uns längst entdeckt. Und wenn er es nicht auf uns abgesehen hat, dann auf das Passagierschiff.«

»Aber er wird es doch nicht versenken!«, protestierte Mike. »Serena hat Recht. Nicht einmal Thomas wäre so skrupellos, fünfhundert Menschen umzubringen.«

Singh sah ihn nachdenklich an. »Ich glaube das auch nicht«, sagte er. »Aber dein Vater hat mich gelehrt, in einer Situation wie dieser immer vom Schlimmsten auszugehen.«

»Und das heißt?«, fragte Ben.

»Das heißt, dass wir nicht einfach die Augen zumachen und wegtauchen werden«, antwortete Singh. »Also los!«

»Los – wohin?«, fragte Ben misstrauisch.

»Wir fahren der WOTAN entgegen«, bestimmte Singh. »Ich werde versuchen, mit Trautman zu reden.«

»Und wenn er nicht reden will?«

»Ich möchte einen Kampf immer noch vermeiden«, antwortete Singh. »Aber irgendwie müssen wir die WOTAN von diesem Passagierschiff weglocken.« Er richtete sich auf und wandte sich mit einer befehlenden Geste an Chris.

»Geh ans Funkgerät und versuche den Kapitän des Passagierschiffes zu erreichen. Du musst ihn warnen. Ich weiß nicht wie, aber du musst ihn irgendwie dazu bringen, von hier zu verschwinden, und das so schnell wie möglich. Ben, du setzt einen neuen Kurs. Direkt auf die WOTAN zu. Volle Kraft voraus!«

Ben begann hastig an den Kontrollen vor ihm zu hantieren, während Singh mit wenigen schnellen Schritten zum Steuer zurückeilte. Nur wenige Augenblicke später setzte sich die NAUTILUS erneut in Bewegung und Mike konnte spüren, wie der Bug mit dem langen, gezackten Rammsporn langsam herumschwenkte und sich nach Norden ausrichtete, in die Richtung, aus der die WOTAN herankam.

Da Mike im Moment nichts anderes zu tun hatte, beobachtete er gebannt die beiden winzigen Lichtpunkte auf dem

Schirm. Ihr Abstand zueinander verringerte sich ganz allmählich, aber viel schneller glitt der größere Fleck auf die Mitte des Schirmes zu. Nach kaum fünf Minuten hatte er sie erreicht und passiert.

»Chris?«, fragte Singh.

»Sie antworten nicht«, sagte Chris. »Entweder sie verstehen mich nicht oder sie glauben mir nicht. Jedenfalls behalten sie Kurs und Geschwindigkeit stur bei.«

»Es würde auch nichts nutzen«, sagte Juan düster. »Wenn die WOTAN es wirklich auf sie abgesehen hat, gibt es keinen Ort auf der Welt, an dem sie in Sicherheit wären.«

»Wir sind jetzt zwischen ihnen und der WOTAN«, sagte Mike.

»Gut.« Singh nickte. »Ben, drossele das Tempo. Chris, ich will jetzt mit der WOTAN sprechen.«

»Aye, aye, Sir«, sagte Chris. Es sollte wohl ironisch klingen, aber seine Stimme zitterte. Etwas knackte und dann erfüllte ein helles Rauschen und Knistern die Luft. Chris hatte die Lautsprecher eingeschaltet, sodass Singh von seiner Position am Ruder aus mit der WOTAN sprechen konnte.

»Hier ist das Unterseeboot NAUTILUS«, sagte der Inder laut. »Wir rufen die WOTAN.«

Er bekam keine Antwort. Aus den Lautsprechern drang weiter nur Knistern und Rauschen.

»Hier ist die NAUTILUS«, wiederholte Singh. »Wir rufen die WOTAN. WOTAN, bitte melden Sie sich!«

Keine Antwort. Die NAUTILUS war mittlerweile fast zum Stillstand gekommen, aber der winzige Leuchtpunkt auf dem Bildschirm kam immer noch näher.

»Verdammt, Trautman, melden Sie sich!«, polterte Singh. »Ich weiß, dass Sie mich hören. Und ich weiß auch, was Sie vorhaben. Wir werden das nicht zulassen, haben Sie verstanden?«

Im ersten Moment schien es, als würde er auch diesmal keine Antwort bekommen, aber plötzlich hörte das Knistern auf und eine allen wohl bekannte Stimme sagte: »Gar nichts wissen Sie. Und was hier geschieht, das geht Sie auch nichts an. Also halten Sie sich besser raus.«

Mike erschauerte. Selbst Trautmans Stimme war die seines Vaters, so sehr, dass es schon fast unheimlich war.

»Sie wissen, dass ich das nicht kann«, antwortete Singh. »Nehmen Sie Vernunft an, Trautman. Sie wissen auch, dass die NAUTILUS schneller und stärker ist als Ihr Schiff. Sie hätten keine Chance.«

»Das käme auf einen Versuch an«, sagte Trautman. Er lachte leise.

»Ich will nicht mit Ihnen kämpfen«, sagte Singh. »Seien Sie vernünftig und lassen Sie uns miteinander reden.«

Trautman antwortete nicht mehr, aber der winzige Lichtpunkt auf dem Schirm wich plötzlich zur Seite aus und beschleunigte sein Tempo.

»Die WOTAN weicht nach Backbord aus«, sagte Singh.

»Er geht auf Angriffskurs«, sagte Ben nervös.

»Das ist nicht gesagt«, antwortete Singh rasch. »Er ist vielleicht nur vorsichtig. Ich an seiner Stelle würde es nicht anders machen. Mike?«

»Er weicht weiter nach Backbord aus«, antwortete Mike. »Und ich glaube, jetzt wird er langsamer.«

»Um in Schussposition zu gelangen«, sagte Ben.

»Ben, das reicht jetzt!«, sagte Singh scharf. »Trautman, hören Sie mir zu! Es muss nicht zum Schlimmsten kommen. Wir können zusammenarbeiten. Ihr Vater und ich waren sehr gute Freunde.«

»Mein Vater?«, antwortete Trautmans Stimme aus dem Lautsprecher. »Dieser Unsinn geht mir allmählich auf die Nerven. Mein Vater ist –«

Ein dumpfer Schlag hallte durch die NAUTILUS. Trautman brach mitten im Wort ab und Singh fuhr mit einem erschrockenen Keuchen herum.

»Ben, bist du wahnsinnig?«

Auf dem grünen Monitor war ein dritter Punkt erschienen, viel, viel kleiner als die anderen, aber ungleich schneller.

»Wenn hier einer wahnsinnig ist, dann ganz bestimmt nicht ich!«, sagte Ben scharf. »Ich denke jedenfalls nicht daran, mich wehrlos zur Schlachtbank führen zu lassen!«

Singh starrte ihn eine Sekunde lang an und dann tat er etwas geradezu Ungeheuerliches: Mit einem einzigen Satz war er bei ihm, stieß ihn von den Kontrollen weg und versetzte ihm eine Ohrfeige, die Ben um ein Haar zu Boden geschleudert hätte.

Und erst in diesem Moment begriff Mike, was der winzige aufblitzende Lichtpunkt auf dem Monitor bedeutete: Ben hatte einen Torpedo auf die WOTAN abgefeuert!

»Trautman!«, schrie Singh. »Trautman, hören Sie mir zu! Das war ein Versehen. Wir wollten nicht auf Sie schießen! Bitte glauben Sie mir!«

Mike starrte mit Entsetzen auf den winzigen Lichtpunkt, der dem Abbild der WOTAN im Schneckentempo entgegenzukriechen schien. In Wahrheit war es ein todbringender Torpedo, der schnell wie ein Pfeil durch das Wasser schoss und die WOTAN in kaum mehr als einer Minute erreichen würde, wenn kein Wunder geschah.

»Trautman!« Singh schrie so laut, als wolle er selbst ohne Mikrofone und Lautsprecher auf der WOTAN gehört werden. »Um Gottes willen, Sie müssen uns glauben! Das war ein schreckliches Versehen! Drehen Sie bei! Tauchen Sie, schnell! Vielleicht können Sie ihm entgehen!«

Natürlich konnte er das nicht. Mike starrte den Lichtpunkt an, der schon fast ein Viertel der Distanz zwischen der WOTAN und ihnen überwunden hatte. Tatsächlich begann die WOTAN auszuweichen, aber langsam, quälend langsam, während der Torpedo noch an Geschwindigkeit zu gewinnen schien. Noch eine Minute bis zum Aufprall, schätzte Mike, kaum mehr.

»Trautman!«, schrie Singh.

»Das hat keinen Sinn mehr«, sagte Chris. »Er hat abgeschaltet.«

»Er hat im Moment Besseres zu tun«, murmelte Singh. »Tauchen! Wenn er schnell genug taucht, hat er vielleicht eine Chance. Die Torpedos halten nicht viel Wasserdruck aus.«

Mike starrte mit klopfendem Herzen auf den Schirm. Die WOTAN schwenkte weiter herum – aber die sich rasch verändernden Zahlen am unteren Rand des Bildschirmes verrieten ihm auch noch etwas anderes.

»Er ... er taucht nicht«, murmelte er.

Singh wirbelte zu ihm herum. »Was?«

»Er taucht nicht«, wiederholte Mike. »Er kommt auf uns zu!«

»Dieser Narr«, sagte Ben. »Aber das wird ihm nichts nutzen.«

Tatsächlich näherte sich der Torpedo auf dem Schirm immer schneller und schneller seinem Ziel. Für einen Moment schienen die beiden Leuchtpunkte miteinander zu verschmelzen – und dann trennten sie sich wieder. Der Torpedo war jetzt hinter der WOTAN.

»Daneben«, murmelte Mike. Er wagte kaum zu glauben, was er da sah. »Er hat ihn verfehlt. Der Torpedo hat nicht getroffen!«

»*Was?*«, keuchte Ben. »Aber das ist doch gar nicht möglich!« Er war mit einem Satz neben Mike und Singh und starrte aus aufgerissenen Augen auf den Schirm, auf dem in diesem Moment etwas zu sehen war, das beinahe noch unmöglicher schien. Der Torpedo machte kehrt und näherte sich der WOTAN nun von hinten. Aber er traf sein Ziel auch diesmal nicht, sondern überholte das U-Boot in geringem Abstand und schien dabei noch schneller zu werden.

»Aber wie kann das sein?«, flüsterte Ben.

»Welchen Torpedo hast du benutzt?«, fragte Singh. Seine Stimme klang belegt – als hätte er Angst vor der Antwort, die er bekommen würde.

»Einen von den großen«, antwortete Ben. »Die mit automatischer Zielverfolgung.«

Singh sog hörbar die Luft ein und schloss die Augen. »Großer Gott! Weißt du, was du getan hast, Ben?«

Mike verstand Singhs Entsetzen nicht, aber er verstand noch viel weniger, wieso der Torpedo die WOTAN hatte verfehlen können. Die Torpedos, von denen Ben sprach, waren ein wahres Wunderwerk atlantischer Waffenschmiede. Einmal abgefeuert, hefteten sie sich wie Bluthunde auf die Spur ihrer Beute und verfolgten sie unbarmherzig, ganz egal wie weit und welche Ausweichmanöver diese auch versuchte.

»Was meinst du?«, fragte Ben verständnislos.

»Die WOTAN besitzt ein automatisches Abwehrsystem, das die Zielsuchautomatik des Torpedos außer Kraft setzt«, sagte er. »Für ihn ist das Schiff praktisch unsichtbar.«

»Heißt das, dass –«

»– dass er sich jetzt ein neues Ziel sucht«, fuhr Singh mit tonloser Stimme fort. »Er wird nicht damit aufhören, bis er etwas gefunden hat, das er zerstören kann.«

»Er kommt auf uns zu«, sagte Mike nervös. »Ziemlich schnell.«

»Dann wird er uns treffen?« In Bens Stimme war ganz deutlich Panik zu hören.

»Nein«, antwortete Singh. »Die NAUTILUS besitzt denselben Schutz. Er wird sich ein anderes Ziel suchen.«

»O mein Gott!«, stieß Juan hervor. »Das Passagierschiff.«

»Ja«, flüsterte Singh. »Das Passagierschiff. Wahrscheinlich hat er es bereits erfasst.«

»Aber wir ... wir müssen doch etwas unternehmen können«, stammelte Ben. »Das wollte ich nicht, das müsst ihr mir glauben! Wir müssen irgendetwas tun! Ihn abschießen oder irgendwie ablenken!«

»Wir können gar nichts tun«, sagte Juan. »Ich kenne diese Torpedos. Sie weichen Geschossen automatisch aus, die auf sie abgefeuert werden. Wir können überhaupt nichts machen. Er wird das Schiff treffen und versenken.«

»Nein«, sagte Singh. »Das wird er nicht. Eines gibt es, was wir tun können.«

Er trat mit steifen Schritten hinter das Ruder. Ben starrte ihn verständnislos an und auch Chris und Juan runzelten die Stirn, aber Mike hatte plötzlich einen furchtbaren Verdacht, und als er in Serenas Gesicht sah, wurde ihm klar, dass sie wusste, was Singh plante.

»Was hast du vor?«, fragte Ben lauernd.

»An Bord dieses Schiffes sind fünfhundert Menschen, Ben, wenn nicht mehr.«

»Ich ... ich glaube, ich verstehe nicht ganz ...«, begann Ben.

Natürlich verstand er. Sie alle verstanden, was Singh vorhatte. Der Gedanke war nur zu schrecklich, um ihn so einfach zu akzeptieren.

Die NAUTILUS setzte sich wieder in Bewegung. Langsam schwenkte das mächtige Schiff herum und nahm dabei Fahrt auf, bis es genau vor dem näher kommenden Torpedo herlief und damit ebenfalls auf das Passagierschiff zu, nur eben viel langsamer als das tödliche Geschoss.

»Singh, bist du wahnsinnig?«, kreischte Ben. »Er wird uns treffen! Für den Torpedo sind wir völlig unsichtbar. Er weiß gar nicht, dass wir ihm im Weg sind!«

»Genau das ist ja der Sinn der Sache, du Dummkopf«, sagte Juan bitter. »Der Torpedo wird das Schiff versenken. Es gibt nur einen einzigen Weg, um ihn aufzuhalten. Wir müssen ihn rammen.«

»Nein«, keuchte Ben. »Nein! Das lasse ich nicht zu!«

»Haltet ihn fest«, sagte Singh ruhig. Ben heulte auf wie ein geprügelter Hund und wollte sich auf ihn werfen, aber Mike und Chris waren schneller. Mit vereinten Kräften packten sie Ben, hielten seine Arme fest und zerrten ihn ein Stück vom Kommandopult weg.

Ben bäumte sich auf und wehrte sich mit der Kraft der Verzweiflung. Selbst zu zweit hatten sie alle Mühe, ihn zu halten. »Ihr seid ja wahnsinnig!«, brüllte er. »Das ist Selbstmord! Wir werden alle sterben!«

»Keine Angst«, sagte Singh. »Die NAUTILUS hält das aus.« Er klang nicht so, als ob er seine eigenen Worte glaubte, aber damit befand er sich in guter Gesellschaft. Niemand an Bord hatte die Explosion eines der zwölf Torpedos, mit denen die NAUTILUS bestückt war, je erlebt, aber Mikes Fantasie reichte vollkommen aus, um sich auszumalen, welchen Schaden eines dieser zehn Meter langen, bis zum Bersten mit Sprengstoff voll gestopften Ungeheuer anrichten konnte. Sein Herz hämmerte zum Zerreißen.

»Festhalten!«, schrie Singh. Die NAUTILUS bockte wie ein störrisches Pferd, als er das Schiff mit einer brutalen Drehung am Ruder herumriss und damit genau in die Bahn des heranrasenden Torpedos warf.

Mike ließ Ben los, war mit einem einzigen Satz bei Serena und schloss sie schützend in die Arme.

Ein Geräusch erklang, als hätte ein Hammer gegen den

Rumpf der NAUTILUS geschlagen; nicht einmal besonders laut, aber lang anhaltend und dumpf und so machtvoll, dass jeder einzelne Knochen in Mikes Körper zu vibrieren schien.

Und dann brach die Hölle los.

Die Explosion war so gewaltig, dass Mike nicht einmal sagen konnte, aus welcher Richtung sie kam. Ein ungeheures Dröhnen erscholl, das seine Ohren betäubte, sodass er gar nichts mehr hören konnte. Das Licht flackerte und ging aus, aber es wurde nicht dunkel, denn die NAUTILUS war plötzlich in ein grelles, unerträglich weißes Licht getaucht, das ohne Mühe durch die Wände aus zollstarkem Metall zu dringen schien. Das Schiff bäumte sich auf, wurde zur Seite und nach unten gedrückt und für einen grässlichen Augenblick hatte Mike das Gefühl, dass sich das gesamte Schiff vor seinen Augen zu verbiegen schien. Er verlor den Boden unter den Füßen und schien plötzlich schwerelos zu sein und Serena wurde ihm aus den Armen gerissen.

Dann bäumte sich das Schiff genau in der entgegengesetzten Richtung auf. Der gesamte Salon schlug einen mehrfachen Salto um Mike herum. Möbel und alles, was zerbrechlich war, zerbarst und Mike konnte plötzlich wieder hören, aber er war nicht besonders glücklich darüber. Er wurde herumgeworfen und prallte schmerzhaft gegen ein Dutzend Stellen gleichzeitig und das Schiff bäumte sich immer weiter und weiter auf, bis es tatsächlich *senkrecht* im Wasser stand, sodass der Bug direkt auf den dreieinhalb Meilen tiefer liegenden Meeresgrund deutete. Das immer noch anhaltende Dröhnen der Explosion und das schreckliche Geräusch von zerreißendem Metall peinigten

Mikes Ohren, aber er hörte auch Schreie und immer noch das Klirren von zerbrechendem Glas und dann setzte das dumpfe Knallen von zufallenden Sicherheitsschotten ein, die auf das eindringende Meerwasser reagierten und das Schiff in zahllose kleine, hermetisch abgeriegelte Sektionen unterteilten.

Mike verlor nahezu das Bewusstsein. Wie durch einen dichten Nebel hindurch registrierte er, wie er unentwegt weiter gegen irgendwelche Hindernisse geschleudert wurde, aber er spürte keinen Schmerz mehr, nicht einmal mehr Angst. Die NAUTILUS kippte wieder zurück, rollte auf die Seite und machte dann einen kompletten Überschlag, der den Raum auch noch den allerletzten Rest der bisher intakt gebliebenen Einrichtung kostete. Trotz der geschlossenen Sicherheitsschotten drang irgendwo Wasser ein und Mike hörte die anderen immer noch schreien und stöhnen. Statt des Lichts war die dunkelrote Notbeleuchtung aufgeflammt, in deren Schein alles noch viel unheimlicher und bedrohlicher aussah.

Mühsam versuchte Mike, sich in die Höhe zu stemmen, aber es gelang ihm nicht. Obwohl die NAUTILUS halbwegs zur Ruhe gekommen war, schien sie sich gleichzeitig noch immer wie wild um ihn zu drehen. Er konnte nicht sagen, ob das Rauschen in seinen Ohren sein eigenes Blut war oder das Geräusch des eindringenden Wassers, aber allmählich kehrte das Gefühl in seinen Körper zurück. Mike hätte liebend gerne noch einen Moment lang darauf verzichtet. Es gab buchstäblich keinen Quadratzentimeter an ihm, der nicht wehtat.

Immerhin gelang es ihm diesmal, sich zitternd in eine halbwegs sitzende Position hochzustemmen und sich umzusehen.

Der Anblick, der sich ihm bot, war schlichtweg entsetzlich. Der Boden hatte eine deutliche Schräglage und war mit Trümmern übersät und der tiefer liegende Teil des Salons begann sich langsam mit Wasser zu füllen. Ben lag nur ein kleines Stück neben ihm und presste mit schmerzverzerrtem Gesicht den linken Arm gegen den Leib und irgendwo hinter sich hörte er Chris wimmern. Und auf der anderen Seite ...

»Serena!«

Mike vergaß den Schmerz, den entsetzlichen Zustand des Schiffes und alles andere und war mit einem Satz auf den Füßen und mit zwei gewaltigen Sprüngen bei Serena. Sie war in den rückwärtigen Teil des Salons gerollt und lag mit dem Gesicht nach unten im Wasser. Sie rührte sich nicht.

Mike fiel neben ihr auf die Knie, riss sie hoch und schrie noch einmal auf, als er in ihr Gesicht sah. Ihre Augen waren geschlossen, aber sie atmete nicht. *Sie atmete nicht!*

»Serena!«, schrie Mike. *»Serena!«* Er bekam keine Antwort und schüttelte sie immer stärker hin und her, aber sie begann trotzdem nicht wieder zu atmen. In purer Verzweiflung beugte er sich über sie, presste die Lippen auf ihren Mund und atmete ein paar Mal tief ein und aus, um ihre Lungen mit Sauerstoff zu füllen und sie damit dazu zu bringen, wieder zu atmen.

Er wusste nicht, wie lange es dauerte – vermutlich nur Sekunden, auch wenn sie ihm wie Ewigkeiten vorkamen –, aber endlich bewegte sich Serena unter ihm. Hastig richtete sich Mike wieder auf und Serena begann zu stöhnen, dann qualvoll zu husten. Mike hielt sie fest, während sie das geschluckte Wasser hervorwürgte und gleichzeitig verzweifelt nach Atem rang.

Rings um ihn herum rappelten sich auch die anderen langsam wieder hoch. Wie durch ein Wunder schien niemand ernsthaft verletzt zu sein; zumindest *lebten* noch alle und sie waren sogar noch in der Lage aufzustehen – oder es wenigstens zu versuchen.

Mike war nur nicht sicher, wie lange das noch so bleiben würde. Die NAUTILUS lag schräg im Wasser wie ein Boot, das auf ein Riff gelaufen war. Selbst die Notbeleuchtung flackerte, und als er den Kopf drehte, sah er, dass sich das massive Panzerschott vor der Tür verzogen hatte. Durch einen handbreiten, spitz zulaufenden Spalt strömte eiskaltes Meerwasser herein.

Serena bewegte sich stöhnend in seinen Armen. Mike half ihr, sich aufzurichten, und stützte sie, während er besorgt in ihre Augen blickte. »Alles in Ordnung?«, fragte er.

»Natürlich«, antwortete Serena qualvoll. »Nur dass ... dass ich mich anscheinend im ... im Wochentag geirrt habe.«

»Wie?«, fragte Mike verständnislos.

»Heute ist doch gar nicht Samstag, oder?«

Mike schüttelte automatisch den Kopf. »Nein.«

»Siehst du?« Serena hustete wieder. »Dann habe ich mich geirrt. Ich bade doch normalerweise nur Samstags.«

Mike konnte sie nur noch fassungslos anstarren.

»Wenn ihr damit fertig seid, Süßholz zu raspeln«, sagte Ben gepresst, »dann könntet ihr euch vielleicht Gedanken *darüber* machen.« Er deutete mit der unversehrten Hand auf die Tür, durch die immer noch Wasser hereinsprudelte. »Vielleicht hat ja jemand eine Idee?«

Mikes Mut sank, als er den Spalt genauer in Augenschein

nahm. Er war sicher, dass das Wasser bereits deutlich angestiegen war.

Hinter ihnen stemmte sich Singh auf die Beine und taumelte zum Kontrollpult. Sein Gesicht war blutüberströmt und er hinkte sichtbar, aber als er um das Pult herumwankte, spiegelten sich die flackernden Kontrollleuchten auf seinem Gesicht. Gegen jede Wahrscheinlichkeit schienen zumindest ein paar Instrumente noch zu funktionieren.

Singh begann auf dem Pult herumzuhämmern, anfangs scheinbar ziellos und ohne den geringsten Erfolg. Aber plötzlich erklang ein dumpfes Dröhnen und einen Augenblick später wurde der Wasserschwall schwächer und hörte dann ganz auf.

»Gott sei Dank!«, murmelte Ben. »Ich nehme alles zurück, was ich jemals über dich gedacht habe, Singh. Du hast uns gerettet.«

»Freut euch nicht zu früh«, antwortete Singh. In den Schmerz, der noch immer sein Gesicht verzerrte, mischte sich Entsetzen.

»Wie meinst du das?«, fragte Ben misstrauisch.

Singh hob die Schultern. »Das meiste von dem Zeug hier ist nur noch Schrott«, sagte er. So wie er sich anhörte, klang es fast, als wünschte er sich, dass der Rest der Instrumente auch nicht mehr funktionierte.

»Und was sagt dir das, was ... was kein Schrott ist?«, fragte Ben zögernd.

Singh zog eine Grimasse. »Was wollt ihr zuerst hören?«

»Die schlechte Nachricht«, antwortete Ben.

»Wie du willst«, sagte Singh. »Die schlechte Nachricht ist, dass die Maschinen offensichtlich zerstört sind. Wie es aussieht, hat uns der Torpedo das halbe Heck weggerissen.«

»Ah«, machte Ben. »Und was ist die gute?«

Singh sah ihn fragend an. »Was für eine gute Nachricht?«

»Du hast mich gefragt, was ich zuerst hören will«, antwortete Ben. »Und ich habe geantwortet, die schlechte Nachricht.«

»Das ist wahr«, bestätigte Singh. »Das war die schlechte Nachricht. Die *ganz* schlechte Nachricht ist, dass wir sinken. Nicht besonders schnell, aber wir sinken. Und es gibt nichts, was wir dagegen tun könnten.«

Sie brauchten mehr als eine Stunde, um gegenseitig ihre ärgsten Verletzungen zu versorgen und zumindest so weit Ordnung zu schaffen, dass sie sich bewegen konnten, ohne zu stolpern oder über irgendein Hindernis klettern zu müssen.

Singhs erste Beurteilung, was das Kontrollpult anging, hatte sich noch als optimistisch herausgestellt. Der allergrößte Teil der Instrumente war schlichtweg kaputt. Die wenigen Geräte, die noch funktionierten, zeigten vollkommen unsinnige Werte an. Es strömte kein Wasser mehr herein, aber der Boden hatte immer noch eine starke Neigung.

»Na wunderbar«, murmelte Ben, nachdem Singh ihnen allen einen kurzen Überblick über die Schäden gegeben hatte. Er hatte sich nicht damit aufgehalten, die Dinge aufzuzählen, die seiner Meinung nach beschädigt oder zerstört waren, sondern hatte kurz aufgelistet, was noch funktionierte – das ging eindeutig schneller. »Und was tun wir jetzt?«

Singhs Antwort bestand aus Schweigen und Bens Gesichtsausdruck wurde noch finsterer. Er war sehr blass und sein linker Arm – der vermutlich gebrochen war – hing in einer Schlinge, die sie kurzerhand aus seinem Gürtel improvisiert hatten. »Ich verstehe«, sagte er verdrießlich. »Wir legen die Hände in den Schoß und warten auf ein Wunder, wie?«

»Hast du einen besseren Vorschlag?«, fragte Singh. »Ich bin für jede gute Idee dankbar. Ich selbst habe nämlich keine mehr.«

»Da können wir wahrscheinlich froh sein«, sagte Ben giftig. »Ich meine: Wo uns deine letzte Idee hingebracht hat, das sehen wir ja.«

»Wie meinst du das?«, fragte Juan lauernd.

Ben zog eine Grimasse. »War es vielleicht meine Idee, den Torpedo zu rammen?«

»Nein«, antwortete Juan. »Aber ihn abzuschießen.«

Ben wollte auffahren, aber Serena machte eine befehlende Geste und sagte halb laut, aber mit ungewöhnlich scharfer Stimme: »Hört auf! Alle! Der Fehler ist nun einmal gemacht worden, und es nutzt niemandem, wenn wir uns jetzt gegenseitig an die Kehle gehen.« Sie funkelte Ben an. »Vielleicht versuchen wir eine Lösung zu finden, die uns hier herausbringt. Wenn wir es schaffen, dann könnt ihr euch anschließend nach Herzenslust streiten. Wochenlang meinetwegen.« Sie wartete eine Sekunde lang darauf, dass Ben widersprach, aber dieser war klug genug, es nicht zu tun. Schließlich wandte sie sich in verändertem Ton an Singh: »Können wir denn gar nichts tun?«

»Ich habe keine Ahnung, was«, antwortete Singh. Er machte eine Kopfbewegung auf das verzogene Panzerschott. »Wir sind hier drin gefangen, fürchte ich. Und solange wir keine Übersicht über die Schäden habe, kann ich gar nichts sagen.«

»Dann müssen wir uns einen Überblick verschaffen«, sagte Mike.

»Prima, schon klar«, nörgelte Ben. »Eine ganz tolle Idee. Weißt du auch, wie?«

Mike blickte die ramponierte Tür an. Der Spalt war an der breitesten Stelle nicht breiter als zwei nebeneinander gelegte Hände. »Astaroth?«

Woher wusste ich nur, dass du diese Frage stellen wirst? Irgendwie brachte es Astaroth fertig, ein wehleidiges Seufzen in seine gedankliche Stimme einfließen zu lassen.

Weil du ein kluger Bursche bist, antwortete Mike. *Oder auch nicht. Sonst wärst du schon längst von selbst auf die Idee gekommen.*

Er hatte Mühe, den Meerkater überhaupt zu finden. Astaroth hatte sich auf die Reste des zertrümmerten Bücherregals geflüchtet und beäugte die gesamte Szenerie vom obersten Brett aus. *Und wer sagt dir, dass ich das nicht habe?,* fragte er.

»Astaroth müsste durch den Spalt passen«, sagte Mike nachdenklich. »Kannst du das Sicherheitsschott draußen im Gang öffnen, ohne dass wir hier drinnen absaufen?«

Also gut, einverstanden, sagte Astaroth. *Ich mache es. Nett, dass du mich gefragt hast.*

»Ich denke schon«, antwortete Singh. »Ein wenig Wasser wird allerdings eindringen.«

»Das müssen wir wohl in Kauf nehmen.«

»Ja. Es wäre von Nutzen, wenn wir wüssten, wie schwer die Schäden wirklich sind.« Singh sah nachdenklich auf sein Pult hinab. »Vielleicht geschieht ja noch ein Wunder. Nemo –« Er zögerte etwas, als er diesen Namen aussprach. »– hat mir einmal erzählt, dass sich dieses Schiff selbst repariert, wenn man ihm nur genügend Zeit lässt.«

»Daran wird es nicht scheitern«, sagte Ben. »Ich habe im Moment nichts Besseres vor. Einer von euch vielleicht?«

Mike verzog die Lippen zu einem flüchtigen Grinsen. Er bezweifelte, dass ihnen noch viel Zeit blieb. Die NAUTILUS sank weiter, ganz langsam nur, aber unaufhaltsam. Das Meer war an dieser Stelle mehr als fünftausend Meter tief, aber selbst wenn das Schiff dem unvorstellbaren Druck in dieser Tiefe standhalten würde – wie sollten sie wieder nach oben kommen?

Singh drehte sich zu Astaroth herum. »Bist du so weit?«

Statt zu antworten, sprang der Kater von seinem Aussichtspunkt herunter und verschwand mit einem gewaltigen Aufplatschen im Wasser, das das hintere Drittel des Salons knietief überflutet hatte. Geschickt und schnell wie ein bizarrer pelziger Fisch paddelte er auf den Türspalt zu und gleich darauf war er hindurch und verschwunden. Singh wartete einen Moment, dann berührte er eine Taste auf dem Pult vor sich. Ein quietschendes Scharren erklang, begleitet vom schrillen Heulen eines Elektromotors, der mit aller Gewalt gegen einen fast unüberwindlichen Widerstand ankämpfte, und dann das Geräusch, das jede U-Boot-Besatzung auf der Welt fürchtet wie den Teufel persönlich: das Rauschen und Sprudeln von eindringendem Wasser. Der Türspalt füllte sich wieder mit brodelndem Schaum.

»Astaroth?«, fragte Mike.

Er bekam keine Antwort. Mike zählte lautlos bis zehn und rief dann noch einmal in Gedanken mit aller Kraft nach dem Kater.

Er bekam auch diesmal nicht sofort eine Antwort. Der Kater reagierte erst, nachdem er ihm gerade genug Zeit gelassen hatte, um fast in Panik zu geraten.

Schon gut, schon gut!, sagte Astaroth. *Hör auf zu hetzen! Eine alte Katze ist doch kein Pfeilfisch!*

Bist du draußen?

Nein, ich sitze in der Kajüte und dresche eine Runde Skat mit den Mäusen, giftete Astaroth. *Natürlich bin ich draußen. Ihr habt zu mir gesagt, ich soll rausgehen, also bin ich draußen. Ich tue doch immer, was ihr wollt, oder? Nicht dass ich mich freiwillig zu diesem Himmelfahrtskommando gemeldet hätte, aber mit mir kann man's ja machen! Immer auf die Kleinen und Wehrlosen, wie?*

Mike unterdrückte nur mit Mühe ein Seufzen. Es war manchmal schon schwer genug, die Ohren vor Bens albernem Geplapper zu verschließen – aber wie verschloss man seine *Gedanken* vor einem telepathischen Nörgler?

Er wandte sich mit einem Nicken an Singh. Der Inder betätigte einen Schalter und wieder erklang dieses quietschende Grollen, gefolgt von einem dumpfen Schlag. Der Wasserstrom im Türspalt wurde dünner und versiegte schließlich ganz.

Mike sah aufmerksam zum hinteren, überfluteten Teil des Salons. Der Wasserspiegel war nur einen oder zwei Zentimeter angestiegen, doch das war beunruhigend genug. Jeder Tropfen Wasser, der in das Schiff eindrang, beschleunigte das Sinken der NAUTILUS noch weiter.

Er verscheuchte diesen unerfreulichen Gedanken und rief wieder nach Astaroth. *Was siehst du?*

Nichts, antwortete der Kater. *Hier draußen ist es stockdunkel. Warte! Da vorne ... ach du heilige Seekuh!*

»Was ist?«, entfuhr es Mike erschrocken, sodass sich alle anderen erschrocken zu ihm herumdrehten. Serena trat mit einem raschen Schritt ganz an seine Seite und hakte sich bei ihm unter. Mike schauderte, als er fühlte, wie kalt ihre Haut unter dem dünnen Kleid war, das sie trug.

»Astaroth, was ist los?«, fragte er, diesmal ganz bewusst laut, damit die anderen auch etwas von dem Gespräch mitbekamen. »Bist du in Ordnung?«

Kein Problem, antwortete Astaroth, allerdings auf eine Weise, die ganz und gar nicht nach *in Ordnung* klang. *Sind eben nur noch zwölf übrig.*

»Zwölf was?«

Zwölf Leben, antwortete Astaroth. *Katzen haben ja bekanntlich dreizehn Leben. Ich glaube, eins habe ich gerade verbraucht.*

Sieben, antwortete Mike, diesmal wieder ganz bewusst lautlos. *Es heißt: sieben Leben.*

Bei euch vielleicht. Atlantische Katzen haben dreizehn Leben, beharrte Astaroth.

Mike resignierte. Der Kater hatte irgendetwas Schlimmes erlebt und alberte herum, um mit dem Schrecken fertig zu werden. Wenn er nicht darüber reden wollte, dann war das seine Sache.

»Was siehst du?«, fragte er, nun wieder laut, und als Astaroth antwortete, wiederholte er auch seine Worte, damit die anderen sie hörten.

Nichts, was dir gefallen würde, sagte Astaroth. *Ich bin im Maschinenraum. Oder dem, was davon übrig ist.*

»So schlimm?«

Schlimmer, antwortete Astaroth. *Wir haben ein Leck.*

»Wie groß ist es?«

Erinnerst du dich an Nemos Jacht?, fragte Astaroth. *Sie passt bequem durch. Der Länge nach.*

»Großer Gott!«, flüsterte Singh. »Die Maschinen, Mike. Frag ihn, was mit den Motoren ist!«

Was für Maschinen?, gab Astaroth zurück und Singh wurde noch blasser, nachdem Mike die Worte übersetzt hatte.

Ich schwimme jetzt weiter zum Heck, erklärte der Kater. *Mal sehen, was ... oh ... das Heck, die Heckflosse, die Schrauben und das Ruder ...*

»Was ist damit?«

Nichts, antwortete Astaroth. Er klang verblüfft. *Sie sind nicht mehr da.*

»Was soll das heißen?«, rief Mike.

Das, was es heißt, antwortete Astaroth. *Hier ist gar nichts mehr. Das gesamte Heck ist abgerissen.*

»Nein«, keuchte Serena.

»Das war's dann wohl«, sagte Ben düster. »Wo nichts mehr ist, kann man auch nichts mehr reparieren, oder?«

»Nicht so schnell«, sagte Singh. Er wandte sich mit ernstem Gesicht an Mike. »Bitte ihn, nach draußen zu schwimmen. Vielleicht kann er irgendetwas erkennen, was uns weiterhilft.«

Oh, jetzt bittet der Herr wieder, nörgelte Astaroth. *Wenn die*

Kacke am Dampfen ist, dann können sie wieder freundlich werden, die feinen Leute, aber sonst –

»Astaroth!«

Schon gut, ich mach's ja, sagte Astaroth. *Ist sowieso nicht mehr weit. Genau genommen bin ich schon draußen.*

»Was siehst du?«

Nichts, antwortete Astaroth. *Buchstäblich. Es ist dunkel.*

Mike unterdrückte ein enttäuschtes Seufzen. Was hatte er erwartet?

Aber wir sinken immer noch. Singh hat leider Recht. Wir sinken nicht sehr schnell, aber ständig.

»Wenn wir wenigstens wüssten, wie tief wir sind«, sagte Singh kopfschüttelnd.

Zweitausendvierhundertdreißig Meter, sagte Astaroth. Einen Moment später verbesserte er sich: *Einunddreißig. Jetzt fast zweiunddreißig.*

»Moment mal«, sagte Mike. »Soll das heißen, du weißt genau, wie tief wir sind?«

Immer, sagte Astaroth. *Atlantische Katzen können so was. Auf den Mäusefuß genau.*

»Und warum hast du uns das nie gesagt?«

Ihr habt mich ja nie gefragt, antwortete Astaroth patzig. *Und um deine nächste Frage gleich vorwegzunehmen: Bei dem Tempo braucht das Schiff noch exakt anderthalb Stunden, um den Meeresgrund zu erreichen.*

»Aber das werden wir nicht«, sagte Singh düster. »Vorher zerquetscht uns der Wasserdruck.«

»Wieso denn das?« Bens Stimme klang ein bisschen schrill.

»Wir waren schon tiefer als fünftausend Meter. Die NAUTILUS hält das spielend aus!«

»Unter normalen Umständen«, sagte Singh. »Die Hülle ist in sich stabil, so lange sie unbeschädigt ist. Mit diesem Loch im Rumpf ...« Er spreizte die Finger der rechten Hand und schloss sie dann zur Faust. Niemand sagte etwas.

Vielleicht habt ihr Glück, meinte Astaroth nach einer Weile. *Ich war noch nicht überall, aber so wie es aussieht, ist das Schiff zum allergrößten Teil vollgelaufen. Wenn genug Wasser im Rumpf ist, dann kann euch der Druck nichts anhaben. Vielleicht.*

»Und selbst wenn – was nutzt uns das?«, fragte Ben. Er machte eine ausholende Geste mit dem unversehrten Arm. »Was glaubt ihr, wie lange wir hier drinnen überleben?«

»Tage«, antwortete Singh. »Wochen, wenn es sein muss. Wir haben genug Sauerstoff –«

»– aber nichts zu essen und auch kein Wasser«, fiel ihm Ben ins Wort. »Davon abgesehen ist es jetzt schon unerträglich kalt. Wir werden in ein paar Stunden erfrieren.«

»Danke schön, Ben«, sagte Chris. »Genau diese Art von Aufmunterung haben wir jetzt gebraucht.«

»Bitte hört auf«, sagte Singh leise. »Mike, kann Astaroth die Tauchkammer erreichen? Vielleicht sind die Anzüge ja noch in Ordnung.«

Kein Problem, antwortete Astaroth, noch bevor Mike die Frage weitergeben musste. *Aber wozu? Sie halten dem Druck zwar stand, aber ihr kämt nie damit an die Oberfläche. Nicht einmal aus dieser Tiefe und schon gar nicht aus der doppelten.*

»Tu es einfach«, bat Singh.

Jawohl, Sahib, maulte Astaroth. *Ganz wie Ihr befehlt.*

Mike verzichtete darauf, diese Antwort zu übersetzen. Zwei, drei Minuten vergingen, dann meldete sich Astaroth wieder. *Die Tauchkammer scheint in Ordnung zu sein. Allerdings ...*

»Allerdings?«

Es sind nur noch fünf Anzüge da, sagte Astaroth. *Die beiden anderen liegen irgendwo in Grönland.*

»Fünf?« Ben blinzelte, als er Mikes Antwort hörte. »Aber wir sind sechs!«

»Toll! Du kannst tatsächlich bis sechs zählen.«

»Schluss!«, sagte Singh scharf. »Noch ein Problem, das wir später lösen können. Falls es noch nötig ist ... Astaroth kann zurückkommen. Er braucht sich nicht weiter in Gefahr begeben.«

Ich bleibe lieber hier, antwortete Astaroth. *Mir kann hier draußen nichts passieren, keine Angst. Und ich halte es nicht für eine gute Idee, das Schott erneut zu öffnen. Wer weiß, wie oft es noch funktioniert.*

»Er hat Recht«, sagte Singh. »Jeder Liter Wasser, der eindringt, bringt uns schneller nach unten.«

Eben. Ich sehe mich noch ein bisschen um. Falls ich irgendwo ein Taxi sehe, schicke ich es euch.

Mike hatte mit einiger Mühe ein halbwegs trockenes Plätzchen gefunden, auf dem Serena und er sich zusammenkauern konnten. Sie hielten sich im Arm, schon um sich gegenseitig zu wärmen, aber es nutzte nichts. Es war mittlerweile so kalt geworden, dass sie alle mit den Zähnen klapperten und ihr

Atem graue Dampfwölkchen bildete. Noch eine halbe Stunde, dachte Mike, und unsere Gesichter werden sich mit Eis überziehen. Serena zitterte wie Espenlaub in seinem Arm, so fest er sie auch an sich drückte, und auch ihm schlotterten bereits Knie und Hände. Welcher Verrückte hatte eigentlich behauptet, dass Erfrieren ein angenehmer Tod sei?

»Das ist er auch«, sagte Ben. »Im Eis. Nicht im kalten Wasser und bei ungefähr dreihundert Prozent Luftfeuchtigkeit.«

Mike blinzelte ihn einen Moment verständnislos an, bis ihm klar wurde, dass er die Frage gar nicht gedacht, sondern laut ausgesprochen hatte.

»Noch sind wir nicht tot«, sagte Singh streng. »Und ich will auch nicht, dass ihr so redet. Solange einer von uns noch atmet, werden wir nicht aufgeben.«

»In spätestens zwei Stunden kannst du die Luft hier drinnen in Stücke schneiden und lutschen«, meinte Ben höhnisch. Und plötzlich veränderte sich seine Stimme. Sie hatte schon vorher gezittert, aber nun kam das Beben darin nicht mehr nur von der grausamen Kälte.

»Ich wollte, er würde damit aufhören«, sagte Serena. Auch ihre Stimme zitterte.

»Keine Sorge. Das wird er schon.« Mike warf einen drohenden Blick in Bens Richtung. »Er hat nur Angst.«

»Ich auch«, sagte Serena.

Mike schüttelte den Kopf. »Wir kommen hier schon raus«, sagte er und versuchte seine Stimme optimistisch klingen zu lassen. »Bestimmt! Wir waren schon öfter in scheinbar ausweglosen Situationen.«

»Nicht so«, widersprach Serena. »Und was ist, wenn ...« Ihre Stimme versagte, aber Mike wusste auch, was sie meinte. Wenn sie es nicht schafften. Wenn die Situation diesmal nicht *scheinbar* aussichtslos war, sondern *wirklich?* Er wollte irgendetwas sagen, um Serena aufzumuntern, aber er konnte es nicht. Wie konnte er Serena ihre Angst nehmen, wenn er selbst innerlich vor Angst fast starb?

Jetzt hört auf, Trübsal zu blasen, meldete sich Astaroth; zum ersten Mal seit einer guten halben Stunde, sodass Mike überrascht den Kopf hob und sich umsah. *Schaut lieber mal aus dem Fenster.*

»Was hast du?«, fragte Singh. Mikes Reaktion war ihm nicht entgangen.

»Astaroth«, sagte Mike. »Er sagt, wir sollen aus dem Fenster sehen.«

Alle blickten überrascht zu der großen, geschlossenen Irisblende vor dem Bullauge.

»Wenn wir es aufmachen, dann –«

»– passiert gar nichts«, sagte Singh. »Das Fenster hält dem Druck stand.« *Und wenn nicht, ist es auch egal,* fügte sein Blick hinzu. Mühsam stemmte er sich hoch und ging steifbeinig zum Schaltpult. Er warf einen unschlüssigen Blick zum Fenster, hob dann die Schultern und betätigte einen Schalter. Ben ächzte. Ein erbärmliches Quietschen erklang. Eines der sichelförmigen Segmente setzte sich in Bewegung und kam nach einer Sekunde wieder zum Stillstand. Singh verzog grimmig die Lippen und drückte noch einmal und mit ganzer Kraft den Schalter. Die Blende faltete sich quietschend zusammen und fraß sich fest, als sie knapp zwei Drittel weit geöffnet war.

Niemand achtete darauf. Der Anblick, der sich ihnen bot, war einfach zu fantastisch.

Die NAUTILUS sank langsam und mit deutlich sichtbarer Schlagseite dem Meeresboden entgegen. Der Himmel über ihnen war pechschwarz, eine ewige, vollkommene Finsternis, die andauerte, seit das Meer diese gigantische Senke gefüllt hatte. Unter ihnen jedoch ... war Licht.

Es war ein unheimlicher, grüner Schein, der von einem hellen Punkt unmittelbar unter ihnen kam und den Meeresgrund erleuchtete, so weit das Auge reichte. Und der Meeresgrund war nicht leer. Zwischen Felsen und bizarr aufragenden Korallenskulpturen lagen Schiffe. Dutzende, wenn nicht hunderte von Schiffen, Segelboote, Dampfschiffe, Jachten und riesige, monströs erscheinende Frachter. Viele von ihnen waren nur noch Wracks, zerbrochen und von Muscheln und steinhart gewordenem Sand überwuchert, sodass man ihr ehemaliges Aussehen nur noch erahnen konnte, aber manche wirkten auch völlig unversehrt, sodass man meinen konnte, sie würden im nächsten Moment die Segel setzen und davonfahren.

»Das ... das ist ja ... unglaublich!«, keuchte Chris. Er war der Einzige, der überhaupt etwas sagte. Alle anderen starrten weiter fassungslos wie fasziniert auf den gewaltigen Schiffsfriedhof hinab, dem die NAUTILUS lautlos entgegenstürzte.

Je weiter sie sich ihm näherten, desto mehr Einzelheiten konnten sie erkennen. Mike gewahrte eine spanische Galeere, die hoch aufgerichtet auf dem Meeresgrund lag. Das Wasser hatte sogar die Segel gebläht und für einen Moment bildete sich Mike tatsächlich ein, winzige Gestalten hinter der Reling und in der Takelage zu erblicken. Aber als er genauer hinsah, erkannte er, dass es nur Schatten waren. Daneben, auf die Seite gestürzt und in mehrere Teile zerbrochen, lag das gewaltigste Schiff, das er jemals erblickt hatte, ein Koloss von mindestens einem Kilometer Länge, wenn nicht mehr, und von einer vollkommen bizarren, fremdartigen Konstruktion, die nichts ähnelte, was Mike jemals zu Gesicht bekommen hatte.

»Seht mal dort!«

Bens ausgestreckte Hand wies nach links. Ein gutes Stück neben dem Wrack des Riesenschiffes waren etliche, im Vergleich winzige kleine Umrisse halb im Sand vergraben. Mike erkannte erst auf den zweiten Blick, dass es sich um Flugzeuge handelte, fünf Stück an der Zahl. Sie lagen in perfekter Formation da, genau wie sie hoch oben am Himmel geflogen sein mochten, und vollkommen unversehrt. Aber keiner von ihnen hatte jemals ein Flugzeug wie dieses gesehen. Sie ähnelten den Doppeldeckern, die sie manchmal erblickten, hatten aber nur ein Paar Tragflächen und waren kleiner und viel schnittiger. Es gab eine geschlossene Glaskanzel für die Piloten und auf den Tragflächen prangten die amerikanischen Hoheitssymbole.

»Jetzt wissen wir wenigstens, wohin all die Schiffe verschwunden sind«, sagte Ben leise. »Ich nehme nicht an, dass jemals wieder eines aufgetaucht wäre, oder?«

Singh maß ihn mit einem bösen Blick und Mike hatte mit einem Mal das dringende Bedürfnis, Ben den Hals umzudrehen.

Stattdessen trat er dichter an die Scheibe heran und beugte sich vor, um noch mehr Einzelheiten zu erkennen. Sein Blick blieb für einen Moment auf dem Wrack eines Wikingerschiffes hängen, das mit zerbrochenen Rahen unter ihnen lag, und wanderte dann zum hellen Zentrum des Lichtes, dem die NAUTILUS genau entgegenzusinken schien.

Es war eine Kuppel aus einem milchigen, grünlich schimmernden Material. Bedachte man die Entfernung, in der sich die NAUTILUS befand, und die winzigen Schiffe daneben, dann musste sie wahrhaft gigantisch sein. Und die schrägen Linien und die sonderbar asymmetrisch wirkende Geometrie machten Mike auf Anhieb klar, wer der Konstrukteur dieses seltsamen unterseeischen Bauwerks war.

Dennoch war es Serena, die es aussprach.

»Atlantisch«, sagte sie. »Es war mein Volk, das die Kuppel gebaut hat.«

»Dann haben wir vielleicht doch noch eine Chance«, sagte Singh. Er klang plötzlich aufgeregt und auch Mike spürte, wie seine Furcht einer fast verzweifelten Hoffnung wich. »Wozu auch immer diese Kuppel einst gedient haben mag, sie ist noch intakt! Vielleicht finden wir darin die Mittel, um die NAUTILUS zu reparieren!«

»Deinen Optimismus möchte ich haben«, sagte Ben. »Du hast doch gehört, was Astaroth gesagt hat. Da ist nichts mehr zu reparieren.«

»Vielleicht.« Singh ließ Bens Einwand nicht gelten, sondern

wischte ihn mit einer ungeduldigen Handbewegung weg. »Mike! Astaroth soll zu dieser Kuppel schwimmen und nach einem Eingang suchen.«

»Wozu?«, fragte Ben, während Mike Singhs Bitte bereits an den Meerkater weitergab. Astaroth kommentierte sie mit einer spitzen Bemerkung, die Mike vorsichtshalber für sich behielt, machte sich aber gehorsam auf den Weg und Singh sagte:

»Dort drinnen ist auf jeden Fall Licht und vermutlich auch Luft und Wärme. Selbst wenn wir die NAUTILUS nicht retten können, können wir dort drinnen wenigstens überleben.«

»Und dann?«, fragte Ben. »Willst du die nächsten vierzig oder fünfzig Jahre in einer Kuppel auf dem Meeresgrund verbringen?«

»Immer noch besser, als die nächsten vierzig oder fünfzig Jahre tot zu sein, oder?«, fragte Juan.

»Wir lösen ein Problem nach dem anderen«, bestimmte Singh. »Jetzt lasst uns lieber hoffen, dass die NAUTILUS den Aufprall auf dem Meeresgrund übersteht.« Er sah konzentriert aus dem Fenster. »Noch ein paar Minuten, schätze ich. Sucht euch ein sicheres Plätzchen. Der Aufschlag könnte ein bisschen ungemütlich werden.«

Das war die Untertreibung des Jahres. Es vergingen noch deutlich mehr als die wenigen Minuten, von denen Singh gesprochen hatte, sodass ihnen hinlänglich Zeit blieb, sich einen halbwegs sicheren Platz zu suchen. Mike und Serena klammerten sich aneinander und Mike hakte sich zusätzlich mit den Füßen unter einer Kante fest.

Der Aufprall war furchtbar. Die NAUTILUS schlug mit einem

gewaltigen Krachen auf dem Meeresgrund auf und alle wurden hilflos durch die Luft geschleudert. Serena riss es aus Mikes Armen und verschwand und Mike genoss zum zweiten Mal binnen weniger Stunden das zweifelhafte Vergnügen, den verwüsteten Salon der NAUTILUS einen mehrfachen Salto rings um sich herum schlagen zu sehen. Er landete im Wasser und auf etwas Weichem, das unverzüglich und lauthals mit Bens Stimme zu fluchen begann, dann flog ihm Serena mit solcher Wucht ins Kreuz, dass ihm auch noch der Rest von Luft aus den Lungen gepresst wurde und Bens Schimpfkanonade zu einem jämmerlichen Keuchen erstickte. Gleichzeitig hob ein gewaltiges Dröhnen und Krachen an, begleitet vom fürchterlichen Geräusch von zerreißendem Metall und brechenden Trägern. Es war, als schrie die NAUTILUS ihren Schmerz heraus wie ein riesiges, sterbendes Tier.

Mike stemmte sich benommen hoch, taumelte einen halben Schritt zur Seite und ließ sich sofort wieder auf die Knie fallen, um Serena aufzuhelfen. Sie sah so mitgenommen aus, wie er selbst sich fühlte, aber sie setzte sich aus eigener Kraft auf und schüttelte sogar den Kopf, als er die Hände nach ihr ausstreckte.

»Ist dir was passiert?«, keuchte er.

Serena schüttelte den Kopf. »Nein. Ich ... ich glaube nicht.«

»Danke, mir geht es auch gut!« Ben richtete sich prustend neben Serena auf und spuckte Wasser. »Gut, dass ihr euch so um mich sorgt.«

»Bist du auch wirklich okay?«, fragte Mike, an Serena gewandt. Sie nickte benommen und Ben fuhr fort:

»Da weiß man doch wenigstens, wozu man Freunde hat.«

Mike warf noch einen misstrauischen Blick auf Serena, dann stemmte er sich abermals in die Höhe und sah sich besorgt um. Singh, Juan und Chris schienen ebenfalls mit dem Schrecken davongekommen zu sein und Mike wandte seine Aufmerksamkeit dem Fenster zu.

Im ersten Moment sah er nichts außer wirbelndem grauem und braunem Sand und Millionen silberner Luftblasen, die vor dem Fenster in die Höhe stiegen. Der Anblick jagte Mike einen Heidenschrecken ein, aber ein rascher Blick in die Runde beruhigte ihn wieder. Nirgends drang Wasser ein. Offensichtlich war irgendwo unter ihnen eine Wand geborsten, hinter der sich noch eine Luftblase gehalten hatte.

»Alles noch am Leben und in einem Stück?«, fragte Singh.

»Ich denke schon«, sagte Juan. Chris machte: »Hmm«, und Serena und Mike nickten nur.

»Ich nicht«, nörgelte Ben. »Aber das interessiert hier ja niemanden.«

»Dann ist es ja gut.« Singh trat auf etwas wackeligen Beinen ans Fenster. Der wirbelnde Vorhang dahinter war so undurchdringlich wie zuvor, aber Singh musterte auch nur das Glas, um sich davon zu überzeugen, dass die Scheibe unversehrt war.

»Unglaublich«, murmelte er. »Wir leben tatsächlich noch.«

»Muss wohl so sein«, stichelte Ben weiter. »In der Hölle kann es unmöglich so kalt sein.«

»Ben, bitte«, seufzte Singh. »Bist du ernsthaft verletzt?«

»Wen interessiert das hier schon?«

»Also nein«, schloss Singh und drehte sich wieder zum Fenster um. Der Strom aus silbernen Luftblasen nahm allmählich ab und auch der hochwirbelnde Sand begann sich langsam wieder zu senken. Trotzdem vergingen noch mehrere Minuten, bis sich die Sicht so weit geklärt hatte, dass die gewaltige, grün leuchtende Unterseekuppel wieder zu erkennen war.

»Dort müssen wir hin«, sagte Singh. Er legte besorgt die Stirn in Falten. »Das ist ziemlich weit. Mindestens zwei Kilometer, schätze ich. Wenn nicht mehr.«

Dreieinhalb, um genau zu sein, meldete sich Astaroth zu Wort. *Ein hübscher Spaziergang.*

Mike zog es vor, diese Neuigkeit lieber nicht weiterzugeben. Sie hatten für den Augenblick genug Schlimmes zu verdauen. »Astaroth hat sich gemeldet«, sagte er nur.

»Er war bei der Kuppel?«

Mike fragte nach und gab Astaroths Antwort weiter. »Da ist eine Art Schleuse. Aber sie liegt auf der anderen Seite. Wir müssten um die halbe Kuppel herum.«

»Und wo ist das Problem?«, fragte Ben.

»Sie hat einen Durchmesser von mehr als zweitausend Metern«, sagte Mike. »Wie gut warst du in Mathematik?«

»Zweitausend mal dreikommavierzehn geteilt durch zwei«, antwortete Ben stolz. »Das sind ...«

»Noch mal anderthalb Kilometer Fußmarsch«, sagte Singh, als Ben plötzlich abbrach und ziemlich erschrocken dreinsah.

»Und damit haben wir das nächste Problem«, sagte Singh.

Und auch das war ziemlich untertrieben.

Astaroth brauchte eine gute halbe Stunde, um zurückzukommen. Auf Singhs Bitte hin hatte er die Kuppel noch einmal umkreist, aber keinen weiteren Eingang gefunden – was bedeutete, dass ihnen ein Fußmarsch von mehr als *sechs Kilometern* bevorstand, falls sie überhaupt einen Weg fanden, das Wrack der NAUTILUS zu verlassen.

Dazu gab es nur eine einzige Möglichkeit und allein der *Gedanke* daran jagte nicht nur Mike einen eisigen Schauer über den Rücken.

»Wir brauchen die Taucheranzüge«, sagte Singh. »Einen anderen Weg gibt es nicht.«

Betretenes Schweigen machte sich breit. Die Tauchkammer mit den Schutzanzügen befand sich nur ein paar Meter vom Salon entfernt, unglückseligerweise aber zwei Etagen tiefer und die Gänge und Treppen dorthin waren mit Wasser geflutet.

»Und wer soll hinschwimmen und sie holen?«, fragte Chris.

»Na, wer schon«, murrte Ben. »Ich natürlich.«

»Unsinn«, sagte Singh, aber Ben schüttelte stur den Kopf.

»Ich bin der beste Taucher von uns allen«, sagte er. »Ihr wisst das. So weit ist es nicht. Ich bin schon längere Strecken getaucht.«

»Aber nicht in fünftausend Metern Tiefe«, sagte Singh. »Es ist zu gefährlich.«

»Immerhin habe ich uns in diese Situation gebracht«, sagte Ben leise. »Da ist es nur fair, wenn ich mein Leben riskiere, um uns zu retten, oder?«

Nicht nur Singh wirkte ziemlich überrascht. Keiner von ihnen hätte Ben diese Worte zugetraut; nicht, nachdem er sich in den letzten Stunden so aufgeführt hatte. Offensichtlich plagte ihn doch das schlechte Gewissen. Dennoch schüttelte der Inder nach kurzem Überlegen den Kopf.

»Das wäre Selbstmord«, sagte er. »Der Wasserdruck draußen ist tödlich. Ich bin nicht einmal sicher, ob uns die Anzüge schützen können.«

»Und wie sollen wir dann in die Tauchkammer hineinkommen?«

Nein, sag es nicht, erklang Astaroths Stimme in Mikes Kopf. *Lass mich raten! Das ist wieder einmal eine Aufgabe für den guten alten Astaroth, habe ich Recht?*

Ich fürchte, antwortete Mike. *Mir fällt jedenfalls nichts Besseres ein.*

Wann wäre dir jemals etwas Vernünftiges eingefallen?, fragte Astaroth patzig. *Wie stellst du dir das vor? Die Dinger wiegen eine Tonne!*

Das war übertrieben, aber der Kater hatte dennoch Recht. Die Taucheranzüge, die ja gerade dazu gemacht worden waren, um dem Druck in extremen Wassertiefen standzuhalten, waren nicht nur sperrig, sondern wogen auch gute zwei Zentner. Astaroth war sehr viel stärker, als man es einem so kleinen Tier zutrauen würde, aber seine Kraft würde niemals ausreichen, um einen der Anzüge hier heraufzuschaffen.

Warum lässt du das nicht meine Sorge sein?, fragte Astaroth. *Ich lasse mir schon was einfallen. Aber ich brauche ein bisschen Zeit.*

Und Zeit ist ganz genau das, wovon wir im Moment am wenigsten haben, dachte Mike besorgt. Die Aufregungen der letzten halben Stunde hatten sie alles andere fast vergessen lassen, aber Mike spürte plötzlich wieder, wie bitterkalt es hier drinnen war. Aber er sagte es nicht laut. Astaroth wusste schließlich genau, wie ernst die Lage war.

Dennoch vergingen annähernd zwanzig Minuten, bis sich der Kater wieder meldete.

Wir wären dann so weit, sagte er. *Aber wir haben nur zwei Anzüge hochgebracht.*

»Wir?«

Ich, verbesserte sich der Kater. *Oder wenn du so willst, Pluralis Majestatis. Wir, unsere Hoheit Astaroth.*

Mike glaubte ihm kein Wort, aber er wandte sich an Singh und nickte. Der Inder betätigte einen Schalter und das Ergebnis war das schon bekannte Quietschen und ein weiterer Wasserschwall, der durch den Türspalt drang und den Wasserspiegel langsam, aber unbarmherzig weiter ansteigen ließ.

Einen Moment noch, sagte Astaroth. *Wir müssen die Anzüge in den Gang schaffen. Die Dinger sind schwer.*

»Wir«, sagte Mike. »So, so.«

Astaroth zog es vor zu schweigen. Weitere, quälend lange Minuten vergingen, ehe Astaroth sich endlich wieder meldete und Singh das Schott wieder schließen konnte.

Alles in Ordnung, sagte Astaroth. *Nur ...*

»Nur?«

Ich will euch keine Angst machen, antwortete Astaroth, *aber sehr oft macht das Schott das nicht mehr mit. Dir Tür ist jetzt schon fast ganz verzogen.*

»Und wir haben noch ein weiteres Problem«, sagte Singh,

nachdem Mike Astaroths Worte weitergegeben hatte. Er deutete auf die Tür. »Wahrscheinlich können wir sie aufbrechen, aber danach ertrinken wir hier drinnen, wenn ich das Zwischenschott öffne.«

Das kriegen wir schon hin, sagte Astaroth. *Aber tretet von der Tür zurück. Nur zur Vorsicht.*

Singh und die anderen sahen nun vollends verwirrt drein, aber sie gehorchten und zogen sich ein gutes Stück von der ramponierten Tür zurück. Einen Moment später konnten sie hören, wie etwas von außen über das Metall schrammte, dann erschien ein sich schlängelndes graues Etwas in dem Spalt und begann ihn zu verbreitern. Ohne besondere Mühe schob die »Schlange« das verklemmte Schott ein gutes Stück nach oben, bis der Spalt breit genug war, um Singh hindurchzuassen.

Mike eilte als Erster hinzu, nachdem sich die »Schlange« zurückgezogen hatte, und lugte durch den Spalt. Es war keine Schlange. In dem glasklaren Wasser, das den Gang draußen knietief geflutet hatte, schwebte ein riesiger, zehnarmiger Krake, dessen beunruhigend menschlich aussehende Augen Mike auf eine Art musterten, die ihm einen eiskalten Schauer über den Rücken laufen ließ.

Keine Angst, sagte Astaroth. *Er tut euch nichts.*

»Bist du wahnsinnig?«, keuchte Ben. »Du weißt doch, wie gefährlich diese Biester sind!«

Er nicht, behauptete Astaroth. *Er tut nur das, was ich ihm sage.*

»Soll das heißen, du ... du kannst anderen Tieren deinen Willen aufzwingen?«, fragte Mike stockend.

So könnte man es nennen, antwortete Astaroth. *Auch wenn es nicht ganz der Wahrheit entspricht.*

»Und das hast du uns nie zuvor gesagt? Warum?«

Weil es alles andere als angenehm ist, antwortete Astaroth. *Und nebenbei bemerkt auch nicht ganz ungefährlich. Ich weiß auch nicht, wie lange ich ihn noch unter Kontrolle halten kann. Also beeilt euch lieber.*

»Er hat Recht«, sagte Singh. »Geh zur Seite. Ich passe durch den Spalt.«

Mike schüttelte den Kopf. »Ich auch«, sagte er. »Ich komme mit.«

»Das kommt überhaupt nicht –«, begann Singh.

»Du gehst auf keinen Fall allein«, fiel ihm Serena ins Wort. »Es ist viel zu gefährlich, allein zu gehen. Dort draußen liegen *zwei* Taucheranzüge. Astaroth wird sich etwas dabei gedacht haben.«

»Genau«, sagte Mike. »Uns fehlt nämlich eine Ausrüstung.«

»Und?«, fragte Singh.

»Wenn wir einen Eingang in die Kuppel finden«, antwortete Mike, »dann bleibt einer von uns dort, und der andere kommt mit dem leeren Anzug zurück und holt die Übrigen.«

»Ein guter Plan«, lobte Ben. »Sechs Kilometer hin und zurück. Das heißt, dass wir noch mindestens fünf oder sechs Stunden in diesem Eiskeller warten müssen.«

»Du kannst ja mitkommen«, sagte Mike. »Vorausgesetzt, du hältst lange genug die Luft an.« Er schloss Serena zum Abschied in die Arme und zwängte sich dann so hastig durch den Spalt, wie er nur konnte. Lange Abschiede hatten ihm noch nie gelegen. Außerdem war er sicher, dass Serena alles in ihrer Macht

Stehende versuchen würde, ihm diese Idee auszureden. Und sie hatte gute Chancen, es zu schaffen. Mike war in Wahrheit nicht halb so optimistisch, wie er sich gab. Noch während Singh sich hinter ihm durch den Spalt quetschte, begann er den klobigen Taucheranzug anzulegen. Er brauchte eine ganze Weile dazu, denn seine Finger waren nahezu steif vor Kälte, sodass es ihm schwer fiel, sich überhaupt zu bewegen. Dazu kam, dass er versuchte, einen möglichst großen Abstand zu dem Kraken einzuhalten, der in dem halb gefluteten Gang auf und ab schwamm.

»Chris, geh an die Kontrollen«, rief Singh, nachdem auch er seinen Anzug angelegt hatte. »Du musst schnell sein. Dieses Mal wird sehr viel mehr Wasser eindringen. Es kommt also auf jede Sekunde an. Sobald Astaroth dir Bescheid gibt, dass wir draußen sind, schließt du das Schott.« Er wandte sich wieder zu Mike um und hob gleichzeitig die Hand an den Helm, um ihn zu schließen. »Bist du so weit?«

Obwohl sie sich hätten verständigen können, legten sie den Weg nach draußen in vollkommenem Schweigen zurück. Mike zweifelte nicht daran, dass es Singh ebenso erging wie ihm. Die NAUTILUS war nicht nur ein Schiff für sie alle. In den letzten fünf Jahren war sie zu ihrer Heimat geworden, ein nicht wegzudenkender Teil ihrer aller Leben. Wenn sie nicht mehr da war, dann würde die Welt nie wieder so sein, wie sie einmal gewesen war. Es kam ihm selbst verrückt vor, die NAUTILUS war trotz allem nur ein gewaltiges Gebilde aus Stahl, Glas und geheimnisvollen Maschinen – aber er hatte das Gefühl, einen Freund verloren zu haben.

Nach einer scheinbaren Ewigkeit erreichten sie das Loch im Rumpf, das Astaroth ihnen beschrieben hatte. Es war noch größer als erwartet und da die NAUTILUS auf der Seite lag, bereitete es ihnen nicht die geringste Mühe, das Schiff zu verlassen und auf den Meeresboden hinabzusteigen.

Mike blieb stehen und drehte sich einmal im Kreis, um sich einen Überblick zu verschaffen. Hinter ihnen ragte der zerfetzte Rumpf der NAUTILUS in die Höhe wie eine riesige Klippe aus graugrünem Stahl und auf der anderen Seite die Unterseekuppel der Atlanter, scheinbar zum Greifen nahe und doch unendlich weit entfernt. Sechs Kilometer waren selbst an der Erdoberfläche ein ansehnlicher Spaziergang, hier unten wurden sie zu einer schier unüberwindlichen Entfernung.

Aber sie wird nicht kleiner, wenn ihr hier herumsteht, sagte Astaroth. *Nur keine Müdigkeit vorschützen. Ich schwimme voraus und suche einen halbwegs sicheren Weg für euch große Tollpatsche.*

Mit langsamen Schritten setzten sie sich in Bewegung. Mike wäre gern schneller gelaufen, schon weil er wusste, dass für Serena und die anderen an Bord der NAUTILUS jede Minute zu einer Qual werden musste, aber es war ihm nicht möglich. Die Taucheranzüge waren so schwer, dass schon das Gehen in seichtem Wasser darin anstrengend war. Hier unten unter dem gewaltigen Wasserdruck wurde jeder Schritt zu einer Tortur – obwohl Astaroth vorausschwamm und den bequemsten Weg für sie suchte.

Sie marschierten eine Stunde, ohne dass die Kuppel sichtbar näher zu kommen schien, und dann noch eine, bevor sie die erste Rast einlegten. Schon jetzt kostete Mike jeder Schritt eine schier unmenschliche Kraftanstrengung und er war sicher, Singh erging es nicht anders. Am Anfang war er erstaunt gewesen, dass der Wasserdruck nicht so schlimm schien, wie er erwartet hatte. Mittlerweile hatte er das Gefühl, durch halb erstarrten Teer zu waten und auf seinen Schultern schienen unsichtbare Tonnengewichte zu lasten. Und selbst wenn ein Wunder geschah und sie es tatsächlich bis zur Kuppel schafften – nicht einmal Singh war stark genug, um auch noch den Rückweg bis zur NAUTILUS zu bewältigen, noch dazu mit dem zweiten, leeren Taucheranzug im Gepäck.

Nicht zu vergessen den Weg zurück zur Kuppel, sagte Astaroth, der offensichtlich die ganze Zeit über seine Gedanken gelesen hatte. *Soll ich dir was verraten? Singh wird es wahrscheinlich nicht einmal bis zur Kuppel schaffen. Er hat sich ziemlich übel verletzt, als die NAUTILUS aufgeschlagen ist. Aber natürlich ist er viel zu stolz, um das zuzugeben.*

Und was machen wir jetzt?, fragte Mike niedergeschlagen. Er fühlte sich selbst zu schwach, um noch wirklich zu erschrecken. Offensichtlich erlaubte sich das Schicksal gerade einen besonders derben Scherz mit ihnen, indem es ihnen immer wieder die Hoffnung auf Rettung vorgaukelte, nur um dann mit einem neuen, noch größeren Schrecken aufzuwarten.

Ich lasse mir schon was einfallen, sagte Astaroth. *Geht weiter, aber weicht nicht von dem Weg ab, den ich euch gezeigt habe. Ich bin bald zurück.*

Er verschwand und Mike kam sich noch einsamer und verwundbarer vor als zuvor – obwohl es rein gar nichts gab, was der Meerkater für Singh und ihn hätte tun können, sollten sie irgendwie in Gefahr geraten. Aber nun war Singh das einzige lebende Wesen in weitem Umkreis. Der Inder, der sich ebenso wie Mike gegen einen meterhohen Fels gelehnt hatte, um einen Moment auszuruhen, stieß sich nun von seinem Halt ab und ging weiter. Er schlurfte allerdings mehr, als er ging. Seine Schultern waren weit nach vorne gesackt und jeder seiner kleinen mühsamen Schritte wirbelte graubraune Sandwolken hoch, die sich allerdings erstaunlich schnell wieder zu Boden senkten; eine weitere Folge des enormen Druckes, der hier unten herrschte. Mike schloss sich ihm an, aber obwohl Singh sehr langsam ging, fiel es ihm schwer, mit ihm Schritt zu halten. Er war nicht ganz sicher, ob Singh taumelte oder ob er einfach schon so schwach war, dass ihm seine Augen einen Streich spielten.

Dann sah er etwas, was ihn eindeutig davon überzeugte zu fantasieren. Astaroth kam zurück. Aber er war nicht allein, sondern ...

Singh ächzte. »Was ist denn *das?!*«

Mike blinzelte überrascht und hob instinktiv die Hand, um sich über die Augen zu fahren, stieß aber nur gegen die Sichtscheibe seines Helmes. Offensichtlich fantasierte er wohl doch nicht.

Was nichts daran änderte, dass der Anblick, der sich ihm bot, schlichtweg unglaublich war.

Astaroth kam nicht allein. Genau genommen war es auch gar nicht Astaroth, den sie zuerst sahen, sondern einen Hai, der gigantischste Hai, den Mike jemals zu Gesicht bekommen hatte. Das Geschöpf war mindestens zwölf, wenn nicht fünfzehn

Meter lang, ein grauweiß gefleckter Koloss, dessen Maul groß genug war, um einen Menschen mit einem einzigen Bissen zu verschlingen. Astaroth klammerte sich mit allen vier Pfoten an die riesige dreieckige Rückenflosse und so bizarr es schien, er schien das Ungeheuer tatsächlich zu *lenken!*

»Astaroth?«, murmelte Mike fassungslos. »Aber was ... wie ...?«

Keine Zeit, unterbrach ihn Astaroth. Mike konnte sich nicht erinnern, seine Stimme jemals zittern gehört zu haben.

Haltet euch fest, wenn wir vorbeikommen!

»Festhalten?!«, keuchte Mike. »Bist du wahnsinnig?«

Ihr seid doch schon tausend Mal mit Delfinen geschwommen, oder? Macht es genauso! Astaroths telepathische Stimme zitterte immer stärker. Fast als koste es ihn gewaltige Anstrengung, überhaupt zu reden.

»Aber das ist ein *Hai!*«

Ein Tiefseehai, antwortete Astaroth. *Er ist völlig harmlos, solange ich bei euch bin, und jetzt passt auf. Wir haben nur einen einzigen Versuch!*

Mike hatte mittlerweile erkannt, dass es sich bei dem Tier tatsächlich um einen Tiefseehai handelte. Diese bis zu fünfundzwanzig Meter langen Kolosse, die niemals nach oben kamen und nur in den tiefsten Tiefen der Ozeane lebten, waren wirklich harmlos. Aber das änderte nichts daran, dass es sich um einen *Hai* handelte, der mit der Schnelligkeit eines durchgehenden Rennpferdes heranraste. Schon eine flüchtige Berührung dieses gewaltigen Kolosses konnte Singh und ihn einfach zerschmettern.

Jetzt!, kreischte Astaroth.

Vielleicht lag es einzig daran, dass ihm gar nicht genug Zeit blieb, um darüber nachzudenken, was bei diesem Irrsinnsvorhaben alles schief gehen konnte. Der Hai schoss schnell wie ein Pfeil heran, so tief über dem Boden, dass sein Bauch den Sand aufwirbelte, und Mike ließ sich einfach zur Seite fallen und griff mit ausgestreckten Armen nach der Rückenflosse des Giganten.

Der Ruck schien ihm fast die Gelenke aus den Schultern zu reißen. Mike keuchte vor Schmerz, klammerte sich aber mit zusammengebissenen Zähnen fest und wurde in die Höhe und mitgerissen, ebenso wie Singh, der auf der anderen Seite dasselbe waghalsige Manöver vollführte. Wenn der Hai ihr zusätzliches Gewicht überhaupt bemerkte, so schien es ihn nur umso mehr zu reizen. Er gewann wieder an Höhe, schlug ärgerlich mit der Schwanzflosse und wurde noch schneller.

Die Unterseekuppel schoss nun regelrecht auf sie zu. Die gleiche Distanz, zu deren Überwindung sie gerade mehr als eine Stunde gebraucht hatten, schmolz nun binnen kaum mehr als zwei Minuten vor ihnen zusammen – aber Mike spürte auch, dass sie es kaum länger durchgehalten hätten. Seine Arme schmerzten unerträglich und seine Kraft ließ mit jedem Augenblick weiter nach. Der Hai wurde immer schneller, aber auch unruhiger, als spüre er, dass da irgendetwas nicht mit ihm stimmte, sodass es ihnen immer schwerer fiel, sich an ihm festzuhalten.

Sie waren vielleicht noch zwei- oder dreihundert Meter von der Unterwasserkuppel entfernt, als Astaroths Stimme wie in

Panik in seine Gedanken schrie: *Loslassen! Springt ab! Ich kann ihn nicht mehr halten!*

Mike hätte sich gar nicht länger an der Haifischflosse festhalten können, selbst wenn er es gewollt hätte. Das riesige Tier bäumte sich auf, schüttelte Singh und ihn ohne die mindeste Anstrengung ab und schoss dann nahezu senkrecht in die Höhe. Die riesige, peitschende Schwanzflosse, groß wie das Segel eines kleinen Bootes, verfehlte ihn buchstäblich um Haaresbreite, und noch während er sich überschlug und dem Boden entgegenzutrudeln begann, glaubte er einen winzigen struppigen Umriss davonwirbeln und mit der Schwärze des Meeres über ihnen verschmelzen zu sehen. Dann brauchte er all seine Kraft und Geschicklichkeit, um den Sturz abzufangen!

Ein weiteres Wunder geschah: Er brach sich weder den Hals noch wurde sein Anzug beschädigt. Der Aufprall schüttelte ihn kräftig durch, sodass er etliche Sekunden lang benommen liegen blieb, aber das war auch alles. Unsicher richtete er sich auf, legte den Kopf in den Nacken und rief als Erstes nach Astaroth.

Er bekam keine Antwort. Der flüssige Himmel über ihm blieb schwarz und stumm. Der Hai war längst verschwunden und Astaroth meldete sich nicht.

»Ist bei dir alles in Ordnung?«, drang Singhs Stimme aus seinen Kopfhörern.

Mike nickte. Mehr war nicht nötig. Allein dass er die Bewegung überhaupt ausführen konnte, war Antwort genug auf Singhs Frage. Wäre sein Anzug beschädigt worden, dann wäre ihm wohl nicht einmal mehr Zeit genug geblieben, um es zu merken.

»Astaroth«, murmelte Singh kopfschüttelnd. »Ich glaube, unser einäugiger Freund wird uns eine Menge Fragen beantworten müssen, wenn das hier vorbei ist ... wo ist er überhaupt?«

»Ich weiß es nicht«, sagte Mike besorgt. »Ich habe schon nach ihm gerufen, aber er antwortet nicht.«

»Vermutlich führt er seinen Hai Gassi, damit er nicht auf die Idee kommt, uns zum Frühstück zu verspeisen.«

Mike sparte es sich, Singh darauf hinzuweisen, dass es sich um einen vollkommen harmlosen Tiefseehai gehandelt hatte, der ausschließlich von Pflanzen lebte.

»Wir werden noch ein Stückchen zu Fuß gehen müssen«, sagte Singh, während er sich schwerfällig zur Kuppel umwandte. Die halb transparente, von innen heraus beleuchtete Wand ragte wie eine gigantische Klippe über ihnen empor. Selbst als Mike den Kopf in den Nacken legte, konnte er nicht bis zu ihrem oberen Ende blicken. Und noch etwas: Jetzt, als sich seine Aufregung allmählich legte, spürte er ein sonderbares Kribbeln und Vibrieren; beinahe als knistere das Wasser, durch das sie sich bewegten, von unsichtbarer elektrischer Spannung.

»Von der Schleuse ist jedenfalls nichts zu sehen.« Singh seufzte. »Aber es kann nicht mehr allzu weit sein. Komm.« Er machte eine aufmunternde Handbewegung. »Den Rest schaffen wir auch noch.«

Klar, dachte Mike verdrießlich. Welche andere Wahl haben wir denn auch? Sie konnten ja schließlich kaum den gesamten Weg zur NAUTILUS zurückgehen.

Sie marschierten tapfer los, aber Mikes Optimismus hielt nicht besonders lange vor. Die Kuppel war wahrhaft gigantisch. Sie brauchten wenig mehr als zehn Minuten, um den wuchtigen, quaderförmigen Vorbau zu erreichen, in dem die Luftschleuse untergebracht war, aber Mike kam es vor wie eine Stunde. Schmeckte die Luft in seinem Helm nicht schon bitter? Natürlich wusste er, dass der Sauerstoffvorrat der Anzüge noch für viele Stunden ausreichen würde, aber wer sagte ihm denn, dass die Anzüge den Aufprall der NAUTILUS unbeschadet überstanden hatten, oder er –

»Da vorne ist es!«, sagte Singh plötzlich. Mike sah hoch und gewahrte einen quadratischen Schatten, der die glatte Außenwand nicht weit vor ihnen durchbrach.

»Es sind wirklich nur noch ein paar Schritte«, sagte Singh. »Ich hoffe nur, wir finden auch einen Weg hinein.«

»Du solltest dich mit Ben zusammentun«, sagte Mike leise. »Ihr habt beide dieselbe herzerfrischende Art, andere aufzumuntern, weißt du das?«

Singh sagte nichts dazu. Vielleicht war er einfach zu müde, um noch zu antworten. Mit hängenden Schultern schlurfte er direkt vor Mike her, trat um die Ecke des wuchtigen Vorsprunges – und blieb abrupt stehen.

»Singh?«, fragte Mike.

Der Inder stand einfach da und starrte etwas an, das hinter dem Vorbau verborgen lag. Trotz seiner Schwäche legte Mike die letzten Meter beinahe im Laufschritt zurück – und blieb ebenso abrupt stehen wie Singh vor ihm.

Er konnte jetzt den Meeresgrund auf der anderen Seite der Kuppel überblicken. Der Boden war auch hier von dutzenden, wenn nicht hunderten von Wracks bedeckt, die ein fast geometrisches Muster vor ihnen bildeten. Aber Mike starrte nur ein einziges dieser Schiffe an. Es war das am nächsten liegende, kaum fünfzig oder sechzig Meter entfernt, und es war nicht wirklich ein Wrack.

Streng genommen war es nicht einmal wirklich ein Schiff.

Es war ein Unterseeboot, ein gewaltiger, grüngrauer Koloss mit einem bizarren Zackenkamm, der sich vom Heck bis zum Bug über den gesamten Rumpf zog, und einem Ehrfurcht gebietenden Rammsporn.

Es hätte die NAUTILUS sein können, wäre nicht der Schriftzug an seinem Bug gewesen, der in verschnörkelten Buchstaben seinen Namen verriet:

WOTAN.

Etliche Minuten lang standen sie schweigend und wie gelähmt nebeneinander da und starrten das Unterseeboot an. Mikes Herz klopfte, als wollte es jeden Moment zerspringen, und ihm wurde erst nach einer geraumen Weile bewusst, dass er am ganzen Leib zitterte.

»Aber wie ... wie ist denn das nur möglich?«, stammelte er schließlich. »Das kann doch gar nicht sein! Sie ... sie können doch gar nicht hier sein!«

»Warum nicht?«, fragte Singh. Seine Stimme zitterte, obwohl er hörbar darum bemüht schien, seine Fassung zu bewahren. »Schließlich ist es ein Unterseeboot.«

»Das meine ich nicht«, begann Mike. »Ich meine –«

»Ich weiß, was du sagen willst«, unterbrach ihn Singh. »Aber das spielt im Moment wirklich keine Rolle. Viel wichtiger ist die Frage, was wir jetzt tun.« Er atmete hörbar ein. »Wenn wir Astaroth jemals gebraucht hätten, dann jetzt.«

»Ich habe ihn schon gerufen«, sagte Mike. Das entsprach nicht ganz der Wahrheit, aber er holte es im selben Moment nach, in dem er die Worte aussprach.

Keine Reaktion. Mike rief in Gedanken mehrmals und verzweifelt nach Astaroth, wie er nur konnte, aber er bekam keine Antwort.

»Nichts«, sagte er.

»Das habe ich befürchtet«, murmelte Singh. Er blickte noch einen Moment besorgt zur WOTAN hinüber, dann setzte er sich wieder in Bewegung und ging weiter. Mike folgte ihm. In dem gewaltigen kubischen Aufbau befanden sich gleich zwei Tore: das eine groß genug, um ein Schiff von den halben Abmessungen der NAUTILUS hineinzulassen, das andere ein kaum mannshohes, halbrundes Schott. Singh steuerte die kleinere Tür an und blieb davor stehen.

Mike empfand Erleichterung, als er sah, dass die Schleuse nur mit einem einfachen Handrad gesichert war. Singh streckte den Arm danach aus, führte die Bewegung aber nicht zu Ende.

»Ich wüsste zu gerne, was dahinter ist«, murmelte er. »Oder wer.«

»Du glaubst, sie sind schon dort drinnen?«, fragte Mike.

»Ich glaube gar nichts«, antwortete Singh. »Ich möchte nur nicht diese Tür aufmachen und mich einem Dutzend von Trautmans Piraten gegenübersehen.« Er seufzte, machte einen weiteren, halben Schritt und führte die begonnene Bewegung zu Ende. »In einer Minute wissen wir es.«

»Du willst wirklich dort hineingehen?«, fragte Mike zweifelnd.

»Nein«, antwortete Singh. »Will ich nicht. Unglücklicherweise ist das die einzige Tür im Umkreis von schätzungsweise hundert Kilometern. Und ich glaube nicht einmal, dass unser Sauerstoff noch reicht, um zurück zur NAUTILUS zu kommen.«

Er begann an dem Handrad zu drehen und Mike wollte neben ihn treten und ihm helfen, blieb aber dann verblüfft wieder stehen, als er sah, wie leicht sich das Handrad drehte; als wäre es gerade eben montiert worden und nicht mindestens zehntausend Jahre alt. Ohne Mühe öffnete Singh die Tür. Mikes Herz begann vor Aufregung zu klopfen, aber hinter der wuchtigen Panzerplatte lag nichts außer einer rechteckigen, finsteren Kammer.

»Also los«, sagte Singh. »Komm.«

Sie traten ein. Singh zog die Tür hinter sich zu und im selben Moment flammte ein mildes, grünes Licht unter der Decke der Schleusenkammer auf. Ein leises Summen erklang, dann begann der Wasserspiegel in der Kammer so schnell zu sinken, dass es schon fast unheimlich war. Nach kaum einer Minute war die Kammer vollkommen geleert und Singh hob beide Hände an den Helm.

»Was hast du vor?«, fragte Mike erschrocken.

»Ich probiere aus, ob die Luft atembar ist«, antwortete Singh. Rasch löste er die Verschlüsse des Helms, streifte ihn mit einer einzigen schnellen Bewegung ab und nahm einen tiefen Atemzug.

»Ist sie«, sagte er.

»Du bist völlig verrückt«, murmelte Mike, setzte aber ebenfalls den Helm ab. Es gab nur eine einzige Möglichkeit, die Qualität der Luft hier drinnen zu prüfen. Wäre sie giftig gewesen, hätte es auch keinen Unterschied mehr gemacht. Ein Blick auf das Manometer an seinem Handgelenk zeigte ihm, dass ihr Sauerstoffvorrat zu mehr als zwei Dritteln aufgebraucht war. Der Rückweg zur NAUTILUS war unmöglich.

»Die Luft scheint in Ordnung zu sein«, sagte Singh und schnüffelte übertrieben. »Dann wollen wir mal.« Er klemmte sich den Helm unter den linken Arm und trat an die gegenüberliegende Wand der Schleusenkammer, an der es eine zweite, identische Tür gab und daneben einen einzigen, übergroßen Schalter. Ohne auch nur eine Sekunde zu zögern, drückte er ihn und die Tür verschwand mit einem hellen Zischen in der Decke.

Mike blinzelte in dem unerwartet grellen, lindgrünen Licht, das den Raum dahinter erfüllte. Im ersten Moment war er fast blind, aber immerhin sah er, dass weder ein Dutzend bis an die Zähne bewaffneter Piraten noch eine andere unliebsame Überraschung auf sie wartete.

Sie blieben stehen, bis sich ihre Augen an die ungewohnte Helligkeit gewöhnt hatten, dann traten sie nebeneinander durch die breite Tür. Mike sah rasch nach rechts und links, aber es blieb dabei: Sie waren allein. Aber Mike kam aus dem Staunen nicht mehr heraus.

Er hatte erwartet, in eine weitere Kammer zu gelangen, einen größeren Raum oder einen Gang, aber sie waren – jedenfalls sah es im ersten Moment so aus – direkt in die Kuppel hineingetreten. Unglaublich *weit* über ihnen erhob sich ein künstlicher, halbkugeliger Himmel aus einem Material, das von dieser Seite aus betrachtet wie milchiges grünes Glas aussah, und darunter erhob sich etwas, das Mike im ersten Augenblick an eine bizarre, futuristische Stadt erinnerte. Sie befanden sich nicht auf ebener Erde, sondern auf einer Art Galerie, die sich gute zehn Meter weit in das Innere der Kuppel hineinreckte. Nachdem sich seine Augen noch mehr an die Helligkeit gewöhnt hatten, sah er jedoch, dass sie an allen Seiten von gläsernen Wänden umgeben war. Es war, als befänden sie sich im Inneren eines übergroßen Aquariums.

»Unglaublich«, murmelte Singh. »Was um alles in der Welt *ist* das?«

Mike machte sich nicht einmal die Mühe, mit den Schultern zu zucken. Stattdessen trat er mit zögernden Schritten näher an die gläserne Wand heran und beugte sich vor, so weit es das unsichtbare Hindernis zuließ.

Ihm schwindelte, als er in die Tiefe blickte. Die Kuppel ragte fast einen Kilometer aus dem Meeresgrund empor, aber sie musste noch einmal mindestens so weit in den Boden hineinreichen. Der Grund lag so tief unter ihm, dass er in der Entfernung verschwamm.

»Was ist das?«, murmelte Singh noch einmal.

Diesmal hob Mike wenigstens die Schultern, auch wenn er die Antwort genauso wenig kannte wie zuvor. Immerhin sah er, dass er sich in einem Punkt geirrt hatte: Die gigantischen Türme und Quader, die vor ihnen aufragten, waren nicht die Gebäude einer Stadt.

Es waren *Maschinen*.

So unglaublich es Mike auch vorkam: Es waren Maschinen, gigantische, technische Apparaturen, die anderthalb oder auch zwei Kilometer aus dem Meeresgrund aufwuchsen und ein geheimnisvolles Wispern und Summen von sich gaben, das Mike viel mehr spürte, als es zu hören war. Es war dasselbe unheimliche Gefühl wie draußen, nur viel intensiver. Allein bei dem *Gedanken*, wozu diese zyklopischen Konstruktionen fähig sein mussten, sträubten sich ihm schier die Haare.

»Ist das atlantisch?« Singh machte eine Handbewegung in den Abgrund hinein und runzelte die Stirn. »So etwas habe ich noch nie gesehen.«

Mike konnte ihm im Stillen nur beipflichten. Die Konstruktionen vor ihnen waren ganz eindeutig das Werk atlantischer Ingenieure – und zugleich auch wieder vollkommen anders. Die sonderbar falsche Geometrie und die schrägen Winkel, die einem durchaus Kopfschmerzen und Übelkeit bescheren konnten, wenn man lange hinsah, waren unverwechselbar. Aber da war auch noch etwas anderes, etwas, das sich jedem Versuch einer Beschreibung entzog und vollkommen fremdartig und irgendwie Furcht einflößend war. Außerdem fehlten die üblichen Schnörkel und Verzierungen, die atlantischer Technologie normalerweise etwas fast Barockes verliehen. Diese Maschinen wirkten kalt, gewaltig und unglaublich fremd.

»Ich glaube, das hat niemand«, murmelte er.

Singh nickte und machte dann eine Kopfbewegung nach links. »Da drüben scheint eine Art Aufzug zu sein.«

Sie gingen hin. Es handelte sich tatsächlich um einen Lift, der an zwei silbernen, lächerlich dünnen Schienen aufgehängt war und ganz aus Glas bestand; inklusive des Bodens. Allein bei dem Gedanken, in diesen Lift zu treten, lief ihm ein eiskalter Schauer über den Rücken.

Aber er kam nicht in die Verlegenheit. Der Lift war mit einer ebenfalls gläsernen Tür verschlossen, die weder eine Klinke noch ein sichtbares Schloss hatte. Aus einem Impuls heraus legte er die flache Hand auf die Glastür, aber nichts geschah.

»Wäre ja auch zu schön gewesen«, knurrte er.

»Die Mühe hättest du dir sparen können«, sagte Singh. Er deutete zu Boden. »Wie es aussieht, sind wir nicht die Ersten, die vergeblich versuchen, diese Tür zu öffnen.«

Mike hatte es bisher noch nicht bemerkt, aber nun, als sein Blick Singhs Geste folgte, riss er erstaunt die Augen auf. Zu ihren Füßen lag ein ganzes Sammelsurium von Werkzeugen: Sägen, Hämmer, Schraubenzieher und Bohrer, manches davon zerbrochen. Am unteren Rand der Tür und auch auf dem Boden davor befand sich ein verschmiertes Rußloch, als hätte jemand versucht, die Tür anzuzünden oder sogar zu sprengen, aber das Glas hatte nicht einmal einen Kratzer.

»Da drüben liegt noch ein Schweißbrenner«, sagte Singh und machte eine entsprechende Geste. »Jemand war hier ziemlich hartnäckig. Aber es hat ihm nichts genutzt.«

Je mehr Mike sich umsah, desto mehr Einzelheiten erkannte er. Es waren nicht nur Werkzeuge, die den Boden bedeckten. Überall lagen leere Konservendosen herum, zerrissene Decken und Abfälle. Hier war nicht jemand gewesen, sondern eine ganze Menge *Jemands.*

Singh ließ sich in die Hocke sinken und nahm eine der leeren Konservendosen in die Hand.

»Das ist seltsam«, murmelte er.

»Was?«

»Diese Dose«, antwortete Singh. »Die Aufschrift ist deutsch. Ich habe solche Konserven schon gesehen. Die kaiserliche Kriegsmarine verwendet diese Art von Konservendosen.« Er hob die Schultern und ließ die Dose los, die zu Boden fiel und mit einem sonderbar lang nachhallenden Klappern davonrollte. »Ich gehe jede Wette ein, dass es solche Dosen auch an Bord der WOTAN gibt.«

»Unsinn!«, widersprach Mike. »Selbst wenn Trautman gleichzeitig mit uns getaucht ist, kann er höchstens seit zwei oder drei Stunden hier sein.« Er sah sich um. »Hier hat jemand tagelang gearbeitet. Wenn nicht Wochen.«

»Ich weiß«, sagte Singh. »Aber wer sagt dir denn, dass Trautman nicht schon vorher von dieser Station wusste? Vielleicht ist sie sogar der Grund, aus dem er sich in dieser Gegend herumgetrieben hat.«

»Du meinst, *er* hätte all diese Schiffe versenkt?«

»Kaum«, antwortete Singh. »Aber so wie es hier aussieht, war er schon vorher hier.«

Ein dumpfer, halblauter Schlag erscholl. Mike und Singh fuhren herum und starrten die Tür an, durch die sie hereingekommen waren. Sie hatte sich hinter ihnen wieder geschlossen und trotz des fünf Zentimeter dicken Stahls hörten sie das Geräusch von Wasser, das auf der anderen Seite in die Schleusenkammer strömte.

»Ich werde das unangenehme Gefühl nicht los, dass wir ihn gleich selbst fragen können«, sagte Singh leise. Und damit sollte er Recht behalten.

Allerdings in völlig anderer Hinsicht, als sie beide in diesem Moment noch glaubten.

Das Geräusch der Pumpen, die das Wasser aus der Schleusenkammer saugten, war auf dieser Seite der Wand viel lauter als auf der anderen. Mike und Singh hatten rechts und links der Tür Aufstellung genommen und Mike fragte sich, was sie tun würden, wenn tatsächlich ein halbes Dutzend Bewaffneter hereinkam.

Die Tür ging auf, aber es kamen nur drei Männer herein und keiner von ihnen war bewaffnet. Sie trugen die gleichen Taucheranzüge wie sie und hatten die Helme bereits abgenommen, sodass Mike erkennen konnte, dass einer von ihnen Thomas Trautman war.

Die drei traten hintereinander durch die Tür und Singh stürzte sich unverzüglich auf sie. Trotz des schweren Anzugs, den er trug, bewegte er sich plötzlich mit unglaublicher Schnelligkeit. Er packte Trautman, schleuderte ihn zu Boden und stieß den zweiten Mann in die Schleusenkammer zurück. Während der Mann noch zurücktaumelte, hämmerte Singhs Faust auf die große, leuchtende Taste, die die Tür schloss, und packte den dritten Mann, wirbelte ihn herum und stieß ihn mit solcher Kraft von sich, dass dieser quer durch den Raum taumelte, gegen die gläserne Trennwand krachte und benommen daran heruntersank. Die ganze Aktion hatte kaum mehr als eine Sekunde gedauert.

Mike starrte erst Singh, dann die beiden Männer aus ungläubig aufgerissenen Augen an. Durch die enge Freundschaft, die sich in den letzten fünf Jahren zwischen ihnen entwickelt hatte, vergaß er immer wieder, dass Ghunda Singh früher nicht nur sein persönlicher Leibdiener, Koch und Chauffeur und überhaupt Mädchen für alles gewesen war, sondern vor allem sein Leibwächter. Singh gehörte zur Kaste der Sikh, er war ein Krieger, der gut genug ausgebildet war, um es auch allein mit einem halben Dutzend Gegnern aufnehmen zu können. Trautman und seine Begleiter hatten das soeben auf schmerzhafte Weise zu spüren bekommen.

Hinter Mike erscholl ein leises Rauschen und er wusste, dass sich die Schleusenkammer nun wieder mit Wasser füllte. Er hoffte, dass der Mann, den Singh hineingestoßen hatte, seinen Helm schnell genug wieder aufbekam. Sie wollten schließlich niemanden umbringen. Singh stand in leicht vorgebeugter Haltung und mit halb erhobenen Armen da und schien darauf zu warten, dass sich Trautman oder sein Begleiter wieder erhoben, aber auf seinem Gesicht lag ein Ausdruck fassungslosen Erstaunens. Mike brauchte einen Moment, um sich vor Augen zu führen, dass Singh Trautmans Sohn ja noch nie zu Gesicht bekommen hatte. Mike hatte so oft über ihn gesprochen, dass er ihnen allen schon irgendwie vertraut geworden war, aber wirklich *gesehen* hatte er ihn bisher als Einziger. Es musste ein regelrechter Schock für Singh sein, in ein Gesicht zu blicken, das zwar gute dreißig Jahre jünger war, ansonsten aber eine hundertprozentige Kopie das seines Vaters.

Trautman selbst schenkte Singh nur einen raschen Blick, sog

aber ungläubig und überrascht die Luft ein, als er Mike erkannte. »Du?«, keuchte er.

»Überrascht, mich zu sehen?«, fragte Mike grimmig. »Es tut mir ja Leid, Sie enttäuschen zu müssen, aber wir leben noch.«

Trautman wandte den Blick von ihm und versuchte sich ächzend in die Höhe zu stemmen.

Singh machte eine drohende Bewegung, aber Trautman stand ungerührt weiter auf. »Es ist nicht nötig, grob zu werden, mein Freund«, sagte er. »Wir sind beide nicht in einer Situation, in der Gewalttätigkeiten irgendeinen Sinn machen würden. Gestatten Sie, dass ich mich um meinen Kameraden kümmere?«

Singh tauschte einen verblüfften Blick mit Mike – den dieser nur mit einem Achselzucken beantworten konnte –, nickte aber und Trautman drehte sich herum und humpelte zu dem Matrosen hin, den Singh gegen die Wand geworfen hatte. Mike fiel auf, wie mühsam und schwerfällig sich Trautman bewegte, und er hatte das Gefühl, dass das nicht nur an dem sperrigen Taucheranzug lag, den er trug.

»Auch auf die Gefahr hin, dass du es mir nicht glaubst«, sagte er, während er sich um seinen verwundeten Kameraden kümmerte, »aber ich bin wirklich froh, dich zu sehen. Als ich gesehen habe, wie die NAUTILUS sank, da habe ich schon das Schlimmste befürchtet.«

»Dass wir es überleben könnten?«, vermutete Mike böse. »Und dann sind sie schnell hierher getaucht, um sich davon zu überzeugen, dass wir auch wirklich ins Gras beißen.«

Trautman sah ihn vorwurfsvoll an, sagte aber nichts und Mike bedauerte seine Worte augenblicklich. Irgendetwas hier war nicht so, wie es den Anschein hatte. Ganz und gar nicht.

Hinter ihnen summte es und die Tür glitt wieder auf. Singh drehte sich sprungbereit herum, als der dritte Seemann aus der Schleuse trat, aber Trautman sagte ein paar rasche Worte auf Deutsch zu ihm und der Mann blieb stehen. Trautman schien es tatsächlich ernst zu meinen.

»Ich schlage vor, wir schließen einen Waffenstillstand«, sagte er. »Wenigstens bis wir wissen, was wir voneinander zu halten haben. Einverstanden?«

Mike nickte. Singh sagte nichts, aber er wich mit ein paar schnellen Schritten zurück.

»Du kannst mir glauben, Mike«, sagte er, »mir ist nichts an eurem Tod gelegen. Ich war entsetzt, als ich gesehen habe, was passiert. Das mit dem Torpedo war –«

»– ein dummer Fehler«, fiel ihm Mike ins Wort. »Ein technisches Versehen, um genau zu sein.«

Trautmans Blick machte deutlich, was er von dieser Antwort hielt. Dennoch nickte er. »Ich dachte mir, dass ihr euch nicht selbst versenken wolltet. Ich wollte eigentlich nur sagen, dass es sehr tapfer war. Dumm, aber tapfer.«

»Wir konnten ja schlecht zusehen, wie Sie ein Schiff mit fünfhundert Passagieren in die Luft jagen«, sagte Mike.

Trautmans Gesicht verdüsterte sich, aber er sagte auch dazu nichts. Stattdessen wandte er sich mit einem fragenden Blick an Singh. »Hatten Sie große Verluste?«

»Wir leben alle noch«, antwortete Singh. »Ein paar Kratzer

und Schrammen, das ist alles. Und ich glaube, Ben hat sich den Arm gebrochen.«

»Sie *glauben?*« Trautman seufzte. »Aber das spielt auch keine Rolle. Jetzt, wo ihr einmal hier seid, schlage ich vor, dass wir uns gemeinsam daran machen, unsere missliche Situation zu verbessern. Sie werden es wahrscheinlich schon bemerkt haben – sonst wären Sie nicht hier –, aber wenn es uns nicht gelingt, in dieses Gebäude einzudringen, sind wir verloren.«

»Wo ist das Problem?«, fragte Mike.

»Diese Tür«, antwortete Trautman. Er deutete auf die gläserne Wand vor dem Aufzug. »Wir versuchen seit vier Monaten vergeblich, sie zu öffnen. Wie ihr ja seht, ist es uns bisher nicht gelungen. Diese Tür sieht zwar aus wie normales Glas, aber glauben Sie mir, es ist etwas anderes.«

»Was wollen Sie denn dort drinnen?«, fragte Mike misstrauisch.

»Dasselbe wie ihr, mein Junge«, antwortete Trautman. »Herausfinden, was uns hier festhält.«

»Festhält?«

Jetzt sah Trautman wirklich irritiert drein. »Ich vermute, die NAUTILUS ist schwer beschädigt?«

»Sie ist ein Wrack«, antwortete Mike.

»Ich verstehe«, sagte Trautman. »Ihr habt nicht versucht, aus eigener Kraft wieder aufzutauchen. Nun, wenn das so ist, dann habe ich eine Überraschung für euch. Es ist nicht möglich.«

»Was soll das heißen – es geht nicht?«

»Das, was es heißt«, antwortete Trautman in leicht ungeduldigem Ton. »Es geht nicht. Irgendetwas hält uns hier unten fest.

Dieselbe Kraft, die all diese Flugzeuge und Schiffe hier heruntergeholt hat, hält die WOTAN ebenfalls hier fest. Ich vermute, dass ihr Ursprung in diesem Gebäude liegt, aber solange es uns nicht gelingt, diese Tür zu öffnen, gelingt es uns natürlich auch nicht, sie zu finden und auszuschalten. Wir haben alles versucht, aber bisher leider vergebens. Wir sind jetzt gekommen, um alles für eine Sprengung vorzubereiten. Wenn dieses verfluchte Glas auch noch einem Zentner Dynamit standhält, dann bin ich mit meinem Latein am Ende, fürchte ich.«

»Dynamit? Das ist riskant.«

»Wir haben nicht mehr viel zu verlieren, mein Freund«, antwortete Trautman. »Unsere Zeit läuft allmählich ab.«

Erneut fiel Mike auf, wie schlecht Trautman aussah. Er war sehr blass und nur schlampig rasiert. Unter seinen Augen lagen tiefe, dunkle Ringe und er hatte mindestens zwanzig Pfund abgenommen. Und seine beiden Begleiter sahen kein bisschen besser aus. Was war mit diesen Männern geschehen in den knapp zwei Wochen, seit sie die WOTAN vor der grönländischen Küste aus den Augen verloren hatten?

»In welchem Zustand befindet sich die NAUTILUS?«, fragte Trautman.

»Ich sagte doch schon –», begann Mike, wurde aber sofort wieder von Trautman unterbrochen.

»Lebensmittel? Wasser? Sauerstoff?«

Mike verstand nun überhaupt nichts mehr, aber antwortete trotzdem: »Der Sauerstoff ist ziemlich knapp, aber Lebensmittel haben wir genug. Und Wasser sogar sehr viel mehr, als uns lieb ist.«

Trautman blickte Singh fragend an und der Inder erklärte: »Mit Ausnahme des großen Salons scheint das Schiff komplett geflutet zu sein.«

»Seit wann?«

»Seit wir hier unten sind!«, antwortete Mike unwillig. »Verdammt, was soll die Fragerei?« Etwas stimmte hier nicht. Das ungute Gefühl, das die ganze Zeit über in ihm gewesen war, wurde stärker.

»Und unter diesen Umständen habt ihr die ganze Zeit überlebt?«, fragte Trautman ungläubig.

»Wieso die ganze Zeit?«, wiederholte Mike. »Wir sind seit ein paar Stunden hier. Genau wie Sie!«

Trautman starrte ihn durchdringend an. »Ich glaube, du hast mir nicht richtig zugehört, mein Junge«, sagte er schließlich. »Ich weiß nicht, was das alles zu bedeuten hat und wie es überhaupt möglich ist –« Er deutete wieder auf die Glastür hinter sich. »– aber wir versuchen seit vier Monaten, diese Tür zu öffnen.«

»Soll das heißen –?«, begann Singh.

»Ja«, unterbrach ihn Trautman. »Genau das. Wir liegen hier unten fest, seit die WOTAN gesunken ist. Seit mehr als vier Monaten.«

Später – viel später, als sie einmal in Ruhe über diese schrecklichen Stunden sprachen – verriet ihm Serena, dass die Rettung in buchstäblich allerletzter Sekunde gekommen war. Chris hatte das Zwischenschott zwar hinter ihnen wieder geschlossen, aber durch die verzogenen Riegel und Dichtungen drang trotzdem noch Wasser ein und die Temperaturen waren noch weiter gefallen. Als die Männer der WOTAN, die Trautman mit frischen Sauerstoffflaschen und einem zusätzlichen Taucheranzug zur NAUTILUS geschickt hatte, dort ankamen, fanden sie eine dem Erfrieren nahe Besatzung vor, die sich zitternd und halb ohnmächtig auf Möbeln und dem Bücherregal zusammenkauerte, um vor dem unerbittlich steigenden Wasserspiegel zu flüchten.

Der gesamte Tag verging, bis Serena, Ben, Chris und Juan zur WOTAN gebracht worden waren, und Trautman schickte noch eine zweite Abordnung seiner Besatzung los, um die Lebensmittelvorräte der NAUTILUS zu holen. Zum ersten Mal seit Wochen, wie er Mike und Singh mit dem Gesichtsausdruck eines Kindes unter dem Weihnachtsbaum erzählte, würden er und seine Leute an diesem Abend wieder eine vernünftige Mahlzeit bekommen. Die Speisekammer der WOTAN war längst leer und sie lebten schon seit einer geraumen Weile nur von dem, was sie ringsum einfangen und auf dem Meeresgrund aufsammeln konnten. In nahezu fünftausend Metern Wassertiefe war das nicht besonders viel.

Trautman zeigte sich unerwartet großzügig und bat die gesamte Besatzung der NAUTILUS zum Abendessen in den Salon, statt sie in ihre Kajüten oder vielleicht auch gleich in die Bilge einzusperren – weder das eine noch das andere hätte Mike sonderlich überrascht. Trautman hatte sogar noch mehr getan: Die WOTAN hatte einen Arzt an Bord, der sich um all ihre kleinen und größeren Verletzungen kümmerte. Auch Bens gebrochener Arm wurde geschient.

Oben über dem Meer musste die Sonne längst untergegangen sein, als sie sich im Salon der WOTAN einfanden. Der Raum stellte eine Überraschung dar. Nicht weil er so fremdartig ausgesehen hätte, sondern weil er dem der NAUTILUS so sehr glich. Es gab Unterschiede, aber sie waren minimal. Die Möblierung war nahezu gleich und die Kontrollen auf dem Schaltpult waren vollkommen identisch, sah man von den Veränderungen ab, die die lemurischen Ingenieure an der NAUTILUS vorgenommen hatten.

Nachdem der Koch das Abendessen aufgetragen hatte – das auf goldenen Tellern und Schalen serviert wurde, die genauso aussahen wie die, die sie einmal an Bord der NAUTILUS in einer Kiste entdeckt, aber niemals benutzt hatten –, erlebten sie eine weitere Überraschung. Bisher hatten zwei finster dreinblickende Matrosen neben der Tür Wache gestanden, die Trautman aber nun wegschickte.

Er setzte sich, deutete auf das Essen und sagte: »Greift zu. Es ist wirklich köstlich.«

»Ich weiß«, sagte Ben. »Schließlich kommt es aus unserer Speisekammer. Ich hoffe, es schmeckt Ihnen.«

»Daran zweifle ich keine Sekunde«, sagte Trautman, während er sich vorbeugte und ein gewaltiges Stück Fleisch auf seine Gabel spießte. »Ich hoffe doch, unsere Atemluft bekommt dir genauso. Von der Wärme hier an Bord ganz zu schweigen.«

Ben wollte auffahren, aber Singh brachte ihn mit einem warnenden Blick zum Schweigen und wandte sich an Trautman. »Ich entschuldige mich für Ben«, sagte er.

»He, das kann ich durchaus selbst«, protestierte Ben. »Wenn ich es will. Aber ich will nicht.«

»Ich möchte mich noch einmal im Namen der gesamten

Mannschaft bei Ihnen bedanken«, sagte Singh unbeeindruckt. »Ohne Ihre und die Hilfe Ihrer Mannschaft wären wir jetzt wahrscheinlich tot.«

»Aber das ist doch selbstverständlich«, antwortete Trautman kauend. Er bemühte sich, einigermaßen gesittet zu essen, aber eigentlich schlang er nur gierig. Mike hatte den Eindruck, dass er vollkommen ausgehungert war. »In Notsituationen wie dieser muss man zusammenhalten. Selbst der Fuchs und das Huhn laufen friedlich nebeneinander, wenn sie vor dem Feuer fliehen.«

»Und wer«, fragte Juan ruhig, »ist hier der Fuchs?«

Trautmans Lächeln gefror, aber er hatte sich sofort wieder in der Gewalt. »Also gut«, sagte er. »Ich wollte mit diesem Gespräch bis nach dem Essen warten, aber warum nicht? Wir haben uns unter ... ziemlich unglückseligen Umständen kennen gelernt, aber ich versichere euch, dass ich nicht euer Feind bin.«

»Blödsinn!«, sagte Ben.

»Ich habe die NAUTILUS nicht angegriffen«, erwiderte Trautman. »Und ich habe auch nicht nach euch gesucht. Es war aber die NAUTILUS, die nach Grönland gekommen ist.«

»Nachdem Ihr Komplize mit einem Kriegsschiff Jagd auf uns gemacht hat!«, sagte Ben erregt.

Trautman nickte. »Das bedaure ich«, antwortete er. Es klang ehrlich. »Es sind eine Menge schlimmer Dinge geschehen, ich weiß. Ich war gezwungen, mich mit Leuten zusammenzutun, die andere Ziele verfolgten als ich. Glaub mir, ich wäre nicht mehr lange bei ihnen geblieben. Ich habe schon seit einer geraumen Weile über einen Weg nachgedacht, mich von ihnen zu trennen.«

»Wenn das so ist«, fragte Serena, »warum haben Sie sich dann überhaupt mit ihnen eingelassen?«

»Diese Frage habe ich mir auch selbst schon hundert Mal gestellt«, antwortete Trautman. »Ich hatte keine Wahl, so einfach ist das. Ich war allein und vollkommen mittellos, als ich dieses Schiff gefunden habe.«

»Auf Grönland.«

»Im heiligen Berg der Inuit, ja«, bestätigte Trautman. »Ich bin von Haus aus Archäologe, aber mein Herz hat schon immer der Seefahrt gehört. Die Legenden von diesem heiligen Berg waren uns zu Ohren gekommen und ebenso Geschichten von einem unheimlichen Geisterschiff. Meine Kollegen haben nicht daran geglaubt, aber ich konnte sie am Ende doch überreden, mit mir auf diese Expedition zu kommen. Ich wusste schon immer, dass es vor uns schon ein anderes, hoch entwickeltes Volk gegeben haben muss. Die Beweise sind überall, wisst ihr? Man muss nur genau hinsehen.«

»Ja«, sagte Juan. »Wir wissen das.«

Trautman blinzelte, lächelte flüchtig und wurde dann wieder ernst. »Wie gesagt: Es gelang mir, meine Kollegen zu dieser Expedition zu überreden ... leider.«

»Leider?«

»Sie kamen alle ums Leben«, antwortete Trautman. »Die Inuit hatten uns gewarnt, aber wir waren ja schließlich aufgeklärte Wissenschaftler, die nicht an solchen Humbug glaubten. Als uns klar wurde, wie bitter ernst die Warnung der Inuit gemeint war, war es zu spät. Alle meine Kollegen kamen ums Leben. Ich war der Einzige, der den heiligen Berg lebend erreicht hat.«

»Und dort haben Sie die WOTAN gefunden«, vermutete Singh.

Trautman nickte. Seine Augen leuchteten auf. »Ja. Alle meine Träume und Vorstellungen waren plötzlich wahr! Mein Leben lang haben mich meine Kollegen nicht ernst genommen und hinter vorgehaltener Hand über mich gelacht und plötzlich lag alles vor mir. Stellt euch nur vor, was für ein Gefühl das war. Ich konnte der gesamten Welt beweisen, dass ich Recht hatte und sie die Narren waren! Aber dann wurde mir klar, dass ich mit diesem Schiff noch sehr viel mehr tun konnte. Mit diesem Schiff wäre ich in der Lage gewesen, die Welt zu verändern!«

»Nein«, sagte Mike leise. »Das wären Sie nicht. Mein Vater hat es versucht. Aber auch er hat am Ende eingesehen, dass es unmöglich ist.«

»Dein Vater?« Trautman sah ihn stirnrunzelnd an. »Die NAUTILUS. Dein Vater war Kapitän Nemo?«

»Ja.«

»Vielleicht hat er sogar Recht«, sagte Trautman leise. »Ich dachte jedenfalls damals, ich könnte die Welt aus den Angeln heben. Aber ich war allein. Ich brauchte Hilfe. Geld. Material. Männer.«

»Und da haben Sie sich ausgerechnet an die Deutschen gewandt?«

»An meine Landsleute, ja«, sagte Trautman. »Ich habe mich bis zur Küste durchgeschlagen und Kontakt mit dem Kommandanten des ersten deutschen Schiffes aufgenommen, das ich erreichen konnte. Es war ein Unterseeboot, die U37.« Er schüttelte traurig den Kopf. »Ich habe einfach zu spät gemerkt, dass ich es nicht mit einem Offizier und Ehrenmann zu tun hatte, sondern mit einem Piraten, der seine eigenen Ziele verfolgt.«

»Und warum haben Sie sich nicht an uns gewandt?«, fragte Serena. »Wir hätten Ihnen geholfen.«

»An euch?« Trautman schüttelte den Kopf. »Aber ich wusste doch bis vor kurzem nicht einmal, dass es die NAUTILUS gibt! Für mich war dieses Schiff genauso eine Legende wie für den Rest der Welt.«

»Der Kerl lügt doch!«, sagte Ben. »Selbst wenn es so wäre, hätten Sie einfach versuchen können, mit Ihrem Vater Kontakt aufzunehmen.«

»Mein Vater«, sagte Trautman, »ist vor über zehn Jahren gestorben, mein Junge.«

»Warum sagen Sie das?«, fragte Serena. Sie klang eher traurig als verärgert. »Ihr Vater hat uns erzählt, dass Sie seit Jahren keinen Kontakt mehr hatten, weil es einen großen Streit zwischen Ihnen gegeben hat, aber –«

»Du meinst den Mann, der sich für meinen Vater ausgegeben hat«, unterbrach sie Trautman. Er schüttelte heftig den Kopf.

»Ja, und der zufällig denselben Namen hat wie Sie«, sagte Ben.

»Und der Ihnen ähnelt wie das berühmte Ei dem anderen«, fügte Chris hinzu.

»Hören Sie auf, uns für dumm zu verkaufen«, schloss Juan.

»Ich habe diesen Mann nie zuvor gesehen«, beharrte Trautman. »Ich kann mir nicht erklären, wieso wir denselben Namen tragen oder warum er mir so ähnlich sieht. Ich war genauso überrascht wie ihr, als ich ihm das erste Mal begegnet bin, glaubt mir.«

»Das sah aber gar nicht so aus, als ich Sie in dem angeblichen Gefängnis getroffen habe«, sagte Mike. »Da konnten Sie sich noch ganz gut an Ihren Vater erinnern.«

»Ich hielt es für eine gute Idee, in diesem Moment mitzuspielen, um –«

»– sich in mein Vertrauen zu schleichen?«, unterbrach ihn Mike.

Trautman grinste. »Hat doch geklappt, oder?«

»Ich verstehe nicht, was das soll«, sagte Singh. »Diese Geschichte ist albern. Wir alle kennen Trautman seit fünf Jahren und glauben Sie mir: Wenn es einen Mann gibt, der ganz zweifellos ihr Vater ist, dann er. Sie sehen sich nicht nur ähnlich. Ihre Art, sich zu bewegen, zu reden ... selbst Ihre Stimmen sind gleich.«

»Sie haben Recht, Singh«, seufzte Trautman. »Das ist albern. Mein Vater ist vor über zehn Jahren in einem Krankenhaus in Berlin gestorben. Ich war dabei. Und mehr sage ich dazu nicht.« Er unterstrich seine Worte mit einer energischen Handbewegung und wandte sich dann an Serena, die einen goldenen Trinkbecher in der Hand hielt und ihn langsam drehte.

»Gefällt er dir?«, fragte er – ganz zweifellos aus keinem anderen Grund, als dem, Zeit zu gewinnen. »Das ganze Geschirr hier ist mehr als dreihundert Jahre alt. Es stammt aus einer spanischen Galeere, die ganz hier in der Nähe liegt.«

»Also doch ein Pirat«, sagte Ben.

»Das Wort Schatzsucher wäre mir lieber«, lächelte Trautman.

»Es ist wirklich eine Schande. Hier unten liegen unvorstellbare Kostbarkeiten und was nutzen sie uns?«

»Das ist wirklich seltsam«, sagte Serena nachdenklich. Sie drehte den Becher weiter in der Hand, sodass die Edelsteine aufblitzten, mit denen sein Rand besetzt war. »Wir hatten an Bord der NAUTILUS das gleiche Geschirr.«

»Vermutlich hat Kapitän Nemo auch das eine oder andere alte Schiff mit einer Schatztruhe gefunden«, sagte Trautman. »Im Laufe der Jahrhunderte sind sehr viele Schiffe gesunken. Wie wir.« Er seufzte. »Womit wir beim Thema wären. Ihr fahrt seit fünf Jahren. Ich hoffe doch sehr, dass ihr euch mit der Technik seiner Erbauer besser auskennt als ich.«

»Es geht so«, sagte Mike.

Trautman lächelte, aber es wirkte ein bisschen verkniffen. »In unserer Basis hat es jedenfalls gereicht.« Er spielte damit darauf an, dass sein Vater und Mike die ehemalige Heimatbasis der WOTAN mit ein paar gezielten Manipulationen an deren Maschinen in die Luft gejagt hatten. Mike schwieg lieber dazu.

»Warum?«, fragte Singh.

»Sie kennen unser Problem«, sagte Trautman. »Und es ist wirklich *unser* Problem, ich hoffe, Sie schätzen das nicht falsch ein. Wenn wir die WOTAN nicht wieder flottbekommen, dann sterben Sie und Ihre Freunde ebenso wie ich und meine Männer. Mit den Vorräten, die wir von der NAUTILUS herübergebracht haben, halten wir vielleicht noch weitere zwei Monate durch, aber irgendwann ist es aus. Wir müssen in diese Kuppel vordringen und den Ursprung dieses ...« Er suchte eine Sekunde lang nach Worten. »... Magnetismus, oder was immer es ist, finden.«

»Was genau ist geschehen?«, wollte Singh wissen.

Trautman hob die Schultern. »Ich weiß es nicht. Es war nichts Ungewöhnliches zu sehen oder zu hören. Irgendetwas hat die WOTAN gepackt und in die Tiefe gezogen, mehr kann ich nicht sagen. Und was immer es ist, es ist immer noch da. Sobald wir die Motoren starten und aufzutauchen versuchen, werden wir zurückgehalten. Wir haben es mindestens ein Dutzend Mal versucht, mindestens. Ich verstehe nicht, welchem Zweck diese ganze Anlage dient. Vielleicht ist das sogar das größte Rätsel. Ich meine: Wer baut eine so gigantische Anlage, nur um wahllos Schiffe auf den Meeresgrund zu ziehen?«

»Ich glaube auch nicht, dass das ihre eigentliche Bestimmung ist«, sagte Juan. »Dazu ist sie einfach zu gewaltig. Vielleicht ist es nur ein unerwünschter Nebeneffekt.«

»Vielleicht nicht einmal das«, sagte Singh nachdenklich. »Diese Anlage ist uralt. Möglicherweise erfüllt sie schon lange nicht mehr ihre eigentliche Aufgabe, sondern spielt einfach verrückt.«

»Es wäre schon hilfreich zu wissen, wozu all diese Maschinen überhaupt gedacht waren«, sagte Trautman. Er sah fragend zu Serena hin, aber sie hob nur die Schultern.

»Ich habe nicht die leiseste Ahnung«, sagte sie.

»Immerhin haben deine Leute diese Anlage gebaut«, sagte Trautman.

»Vielleicht«, schränkte Serena ein. »Es sieht *so ähnlich* aus wie die Gebäude und Maschinen meiner Heimat. Nicht genauso. Und selbst wenn – ich verstehe nichts von Technik. Ich war eine Prinzessin, kein Maschinenschlosser.«

»Ich wollte dir nicht zu nahe treten«, sagte Trautman beleidigt. »Es war nur eine Idee.« Er wartete einen Moment lang, dass jemand etwas in das unbehagliche Schweigen hineinsagte. Als dies nicht geschah, griff er in die Innentasche seiner dunkelblauen Kapitänsuniform und zog ein kleines Büchlein hervor, in das er rasch einige Notizen kritzelte.

Nicht nur Mike fuhr erschrocken zusammen, als er das kleine ledergebundene Notizbuch erblickte. Alle starrten es an, so intensiv, dass Trautman stirnrunzelnd den Kopf hob und in die Runde blickte. »Was ist?«

»Dieses Buch«, sagte Juan.

»Mein Notizbuch, ja«, antwortete Trautman. »Was ist damit?«

»Es ist ... ein sehr schönes Stück«, improvisierte Ben. »Ich liebe alte Bücher. Darf ich es bitte mal sehen?«

Trautman machte zwar ein irritiertes Gesicht, händigte ihm aber das Buch aus und Ben schlug es ohne zu zögern an der letzten Seite auf. »NAUTILUS«, las er vor. »Ihre persönliche Abschussliste, wie? Sehr geschmackvoll.«

»Ich sagte bereits, es ist mein persönliches *Notizbuch*«, verbesserte ihn Trautman kühl. Er riss Ben das Buch aus der Hand, steckte es mit einer raschen Bewegung ein und stand auf. Er wirkte sehr verärgert.

»Es ist spät«, sagte er in deutlich verändertem, kühlem Ton. »Wir sind alle müde und ich denke, wir sollten uns jetzt alle schlafen legen. Morgen wird mit Sicherheit ein anstrengender Tag.« Er ging zur Tür, blieb aber noch einmal stehen, bevor er den Raum verließ.

»Habe ich euer Ehrenwort, dass ihr keine Dummheiten macht?«

»Burgfrieden«, sagte Singh. »Solange wir gemeinsam hier unten gefangen sind.«

»Gut«, sagte Trautman. Einen Moment lang sah er Ben noch zweifelnd an. Dann sagte er: »Dann könnt ihr euch auf dem Schiff frei bewegen. Gute Nacht.«

Er ging. Ben wartete gerade lange genug ab, bis sich die Tür hinter ihm wieder geschlossen hatte, dann drehte er sich zu Serena herum und fuhr sie an: »Bist du jetzt völlig verrückt geworden, ihm das Buch zu geben?«

»Ben!«, sagte Singh scharf. Dann drehte auch er sich zu Serena um. »Ich hätte es vielleicht anders formuliert, aber im Prinzip gebe ich Ben Recht. Wieso hast du ihm das Buch gegeben?«

»Aber das habe ich nicht!«, protestierte Serena.

»Lüg nicht auch noch!«, sagte Ben. »Ich habe es in der Hand gehalten! Es ist Trautmans Tage–«

Er brach mitten im Satz ab. Auch Mike fiel es im Moment schwer, zu glauben, was er sah.

Serena hatte in die Tasche gegriffen und ein Buch hervorgezogen.

Es war ein winziges, in steinhart gewordenes Leder gebundenes Notizbuch. Als Serena es aufschlug, erkannte er, dass es mit Trautmans winziger, gestochen scharfer Handschrift gefüllt war.

»Aber das ... das ist doch ... gar nicht möglich«, ächzte Chris.

»Seht ihr?«, fragte Serena. »Ich habe euch doch gesagt, dass ich ihm das Buch nicht gegeben habe!«

Trotz aller Aufregung und tausend unbeantworteter Fragen verlangten ihre Körper schließlich doch ihr Recht: Nicht lange nach dem so abrupt beendeten Abendessen zogen sie sich in die Kajüten zurück, die Trautman ihnen zugewiesen hatte, und schliefen bis weit in den nächsten Tag hinein.

»Jetzt wird es allmählich Zeit, dass wir unsere Vereinbarung festklopfen«, sagte Trautman, nachdem sie das Frühstück beendet hatten. Vielleicht war es auch ein vorgezogenes Mittagessen, so ganz sicher war Mike da nicht. Vor dem Bullauge im Salon herrschte die immer währende Nacht der Tiefsee und sie alle hatten lange geschlafen, wie es überhaupt jedermann an Bord der WOTAN zu tun schien. Auf dem Schiff herrschte die träge Stimmung, die typisch ist für Menschen in einer Situation wie dieser: Niemand hatte im Grunde etwas zu tun. Alle Arbeiten waren schon hundertfach erledigt, jeder Gedanke hundertfach gedacht. Die Männer warteten eigentlich nur noch darauf, dass ein Wunder geschah oder es zu Ende ging.

»Was für eine Vereinbarung?«, fragte Ben misstrauisch.

»Die, die wir finden müssen«, antwortete Trautman. Er sah bei diesen Worten allerdings nicht Ben an, sondern Singh.

»Ich fürchte, ich kann Ihnen nicht ganz folgen«, sagte Singh. »Sie haben unser Ehrenwort, dass wir nichts gegen Sie oder Ihre Besatzung unternehmen werden, solange wir hier festsitzen.«

»Ich rede von der Zeit danach. Möglicherweise bin ich ja zu optimistisch, aber ich frage mich, was geschieht, wenn wir hier herauskommen.«

»Was soll dann sein?«

»Dies ist immer noch mein Schiff«, sagte Trautman. »Ich schlage Ihnen – und natürlich dem Rest Ihrer Besatzung – vor, sich uns anzuschließen.«

»Ihnen anschließen?«, fragte Mike ungläubig. »Wir hatten eigentlich nicht vor, Karriere als Piraten zu machen.«

»Ich bin kein Pirat«, sagte Trautman verärgert. »So wenig, wie es dein Vater war, mein Junge.«

»Das ist ja wohl ein Unterschied!«, begehrte Mike auf. »Mein Vater Nemo hat gerade Leute wie Sie bekämpft! Es waren Piraten und Menschenhändler, deren Schiff er versenkt hat!«

»So wie ich Spionageschiffe und Munitionstransporter, die sich als schwimmende Lazarette oder harmlose Frachter getarnt haben. Wenn du mir nicht glaubst, kannst du gerne meine Aufzeichnungen einsehen!«

»Und was ist mit dem Passagierschiff?«, fragte Ben.

»Ich hatte niemals vor, es zu versenken«, antwortete Trautman.

»Klar. Deshalb waren Sie ja auch auf Angriffskurs«, spottete Ben.

»Ich war unterwegs, um jemanden an Bord zu nehmen, der sich auf dem Schiff befand«, erwiderte Trautman. »Niemand wäre zu Schaden gekommen, wenn die NAUTILUS nicht auf uns gefeuert hätte. Ihr wärt nicht hier und wir mit großer Wahrscheinlichkeit auch nicht.«

»Wieso?«

»Nachdem sich die NAUTILUS freundlicherweise selbst torpediert hat«, antwortete Trautman, »sind wir euch nachgetaucht. Ich hatte die Hoffnung, die Besatzung – also euch – irgendwie retten zu können. Dabei hat es uns erwischt.«

»Sie sind ja ein richtiger Märtyrer«, sagte Ben spöttisch.

»Glaub mir, je länger du an Bord bist, desto mehr beginne ich es zu bedauern«, seufzte Trautman. Er schüttelte den Kopf und stand auf. »Vielleicht sollten wir wirklich erst darüber sprechen, wenn es so weit ist. Aber denkt über meinen Vorschlag nach. Ihr kennt die Fähigkeiten dieses Schiffes besser als ich. Stellt euch vor, was wir damit anfangen könnten, jetzt, wo es mir endlich allein gehört!«

»Ich glaube, Sie kennen die Antwort«, sagte Singh. »Aber Sie haben Recht. Lassen Sie uns darüber reden, wenn es so weit ist. *Wenn* wir hier herauskommen.«

»Es gibt immer einen Weg«, antwortete Trautman. »Man muss ihn nur finden.« Er trat ans Fenster und blickte in die von grünem Licht durchwobene Finsternis draußen. »Meine Männer und ich gehen in einer Stunde wieder zur Kuppel hinüber. Ich möchte, dass Sie mich begleiten. Vor allem Ihre atlantische Freundin.«

»Warum?«, fragte Mike misstrauisch.

»Ich weiß das selbst nicht genau«, gestand Trautman. »Vielleicht erkennt sie ja doch irgendetwas und kann uns weiterhelfen.«

»Ich würde es begrüßen, wenn Sie damit aufhören würden, in meiner Gegenwart so über mich zu reden, als wäre ich nicht im Raum«, sagte Serena.

Trautman lächelte. »Du hast Recht, entschuldige«, sagte er. »Wirst du uns begleiten?«

»Wenn Mike ebenfalls mitkommt.«

»Kein Problem.«

»Wir kommen *alle* mit«, sagte Ben betont.

»Wenn ihr darauf besteht.« Trautman wirkte nicht begeistert. »Aber es wäre mir lieber, wenn ihr mit einigen meiner Leute zu einem Wrack hinübergehen würdet, das ganz in der Nähe liegt.«

»Wieso?«, fragte Singh.

»Es ist ein ziemlich kleines Schiff«, antwortete Trautman. »Gerade groß genug, um uns alle aufzunehmen, wenn wir ein bisschen zusammenrücken. Der Großteil meiner Mannschaft hat die letzten beiden Wochen damit zugebracht, den Rumpf vollkommen abzudichten.«

»Wozu?«

»Wir hatten vor, die Sauerstoffgeneratoren der WOTAN so umzubauen, dass sie Helium produzieren«, antwortete Trautman. »Wenn wir den Schiffsrumpf damit füllen, müsste sie wie ein Ballon aufsteigen und uns an die Oberfläche tragen.«

»Eine verrückte Idee«, sagte Ben, aber Singh winkte ab.

»Vielleicht nicht«, sagte er. »Es könnte funktionieren.«

»Leider nicht«, seufzte Trautman. »Wir können Helium produzieren, aber nicht in ausreichender Menge.«

»Ich werde mir die Generatoren ansehen«, sagte Singh. »Vielleicht gelingt es mir, die benötigte Menge herzustellen. Aber Sie wissen, dass es damit nicht getan ist.«

»Natürlich«, antwortete Trautman. »Aber ich tue lieber etwas Unsinniges als gar nichts. Serena, Mike – ich erwarte euch in zehn Minuten in der Tauchkammer.«

Er ging. Ben blickte ihm kopfschüttelnd nach, aber er tat ihnen allen den Gefallen und sprach keine seiner gefürchteten gehässigen Bemerkungen aus.

»Ein altes Schiff, das mit Helium gefüllt wird?«, murmelte Juan. »Das funktioniert doch nie!«

»Wahrscheinlich nicht«, sagte Singh. »Und Trautman weiß das auch. In diesem Punkt ähnelt er seinem Vater wirklich sehr – er würde niemals aufgeben, selbst wenn seine Lage noch so aussichtslos scheint.«

Wieder musste Mike an das denken, was Astaroth ihm gesagt hatte. Trautman hatte niemals seinen Sohn erwähnt – und sein Sohn wiederum leugnete hartnäckig, ihn überhaupt gekannt zu haben.

Er stand auf und machte eine entsprechende Bewegung zu Serena. »Gehen wir?«

Diesmal war der Weg zur Kuppel nicht annähernd so weit und strapaziös wie gestern, aber dafür sehr viel unheimlicher. Beim ersten Mal war Mike so erschöpft und müde gewesen, dass er am Schluss kaum noch auf seine Umgebung geachtet hatte, aber nun war es anders und Mike sah sich aufmerksam um.

Der Anblick war nicht nur unheimlich, er machte Mike Angst.

Die Anzahl der Schiffe, die den Meeresgrund in weitem Umkreis bedeckten, war noch viel größer, als er gestern angenommen hatte. Es mussten hunderte, ja tausende von Schiffen sein. Was so oft wie Felsen oder bizarre Korallengewächse aussah, das waren die uralten zerfallenen Überreste von Schiffen, zerfressene, versteinerte und in Stücke gebrochene Wracks, die eine kompakte Schicht aus Trümmern auf dem Meeresgrund bildeten. Mike erschauerte innerlich, als er sich die Frage stellte, wie viele Menschen hier gestorben sein mussten. Und warum.

Serena schien es ganz ähnlich zu ergehen. Sie sprach während des ganzen Weges kein Wort und auch als sie in die Schleusenkammer getreten waren und das Wasser ablief, sodass sie ihre Helme abnehmen konnten, war sie weiter sehr still. Selbst als die innere Tür aufglitt und sie auf die Galerie hinaustraten, machte sie wortlos einen Schritt an die gläserne Turmwand heran. Trautman schwieg ebenfalls, behielt Serena aber aufmerksam im Auge und folgte ihr in geringem Abstand und Mike tat dasselbe.

Je länger er Serena ansah, desto beunruhigter war er. Sie starrte nur auf die zyklopischen Maschinen und Türme hinab, aber ihre Augen waren weit und von Schrecken erfüllt. Das war nicht nur dasselbe, nicht wirklich greifbare Unbehagen, das der Anblick auch in ihm und den anderen auslöste, begriff Mike. Das war eine Angst, die an Panik grenzte.

»Du weißt, was das ist«, sagte Trautman. Es war keine Frage, sondern eine Feststellung.

Dennoch schüttelte Serena den Kopf. »Nein«, sagte sie. »Aber es macht mir Angst.«

»Wieso?«, wollte Trautman wissen.

»Ich weiß nicht«, sagte Serena, ganz leise und mit zitternder Stimme. »Es ... es ist gefährlich. Unvorstellbar gefährlich. Spürt ihr es denn nicht?«

Trautman schüttelte den Kopf. Mike bereitete der Anblick dieser unheimlichen Maschinen Unbehagen, aber mehr auch nicht. Doch er spürte, dass Serenas Angst nicht gespielt war.

»Was genau meinst du mit gefährlich?«, fragte Trautman.

»Es ist böse«, flüsterte Serena. »Es ... es ist feindselig. Ihr müsst es doch auch fühlen. Es will uns vernichten.«

»Jetzt übertreibst du aber«, sagte Trautman. Er versuchte zu lachen, aber ganz gelang es ihm nicht. »Das da unten sind nur ein paar Maschinen. Sie sind vielleicht gefährlich, aber ganz bestimmt nicht böse.«

»Ihr müsst es doch auch spüren«, wiederholte Serena flüsternd. Sie starrte noch immer in die Tiefe und schien unfähig zu sein, ihren Blick von den gigantischen Maschinentürmen zu lösen.

»Du weißt, was diese Maschinen bedeuten«, sagte Trautman noch einmal. Es klang sehr bestimmt.

»Nein«, beharrte Serena. Mike spürte ebenso deutlich wie Trautman, dass es eine Lüge war. »Diese ... diese Maschinen sind nicht nur Maschinen. Sie sind *böse.*«

Du tätest besser daran, ihr zu glauben, flüsterte eine Stimme in Mikes Kopf. Mike fuhr so erschrocken zusammen, dass Trautman alarmiert aufsah, aber Mike drehte sich rasch zur Seite und tat so, als blicke auch er interessiert in die Tiefe.

Astaroth?, dachte er. *Gott sei Dank, du bist zurück! Wo bist du denn gewesen? Wir waren halb verrückt vor Sorge um dich!*

Du solltest nie versuchen, jemanden zu belügen, der deine Gedanken liest, sagte Astaroth. *Ihr habt in der ganzen Zeit nicht einmal an mich gedacht.*

Das entsprach sogar der Wahrheit. Bei all der Aufregung des zurückliegenden Tages hatten sich tatsächlich weder er noch Singh gefragt, was aus dem Kater geworden war. Dennoch verspürte er eine tiefe Erleichterung, dass Astaroth zurück und scheinbar unversehrt war.

Schon gut, sagte Astaroth. *Du musst dich nicht entschuldigen. Ich bin es gewöhnt, so behandelt zu werden. Schließlich bin ich ja nur ein blöder Kater.*

Wo bist du jetzt?, fragte Mike; schon weil ihm das Thema allmählich peinlich zu werden begann.

Ich stehe seit einer Stunde vor der Kuppel und kratze an der Tür, antwortete Astaroth – was natürlich maßlos übertrieben war. Sie waren seit allerhöchstens zehn Minuten hier drinnen.

Ich sage Trautman Bescheid, dass er die Schleuse öffnet, dachte Mike, aber Astaroth antwortete rasch und fast erschrocken:

Das wirst du schön bleiben lassen!

Warum?

Ich ... äh ... der arme Kerl würde doch einen Schock bekommen, wenn ich einfach hereinspaziert käme, antwortete Astaroth. *Das wollen wir ihm doch lieber ersparen, oder?*

Das war nicht der wirkliche Grund, das spürte Mike. Dafür war das Erschrecken in Astaroths Stimme zu heftig gewesen. Aber er widersprach nicht. Trotz allem, was sie mit ihm erlebt hatten, hatte er das Gefühl, Trautman trauen zu können – aber dennoch war es vielleicht besser, wenn er noch nichts von Astaroth erfuhr. Manchmal mochte es durchaus von Nutzen sein, einen Verbündeten zu haben, von dem die anderen nichts wussten. Vor allem, wenn dieser Verbündete in der Lage war, Gedanken zu lesen.

»Hast du irgendeine Idee, wie wir in den Aufzug kommen?«,

wandte sich Trautman an Serena. »Ich meine: Vielleicht kennst du ja diese Art von Türen. Wir haben nirgendwo ein Schloss gefunden oder irgendeine andere Art von Öffnungsmechanismus.«

Das stimmte und nicht nur das. Jetzt, von Trautman einmal darauf aufmerksam gemacht, wurde Mike zum ersten Mal bewusst, dass es nirgendwo eine Schalttafel gab, keine Knöpfe, kein Instrumentenbrett, kurz gesagt: gar nichts. Dachte man sich die Spuren weg, die Trautman und seine Männer hinterlassen hatten, dann war die an allen Seiten verglaste Empore vollkommen leer. Und das war sehr ungewöhnlich. Mike hatte in den zurückliegenden fünf Jahren genug atlantische Artefakte gesehen, um zu wissen, was für eine manchmal schon ans Kitschige grenzende Vorliebe für Zierrat und Verschnörkelungen dieses untergegangene Volk gehabt hatte. Die NAUTILUS und auch die WOTAN waren die besten Beispiele dafür. Es gab auf den beiden Schiffen praktisch nichts, was nicht auf die eine oder andere Art verziert gewesen wäre; kein Gerät ohne irgendwelche Schnörkel und polierte Messingknöpfe, kein Türrahmen ohne schmückende Reliefs, kein Tisch oder Stuhl ohne reichhaltig gedrechselte Beine und mit Blattgold überzogene Kanten.

Dieser Raum – und auch das, was sie vom Inneren der Kuppel sehen konnten – war das genaue Gegenteil. Alles hier wirkte kalt und funktionell. Wenn er auch Serenas unübersehbare Angst nicht ganz verstehen konnte, so konnte er doch durchaus nachvollziehen, dass sie sich hier drinnen nicht wohl fühlte. Ihm erging es ja nicht anders. Und da war auch noch Astaroths Bemerkung ...

Ohne Trautmans Frage direkt zu beantworten, trat Serena von der Scheibe zurück und näherte sich mit langsamen Schritten dem Aufzug.

»Ich weiß nicht, wie ich Ihnen helfen soll«, sagte sie. »Ich verstehe nichts von Technik. Da wo ich herkomme, haben sich alle Türen –«

Sie brach mitten im Satz ab und sog erschrocken die Luft ein und auch Mike und Trautman waren einen Moment lang fassungslos. Erst nachdem einige Sekunden vergangen waren, führte Mike den begonnenen Satz an Serenas Stelle zu Ende: »– von selbst für dich geöffnet.«

Denn ganz genau das war geschehen. Serena hatte sich dem Aufzug auf anderthalb Schritte genähert, und die Glasscheibe, die Trautman und seine Männer fast vier Monate lang mit Hämmern, Bohrern, Schweißbrennern und allen möglichen anderen Werkzeugen vergeblich bearbeitet hatten, war lautlos vor ihr zur Seite geglitten und hatte den Weg in den Aufzug freigegeben. Serena schien darüber genauso erstaunt zu sein wie sie, aber sie wirkte auch plötzlich noch mehr erschrocken.

Schließlich überwand Trautman seine Verblüffung als Erster. »Das ... das ist unglaublich«, murmelte er. »Ich fasse es nicht. Wir haben wochenlang versucht, diese Tür zu öffnen, und du ... du ...«

»Was hast du getan?«, fragte Mike.

Serena hob hilflos die Schultern. »Gar nichts«, sagte sie. »Ich bin einfach nur darauf zugegangen –«

»– und die Tür hat sich von selbst für dich geöffnet, ganz wie du es gewohnt bist«, sagte Trautman. »Aber du behauptest immer noch, diese Anlage wäre möglicherweise nicht von deinem Volk gebaut worden?«

Er wartete vergeblich auf eine Antwort, schüttelte den Kopf und wollte mit einem entschlossenen Schritt an Serena vorbeigehen, da sagte das Mädchen erschrocken:

»Nein!«

Die Tür schloss sich, lautlos, aber so schnell wie eine gläserne Guillotine, und Trautman prallte mitten im Schritt zurück und starrte entsetzt auf die Finger seiner ausgestreckten rechten Hand, die nur noch Zentimeter von der zufallenden Tür entfernt gewesen waren.

»Wie ... wie hast du das gemacht?«, murmelte er fassungslos.

»Ich weiß es nicht«, antwortete Serena. »Ich habe es einfach gedacht.«

»Gedacht. So.« Trautman musterte noch einmal seine Hand, als müsse er sich davon überzeugen, dass seine Finger tatsächlich alle noch da waren, wo sie sein sollten. Dann fragte er: »Kannst du das noch mal versuchen?«

Serena machte einen halben Schritt auf die Tür zu und blieb wieder stehen. Die gläserne Barriere rührte sich nicht.

»Denk einfach nur daran, die Tür zu öffnen«, sagte Trautman aufmunternd.

»Das versuche ich ja«, antwortete Serena. »Aber es funktioniert nicht.« Sie hob die Schultern. »Vorhin war es ganz leicht. Ich habe eigentlich gar nichts getan.«

»Vielleicht ist das die Erklärung«, sagte Mike. »Du wolltest es einfach.«

Trautman blieb misstrauisch. »Du versuchst nicht, mich auf den Arm zu nehmen?«, fragte er.

»Bestimmt nicht«, versicherte Serena. »Aber ich finde, wir sollten nicht dort hineingehen. Es ist gefährlich. Irgendetwas lauert dort drinnen. Spürt ihr es denn nicht?«

Mike rechnete fest damit, dass Trautman nun auffahren würde, aber er trat einen Schritt zurück und zwang sich zu einem verständnisvollen Lächeln. »Ich kann deine Angst verstehen, Serena«, sagte er. »Mir gefällt das alles hier ebenso wenig wie dir. Aber selbst wenn du Recht hast und dort drinnen irgendetwas auf uns lauert, müssen wir es einfach riskieren. Hier draußen erwartet uns der sichere Tod.«

»Und wer sagt Ihnen, dass es nichts Schlimmeres als den Tod gibt?«

Serena stellte die Frage in einem Ton, der offensichtlich sogar Trautman erschreckte, denn er schwieg eine ganze Weile.

»Niemand«, sagte er. »Aber ich bin bereit, das Risiko einzugehen.«

»Aber nicht allein«, sagte Mike. »Rufen Sie Singh und die anderen her.«

»Du traust mir immer noch nicht«, stellte Trautman fest.

»Das ist nicht der Punkt«, sagte Mike ausweichend. »Ich vertraue Serenas Intuition, wissen Sie? Wenn sie sagt, dass dort drinnen etwas Gefährliches ist, dann *ist* dort etwas Gefährliches. Ich werde nicht zulassen, dass sie allein dort hineingeht.«

»Das klingt beinahe überzeugend«, sagte Trautman.

»Meinetwegen lassen Sie noch ein Dutzend von Ihren Schlägern herkommen, die auf uns aufpassen«, sagte Mike ärgerlich. »Aber wir gehen entweder alle oder gar nicht.«

Du tust ihm Unrecht, flüsterte Astaroths Stimme hinter seinen Schläfen. *Er meint es ehrlich.*

Ich auch, gab Mike trotzig zurück. »Also?«, fragte er laut.

»Ganz wie du willst«, sagte Trautman. Er bückte sich nach seinem Helm. »Dann gehen wir zurück und holen die anderen.«

»Wir können hier warten«, schlug Mike vor, aber Trautman schüttelte entschieden den Kopf.

»Und es euch möglicherweise doch noch anders überlegen und allein losgehen?« Er lachte böse. »Nicht doch. Ich würde es mir nie verzeihen, wenn euch etwas zustoßen würde.«

Mike fuhr zusammen, als er den sarkastischen Unterton in Trautmans Stimme vernahm. Selbst ohne das, was Astaroth gerade gesagt hatte, wäre ihm klar gewesen, dass er Trautman unrecht tat. Er hatte allen Grund, verletzt zu sein. Aber Mike war zugleich auch deutlich erleichtert, nicht allein mit Serena hier zurückbleiben zu müssen. Warum auch immer sie so übergroße Angst vor dieser unheimlichen Kuppel unter dem Meer hatte, diese Angst schien irgendwie ansteckend zu sein.

Und vielleicht gab es ja einen Grund dafür.

Alles in allem brauchten sie mehr als anderthalb Stunden, um zur WOTAN und wieder zurückzugehen und Trautman überraschte sie ein weiteres Mal. Er bestand tatsächlich darauf, dass drei seiner Matrosen sie begleiteten, die noch dazu mit Gewehren bewaffnet waren – aber er händigte auch Singh, Juan und nach kurzem Zögern sogar Ben eine Waffe aus. Als Chris – das mit Abstand jüngste Besatzungsmitglied der NAUTILUS – ebenfalls die Hand ausstreckte, schüttelte er nur den Kopf und bei Serena war es genau umgekehrt: Sie betrachtete das Gewehr, das er ihr hinhielt, als erwarte er von ihr, eine besonders eklige Spinne anzufassen, und schließlich stellte Trautman das Gewehr zurück.

»Was haben Sie eigentlich vor?«, fragte Ben. Er begutachtete das Gewehr, das Trautman ihm gegeben hatte, mit noch immer leicht ungläubigen Blicken. »Das sieht ja aus, als wollten wir in den Krieg ziehen.«

Trautman hob nur die Schultern und versuchte mit einiger Mühe, sich das Gewehr über die Schulter des klobigen Taucheranzuges zu streifen. »Ich hoffe, wir brauchen sie nicht«, sagte er. »Aber in einem Punkt stimme ich mit Serena überein: Dort drüben ist irgendetwas.«

»Sie glauben doch nicht wirklich, dass Ihnen Ihr Gewehr dagegen helfen würde, oder?«, fragte Serena.

»Vermutlich nicht«, gestand Trautman. »Aber ich fühle mich einfach sicherer, wenn ich nicht ganz mit leeren Händen dastehe.«

Sie verließen die WOTAN und gingen zur Kuppel zurück. Sowohl die Tauchkammer der WOTAN als auch die Luftschleuse der Unterseekuppel waren nicht groß genug, um sie alle auf einmal aufzunehmen, sodass sie aufeinander warten mussten, und das waren vielleicht die schlimmsten Momente. Mike kam sich unendlich allein gelassen und hilflos vor, während er unter dem flüssigen schwarzen Himmel dastand und darauf wartete, dass Trautman und die anderen zu ihnen herauskamen, und drinnen in der Kuppel war es beinahe noch schlimmer. Die gigantischen Maschinentürme und Quader auf der anderen Seite der gläsernen Wand erschienen ihm größer und auf schwer greifbare Weise bedrohlicher als vorhin. Mike fragte sich, ob er einfach nur nervös wa oder ob es vielleicht eine sehr viel unheimlichere Erklärung gab – nämlich die, dass die Bedrohung, von der Serena sprach, durchaus echt war und dass er einfach nur länger brauchte, um sie zu erkennen.

Nein, das war kein angenehmer Gedanke.

Aber er kommt der Wahrheit ziemlich nahe, fürchte ich.

Astaroth?

Schön, dass du dich wenigstens an meinen Namen erinnerst, antwortete der Kater.

Wo bist du?, fragte Mike. *Verdammt, Astaroth, wir brauchen dich hier drinnen!*

Du brauchst gar nicht so zu schreien, erwiderte Astaroth. *Ich bin schon längst da.*

Wo?

Unter euch, in der Kuppel, antwortete der Meerkater. *Es ist ganz schön unheimlich hier. Aber ich weiß ja, dass ihr ohne mich vollkommen aufgeschmissen seid.*

Dann gibt es noch einen anderen Weg hinein?, fragte Mike. *Warum hast du uns das nicht gesagt?*

Könnt ihr durch ein Rohr mit zwanzig Zentimetern Durchmesser kriechen?

Das Geräusch der sich öffnenden Schleusentür hinter ihnen unterbrach das Gespräch. Mike drehte sich herum und atmete erleichtert auf, als er erkannte, dass es Trautman und seine Männer waren. Wen hatte er denn erwartet?

Trautman schien keine Zeit mehr verlieren zu wollen. In aller Hast entledigte er sich seines Taucheranzuges, ging zum Aufzug und warf Serena einen ungeduldigen Blick zu. Serena zögerte noch einmal, trat dann aber schweren Herzens auf die gläserne Barriere zu, die sich gehorsam vor ihr öffnete.

Auch der Aufzug war zu klein, um sie alle aufzunehmen, sodass sie in mehreren Gruppen hinunterfahren mussten.

Die Fahrt selbst, obwohl sie nur wenige Augenblicke dauerte, war ein reiner Albtraum. Die gesamte Kabine bestand aus Glas, einschließlich des Bodens, und es war ein ganz und gar grässliches Gefühl, auf einen Boden zu treten, der praktisch nicht da war, und in einen Abgrund zu blicken, der fast einen Kilometer tief war. Nicht nur Mike atmete erleichtert auf, als die rasende Fahrt zu Ende war und sie die Kabine verlassen konnten.

Da der Lift offensichtlich nur auf Serena reagierte, musste sie wieder nach oben fahren, um auch die zweite und dritte Gruppe zu holen, sodass Mike zusammen mit Singh, Trautman und Juan allein zurückblieb. Mike sah der rasch nach oben entschwindenden, gläsernen Kabine nach, bis sie zu einem Punkt zusammengeschrumpft und schließlich ganz verschwunden war, ehe er sich langsam herumdrehte und aufmerksam umsah.

Wieder lief ihm ein kalter Schauer über den Rücken. Von hier unten aus betrachtet wirkten die Maschinen und Türme noch viel gigantischer und Ehrfurcht gebietender als von der Galerie aus. Aber da war auch noch mehr. Er wusste jetzt, dass Serena sich nicht getäuscht hatte. Mike konnte das Gefühl nicht in Worte fassen, aber er glaubte, das Böse und die Gefahr, die diese zyklopischen Gebilde ausstrahlten, fast mit den Händen greifen zu können.

»Das ist fantastisch«, sagte Trautman.

»Fantastisch?« Singh runzelte die Stirn. »Mir würde da eher ein ganz anderes Wort einfallen.«

»Ich sage nicht, dass es mir gefällt«, antwortete Trautman betont. »Trotzdem bewundere ich die Leistung, die nötig war, um so etwas zu erschaffen.«

»Das stimmt.« Singh nickte widerwillig. »Alle Nationen der Welt zusammen wären nicht in der Lage, so etwas zu erschaffen.«

»Ich frage mich, warum sie es gebaut haben«, sagte Trautman, aber Singh schüttelte den Kopf.

»Sie sollten sich lieber fragen, wie ein Volk, das in der Lage war, so etwas zu bauen, untergehen konnte.«

»Vielleicht weil sie mit genauso *etwas* herumgespielt haben«, sagte Mike.

Trautman legte den Kopf auf die Seite. »Du weißt also, was es ist«, sagte er.

»Nein«, antwortete Mike. »Aber ich spüre, dass es gefährlich ist. Und Sie spüren es auch.«

Für einen Moment sah Trautman so aus, als wolle er diese Frage tatsächlich ehrlich beantworten. Aber dann hob er nur die Schultern und verzog abfällig die Lippen. »Das Einzige, was ich weiß, ist, dass wir alle sterben werden, wenn wir nicht herausfinden, wozu diese Monstermaschine dient und vor allem, wie man sie abschaltet«, sagte er. »Wenn dir deine Freundin also irgendetwas über diese Anlage erzählt hat, was wir noch nicht wissen, dann tätest du gut daran, es uns zu verraten. Unser Leben könnte davon abhängen.«

Mike wollte antworten, aber Trautman fuhr plötzlich herum, hob sein Gewehr und zielte auf eine Lücke zwischen zwei Maschinenblöcken in der Größe sechsstöckiger Wohnhäuser.

»Was ist los?«, fragte Singh. Auch er hatte das Gewehr von der Schulter genommen, aber noch nicht angelegt.

»Ich weiß nicht«, antwortete Trautman nervös. »Ich dachte, ich hätte etwas gehört. Anscheinend habe ich mich getäuscht.«

Aber das hatte er nicht. Kaum hatte er das Gewehr wieder gesenkt, da hörte auch Mike ein halblautes Scharren und nur einen Moment später erschien ein kleiner, struppiger Schatten zwischen den Maschinen, der sie aus einem einzigen, orangefarbenen Auge anstarrte. Trautman riss erschrocken das Gewehr hoch und Mike konnte gerade noch rechtzeitig hinzuspringen und die Waffe zur Seite schlagen. Der Schuss löste sich trotzdem, aber die Kugel schlug meterweit neben Astaroth auf den Boden und heulte als Querschläger davon.

»Was soll das?«, herrschte ihn Trautman an.

»Das frage ich Sie!«, antwortete Mike. »Das ist doch nur eine Katze!«

Trautman blinzelte, sah zu Astaroth hin und senkte dann verlegen das Gewehr. »Und du fragst dich gar nicht, wie sie hierher kommt?«

»Katzen gibt es doch überall, oder?«

»Nicht in fünftausend Metern Tiefe auf dem Meeresgrund«, antwortete Trautman.

Mike fiel keine wirklich gute Antwort auf diese Worte ein, also beschloss er, sie einfach zu ignorieren, ließ sich in die Hocke sinken und machte scharrende Geräusche mit den Fingernägeln auf dem Boden. »Komm her, Miez«, sagte er. »Miezmiezmiez.«

Astaroth blinzelte. *Bist du bekloppt?*

Spiel um Gottes willen mit, dachte Mike. *Wenn er herausfindet, dass wir uns kennen, traut er uns gar nicht mehr.*

»Kooom, Miezmiezmiez«, wiederholte er laut. Astaroth blinzelte ihn noch einmal verständnislos an, aber dann setzte er sich doch in Bewegung und kam mit kleinen, trippelnden Schritten und hoch aufgerichtetem Schwanz näher.

»Sehen Sie?«, sagte Mike. »Eine ganz normale Katze. Sie sieht aus wie Astaroth, meinst du nicht auch, Singh?«

»Astaroth?«, fragte Trautman misstrauisch.

»Eine ... eine Katze, die wir einmal auf der NAUTILUS hatten«, antwortete Singh zögernd. »Sie hatte nur ein Auge und sie war ebenfalls schwarz. Es ist lange her.«

»Ein nerviges Vieh«, fügte Ben hinzu. »Eigentlich war es nur eine wandelnde Flohzuchtstation.«

Darüber reden wir noch, sagte Astaroth. *Darüber reden wir sogar ganz bestimmt noch.* Trotzdem kam er näher und ließ es zu, dass Mike ihn zwischen den Ohren kraulte. Dann stellte er sich sogar ganz nach Katzenart auf die Hinterläufe, um den Kopf an Mikes Knie zu reiben und mit einem leisen Miauen um weitere Streicheleinheiten zu betteln.

Miezmiezmiez genug?, fragte er.

»Ich verstehe trotzdem nicht, wo dieses Tier herkommt«, sagte Trautman.

»Tja, das wird dann wohl als eines der großen ungelösten Rätsel der Menschheit in die Geschichte eingehen«, sagte Mike. Er stand auf und drehte sich herum, da in diesem Moment der Lift zurückkam und Serena zusammen mit Chris, Juan und dem Rest von Trautmans Männern heraustrat.

»Seht mal, was wir gefunden haben!«, sagte er rasch.

Serena blieb mitten im Schritt stehen und Chris riss ungläubig die Augen auf. »Aber das ist ja –«

»Ein Kater«, sagte Mike, während er Chris einen beschwörenden Blick zuwarf. »Und er sieht fast genauso aus wie Astaroth damals, nicht wahr? Na ja, jedenfalls *fast.*«

Astaroth maunzte, rannte auf Serena zu und sprang mit einem Satz in ihre ausgestreckten Arme. Unverzüglich begann er den Kopf an ihrer Schulter zu reiben und lautstark zu schnurren.

»Sieht so aus, als hättest du einen neuen Freund gefunden«, sagte Mike.

»Ich möchte noch immer gerne wissen, woher dieses Tier kommt«, sagte Trautman misstrauisch. »Das gefällt mir nicht.«

»Es ist doch nur eine Katze«, sagte Singh.

»Was aussieht wie eine Katze, muss nicht zwangsläufig auch eine Katze sein«, murmelte Trautman.

»Seien Sie nicht albern«, sagte Serena. Sie fing an Astaroth unter dem Kinn zu kraulen und der Kater legte den Kopf in den Nacken und schnurrte noch lauter. »Wenn ich jemals eine normale Katze gesehen habe, dann diese.«

»Und eine ganz besonders hässliche dazu«, feixte Ben.

Auch darüber reden wir noch, sagte Astaroth. *Versprochen.*

»Das gefällt mir trotzdem nicht«, sagte Trautman. Dennoch hängte er sich nach einem kurzen Zögern das Gewehr wieder über die Schulter.

»Also gut«, sagte er. »Wir können das später klären. Jetzt schlage ich vor, dass wir uns erst einmal ein wenig hier umsehen. Am besten, wir teilen uns auf.«

»Das ist überhaupt keine gute Idee«, sagte Singh. »Solange wir nicht wissen, was uns hier unten erwartet, sollten wir besser zusammenbleiben.«

»Wer hat hier eigentlich das Kommando?«, fragte Trautman.

»Ich dachte, niemand«, mischte sich Mike ein. »Wir wollten doch zusammenarbeiten, oder?«

Gib ihm eine Chance, sagte Astaroth. *Er meint es ehrlich. Aber er hat Angst, vor seinen Männern das Gesicht zu verlieren.*

Auf welcher Seite stehst du eigentlich?, fragte Mike leicht verärgert. Trotzdem sagte er laut zu Trautman: »Sie haben natürlich Recht. Ich finde den Gedanken nur wenig verlockend, hier unten vielleicht von den anderen getrennt zu werden. Wenn wir uns in diesem Labyrinth aus den Augen verlieren, finden wir vielleicht nie wieder heraus.«

Das war nicht einmal übertrieben. Der gigantische Raum musste einen Durchmesser von nahezu zwei Kilometern haben und die Maschinen und Türme standen so dicht beisammen, dass sie tatsächlich ein einziges gewaltiges Labyrinth bildeten. Die Gefahr, sich zu verirren, bestand ganz konkret.

»Ein gutes Argument«, sagte Trautman. »Wahrscheinlich hast du Recht. Ich schlage vor, wir gehen erst einmal in Richtung

Zentrum.« Er blickte fragend in Singhs Richtung. »Irgendwelche Einwände?«

»Wenn die alten Atlanter genauso gedacht haben wie wir, wird die Zentrale vermutlich in der Mitte des Gebäudes sein«, sagte Singh rasch. »Falls es so etwas wie eine Zentrale gibt.«

»Und *falls* sie so gedacht haben wie wir«, fügte Trautman hinzu.

»Immerhin können wir ihre Unterseeboote steuern, oder?«, fragte Ben.

Ohne ein weiteres Wort marschierten sie los. Trautman übernahm zusammen mit Singh die Führung, während sie in eine der schmalen Gassen zwischen den Maschinenkolossen eindrangen. Es war ein unheimliches Gefühl; fast als schritten sie die Straßen einer bizarren Stadt entlang, deren Gebäude höher waren als alles, was er jemals gesehen hatte. Nur dass diese Gebäude eben gar keine Gebäude waren, sondern Maschinen, die einem unbekannten Zweck dienten.

Astaroth?

Stör mich nicht, antwortete Astaroth. *Ich bin damit beschäftigt, mich streicheln zu lassen.*

Ich dachte immer, du magst das nicht, sagte Mike. *Hast du nicht immer behauptet, es wäre entwürdigend und peinlich?*

Das ist es auch, sagte Astaroth. *Furchtbar peinlich. Aber ich soll meine Rolle doch überzeugend spielen, oder? Und außerdem macht es Serena Spaß, mich zu kraulen. Das beruhigt sie.*

Sie weiß, was das hier ist, nicht wahr?, fragte Mike unvermittelt.

Fast hätte es sogar funktioniert. *Sie hat einen Verdacht,* antwortete Astaroth, *aber das ist viel zu – he! Was soll denn das? Wie oft muss ich noch sagen, dass ich nicht für dich in den Gedanken anderer herumschnüffle?*

Das hat rein gar nichts mit Herumschnüffeln zu tun, beharrte Mike. *Aber unser Leben könnte davon abhängen.*

Durchaus, antwortete Astaroth. *Und du meinst nicht, Serena würde es euch von sich aus verraten, wenn sie etwas wüsste, was euch hilft? Und jetzt gib Ruhe! Ich muss mich auf meine Rolle konzentrieren.*

Mike musste sich beherrschen, um sich nicht zu Astaroth herumzudrehen und zu grinsen. Gleichzeitig erschreckten ihn die Worte des Meerkaters aber auch ein wenig.

Und wenn er ehrlich war, sogar mehr als nur *ein wenig.*

Ihre Schritte erzeugten unheimliche, mehrfach gebrochen hallende Echos, während sie hintereinander durch die schmalen Schluchten zwischen den Maschinentürmen gingen. Ihre einzige Orientierungshilfe war der Zenit der Kuppel, nahezu zwei Kilometer über ihren Köpfen. Wenn sich das Herz dieser Anlage tatsächlich genau im Zentrum befand, dann mussten sie nur genau unter diesem Zenit marschieren, um es zu finden.

Aber das war leichter gesagt als getan. Was Mike in Gedanken als Straßen bezeichnet hatte, war in Wahrheit nur ein vollkommen systemloses Gewirr aus Lücken, die zwischen den Maschinen und rätselhaften Konstruktionen geblieben waren. Mike argwöhnte, dass sie eigentlich im Kreis herumliefen und darauf hofften, ihr Ziel mehr durch Glück und Zufall zu finden.

Sie waren seit mehr als einer Stunde unterwegs, als Trautman endlich stehenblieb und sich mit einem resignierten Seufzen herumdrehte. »Das hat keinen Sinn«, sagte er. »Wir können hier noch eine Woche herumirren, ohne etwas zu finden.«

»Ganz davon abgesehen, dass wir ja nicht einmal wissen, wonach wir suchen«, fügte Ben hinzu.

Trautman nickte und wandte sich an Serena: »Dein Freund hat Recht, weißt du? Es wäre hilfreich, wenn du uns verraten würdest, was das hier überhaupt ist.«

»Ich würde es tun, wenn ich es wüsste«, sagte Serena. Man musste sie nicht so gut kennen, wie Mike es tat, um zu spüren, dass dies zumindest nicht die *ganze* Wahrheit war.

Trautman antwortete auch nicht gleich. Er schüttelte ein paar Mal den Kopf und ging mit langsamen Schritten auf Serena zu. »Du hast Angst, nicht wahr?«, fragte er. »Ich kann das verstehen. Mir macht das alles hier auch Angst. Wieso lässt du uns dir nicht helfen?«

Immer diese Möchtegern-Psychologen, dachte Astaroth. *Das ist ja nicht zum Aushalten!*

Dann hilf uns doch, antwortete Mike. *Und wenn schon nicht uns, dann Serena. Du siehst doch, wie sie leidet!*

Astaroth blinzelte ihn aus seinem einzigen Auge an, gähnte ausgiebig – und sprang mit einem Satz von Serenas Armen. Mit hoch erhobenem Schwanz und herzzerreißend miauend trippelte er zwischen Singh und Trautman hindurch, huschte nach links und blieb stehen, kurz bevor er in einer Lücke zwischen zwei gewaltigen Metallklötzen verschwinden konnte. Trautman sah ihm stirnrunzelnd nach.

»Vielleicht sollten wir ihm nachgehen«, schlug Singh vor.

»Einer *Katze?*«, erwiderte Trautman zweifelnd.

»Immerhin scheint sie hier unten zu leben«, sagte Mike. *Wenn du uns auf den Arm nimmst, Astaroth, sperre ich dich vier Wochen lang mit Ben in eine Kajüte und du musst essen, was er kocht.* Er hob die Schultern. »Was haben wir schon zu verlieren?«

Trautman sah ihn nachdenklich an.

»Mike hat Recht«, sagte nun auch Singh. »Versuchen wir es. Wenn wir nichts finden, können wir immer noch zur WOTAN zurückgehen und uns eine Woche lang über einen anderen Plan streiten.«

Wieder vergingen einige Sekunden, aber dann nickte Trautman; wenn auch eindeutig widerwillig. »Also gut. Eine halbe Stunde.«

Reicht das?, fragte Mike in Gedanken.

Wenn ihr nicht noch länger rumsteht und euch gegenseitig anfeindet, antwortete Astaroth.

Sie gingen los. Astaroth eilte voraus, kaum dass sie die Abzweigung erreicht hatten, blieb aber an der nächsten Biegung wieder stehen, sah zu ihnen zurück und maunzte lautstark. Und so ging es weiter. Astaroth lief voraus, blieb wieder stehen und eilte wieder vor. Es war ganz eindeutig, dass er sie irgendwohin führen wollte. Trautman machte noch ein paar spöttische Bemerkungen, aber Mike hörte gar nicht hin. Er versuchte Serena so unauffällig zu beobachten, wie es ging.

»Dort vorne ist etwas!«, sagte Trautman plötzlich. Er blieb stehen, um auf eine flache, stahlgraue Kuppel zu deuten, die am Ende der Gasse lag, in die Astaroth sie gerade geführt hatte, und ging dann mit schnellen Schritten weiter. Mike sah rasch zu Serena zurück, bevor er ihm folgte. Sie war noch blasser geworden. Ihre Schritte waren unbeholfen, als müsse sie gegen einen unsichtbaren Widerstand ankämpfen, und sie hatte die Hände zu Fäusten geballt, vermutlich, damit man ihr Zittern nicht sah.

Wenige Augenblicke später hatten sie die Kuppel erreicht. Mike sah nach oben und stellte fest, dass Trautmans Theorie richtig gewesen war, denn sie befanden sich nun genau unter dem Zenit der Unterseekuppel – die nur scheinbar klein war. Eingerahmt von den gigantischen Maschinentürmen wirkte sie winzig, war aber in Wirklichkeit noch immer so groß wie ein dreistöckiges Mietshaus. Sie war vollkommen glatt, ohne die geringste Unebenheit, Schweißnaht oder Fuge, aber direkt vor ihnen befand sich eine zwei Meter hohe Tür in der typischen, leicht asymmetrischen atlantischen Konstruktion. Zum allerersten Mal, seit Mike die Unterseekuppel betreten hatte, sah er einen eindeutigen Beweis, von wem sie erbaut worden war: Direkt über der Tür prangte eine Art Wappen, das er nicht sofort erkannte – obwohl es ihm irgendwie vertraut vorkam. Es war erst Serenas Reaktion, die seiner Erinnerung auf die Sprünge half.

Sie blieb abrupt stehen, sog hörbar die Luft zwischen den Zähnen ein und verlor das allerletzte bisschen Farbe. Ihre Augen waren vor Entsetzen weit aufgerissen.

Mike sah sie einen Moment lang an, dann das verschnörkelte Wappen über der Tür und dann wieder Serena – und dann war es, als hörte er ein deutliches »Klick« in seinem Kopf und er erinnerte sich.

Er hatte dieses Wappen schon einmal gesehen. Es war fünf Jahre her und es war in den gläsernen Sarg eingeprägt gewesen, in dem sie Serena gefunden hatten. Es war das Wappen der Könige von Atlantis.

Trautman zögerte nur kurz, dann drehte er sich zu Serena um und sah sie auffordernd an, aber sie blieb wie angewurzelt stehen, wo sie war.

»Serena, bitte«, sagte Singh.

Zuerst schien es, als würde sie auch darauf nicht reagieren, dann setzte sie sich mit einem Ruck in Bewegung und ging an Trautman vorbei. Die Tür bewegte sich nicht; nicht einmal, als sie die Arme hob und das grüngraue Metall mit vorsichtig ausgestreckten Fingerspitzen berührte. Trautman seufzte enttäuscht.

»Vielleicht gibt es ein Schloss oder so was«, murmelte Chris.

»Ja, oder ein geheimes Zauberwort«, fügte Ben hinzu und schnitt eine Grimasse.

»Das ist es nicht«, sagte Mike. Er hatte das absurde Gefühl, Serena irgendwie zu verraten. Trotzdem fuhr er nach einem kurzen Zögern fort: »Sie muss es wollen.«

Serena sah ihn an. Sie wirkte verletzt und Mike kam sich nun vollends schäbig vor. Aber Trautman und Singh hatten leider Recht: Sie mussten das Geheimnis dieser Anlage lösen, wenn sie jemals wieder von hier wegwollten.

Langsam drehte sich Serena wieder herum, schloss die Augen und legte abermals die Hände auf die Tür. Es vergingen noch einmal endlose Augenblicke, dann erscholl ein tiefes Brummen und die gepanzerte Tür glitt vor ihr zur Seite. Dahinter kam ein langer Gang mit gewölbter Decke zum Vorschein, von dem zahlreiche Türen abzweigten. Er war von demselben, mild grünlich schimmernden Licht erfüllt, das auch hier draußen herrschte, nur dass es viel intensiver war.

Serena wollte losgehen, aber Singh schüttelte den Kopf und hielt sie zurück und Trautman nahm das Gewehr wieder von der Schulter und betrat den Gang als Erster. Mike begriff, dass es weniger Misstrauen als viel eher das Bedürfnis war, Serena zu beschützen, aber er wusste auch, wie sinnlos diese Geste war. Welche Gefahr auch immer dort drinnen lauern mochte, sie gehörte nicht zu denen, die mit einem *Gewehr* zu bekämpfen waren.

Hintereinander betraten sie den flachen Kuppelbau. Trautman, der noch immer die Spitze bildete, wurde langsamer, als er sich der Tür am Ende des Korridors näherte; vielleicht erwartete er, dass auch sie sich nur für Serena öffnen würde. Sie glitt jedoch mit einem leisen Summen beiseite, als er auf einen Schritt heran war, und gab den Weg in einen kreisrunden, taghell erleuchteten Raum frei.

»Donnerwetter!«, sagte Trautman.

Mike trat hinter Singh und ihm in den Raum und sah sich staunend um. Er hätte es zwar anders ausgedrückt, aber er konnte Trautmans Reaktion durchaus verstehen.

Von der mechanischen Strenge und Schmucklosigkeit der Anlage draußen war hier nichts mehr zu sehen. In gewisser Hinsicht ähnelte dieser Raum dem großen Salon der NAUTILUS, denn er wirkte ebenso überfrachtet in seiner Pracht wie dieser. Nur dass hier trotz der dicken Teppiche und der Sessel aus schwerem, gestepptem Leder weit weniger Wert auf Behaglichkeit gelegt worden war. Die Wände waren übersät mit allen nur vorstellbaren Messinstrumenten, Anzeigen, Bildschirmen, Skalen, Schaltern und Stellrädern und -knöpfen und einer Unzahl von Dingen, die Mike vollkommen rätselhaft blieben. Ein tiefes, an- und abschwellendes Summen lag in der Luft; ein Geräusch, das Mike an den Pulsschlag eines gewaltigen elektrischen Tieres denken ließ.

»Was ... was ist das?«, flüsterte Ben. Mike konnte gut verstehen, dass er die Stimme gesenkt hatte. Auch er hätte Hemmungen gehabt, hier drinnen laut zu sprechen; einfach aus der absurden Angst heraus, durch zu lautes Reden etwas zu wecken, das besser nicht geweckt wurde.

Niemand antwortete auf Bens Frage, aber nach einer kleinen Ewigkeit erwachte Serena aus ihrer Erstarrung und ging mit kleinen, mühsam wirkenden Schritten an Mike vorbei. Trautman wollte sie zurückhalten, als sie sich einem der riesigen komplizierten Schaltpulte näherte, aber Singh machte eine rasche abwehrende Geste und diesmal ließ Trautman sie gewähren.

Serena trat stocksteif aufgerichtet und wie einem fremden Willen gehorchend an einem der wuchtigen Ledersessel vorbei und näherte sich dem Pult dahinter. Mike hätte nicht sagen können, warum, aber er hatte das sichere Gefühl, dass es sich um das Herz dieser Anlage handelte. Es gab einen außergewöhnlich großen, mit verschnörkelten goldenen Leisten eingefassten Bildschirm und einige besonders auffällige, grellgrüne Tasten, jede so groß wie Mikes Hände.

Serena trat zitternd an das Pult heran und streckte die Hand aus. Ihre Finger zitterten und strichen über die goldverzierten Kanten des Pultes, aber sie wagte es nicht, auch nur einen der Schalter und Tasten zu berühren. Als Mike zögernd neben sie trat, erkannte er dasselbe Emblem wie draußen über dem Eingang, das in die Lehne des schweren Ledersessels geprägt war; das Siegel des atlantischen Königs.

»Nun?«, fragte Trautman nach einer Weile.

»Es ... es ist wahr«, flüsterte Serena. Ihre Stimme hatte einen sonderbaren Tonfall. »Sie haben es tatsächlich getan. Diese ... diese Irrsinnigen haben sie wirklich gebaut!«

»Was?« Trautman tauschte einen fragenden Blick mit Singh und dann mit Mike, erntete aber von beiden nur ein hilfloses Achselzucken.

Mike trat auf Serena zu und streckte die Hand nach ihr aus, aber dann begegnete er ihrem Blick und der Schrecken, den er darin las, machte es ihm unmöglich, die Bewegung zu Ende zu führen. »*Was* haben sie getan, Serena? Wer?«

»Sie haben sie wirklich gebaut!« Serena wimmerte jetzt fast. Mike konnte sich nicht erinnern, sie jemals so bis ins Mark erschüttert gesehen zu haben. Dann fuhr sie plötzlich herum, stieß einen halblauten, gequälten Schrei aus und rannte wie in Panik davon.

Letztendlich hatten sie es nur Astaroth zu verdanken, dass sie den Rückweg zum Aufzug fanden, und der Umsicht der atlantischen Baumeister, die die Anlage so konstruiert hatten, dass man nur unter großer Mühe hinein-, aber ohne Probleme wieder herauskam. Der Aufzug öffnete sich gehorsam, als sie sich der gläsernen Tür näherten, und trug sie nach oben, auch ohne dass Serena bei ihnen war.

Mike war in großer Sorge um Serena, als sie zur WOTAN zurückgingen. Zwar hatte Astaroth ihn beruhigt und ihm mitgeteilt, dass sie das Unterseeboot unbeschadet erreicht hatte, aber darüber hinaus hüllte er sich in beharrliches Schweigen.

Kaum dass sie wieder an Bord der WOTAN waren, eilte Mike zu Serena. Doch sie hatte sich in ihrer Kabine eingeschlossen und reagierte weder auf sein Klopfen und Rufen noch auf Trautmans gebieterischen Befehl, die Tür zu öffnen.

»Ich hätte gute Lust, die Tür aufbrechen zu lassen und mich ein bisschen näher mit eurer Freundin zu unterhalten«, grollte er.

»Sie werden sie nicht anrühren«, sagte Ben drohend.

Trautman fuhr herum und funkelte Ben an. »Oder?«, fragte er.

»Bitte!«, mischte sich Mike ein. Ein einziges falsches Wort und aus dem mühsam ausgehandelten Burgfrieden würde wieder offene Feindschaft werden und das war ein Spiel, das sie bei dem im Moment an Bord des Schiffes herrschenden Kräfteverhältnis nur verlieren konnten.

»Ich bin sicher, Serena wird uns alles erklären«, sagte er in fast beschwörendem Tonfall. »Sie haben doch gesehen, dass sie vor Angst fast verrückt war!«

»Ja, das war kaum zu übersehen«, grollte Trautman. »Und weißt du was, Junge? Das macht *mir* Angst! Du gestattest, dass es mich interessiert, was eure Freundin so erschreckt hat.«

»Das wollen wir genauso wissen wie Sie«, sagte Singh. »Ich verspreche Ihnen, dass sie Ihnen alles erzählen wird, sobald sie sich ein wenig beruhigt hat.«

»Zwei Stunden«, sagte Trautman. »Ich erwarte euch in genau zwei Stunden im Salon – alle. Und wenn eure kleine Freundin bis dahin nicht vernünftig geworden ist, dann müssen wir unsere Abmachung vielleicht noch einmal überdenken.«

Er warf noch einen drohenden Blick in die Runde, dann drehte er sich mit einem Ruck herum und ging. Die beiden bewaffneten Matrosen, die in seiner Begleitung gewesen waren, verschwanden ebenfalls, nachdem auch sie alle böse angesehen hatten.

»Blödmann!«, knurrte Ben – wohlweislich allerdings erst, nachdem sowohl Trautman als auch die beiden Matrosen sicher aus ihrer Hörweite waren.

»Ich kann ihn verstehen«, sagte Chris. Alle starrten ihn entsetzt an, aber nach ein paar Sekunden nickte Singh und sagte:

»Ich auch. Natürlich würde ich Serena niemals unter Druck setzen und ich werde auch ganz bestimmt nicht zulassen, dass Trautman ihr etwas tut. Aber ich verstehe seine Reaktion. Serena hatte Todesangst dort drinnen. Und ich glaube, dass sie allen Grund dazu hatte.«

»Und ihr glaubt, es wäre irgendwie hilfreich, wenn wir alle zusammen auf sie einreden?«, fragte Mike.

»Wenn wir wenigstens auf sie einreden könnten«, seufzte Singh mit einem Blick auf die verschlossene Tür. Dann blickte er Mike an. »Astaroth?«

»Er schweigt wie ein Grab«, antwortete Mike. Der Kater war in der Kuppel zurückgeblieben, schon weil es kaum eine Möglichkeit gegeben hätte, Trautman plausibel zu machen, wie der Kater den Weg von der Kuppel zur WOTAN geschafft hatte.

Aber er hatte die ganze Zeit über beharrlich geschwiegen, während er ihnen den Rückweg zum Aufzug gezeigt hatte.

»Also gut«, seufzte Singh. »Das alles war ziemlich aufregend für uns. Ich schlage vor, wir gehen in unsere Kabinen und treffen uns in anderthalb Stunden im Salon.«

Fast eine halbe Stunde vor der vereinbarten Zeit traf Mike im Salon der WOTAN ein. Trotzdem war er – mit Ausnahme Serenas – der Letzte, der den großen Raum betrat.

Es war ein seltsames Gefühl; regelrecht unheimlich. Weder Trautman noch einer seiner Matrosen waren anwesend und Singh war – vielleicht nur aus alter Gewohnheit – hinter die Kontrollen getreten und hatte sich mit beiden Händen auf dem goldverzierten Instrumentenbord abgestützt. Ben, Chris und Juan saßen am Tisch, der mit Dutzenden von Büchern, Pergamenten und ausgerollten Seekarten bedeckt war, und die Irisblende vor dem riesigen Bullauge war geöffnet und gewährte ihnen einen Blick auf den Meeresgrund und die in unheimlichem Grün erstrahlende Kuppel. Mike musste sich fast mühsam ins Gedächtnis rufen, dass sie nicht mehr an Bord der NAUTILUS waren.

»Warst du bei Serena?«, begrüßte ihn Ben.

»Ich habe an ihre Tür geklopft, aber sie macht nicht auf«, antwortete Mike. »Es ist ja auch noch ein bisschen Zeit, oder?«

Bevor Ben Gelegenheit zu einer spitzen Bemerkung fand, ging Mike rasch an ihm vorbei und trat ans Bullauge heran.

Selbst jetzt, wo es nicht mehr neu für ihn war, jagte ihm der Anblick einen kalten Schauer über den Rücken. Die riesige Kuppel war Furcht einflößend, aber auch zugleich auch von großer Faszination.

»Es ist beeindruckend, nicht?«

Mike fuhr erschrocken zusammen, als er Trautmans Stimme hörte. Der Kapitän der WOTAN hatte den Salon betreten, ohne dass Mike es gemerkt hatte, und war auch ebenso lautlos neben ihn getreten. Mike nickte schweigend.

»Auch wenn das da vielleicht das Letzte ist, was wir in unserem Leben sehen werden, muss ich zugeben, dass es ein großartiger Anblick ist. Willst du wissen, was mich am meisten daran erschreckt?«

Eigentlich wollte Mike das nicht hören, aber er ahnte, dass Trautman sich ohnehin nicht davon abbringen lassen würde, es ihm zu sagen, und so antwortete er mit einem angedeuteten Achselzucken.

»Der Gedanke, dass ein Volk, das im Stande war, *so etwas* zu erschaffen, am Ende doch untergegangen ist«, sagte Trautman.

»Sie sind untergegangen, *weil* sie es gebaut haben.«

Serenas Stimme klang wieder gefasst und sehr ruhig, aber als Mike herumfuhr, stellte er fest, dass der Ausdruck von Furcht noch immer in ihren Augen war und sie war so groß, dass Mike sich schaudernd fragte, ob sie wohl jemals wieder völlig darauf verschwinden würde.

Er wollte etwas sagen, aber Trautman brachte ihn mit einer raschen Geste zum Schweigen und erwiderte: »Wie meinst du das?«

Serena kam mit langsamen Schritten näher. Sie trat ganz an die Scheibe heran, bevor sie antwortete.

»Mein Vater nannte es die Weltuntergangsmaschine«, sagte sie leise. Ihre Stimme war fast tonlos und das grüne Licht, das von draußen hereinfiel, tauchte ihr Gesicht in einen unheimlichen, fahlen Schein. »Er hat mir immer wieder versprochen, dass sie sie niemals bauen würden, aber sie haben es doch getan.«

»Die ... Weltuntergangsmaschine?«, wiederholte Trautman zögernd. »Soll das heißen, dieses ... dieses Ding ist eine Art ... Waffe?«

Serena schüttelte den Kopf. »Nein. Dazu ist es viel zu mächtig.« Mit sichtbarer Mühe riss sie sich vom Anblick der Unterseekuppel los, ging zum Tisch und setzte sich.

»Ich verstehe nichts von Wissenschaft«, begann sie, »und noch viel weniger von Technik und Maschinen. Und es hat mich auch nie interessiert. Aber mein Vater hat mir ein paar Mal davon erzählt, und ein- oder zweimal war ich dabei, wenn er mit seinen Wissenschaftlern und Ministern über die Idee gesprochen hat.«

»Was für eine Idee?«, fragte Singh.

»Diese Maschine«, antwortete Serena. »Ich weiß nicht, was sie tut oder wie, aber ich weiß, wozu sie dienen sollte. Ein Quell unerschöpflicher Energie. So gewaltig, dass es unser gesamtes Volk bis ans Ende aller Zeiten mit Energie versorgen kann.«

»Unerschöpfliche Energie«, sagte Trautman nachdenklich. »Das ist der Traum aller Wissenschaftler. Es würde Wohlstand für uns alle bedeuten. Keine Armut mehr, keinen Hunger, keine Not, keinen Grund mehr, Kriege zu führen ... warum nennst du sie die Weltuntergangsmaschine?«

Serena schien einen Moment nach den passenden Worten zu suchen. »Es hieß, sie wäre zu gefährlich. Wenn ich es richtig verstanden habe, hat es etwas mit ... mit der Zeit zu tun.«

»Mit der *Zeit*?«, fragte Trautman.

»Die Atlanter haben mit Zeitreisen experimentiert«, sagte Singh rasch. »Wir haben es einmal selbst erlebt.«

Trautman sah nicht so drein, als ob er dieser Behauptung sonderlich viel Glauben schenkte, aber er beließ es bei einem zweifelnden Blick und wandte sich wieder an Serena.

»Du meinst also, es wäre eine Art Zeitmaschine?«

»Sie bezieht ihre Energie aus der Zeit«, antwortete Serena. »Mein Vater hat es mir einmal erzählt, als er müde von einer Sitzung nach Hause kam. Er sagte, die Zeit wäre die gewaltigste und unerschöpflichste Energiequelle des Universums, denn es gibt buchstäblich unendlich viel davon. Wenn es gelingen würde, diese Quelle anzuzapfen, dann hätte man Energie im Überfluss.«

»Die *Zeit* anzapfen?« Ben machte ein verwirrtes Gesicht. »Wie soll das gehen?«

Serena hob die Schultern. »Ich weiß nicht genau, was es bedeutet, aber er hat erzählt, dass sie ... ein Loch in die Zeit stoßen wollten.«

»Ein Loch in die Zeit?«

»So wie man ein Loch in einen Staudamm bohrt, um ein Kraftwerk zu betreiben, ja«, antwortete Serena. »Genauso hat er es mir erklärt.«

»Ich verstehe«, murmelte Trautman. »Und wenn dieses Loch weiter aufreißt ...«

»... dann bricht der Damm, und die Springflut vernichtet alles«, fügte Singh hinzu.

»Deshalb nannte er es die Weltuntergangsmaschine«, sagte Serena. »Die meisten seiner Berater nannten sie so. Viele waren der Meinung, dass es viel zu gefährlich wäre, sie zu bauen.«

»Aber er hat es trotzdem getan«, sagte Singh. »Warum?«

»Ich weiß es nicht«, sagte Serena. Ihre Stimme wurde noch leiser. »Unser Volk brauchte Energie. Immer mehr und immer schneller. Unsere Kraftwerke reichten schon lange nicht mehr für alle ...«

»Und da hat er sich am Schluss entschieden, sie doch zu bauen«, sagte Trautman bitter. »Es ist immer dieselbe Geschichte.«

»Seien Sie still, Trautman!«, erwiderte Singh scharf. Er wandte sich wieder an Serena. »Aber was ist passiert? Sie scheint ja offensichtlich nicht funktioniert zu haben – sonst wären wir nicht hier und dein Volk würde immer noch die Welt beherrschen.«

Es dauerte lange, bis Serena antwortete. Ihr Blick war ins Nichts gerichtet, aber dieses Nichts, das spürte Mike, war nicht leer, sondern enthielt einen namenlosen Schrecken, so gewaltig, dass sie fast daran zu zerbrechen drohte.

»Ich habe euch nicht erzählt, wie Atlantis wirklich unterging«, flüsterte sie. »Ich habe es bis jetzt nicht gewusst. Nicht wirklich.«

Mike sog erschrocken die Luft ein. »Du glaubst, es hat etwas mit ... mit diesem *Ding* zu tun?«

»Es geschah ganz plötzlich«, sagte Serena. »Niemand konnte erklären, warum. Selbst unsere größten Forscher waren ratlos. Die Natur hat Atlantis verschlungen. Springfluten und Erdbeben,

Taifune und Überschwemmungen, Vulkanausbrüche und verheerende Stürme. Es begann ohne Warnung und wurde immer schlimmer und schlimmer, als ...«

Ihre Stimme versagte und an ihrer Stelle führte Trautman den Satz zu Ende: »Als wäre irgendwo ein Damm gebrochen.«

»Er selbst hat unser Volk in den Untergang geführt«, sagte Serena mit zitternder Stimme. »Mein eigener Vater. Er hat Atlantis vernichtet.«

»Nicht doch!«, sagte Mike besänftigend. »Selbst wenn dieses Ding dort draußen Schuld am Untergang von Atlantis ist – was ganz und gar noch nicht sicher ist –, bedeutet das doch nicht, dass deinen Vater die Schuld trifft. Er hat diese Maschine doch schließlich nicht allein gebaut.«

»Aber es war seine Entscheidung!«, protestierte Serena. Sie war den Tränen nahe.

»Und jetzt fühlst du dich mit verantwortlich, weil es dein Vater war.« Mike schüttelte den Kopf. »Das ist Unsinn, Serena. Du hast nichts damit zu tun. Und es ist schon gar nicht deine Schuld!«

»Er hat unser ganzes Volk ausgelöscht«, murmelte Serena. »Niemand hat überlebt. Und er hat mir versprochen, es nicht zu tun. Er hat es mir geschworen!«

»Er wird seine Gründe gehabt haben«, sagte Singh. »Du hast erzählt, Ihr hättet dringend neue Energie gebraucht?«

»Die meisten unserer Rohstoffe waren aufgebraucht«, sagte Serena. »Viele Menschen litten Not.«

»Und da hat er sich entschieden, das Risiko einzugehen und die Warnungen in den Wind zu schlagen«, sagte Trautman. Er hob die Schultern. »Ja, vielleicht war es wirklich so. Du solltest dir keine Vorwürfe machen, Serena. Niemand kann sagen, ob es wirklich so war. Und selbst wenn, ist daran nichts mehr zu ändern.«

»Das stimmt«, sagte auch Singh. »Wir sollten lieber überlegen, wie wir von dieser Erkenntnis profitieren.« Er machte eine Handbewegung zum Bullauge hin, und als er weitersprach, wandte er sich mehr an Trautman und die anderen als an Serena. »Dieses Ding scheint wohl immer noch zu arbeiten. Und was immer es auch sonst noch tut – es hält uns hier fest.«

Trautman seufzte tief. »Ihr wisst, was das bedeutet«, sagte er.

»Wir müssen noch einmal zurück in die Kuppel«, sagte Singh.

»Ja«, bestätigte Trautman. »Und wir müssen einen Weg finden, um diesen Teufelsapparat abzuschalten.«

Genutzt hat alles nichts, dachte Mike trübsinnig, während er mit mühsamen kleinen Schritten hinter Serena durch den hochwirbelnden Schlamm auf dem Meeresgrund ging. Sie befanden sich auf dem Rückweg zur WOTAN. Serena hatte Trautman und zwei seiner Matrosen zur Kuppel begleitet, die Singh, Juan und Chris ablösen würden, die mit der Untersuchung der Atlantischen Technologie beschäftigt waren. Mike glaubte insgeheim schon lange nicht mehr, dass diese Mühe zu irgendeinem Erfolg führen würde. Sie alle – und vor allem Singh – verstanden zwar eine Menge von der uralten Technik des untergegangenen Volkes, denn schließlich hatten sie die letzten fünf Jahre auf einem Schiff verbracht, das von einer atlantischen Werft stammte. Aber das, was sie in der Kuppel gefunden hatten, war nur am Rande damit vergleichbar – wie Singh es ausgedrückt hatte, befanden sie sich in der Lage von Eingeborenen, die mit Mühe und Not gelernt hatten, mit einer primitiven Wassermühle zurande zu kommen, und nun mit einem modernen Benzinmotor konfrontiert wurden. Niemand hatte bisher gewagt, es laut auszusprechen, aber im Grunde war allen klar, dass ihre Chancen, das Geheimnis dieser Maschinen zu lösen, unangenehm nahe bei Null lagen ...

»Mike?«

Mike schrak aus seinen Gedanken hoch und sah sich im ersten Moment irritiert um, bis ihm klar wurde, dass die Stimme aus den Kopfhörern in seinem Helm drang und dass sie Ben gehörte, der an Bord der WOTAN zurückgeblieben war. Er tastete nach dem Knopf des Sprechfunkgerätes an seinem Gürtel und drückte ihn.

»Wir sind auf dem Rückweg«, antwortete er. »Vielleicht noch zehn Minuten.«

»Sucht euch lieber ein sicheres Plätzchen«, sagte Ben. »Ich weiß nicht, was es ist, aber irgendetwas kommt von oben auf uns zu. Etwas ziemlich Großes.«

Mike blieb stehen und legte den Kopf in den Nacken, aber er sah nichts, nur immerwährende Schwärze. Aber wenn Ben sagte, dass etwas kam, dann kam auch etwas. Ben saß an den Ortungsgeräten der WOTAN, die nach wie vor einwandfrei funktionierten. Der Gedanke, dass die geheimnisvolle Technik der Kuppel ein weiteres Schiff ins Verderben gerissen hatte, jagte ihm einen eisigen Schauer über den Rücken.

Serena, die das kurze Gespräch ebenfalls mit angehört hatte, blieb stehen und sah sich suchend um. Nach einem Augenblick deutete sie auf eine bizarr geformte Felsformation und setzte sich unverzüglich in Bewegung. Sie brauchten kaum eine Minute, um diese Deckung zu erreichen. Wenn ihnen wirklich ein ganzes Schiff auf die Köpfe fiel, würde sie ihnen aber herzlich wenig nutzen.

»Wir sind jetzt in Sicherheit«, sagte er.

»Ihr müsst es jetzt auch bald sehen«, antwortete Ben. Mike glaubte sein Stirnrunzeln regelrecht hören zu können. »Was zum Teufel *ist* das?«

Mike sah wieder nach oben. Irgendetwas *war* dort, aber er konnte es nicht richtig erkennen. Eine vage Bewegung, groß, schwerfällig und irgendwie unheimlich.

Dann kam die Bewegung näher und gerann zu einem Körper. Kein Schiff, auch wenn er so groß wie eine mittlere Segeljacht war.

Es war ein Ungeheuer, ein riesiges, geschupptes Monstrum mit einem peitschenden Schwanz, glotzenden, starren Reptilienaugen und Schuppen und Krallen, halb Echse, halb Fisch, das sich nur scheinbar träge bewegte, in Wahrheit aber ungeheuer schnell war.

»Großer Gott!«, flüsterte Serena. »Was ... was ist das?«

Mike duckte sich tiefer hinter seine Deckung und hielt vor lauter Schrecken den Atem an. Was immer dies für ein bizarres Untier auch war, es war gefährlich, und es war gewiss nicht nur hier heruntergekommen, um sich die Gegend anzusehen.

»Großer Gott, was ist das für ein Vieh?«, ächzte Ben. »Rührt euch nicht. Erstarrt um Himmels willen zur Salzsäule!«

Dieser Rat war überflüssig. Mike hätte sich nicht einmal bewegen können, wenn er es gewollt hätte. Er war vor Schrecken wie gelähmt.

Langsam kam das riesige Ungeheuer näher. Wenn man sich die kurzen Gliedmaßen wegdachte, die eher krallenbewehrten Flossen als Beinen ähnelten, dann erinnerte es beinahe an einen Wal, auch wenn es viel größer war, und ein Maul voller ebenso schiefer wie mörderisch aussehender Zähne hatte, bei dessen bloßem Anblick jeder Hai schreiend die Flucht ergriffen hätte. Und dass es sich um ein Raubtier handelte, daran bestand nicht der geringste Zweifel.

Und es kam näher.

Das milde Licht, das von der Kuppel ausging, schien es zu irritieren, denn es schwamm immer wieder darauf zu und stieß sogar ein paar Mal mit der stumpfen Schnauze gegen die Oberfläche, aber zugleich näherte es sich auch immer mehr dem Meeresboden und damit ihrem Versteck.

»Wir müssen weg hier«, flüsterte Serena. Sie sprach so leise, dass Mike Mühe hatte, ihre Worte zu verstehen. Trotzdem registrierte er den panischen Unterton in ihrer Stimme. Sie stand kurz davor, die Nerven zu verlieren.

»Nicht bewegen!«, sagte er erschrocken. »Wenn wir uns nicht rühren, dann bemerkt es uns vielleicht nicht.«

Aber es war zu spät. Serena machte einen Schritt aus ihrer Deckung heraus und wandte sich zur WOTAN um, die vielleicht noch dreißig oder vierzig Meter entfernt war, und das schwarzweiß gefleckte Monstrum über ihnen fuhr mit einer erstaunlich schnellen Bewegung herum und starrte sie an. Mike vermochte nicht zu sagen, ob es die Bewegung war, die seine Aufmerksamkeit erregt hatte, oder der hochgewirbelte Sand unter Serenas Füßen, aber das spielte auch keine Rolle – das Monstrum hatte sie entdeckt und es griff unverzüglich an!

Mike schrie vor Entsetzen auf, als er sah, wie unvorstellbar rasch der scheinbar so träge Koloss plötzlich durch das Wasser schoss. Sein mindestens vier Meter langes Maul klappte auf und senkte sich mit tödlicher Zielsicherheit auf Serena hinab.

Es war nichts als Glück, was sie rettete – und ein Stein oder ein rostiges Wrackteil, das unter dem Sand verborgen war. Genau in dem Moment, in dem sich die gewaltigen Kiefer des Meeresräubers um sie schließen wollten, stolperte sie, kippte nach vorne und fiel und die fürchterlichen Hauer des Ungeheuers verfehlten sie buchstäblich um Haaresbreite.

Noch während das Ungeheuer mit kräftigen Schlägen seiner ruderbootgroßen Flossen an Höhe gewann und in eine enge Kehre glitt, um zu einem zweiten Angriff anzusetzen, stürmte Mike aus seiner Deckung heraus und rannte los, so schnell er in dem schwerfälligen Taucheranzug konnte. Genau wie Serena vor ihm bewegte er sich nur wie durch einen zähen Sumpf, fast als wäre er von unsichtbaren Gummibändern gehalten, während das Ungeheuer über ihnen mit geradezu grotesker Schnelligkeit herumfuhr. Er hatte nicht die mindeste Chance, auch nur in Serenas Nähe zu kommen, bevor die Bestie sie erreichte.

Trotzdem rannte er wie von Furien gehetzt weiter, ununterbrochen Serenas Namen schreiend. In seinen Kopfhörern gellten mittlerweile mindestens ein Dutzend Stimmen durcheinander und eine davon gehörte ganz eindeutig Serena, die in schierer Todesangst schrie.

Das Ungeheuer hatte seine Drehung mittlerweile beendet und schoss wie ein riesengroßer lebender Torpedo heran. Sein schreckliches Maul klaffte erneut auseinander –

– und aus der Kuppel zuckte ein dünner Blitz aus rubinrotem Licht und spießte das Ungeheuer auf.

Es währte kaum länger als eine halbe Sekunde, aber die Wirkung war verheerend.

Die riesige Kreatur schien von einem unsichtbaren Hammerschlag getroffen und herumgewirbelt zu werden – und dann wurde sie von innen heraus in Stücke gerissen und plötzlich war alles voller Blut und davonfliegenden Schuppen und Zähnen und Fleischfetzen. Die Druckwelle war so groß, dass selbst Mike, der noch zwanzig Meter entfernt war, von den Füßen gerissen und flach auf den Rücken geworfen wurde. Es dauerte eine gehörige Weile, bis das Blut in seinen Ohren aufhörte zu rauschen und er wieder weit genug bei Kräften war, um sich in die Höhe zu stemmen. In seinen Kopfhörern war noch immer Bens hysterische Stimme, aber Mike beachtete sie nicht, sondern rief Serenas Namen und versuchte verzweifelt, sie irgendwo zu entdecken.

Dann sah er etwas, was sein Herz einen entsetzten Sprung in seiner Brust machen ließ.

Genau dort, wo Serena gestürzt sein musste, stieg eine Kette silberner Luftblasen in die Höhe. Serenas Anzug!, dachte Mike entsetzt. Ihr Anzug musste beschädigt worden sein, als sie hingefallen war!

Die Angst um Serena verlieh ihm übermenschliche Kräfte. Er rannte los, taumelte durch den hochgewirbelten Sand und wäre um ein Haar selbst gestürzt und nach nur wenigen, aber von entsetzlicher Furcht erfüllten Augenblicken fand er Serena.

Sie lag auf der Seite und immerhin bewegte sie sich noch, was bedeutete, dass sie auch noch am Leben sein musste. Sie hatte Glück im Unglück gehabt. Einer der Luftschläuche, die von ihrem Helm zu dem schweren Sauerstoffkanister auf ihrem Rücken führten, war zerrissen. Wäre der Anzug selbst beschädigt worden, dann hätte das eindringende Wasser sie binnen eines Sekundenbruchteils getötet.

»Serena!«, schrie er. »Serena, so antworte doch!«

Er glaubte in all den durcheinander schreienden Stimmen in seinem Kopfhörer sogar die Serenas zu erkennen, aber wenn überhaupt, dann war es nur ein hilfloses Krächzen. Verzweifelt stolperte er weiter, fiel schwer neben Serena auf die Knie und drehte sie auf den Rücken, um einen Blick durch die Sichtscheibe ihres Helms zu werfen.

Sie lebte. Ihre Augen waren weit aufgerissen und sie schnappte verzweifelt nach Luft. Ihr Gesicht begann bereits blau anzulaufen. Der Sauerstoff in ihrem Anzug reichte nur für wenige Atemzüge und die frische Luft aus ihrem Kanister entwich in einem stetigen Strom silberfarbener Luftblasen durch den beschädigten Schlauch. Mike streckte hastig die Hände aus, um das Loch zuzuhalten. Aber der Schlauch hatte kein Loch, wie er zuerst angenommen hatte, sondern war abgerissen. Der goldfarbene Flansch, der ihn mit dem Helm verband, war verschwunden. Gottlob hatte sich das Sicherheitsventil ihres Helmes automatisch geschlossen, sodass kein Wasser eingedrungen war – aber das änderte nichts daran, dass Serena im Begriff stand, qualvoll zu ersticken.

Obwohl Mike wusste, dass es vollkommen aussichtslos war, zerrte er sie auf die Füße und hinter sich her auf die WOTAN zu. Sie würden mindestens noch fünf Minuten brauchen, um das Boot zu erreichen; wahrscheinlich die zehnfache Zeit, die Serena noch durchhalten würde.

Als wäre dieser Gedanke ein Stichwort gewesen, auf das ein grausames Schicksal nur gewartet hatte, stolperte Serena und fiel schwer auf die Knie. Mike versuchte in heller Verzweiflung, sie hochzuziehen, um sie sich über die Schulter zu legen und zu tragen, aber sie war viel zu schwer. Das Glas ihres Helms begann sich von innen zu beschlagen, aber er konnte trotzdem sehen, dass ihr Gesicht qualvoll verzerrt war. Serena erstickte vor seinen Augen.

Plötzlich blitzte es drüben bei der Kuppel abermals auf und ein weiterer Lichtstrahl brach aus dem geheimnisvollen Gebäude und tastete wie eine suchende Hand in ihre Richtung. Diesmal war es jedoch kein roter Blitz alles vernichtender Hitze, sondern ein mildes, grünes Licht, das Serena – und mit ihr auch Mike, der sie mit beiden Armen umklammert hielt – einhüllte. Bevor Mike auch nur richtig begriff, wie ihnen geschah, fühlten sie sich wie von einer unsichtbaren Hand angehoben und rasend schnell auf die Kuppel und die offen stehende Schleusentür zugerissen. Sie hatten eine Viertelstunde für den Weg hinaus gebraucht; der Rückweg dauerte nicht einmal eine Minute, wahrscheinlich nur Augenblicke. Dennoch wäre er um ein

Haar zu lang gewesen. Die äußere Schleusentür fiel mit einem dumpfen Krachen zu, gleichzeitig wurde das Wasser mit rasender Schnelligkeit aus der Kammer gezogen.

Serena brach in Mikes Armen zusammen. Hastig fing er sie mit einer Hand auf und zerrte mit der anderen an den Verschlüssen ihres Helmes. Noch bevor das Wasser auch nur zur Hälfte aus der Kammer abgelaufen war, riss er den Helm herunter und schleuderte ihn davon. Serena holte mit einem keuchenden Laut Luft, krümmte sich in Mikes Armen und begann qualvoll zu husten.

Erschöpft ließ sich Mike ebenfalls auf die Knie sinken, griff nach oben und begann seinen eigenen Helm abzuschrauben. Als er ihn abstreifte, ging die innere Schleusentür auf und Trautman, Singh und zwei von Trautmans Matrosen stürmten herein.

»Was ist passiert?«, keuchte Singh. Er schätzte die Situation anscheinend nicht richtig ein, denn er lief auf Mike zu, der ja ebenfalls auf die Knie gesunken war und vermutlich kein bisschen weniger erschöpft aussah als Serena.

Einer von Trautmans Matrosen hatte weniger Glück. Er war mit ein paar Schritten neben Serena und streckte die Arme nach ihr aus, aber Serena deutete die Bewegung wohl falsch und stieß einen erschrockenen Schrei aus.

Aus der Decke der Schleusenkammer zuckte ein bläulichweißer, vielfach verästelter Blitz, traf den Matrosen zwischen die Schulterblätter und schleuderte ihn zu Boden. Trautman fuhr erschrocken zusammen und der zweite Matrose in seiner Begleitung prallte zurück und stolperte rücklings wieder aus der Schleusenkammer.

»Was –?«, machte Trautman.

»Nicht!« Mike hob hastig die Hand und machte eine beruhigende Geste, dann drehte er sich wieder zu Serena herum. Sie hatte aufgehört, qualvoll um Atem zu ringen, aber sie zitterte am ganzen Leib und starrte den Matrosen aus schreckgeweiteten Augen an.

»Was ist passiert?«, murmelte sie. »Ich ... ich habe doch gar nichts ... getan.«

Zögernd streckte Mike die Hand nach ihr aus. Nichts geschah. Der sengende Blitz, auf den er gewartet hatte, kam nicht.

Trautman war mittlerweile neben dem Matrosen niedergekniet und untersuchte ihn flüchtig. Mike registrierte erleichtert, dass sich der Mann bewegte und sogar unsicher hochzustemmen versuchte. Nach einem Augenblick stand Trautman auf und wandte sich wieder Serena und Mike zu. »Er scheint nicht verletzt zu sein«, sagte er. »Offensichtlich hat er nur einen Stromschlag erhalten.« Stirnrunzelnd legte er den Kopf in den Nacken und suchte die Decke der Schleusenkammer mit Blicken ab. »Ich frage mich nur, warum.«

Das fragte sich hier drinnen vermutlich jeder. Alle vielleicht – mit Ausnahme Mikes. Er hatte das Gefühl, die Antwort auf Trautmans Frage zu kennen.

Er war nur nicht sicher, ob sie ihm gefiel.

Es vergingen fast zwei Stunden, bis sie alle wieder an Bord der WOTAN waren und sich die allgemeine Aufregung halbwegs gelegt hatte. Nachdem ihnen der Schiffskoch auf den Schrecken eine kräftige Suppe zubereitet und sie sie verzehrt hatten, berief Trautman eine Besprechung im Salon ein. Es gab noch einen kurzen, unangenehmen Moment, als er Astaroth erblickte, der auf Mikes Bitte hin mitgekommen war. Auf Trautmans Frage hin log Mike, er hätte den Kater in seinem Taucheranzug verstaut und auf diese Weise von der Kuppel herübergebracht; eine Behauptung, die Trautman ganz offensichtlich keine Sekunde lang glaubte. Aber als er sah, wie Astaroth mit einem Satz auf Serenas Schoß sprang und lautstark zu schnurren begann, beließ er es bei einem Achselzucken.

»Sei's drum«, meinte er. »Wir haben im Moment Wichtigeres zu besprechen.« Er hob abwehrend die Hand, als Ben etwas sagen wollte. »Lasst mich zu Anfang ein paar Dinge klären, das macht vielleicht vieles einfacher.«

Er stand auf, obwohl er sich vor einem Augenblick ja gerade erst gesetzt hatte, ging zum Bücherregal und kam mit einem schweren, in geprägtes Leder gebundenen Buch zurück. Mike sah, dass er eine bestimmte Seite mit einem eingelegten Papierstreifen markiert hatte. »Glaubst du, dass du mir ein paar Fragen beantworten kannst, Serena?«

»Mir geht es wieder gut«, behauptete Serena. Sie kraulte Astaroth mit kleinen, nervösen Bewegungen zwischen den Ohren. Der Kater hatte sich zu einem Ball zusammengerollt und schnurrte lautstark, aber er schlief nicht.

Eine einzige dumme Bemerkung und du hast keine Gelegenheit mehr, sie zu bedauern, drohte er. *Das gehört alles zu der Rolle, die ich spiele. Schließlich war es deine Idee, mit diesem Miezmiezmiez-Scheiß anzufangen.*

Aber sicher, antwortete Mike auf dieselbe Weise. *Ich weiß doch, dass du nur das Schoßtier spielst. Dich kraulen zu lassen ist natürlich unter deiner Würde.*

Astaroth sagte nichts dazu, aber er funkelte Mike aus seinem einzigen Auge zornig an und Mike hatte alle Mühe, ein Grinsen zu unterdrücken.

»Ich habe nachgeschlagen«, fuhr Trautman fort. »Ihr habt mir dieses Tier ja recht präzise beschrieben. Sah es ungefähr so aus?«

Er klappte das Buch an der gekennzeichneten Stelle auf und drehte es herum, sodass Mike und die anderen den großen, kunstvollen Stich sehen konnten, der eine ganze Seite einnahm. Serena fuhr erschrocken zusammen. Mike hielt den Atem an.

»Ganz genauso«, sagte er dann.

»Das war es«, bestätigte auch Serena. »Gar kein Zweifel.«

Tatsächlich zeigte der Stich genau das Wesen, das sie attackiert hatte. Selbst auf der Abbildung sah es noch so wild und gefährlich aus, dass Mike ein kalter Schauer über den Rücken lief. »Was ist das?«, erkundigte sich Ben.

»Das«, antwortete Trautman finster, »ist ein Problem. Ein verdammt großes, will ich meinen.« Er legte die gespreizten Finger der linken Hand auf das aufgeschlagene Buch, als wolle er das gezeichnete Ungeheuer daran hindern, aus der aufgeschlagenen Seite herauszuspringen.

»Dieses Tier war ein **LIOPLEURODON**«, erklärte er. »Das größte Raubtier, das jemals auf diesem Planeten gelebt hat. Wenn ihr wirklich sicher seid, dass es sich um ein solches Geschöpf gehandelt hat, dann haben wir ein Problem.«

»Welches?«, fragte Juan.

»Der Liopleurodon gehörte zur Gattung der Ichtiosaurier«, sagte Trautman. Er sah sie der Reihe nach an und machte eine dramatische Pause, bevor er fortfuhr: »Ein Raubsaurier. Er lebte im Jura. Vor ungefähr einhundertachtzig Millionen Jahren.«

Ein paar Sekunden lang herrschte vollkommene Stille. Dann sagte Ben: »Sie müssen sich irren.«

»Ich wollte, es wäre so«, antwortete Trautman. »Aber ich fürchte, ich irre mich nicht. Serena und Mike wurden von einem Raubsaurier attackiert, der vor fünfundsechzig Millionen Jahren ausgestorben ist.«

»Vielleicht haben ein paar Exemplare überlebt«, vermutete Chris. »Wir haben hier unten in der Tiefsee schon Kreaturen gesehen, die noch viel fantastischer waren.«

»In der Nähe einer atlantischen Anlage, die die Zeit manipuliert?«, fragte Trautman. Er schüttelte heftig den Kopf. »Das war auch mein erster Gedanke, aber ich fürchte, damit würden wir es uns zu leicht machen. Ich hatte den Verdacht schon seit einer Weile, schon seit mir Serena erzählt hat, dass diese Anlage die Zeit manipuliert, um Energie zu produzieren.«

»Welchen Verdacht?«, fragte Ben.

»Es passt alles zusammen«, sagte Trautman. »All diese Schiffe ... ist euch nicht aufgefallen, dass sie aus vollkommen unterschiedlichen Epochen stammen? Es gibt moderne Frachter, tausend Jahre alte Wikingerboote und spanische Galeonen ... und ein paar Schiffe, die aussehen, als kämen sie aus der Zukunft. Und jetzt dieser Millionen Jahre alte Saurier.«

»Worauf wollen Sie hinaus?«, fragte Mike.

Das weißt du doch schon längst, spöttelte Astaroths Stimme in seinem Kopf. Mike ignorierte sie.

»Ich vermute«, antwortete Trautman ernst, »dass diese Kuppel Schiffe und Flugzeuge nicht nur aus dem Meer reißt, sondern auch aus ihrer Zeit. Wer weiß – vielleicht befinden wir uns gar nicht mehr in der Gegenwart, sondern in einer anderen Zeit. In der Vergangenheit, der Zukunft ... vielleicht in der Zeit der alten Atlanter –«

»– aber vielleicht auch hundertachtzig Millionen Jahre in der Vergangenheit«, sagte Ben düster.

»Nur dass uns das *vielleicht* nicht weiterhilft«, sagte Singh. »Sie haben uns doch nicht nur zusammengerufen, um uns diese Theorie zu unterbreiten, oder?«

»Nein«, gestand Trautman. »Viel interessanter finde ich das, was geschehen ist, als dieser Saurier Serena angegriffen hat.«

»Der Blitz.«

Trautman wandte sich direkt an Mike. »War es so ähnlich wie der, der den Matrosen getroffen hat?«

»Ganz anders«, antwortete Mike. »Es war ein dünner, roter Lichtstrahl. Bestimmt nicht dicker als mein kleiner Finger und es dauerte nur ganz kurz. Aber er war unglaublich hell.«

»Und nachdem er den Liopleurodon getroffen hat, ist er sozusagen von innen heraus explodiert.«

»Ja«, antwortete Mike. »Woher wissen Sie das?« Natürlich hatte er Trautman und den anderen erzählt, was passiert war, aber er konnte sich nicht erinnern, so ins Detail gegangen zu sein.

»Kohärentes Licht«, sagte Trautman nickend.

»Ko-was?«, fragte Ben.

»Etwas, worüber ich in einem Buch der Atlanter gelesen habe«, antwortete Trautman. »Eine interessante Idee, aber auch ein furchtbarer Gedanke. Simples Licht, das so stark konzentriert wird, dass es alles zerstört, worauf es trifft. Das Ziel wird in Bruchteilen von Sekunden so mit Hitze und Energie voll gepumpt, dass es einfach explodiert.«

»Genauso ist der Saurier gestorben«, bestätigte Mike.

»Ich verstehe«, grollte Ben. »Sie wollen dieses Kohä-sonstwas-Licht haben, um die WOTAN damit zu bewaffnen. Ein weiterer Schritt auf Ihrem Weg zum König der Welt, wie?«

»Die alten Atlanter hatten noch viel furchtbarere Waffen, glaub mir, mein Junge«, sagte Trautman ruhig. Er wirkte nicht im Geringsten beleidigt. »Wenn es das wäre, was ich wollte, hätte ich längst in eine andere Richtung geforscht. Wichtig ist, dass diese Waffe offensichtlich ganz gezielt eingesetzt wurde, als Serena in Gefahr war. Vorher nicht. Welche Automatik auch immer die Maschinen der Kuppel steuert, sie hat es offensichtlich nicht für nötig gehalten, die Waffe gegen die WOTAN oder uns einzusetzen. Und hinterher: Warum wurde der Matrose angegriffen, aber Mike nicht?«

»Weil Serena Angst vor ihm hatte«, sagte Mike.

»Und vor dir nicht«, fügte Trautman hinzu.

»Und was ... bedeutet das?«, fragte Serena zögernd.

»Genau weiß ich es nicht«, sagte Trautman. »Aber ich vermute, dass diese Anlage dich beschützt.«

»Mich?« Serena lachte unsicher. »Aber das ist doch Unsinn.«

»Vielleicht auch nicht«, sagte Mike. »Dass er den Saurier getötet hat, kann Zufall sein. Vielleicht hat die Sicherheitsautomatik der Kuppel das Tier als Gefahr erkannt, allein wegen seiner Größe. Aber danach wärst du fast gestorben, weil dein Luftschlauch zerrissen war, und irgendetwas in dieser Kuppel hat es gemerkt und dich gerettet.«

»Und dann der Stromschlag, der den Matrosen getroffen hat«, fügte Singh nachdenklich hinzu. »Er hat ihn nicht getötet, obwohl er es zweifellos gekonnt hätte.«

»Und?«, fragte Serena.

»Diese Maschine scheint mehr zu sein als eine bloße Maschine«, sagte Trautman. »Ich weiß, es klingt verrückt, aber sie scheint beinahe zu denken.«

»Eine Maschine, die denkt?« Ben riss die Augen auf. »Was für ein Quatsch!«

»Diese gesamte Anlage reagiert auf Serena«, beharrte Trautman. »Und ganz offensichtlich beschützt sie Serena auch. Vielleicht nicht sie persönlich. Vielleicht jemanden *wie* sie.«

»Jemand, in dessen Adern atlantisches Blut fließt«, murmelte Chris.

»Ja«, nickte Trautman. »Das ist meine Theorie. Deshalb habe ich euch zusammengerufen.«

»Und warum?«, fragte Serena.

»Wenn es wirklich so ist«, sagte Trautman, »dann können wir es vielleicht zu unserem Vorteil nutzen. Es könnte unsere Chance sein, um hier herauszukommen.«

Mike hatte fast eine Stunde gebraucht, um Serena zu finden. Sie stand hinter einem der großen Bullaugen im Turm und blickte reglos zu der riesigen grün schimmernden Kuppel hin. Mike trat zögernd neben sie. Ihre Gesichter spiegelten sich blau auf dem leicht gekrümmten Glas des Bullauges. Serena blickte ihn kurz über das Glas hinweg an, aber dann sah sie wieder zur Kuppel hinüber und der Ausdruck, den Mike dabei in ihren Augen las, ließ ihn frösteln. Das war mehr als Angst.

»Ich verstehe nicht, warum er es getan hat«, flüsterte sie plötzlich. Sie hob die Hand und deutete auf die Unterseekuppel. »Alle haben ihn gewarnt. Fast alle seine Berater und Forscher waren dagegen. Sie haben gesagt, es wäre zu gefährlich. Und er hat versprochen, es nicht zu tun. Er hat es seinem Volk geschworen, Mike.«

Zögernd streckte Mike die Hand aus und legte ihr den Arm um die Schulter. Serena zitterte leicht. Mike wusste nicht, was er sagen sollte. Es war ein schlimmes Gefühl, dem Menschen, für den er auf der ganzen Welt am meisten empfand, keinen Trost spenden zu können.

»Bisher ... bisher wollte ich es nicht wahrhaben«, fuhr Serena nach einer Weile fort, mit bebender Stimme. »Ich habe mir eingeredet, dass alles nur Zufall ist. Dass ... dass es vielleicht ohne Wissen meines Vaters erbaut wurde. Aber nach dem, was vorhin geschehen ist ...«

Mike wusste, was sie meinte. Die geheimnisvolle mechanische Intelligenz der Kuppel hatte zu präzise und zu gezielt reagiert, um sie als Zufall abtun zu können. Der unheimliche Lichtstrahl hatte genau genommen nicht den Liopleurodon angegriffen, sondern Serena *verteidigt.* Zusammen mit dem Wappen des atlantischen Königsgeschlechts, das sie im Inneren der Kuppel gefunden hatten, ließ das nur einen einzigen Schluss zu.

»Ich bin sicher, er hat seine Gründe gehabt«, sagte Mike. »Sehr triftige Gründe.«

»Gründe?« Obwohl Serena immer noch flüsterte, klang dieses eine Wort fast wie ein Schrei. »Welche Gründe gibt es wohl, eine Maschine zu bauen, die eine ganze Welt vernichten kann?« Ihre Stimme wurde bitter. »Vielleicht ist es richtig, dass mein Volk untergegangen ist. Wahrscheinlich haben wir es nicht besser verdient.«

»Jetzt übertreibst du aber«, sagte Mike.

»Übertreiben?« Serena schüttelte heftig den Kopf. »Ich habe eine Menge wirklich schlechter Menschen eures Volkes getroffen, Mike, und viele schlimme Dinge erlebt. Aber euer Volk wäre nicht so wahnsinnig, eine Maschine zu konstruieren, die zu seiner eigenen Vernichtung führt.«

Mike war da etwas anderer Meinung, aber das war nicht der Moment, darüber zu diskutieren. Er fühlte sich hilfloser denn je.

»Ich wollte, ich wäre nicht hier«, murmelte Serena.

»Das darfst du nicht sagen«, sagte Mike hilflos. »Es ist doch nicht deine Schuld.«

»Aber die meines Vaters!«, begehrte Serena auf. »Ich weiß, dass es nicht meine Schuld ist, aber ich ... ich fühle mich so. Wie würdest du dich fühlen, wenn du wüsstest, dass dein Vater für den Tod so vieler Menschen verantwortlich ist?«

»Du vergisst, wer mein Vater war«, antwortete Mike und verbesserte sich: »Ist.«

»Kapitän Nemo, ich weiß.« Erneut schüttelte Serena den Kopf. »Das willst du doch nicht wirklich vergleichen!«

»Aber ich weiß, wie es ist, wenn die ganze Welt deinen Vater für einen Verbrecher hält.«

»Er ist es aber nicht«, beharrte Serena. »Vielleicht sind wir hier an Bord des Schiffes die einzigen Menschen auf der Welt, die wissen, dass Nemo nichts von dem getan hat, was man ihm nachsagt, aber wir *wissen* es, und das ist der Unterschied. Und *ich* weiß, dass mein Vater diese ... diese Monstrosität da drüben erbauen ließ!«

»Wir wissen immer noch nicht, warum«, beharrte Mike. Er hatte plötzlich das absurde Gefühl, Serenas Vater um jeden Preis verteidigen zu müssen; nicht nur, weil er irgendwie damit auch Serena in Schutz nahm. Er kannte ihren Vater nicht, aber er war immerhin der Herrscher über eine ganze Welt gewesen und ganz bestimmt kein Dummkopf. Er weigerte sich einfach zu glauben, dass ein solcher Mann sehenden Auges in den Untergang rennen sollte.

»Es gibt keinen Grund für so etwas«, beharrte Serena. »Keinen. Ich werde dieses Ding nie wieder betreten.«

Mike schwieg eine ganze Weile. Schließlich sagte er leise: »Du weißt, was das bedeutet. Wir kommen dann nie wieder von hier fort.«

Serena legte den Kopf an seine Schultern und schloss die Augen. Zwei, drei Minuten lang blieb sie vollkommen reglos und stumm, dann erst antwortete sie. »Natürlich werde ich euch begleiten. Ich will es nicht, aber ich werde es tun, keine Angst.«

»Ich verstehe dich«, sagte Mike. Ein sonderbares Gefühl begann sich in ihm breit zu machen, während er Serena im Arm hielt. Vertraut und sehr warm, aber auf eine verwirrende Art zugleich fast unangenehm.

»Wir müssen alle hier raus, damit du Nemo wiedersehen kannst«, fuhr Serena fort. »Du hast wenigstens jemanden, zu dem du gehen kannst.«

Mike antwortete nicht darauf. Das Thema war ihm unangenehm. Er hatte nicht von ungefähr die ganze Zeit nicht über sein kurzes Zusammentreffen mit seinem Vater gesprochen, sondern sogar versucht, die Szene aus seinem Gedächtnis zu streichen. Er verstand Serena weit besser, als sie auch nur ahnen mochte.

»Was werden wir tun, wenn wir wieder zurück sind?«, fragte Serena, als sie begriff, dass sie keine Antwort bekommen würde. Auch darüber hatte Mike bisher ganz bewusst noch nicht nachgedacht, aber früher oder später würde er sich diese Frage stellen müssen.

»Ich weiß es nicht«, gestand er. »Wir werden dieses Schiff wohl oder übel verlassen müssen, fürchte ich.«

»Weil Trautman der Meinung ist, dass es ihm gehört? Du weißt, dass das nicht stimmt. Er hat nicht das geringste Anrecht darauf.«

»Genauso wenig wie wir«, antwortete Mike. »Und er ist in der besseren Position, so Leid es mir tut. Immerhin hat er gut zwei Dutzend Männer auf seiner Seite. Wir können ihm die WOTAN schlecht gewaltsam wegnehmen. Und selbst wenn wir könnten ... ich glaube nicht, dass ich es will.« Er hob die Schultern. »Schlimmstenfalls können wir immer noch nach Indien gehen, wie Trautman es ursprünglich geplant hat.«

»Nach Indien?«

»Mein Vater war ... *ist* ein sehr vermögender Mann und sehr einflussreich. Wir wären dort in Sicherheit und könnten in Ruhe entscheiden, was weiter geschieht. Wir alle, nicht nur du und ich.«

»Wir wissen ja nicht einmal, wohin wir gehen sollten«, antwortete Serena. »Indien ist ziemlich groß.«

»Da ist noch immer Trautmans Tagebuch«, sagte Mike. »Vielleicht finden wir ja darin irgendeinen Hinweis ... Du hast es doch noch?«

Serena nickte zwar und legte die Hand auf die Tasche, in der sie Trautmans Tagebuch hatte, aber sie machte nicht den Eindruck, als wollte sie das Buch herausziehen. Eher schon so, als wollte sie es beschützen.

»Ich weiß, dass man nicht die Tagebücher seiner Freunde liest«, sagte Mike. »Ich verlange ja auch nicht, dass du uns Trautmans intimste Geheimnisse verrätst. Aber vielleicht steht etwas darin, was lebenswichtig für uns alle wäre. Trautman würde das verstehen.«

»Darum ... geht es nicht«, sagte Serena zögernd. Sie atmete tief ein und löste sich aus seiner Umarmung, um einen Schritt zurückzutreten. Mike sah, wie schwer es ihr fiel, weiterzusprechen. »Ich habe es sogar schon gelesen.«

»Und?«, fragte Mike. Er gab sich Mühe, sich seine Überraschung nicht zu deutlich anmerken zu lassen.

»Es ist nicht Trautmans Tagebuch«, sagte Serena.

Mike blinzelte. »Wie?«

»Es ist nicht das Tagebuch *unseres* Trautman«, erklärte Serena. »Es gehört seinem Sohn. Thomas Trautman.«

»Aber das ist unmöglich!«, antwortete Mike. »Ich meine, er ... er hat das Buch doch schon auf der NAUTILUS gehabt! Da haben wir es schließlich gefunden, lange bevor wir überhaupt auf die WOTAN gekommen sind.«

»Ich weiß«, antwortete Serena. »Und Trautman – *dieser* Trautman hier – hat dasselbe Buch.«

»Das heißt, unser Trautman hat das Tagebuch seines Sohnes irgendwie in die Finger bekommen und kopiert«, sagte Mike. »Das ergibt überhaupt keinen Sinn! Warum sollte er das tun? Und vor allem wie?«

Serena seufzte. »Das ist noch nicht alles«, sagte sie. »Ich habe das Buch gelesen. Ganz. Nichts davon ergibt einen Sinn, weißt du? Und es ist im Grunde unmöglich.«

»Wieso?«

»Selbst wenn Trautman irgendwie an das Tagebuch seines Sohnes herangekommen wäre«, antwortete Serena, »um es zu kopieren ... Es stehen Dinge darin, die erst nach dem Untergang der NAUTILUS geschehen sind.«

»Aber das ist unmöglich!«, sagte Mike.

»Ich weiß«, antwortete Serena. »Aber es ist trotzdem so. In diesem Buch stehen Dinge, die noch gar nicht passiert waren, als es geschrieben wurde.«

Niemand erfuhr je von diesem Gespräch und auch Serena und Mike gingen nicht mehr darauf ein. In den nächsten Tagen fanden sie auch gar keine Gelegenheit mehr dazu. Trautman weckte Serena und Mike, noch bevor nach der bordeigenen Zeitrechnung das Frühstück serviert wurde, und nicht einmal eine Stunde später waren sie wieder in der Unterseekuppel. Der Weg dorthin war nicht nur für Mike der reinste Horror. Er war nicht der Einzige, der immer wieder nach oben sah und beinahe darauf wartete, dass die Schwärze über ihnen ein weiteres Ungeheuer ausspie, das sie attackieren würde. Das Wissen, dass sie nicht wirklich in Gefahr waren und die atlantische Kuppel über ihre Sicherheit wachte, änderte an dieser Furcht rein gar nichts, und das blieb auch in den nächsten Tagen so. Nach dem, was geschehen war, begleitete Mike Serena jetzt jedes Mal, wenn sie von der WOTAN zur Kuppel oder zurückging.

In den nächsten drei Tagen war das annähernd ein Dutzend Mal der Fall. Der ebenso gefährliche wie unheimliche Zwischenfall hatte sie nicht nur alle bis ins Mark erschreckt, sondern ihnen auch neuen Antrieb gegeben. Und am dritten Tag wurde ihr Forscherdrang belohnt.

Sie waren wieder in der kleineren Kuppel im Zentrum der unterseeischen Anlage. Mittlerweile hatten Trautman und die anderen jeden einzelnen Raum des Gebäudes untersucht, aber sie hatten sich größtenteils als Enttäuschung erwiesen. Abgesehen von der Schaltzentrale mit ihren verwirrenden Gerätschaften und Apparaturen enthielt sie nur die normalen Wohn- und Versorgungsräume, wie sie auch an Bord der WOTAN zu finden waren, sowie eine besonders prachtvoll eingerichtete Suite, die des Schmuckes des königlichen Siegels nicht bedurft hätte, um ihnen allen klarzumachen, dass es sich um die Unterkunft der

Besitzer dieser Anlage handelte. Oder um es kürzer auszudrücken: Serenas Vater. Serena hatte nur einen einzigen Blick hineingeworfen und sich seither standhaft geweigert, den Raum auch nur noch einmal zu betreten.

»Ich weiß, dass du diese Räumlichkeiten nicht betreten willst«, sagte Singh, nachdem er wieder einmal Stunden vergeblich über den Apparaten und Anzeigen in der Zentrale gebrütet hatte. »Ich kann dich gut verstehen, vor allem nach dem, was du in den letzten Tagen erfahren hast. Dort drinnen sind zu viele Erinnerungen, nicht wahr? Aber wir brauchen einfach deine Hilfe.«

»Wozu?«, fragte Serena. »Die Türen hier drinnen öffnen sich doch für jeden.«

»Die Türen ja«, sagte Trautman an Singhs Stelle. »Aber es gibt da eine Art Bibliothek. Zwei oder drei Dutzend Bücher, alle hinter Glas. Sie müssen entweder sehr wertvoll sein oder sehr wichtig.«

»Wir haben versucht, den Schrank aufzubrechen, aber es ist uns nicht gelungen«, sagte Ben. »Diese Bücher könnten wichtig sein.«

Serena schwieg dazu.

»Selbst wenn es so ist, nutzen sie uns wahrscheinlich nichts«, sagte Mike. »Sie sind garantiert in der Sprache der Atlanter geschrieben – oder glaubt ihr, sie waren so nett, sie in Englisch abzufassen oder Deutsch oder Französisch?«

»Einen Versuch ist es wert«, beharrte Trautman. »Ich wollte es bisher nicht wahrhaben, aber um ehrlich zu sein: Wir sind mit unserem Latein am Ende. Wir können noch hundert Jahre an Knöpfen herumdrehen und Schalter drücken, ohne mehr herauszufinden als wie man das Licht einschaltet oder die Klimaanlage reguliert.«

»Also gut«, sagte Serena mehr als widerwillig. »Aber ich sage euch gleich: Mike hat wahrscheinlich Recht. Wenn die Bücher in meiner Muttersprache abgefasst sind, nutzen sie euch nichts. Und ich verstehe nichts von Wissenschaft.«

»Einen Versuch ist es trotzdem wert«, sagte Singh. »Wirst du uns helfen?«

Serena drehte sich wortlos um und ging los und Mike und die anderen folgten ihr.

Die königliche Suite lag nahezu am anderen Ende der Kuppel. Sie brauchten einige Minuten, um sie zu erreichen, und wie schon beim ersten Mal, als er hier gewesen war, überkam Mike eine Mischung aus Ehrfurcht und Staunen, als er hinter Serena in den großen, mit überschwänglicher Pracht ausgestatteten Raum trat. Alles hier strahlte puren Luxus aus, dieselbe, aber noch viel mehr überfrachtete Pracht, wie sie auch im Salon der NAUTILUS und jetzt der WOTAN anzutreffen war. Wohin sie auch blickten, sahen sie Gold, kostbar gefasste Edelsteine und kunstvolle Schnitzereien. Wo allein in diesem Zimmer – die Suite bestand insgesamt aus vier Räumen, das ganz in blütenweißem Marmor und Gold gehaltene Bad nicht mitgerechnet – genug Kostbarkeiten angehäuft waren, um eines der kleineren europäischen Länder zu kaufen. Der Raum hatte als Einziger in der gesamten Kuppel ein Fenster – oder zumindest hatte Mike dies im allerersten Moment gedacht, bis er begriffen hatte, dass sie ja dann nichts anderes als die stählernen Türme und Quader des Kuppelinneren gesehen hätten. Stattdessen war auf der kreisrunden, in ziseliertes Messing eingefassten Scheibe, die in Wahrheit nichts anderes als ein übergroßer Bildschirm war, eine von bunten Fischen und noch bunteren bizarren Pflanzen erfüllte Tiefseelandschaft zu sehen.

Singh eilte voraus und trat an den deckenhohen Bücherschrank heran, in dem sich mehrere Dutzend in schweres Leder gebundene und goldbedruckte Bücher befanden. Wie Singh gesagt hatte, war es mit dem gleichen, beinahe unsichtbaren Glas verschlossen wie der Aufzug. Und niemand war besonders überrascht, als die Barriere lautlos zur Seite glitt, als sich Serena auf anderthalb Schritte genähert hatte. Singh nickte nur dankbar, griff nach dem erstbesten Buch und schlug es auf. Einen Moment später sog er überrascht die Luft ein.

»Was hast du?«, fragte Ben alarmiert.

»Das ... das ist doch unmöglich«, murmelte Singh. »Das ist Sanskrit.«

»Sanskrit?« Trautman blinzelte ihn verständnislos an und kam näher.

»Ein alter indischer Dialekt«, antwortete Singh. »Dort, wo ich geboren und aufgewachsen bin, wird er immer noch gesprochen und geschrieben.«

»Das heißt, du kannst dieses Buch lesen?«, fragte Ben.

»Sanskrit?« Trautman schüttelte den Kopf, noch bevor Singh antworten konnte. »Unsinn. Das ist Deutsch.«

Die beiden blickten sich fragend an und Ben trat hinter sie, stellte sich auf die Zehenspitzen, um einen Blick über Singhs Schulter in das aufgeschlagene Buch zu werfen, und sagte:

»Wenn das kein perfektes Oxford-Englisch ist, dürft ihr mich ab sofort Fritz nennen.«

Und so ging es weiter. Juan warf einen Blick auf die Seiten, danach Chris und Mike und schließlich sogar Serena. Es war bei allen dasselbe: Ganz gleich, wer in das Buch sah, er erkannte eine Schrift in seiner Muttersprache. Und dies traf nicht nur auf dieses eine Buch zu, sondern auf alle, die sie in dem Regal fanden.

»Ich will gar nicht erst versuchen, das zu verstehen«, sagte Singh, nachdem sie mehr als die Hälfte der Bücher flüchtig kontrolliert hatten. »Wichtig ist, dass es funktioniert und wir diese Bücher lesen können.«

»Steht denn etwas Wichtiges darin?«, fragte Serena.

»Das meiste scheinen Geschichtsbücher zu sein«, sagte Trautman an Singhs Stelle. »Aber auch einige wissenschaftliche Werke und ein paar philosophische Abhandlungen, und ich glaube ein, zwei Werke, die sich mit den Geheimnissen dieser Station befassen. Vielleicht hilft es uns weiter.«

»Dann schlage ich vor, wir nehmen alles mit hinüber auf die WOTAN«, sagte Mike. »Sonst muss Serena jedes Mal mitkommen, wenn einer von uns ein Buch aus dem Schrank nehmen will.«

»Ein guter Vorschlag«, lobte Singh. »Wir brauchen nur etwas, um sie wasserdicht zu verpacken.«

Sie machte sich auf die Suche, ohne allerdings ein passendes Behältnis für die unendlich kostbaren Bücher zu finden. Schließlich trat Serena an den ganz aus Alabaster geschnitzten Schreibtisch heran und versuchte eine der Schubladen zu öffnen.

Sie klemmte. Serena griff mit beiden Händen zu und zog fester. Die Schublade ging auch jetzt nicht auf, aber Serena rutschte ab, verlor das Gleichgewicht und fiel mit einem kleinen Schrei in den schweren Ledersessel, der hinter dem Schreibtisch stand.

Im selben Moment flackerte das Licht. Mike und alle anderen fuhren erschrocken zusammen, zumal in diesem Augenblick auch noch die Tür zuglitt, und sie das deutliche Einrasten eines Schlosses hören konnten.

Es wurde jedoch nicht völlig dunkel. Das Licht war jetzt gedämpft, doch dafür verschwanden Fische und Unterseepflanzen aus dem »Fenster« und an ihrer Stelle blickte ein überlebensgroßes, markantes Männergesicht auf sie herab.

»Was zur Hölle –?«, begann Trautman, aber Mike brachte ihn mit einer hastigen Geste zum Schweigen.

»Still!«

»Wer ... wer ist das?«, flüsterte Juan.

Niemand antwortete. Alle starrten auf den Bildschirm, und es vergingen noch einmal endlose dreißig oder vierzig Sekunden, bevor das Gesicht darauf zum Leben erwachte und das Schweigen brach.

»Guten Tag, Serena«, sagte der Fremde. »Du bist doch Serena, oder? Wenn nicht, musst du ihre Tochter sein, denn du siehst ihr zum Verwechseln ähnlich.«

»Ich bin Serena«, antwortete Serena. »Vater? Du ... du bist mein ... mein Vater.«

»Ich fürchte, nicht wirklich«, antwortete das Gesicht auf dem Bildschirm. »Dies ist nur eine Aufzeichnung.«

»Eine Aufzeichnung?«, murmelte Ben. »Der Kerl lügt doch. Wenn das nur ein Aufzeichnung wäre, wie könnte er dann auf Fragen antworten?«

»Das frage ich mich auch«, sagte Serena. »Wie ist das möglich?«

»Was?«, erwiderte ihr Vater. »Ich verstehe deine Frage nicht.«

»Ben hat diese Frage gestellt«, sagte Serena. »Aber die Antwort interessiert mich auch.«

»Ben ...? Oh, ich verstehe. Du bist nicht allein.«

»Nein. Aber das hier sind meine Freunde. Alles, was du mir zu sagen hast, kannst du ihnen auch sagen.«

»Ich fürchte, das übersteigt die Möglichkeiten dieses Programms«, antwortete ihr Vater. »Es wurde aufgezeichnet, um dieses Gespräch zu führen. Ich bin nicht wirklich dein Vater, verstehst du? Im Grunde bin ich nur eine Maschine, die in begrenztem Umfang zur Interaktion mit ihrem Benutzer fähig ist, sofern die entsprechenden Fragen von meinen Programmierern vorgesehen wurden.«

»Aha«, sagte Serena verständnislos.

Das Gesicht ihres Vaters auf dem Schirm lächelte. »Ich kann auf deine Fragen antworten«, erklärte es. »Nicht auf alle, aber doch auf viele. Immerhin wurde ich zu keinem anderen Zweck geschaffen.«

»Zu welchem Zweck?«, fragte Serena.

»Dich zu beschützen und dir zu Diensten zu sein«, antwortete ihr Vater. »Auch wenn ich mir wünschte, wir würden dieses Gespräch nicht führen.«

»Warum?«, fragte Mike.

Das Gesicht auf dem Bildschirm antwortete erst, als Serena die Frage wiederholte. »Warum?«

»Weil es bedeutet, dass ich versagt habe«, antwortete es. »Ich, dein Vater, nicht die Maschine, mit der du jetzt sprichst. Du solltest diese geheime Station niemals zu Gesicht bekommen. Wenn du es doch tust, bedeutet dies mit einiger Wahrscheinlichkeit, dass das Experiment fehlgeschlagen ist.«

»Ja, so kann man es ausdrücken«, sagte Serena bitter. »Das Experiment Atlantis, um genau zu sein.«

»Es tut mir Leid«, antwortete ihr Gegenüber lächelnd. »Diese Aufzeichnung ist nicht im Stande, auf die von dir gemachte Bemerkung zu reagieren. Bitte erkläre sie auf eine andere Weise.«

»Ich meine damit, dass Atlantis nicht mehr existiert«, antwortete Serena mit zitternder Stimme. »Ich bin die Letzte von uns. Alle anderen sind gestorben, schon vor sehr langer Zeit. Und ich wollte, ich wäre es auch.«

Das Lächeln verschwand vom Gesicht auf dem Bildschirm und machte einem Ausdruck tiefer und ehrlich empfundener Betroffenheit Platz.

»Aber du hast überlebt.«

»Ja, in diesem verdammten Dornröschensarg, in den du mich gesteckt hast.«

»Es tut mir Leid, aber diese Aufzeichnung ist nicht im Stande, die Bedeutung des Wortes Dornröschensarg –«

»Schon gut!«, sagte Serena. »Die Tiefschlafkammer.«

»Ich verstehe«, antwortete ihr Vater. »Eine von mehreren Möglichkeiten, die ich für den schlimmsten Fall vorbereitet habe.«

»Meinetwegen hättest du es dir sparen können«, antwortete Serena.

»Du bist jetzt erschrocken und verbittert«, antwortete das Gesicht auf dem Bildschirm. »Das kann ich verstehen. Dennoch musstest du überleben.«

»Warum?«, fragte Serena bitter. »Nachdem du mit dieser verdammten Maschine unser ganzes Volk ausgelöscht hast, kommt es doch auf ein Leben mehr oder weniger nicht mehr an, oder?«

»Es kommt auf jedes Leben an, Serena«, antwortete ihr Vater. »Und auf deines ganz besonders. Was ich dir jetzt sagen werde, wird dich erschrecken und vielleicht auch zornig machen, aber ich bitte dich, nicht vorschnell zu urteilen. Du bist die Letzte unseres Volkes und du bist zugleich auch die Erste unseres Volkes.«

»Das verstehe ich nicht«, sagte Serena.

»Du wurdest verändert, Serena, schon vor deiner Geburt. Deine Gene sind dominant und die deiner Nachkommen werden es auch sein. Eines Tages wirst du eine erwachsene Frau sein und Kinder bekommen. Diese Kinder werden reinblütige Atlanter sein, ebenso wie deren Kinder und ihre Kindeskinder. Auf diese Weise wird unser Volk wieder auferstehen. Es mag lange dauern, aber eines Tages wird es wieder Atlanter auf dieser Welt geben.«

»Wer sagt, dass ich das will?«, fragte Serena böse.

»Willst du denn, dass unser Volk ausstirbt?«

»Vielleicht hätte es das verdient«, antwortete Serena. »Aber möglicherweise war es ja auch alles nur deine Schuld.«

»Ich verstehe nicht, was du mir vorwirfst.«

»Was ich dir vorwerfe?« Serena schrie fast. »Das fragst du noch? Wir sitzen hier in dieser verfluchten Maschine, die Schuld am Untergang unserer ganzen Zivilisation hat und die *du* gebaut hast und du fragst mich allen Ernstes, was ich dir vorwerfe?«

»Es tut mir Leid, aber diese Aufzeichnung ist nicht im Stande –«

»Frag ihn, warum sie die Maschine eingeschaltet haben, wenn sie doch wussten, wie gefährlich es ist«, sagte Mike.

Serena tat es und wieder nahm das Gesicht auf dem Schirm einen betrübten Ausdruck an. »Im Nachhinein betrachtet ist es leicht, zu urteilen, Serena«, sagte es. »Nun, wo das Experiment fehlgeschlagen ist, scheint unser Fehler offensichtlich. Aber wir hatten keine Wahl.«

»Keine andere Wahl, als Selbstmord zu begehen?«, ächzte Serena.

»Es war ein gewaltiges Risiko, aber kein Selbstmord. Und die Alternative wäre der sichere Untergang unserer Zivilisation gewesen.«

»Wieso?«

»Du kannst es nicht wissen, Serena, denn du bist als einziges Kind des Herrschers über eine ganze Welt geboren worden. Du bist bei Hofe aufgewachsen, wohl behütet und beschützt und in allem Luxus, den dir eine ganze Welt bieten konnte. Aber in Wahrheit hatte der Niedergang unseres Volkes schon lange begonnen. Unser Vorräte an Rohstoffen und Energie schmolzen rasch dahin und der Moment war abzusehen, an dem unsere Kultur zusammenbrechen würde. Wir wären in Barbarei versunken, Serena. Aus einem Volk, das das Land, die Luft und die Meere beherrschte, wären Barbaren und Bauern geworden.«

»Aber sie hätten *gelebt!*«, protestierte Serena.

Ihr Vater schüttelte traurig den Kopf. »Menschen geben nicht gerne auf, was sie einmal besitzen, Serena«, sagte er. »Sie hätten dieses Leben nicht gewollt.«

»Hast du sie denn gefragt?«

»Nein«, antwortete ihr Gegenüber. »Aber ich war ihr Herrscher und als solcher für sie verantwortlich. Ich stand vor der schrecklichen Entscheidung, zuzusehen, wie ein stolzes und aufrechtes Volk langsam zu Grunde geht und in Barbarei versinkt, oder das Risiko einzugehen, das Ende zu beschleunigen, oder es in eine neue und strahlende Zukunft zu führen. Ich habe diese Entscheidung getroffen und wie sich gezeigt hat, war sie falsch. Das bedaure ich. Aber es ist sinnlos, mit dem Schicksal zu hadern. Was geschehen ist, ist geschehen. Du bist der Schlüssel zu unserer Zukunft, Serena. Durch dich wird unser Volk neu geboren werden.«

»Und wenn ich da nicht mitspiele?«, fragte Serena. »Was, wenn ich mich entschließe, keine Kinder zu bekommen?«

»Ich bin ein wenig verwirrt«, antwortete ihr Vater. »Meine Sensoren zeigen, dass sich bereits ein zweiter reinblütiger Atlanter in diesem Gebäude befindet. Ich bin nicht im Stande, ihn zu lokalisieren, aber an seiner Gegenwart besteht kein Zweifel.«

Alle sahen sich verblüfft an. Ein zweiter Atlanter? Hier? Das war unmöglich!

»Dann sind deine Sensoren anscheinend eingerostet«, sagte Serena wütend. »Ich glaube, ich könnte mich erinnern, wenn ich schon Kinder hätte.«

»Ich werde meine Systeme überprüfen«, antwortete das Gesicht auf dem Bildschirm. »Doch unabhängig davon wartet noch eine große Aufgabe auf dich. Bitte lege die Hände auf die Platte vor dir.«

Serena sah den Bildschirm misstrauisch an. Sie bewegte sich nicht – aber sie fuhr erschrocken zusammen, als auf der weißen Alabasterplatte vor ihr plötzlich zwei leuchtende Flächen aufleuchteten, die genau die Umrisse ihrer Hände hatten.

»Tu das nicht!«, keuchte Mike.

»Warum?«, fragte Serena erstaunt.

»Vertrau mir«, antwortete ihr Vater. »Dir wird nichts geschehen. Aber es ist wichtig. Für dich und vor allem für die Zukunft unseres Volkes.«

Serena zögerte immer noch. Unschlüssig blickte sie die beiden leuchtenden Handabdrücke an, aber schließlich hob sie langsam die Arme.

»Tu das nicht, Serena!«, sagte Mike. Er stürmte los, aber es war zu spät.

Serena legte die Hände auf die leuchtenden Abdrücke. Für den Bruchteil einer Sekunde geschah nichts, dann ertönte ein helles, hässliches Zischen und Serenas ganzer Körper schien plötzlich in einem Netz aus blauweißen elektrischen Funken eingesponnen zu sein. Das Mädchen schrie gellend auf und riss die Hände vom Tisch. Das blauweiße Feuer erlosch und Serena kippte mit einem wimmernden Laut nach vorne, fiel vom Stuhl und wäre schwer zu Boden gestürzt, hätte Mike sie nicht im letzten Moment aufgefangen.

»Serena!«, keuchte er. »Serena, um Gottes willen! Was ist mit dir? So sag doch was!«

Serena stöhnte leise. Mike konnte regelrecht sehen, wie ihr Bewusstsein schwand. Aber bevor sie in Ohnmacht fiel, flüsterte sie noch die Worte:

»Jetzt weiß ich alles, Mike.«

Zwei Stunden später befanden sie sich immer noch in der Kuppel, aber nicht mehr in der königlichen Suite. Serena war nur wenige Augenblicke ohne Bewusstsein geblieben und das Erste, was sie nach ihrem Aufwachen verlangt hatte, war, die ehemaligen Gemächer ihres Vaters zu verlassen. Niemand hatte Einwände dagegen erhoben. Nach dem, was gerade geschehen war, waren sie im Grunde alle heilfroh, hier herauszukommen. Das zehntausend Jahre alte Abbild des letzten Königs von Atlantis war zwar im selben Moment verschwunden, in dem Serena den Tisch berührte, und hatte wieder der Unterwasserlandschaft Platz gemacht, aber allein das *Wissen*, dass etwas da war, das sie ununterbrochen beobachtete, war fast mehr, als Mike ertrug. Sie hatten es alle schon vorher geahnt, aber etwas zu ahnen oder es mit letzter Gewissheit zu wissen, das waren zwei grundverschiedene Dinge.

Sie waren wieder in die Schaltzentrale der Kuppel zurückgekehrt, wo Singh Serena flüchtig untersucht hatte und zu dem Schluss gekommen war, dass sie außer einem gehörigen Schrecken keinerlei Schäden davongetragen zu haben schien. Niemand war darüber besonders überrascht. Nach allem, was sie bisher gesehen und erlebt hatten, konnte sich keiner vorstellen, dass der künstliche Intellekt der Kuppelstation Serena irgendeinen Schaden zufügen würde.

Zumindest nicht körperlich.

Während der ganzen Zeit, die sie nun hier waren, hatte sie kaum ein Wort gesprochen. Mike fand das in Ordnung. Nach dem, was sie gerade erfahren hatte, hätte wohl jeder so reagiert. Irgendwann würde sie von selbst anfangen zu reden, da war er sicher.

Als der Moment kam, überraschte er ihn trotzdem. Trautman und Singh versuchten wie schon seit Wochen die Funktionsweise der zahllosen Schalter und Geräte herauszufinden, mit denen der Raum nur so vollgestopft war – und Ben blätterte in einem Buch, das er aus dem Regal der königlichen Suite mitgenommen hatte.

»Vielleicht könntest du dein Prinzesschen bitten, doch noch einmal in die Suite zurückzugehen«, sagte er spitz. »Wir müssen noch ein paar Bücher aus dem Regal holen. Und etwas finden, worin wir sie unterbringen können.«

Mike ärgerte sich über Bens spöttische Art und setzte zu einer geharnischten Antwort an, aber Serena kam ihm zuvor. Obwohl sie ein gutes Stück entfernt saß und Ben nicht unbedingt laut gesprochen hatte, hatte sie seine Worte offensichtlich verstanden.

»Ihr könnt euch die Mühe sparen«, sagte sie.

Ben blickte auf und runzelte die Stirn. »Was soll das heißen?«

»Die Bücher würden uns auf der WOTAN nichts nutzen«, antwortete Serena.

»Ihr könntet sie dort nicht lesen.« Sie schüttelte den Kopf, um ihre Worte zu bekräftigen. »Es ist diese Station, wisst ihr? Das Geheimnis liegt nicht in den Büchern. Irgendetwas hier sorgt dafür, dass ihr alle sie lesen könnt.«

»Woher weißt du das?«, fragte Ben.

»Weil ich jetzt alles weiß.« Serena schwieg einen Moment und presste die Lippen aufeinander, als hätten ihr diese Worte fast körperliche Schmerzen bereitet. »Außerdem brauchen wir diese Bücher nicht. Ich weiß, was darin steht. Sie werden uns nicht dabei helfen, von hier wegzukommen.« Sie stand auf, lächelte traurig und drehte sich dann zu Trautman und Singh um, die noch immer über die Kontrolltafel gebeugt dastanden und Serena wie alle anderen verblüfft anstarrten.

»Und ihr könnt auch damit aufhören. Es ist sinnlos.«

»Was ... worüber sprichst du?«, murmelte Ben. »Was soll der Unsinn?«

»Es ist kein Unsinn«, sagte Mike schaudernd. »Es war dieser Blitz, nicht wahr?«

Die Frage galt Serena, die mit einem Nicken darauf antwortete.

»Ja«, sagte sie. »Ich kann es nicht erklären, aber ich weiß jetzt alles. Die ganze Geschichte meines Volkes, all seine technischen und wissenschaftlichen Geheimnisse, all sein Wissen ... alles.«

»Alles?«, wiederholte Singh zweifelnd.

»Mein Kopf ist voller Erinnerungen«, sagte Serena. »Erinnerungen an Dinge, die ich nie selbst erlebt habe, und voll von Wissen, das ich gar nicht haben kann. Aber ich habe es.«

»Du meinst, dieses Licht hat dir all diese Dinge erzählt?«, fragte Chris.

»So könnte man es ausdrücken«, antwortete Serena. Sie wandte sich wieder an Singh: »Es tut mir Leid, aber was ihr da treibt, ist vollkommen sinnlos.«

»Wieso?«, fragte Trautman.

»Weil wir niemals von hier wegkommen, solange diese Maschinen arbeiten«, antwortete Serena. »Die Anlage ist defekt, so simpel ist das.«

»Defekt.«

»Sie funktioniert nicht«, antwortete Serena. »Das hat sie nie getan. Es ist so, wie mein Vater gesagt hat: Es war ein kalkuliertes Risiko und die Rechnung ist nicht aufgegangen. Dieser Generator hat niemals Energie produziert – wenigstens nicht so, wie die Ingenieure meines Vaters es gehofft haben.«

»Du meinst, all diese Maschinen und Geräte hier tun *nichts?*«, fragte Ben zweifelnd.

»Das habe ich nicht gesagt«, antwortete Serena. »Die Anlage hat ihre Arbeit aufgenommen, aber völlig anders, als es gedacht war. Sie hat ein Loch in die Zeit gerissen und eine unvorstellbare Katastrophe ausgelöst, schlimm genug, um ganz Atlantis zu zerstören. Aber danach ...« Sie hob die Schultern und suchte einen Moment nach Worten. »Ich kann es nicht anders erklären, aber sie hat ein Loch in die Zeit gerissen und ist hierher gereist und seither verwendet sie all die gestohlene Energie darauf, ihre Position in der Zeit zu halten. Die entführten Schiffe und Flugzeuge sind nur ein Nebenprodukt. Ein Fehler, der nicht sein sollte.« Sie hob die Schultern. »Ich weiß, das klingt furchtbar kompliziert, aber anders kann ich es nicht erklären. Solange diese Maschine arbeitet, hält sie alles fest, was einmal in ihren Einflussbereich geraten ist.«

»Dann schalten wir sie ab«, sagte Ben. »Wenn du alles weißt, dann weißt du doch bestimmt auch, wie das geht.«

»Sie lässt sich nicht abschalten«, sagte Serena traurig. »Und selbst wenn, würde uns das nichts nutzen. Wir sind nicht mehr in unserer Zeit, wisst ihr? Das alles hier befindet sich in einer Art ... Zeitmaschine.«

»Aha«, sagte Ben und zog eine Grimasse. »Und was genau heißt das?«

»In der Vergangenheit«, vermutete Mike. Er dachte an den Raubsaurier, der Serena und ihn um ein Haar getötet hätte, und ein eisiger Schauer lief ihm über den Rücken.

»In der Vergangenheit?«, ächzte Ben. »Wie weit?«

Serena hob die Schultern. »Ich weiß es nicht genau. Sechzig, vielleicht siebzig –«

»Siebzig Jahre?«, ächzte Ben und Serena fuhr fort:

»– Millionen Jahre.«

Ben verstummte. Sein Gesicht verlor jedes bisschen Farbe.

»Selbst wenn wir von hier entkommen könnten«, erklärte Serena weiter, »würden wir in eine Zeit geraten, in der es weder Menschen noch irgendeine andere Art von Lebewesen auf dieser Welt gibt, die wir kennen.« Sie lachte, leise und auf eine Art, die die Worte fast wie einen Schrei klingen ließ.

»Ist das nicht komisch? Ich bin alles, was vom Volk der Atlanter noch geblieben ist. Sein gesamtes Wissen ist in meinem Kopf, und wenn mein Vater die Wahrheit gesagt hat, dann wäre ich allein in der Lage, das Volk der Atlanter neu zu erschaffen. Nur, dass es nichts nutzen würde.«

»Wieso?«, fragte Ben. »Wer weiß – vielleicht bist du ja tatsächlich nicht die letzte, sondern die *erste* Atlanterin. Vielleicht entsteht das Volk der Atlanter ja, weil du hier bist.«

»Siebzig Millionen Jahre in der Vergangenheit?«, fragte Mike. »Mach dich nicht lächerlich!«

»Mike hat Recht«, sagte Singh. »Selbst wenn es so wäre, wären sie wieder verschwunden, lange bevor unsere Zeitrechnung auch nur angefangen hat.«

»Das heißt, wir haben keine Chance mehr?«, fragte Ben. »Ist es das, was du mir sagen willst? Das glaube ich nicht! Wir sind hierher gekommen, also gibt es auch einen Weg zurück.«

»Nein«, antwortete Serena. »Es tut mir Leid, Ben. Wir kommen hier nicht wieder weg. Und selbst wenn ... es gibt keinen Ort, an den wir gehen könnten. Wir sind in der Vergangenheit gestrandet. Unendlich weit von unserer Zeit entfernt.«

»Das ... das glaube ich nicht«, stammelte Mike. »Das will ich nicht glauben.«

»Aber es ist die Wahrheit«, sagte Serena leise. Sie sprach ganz ruhig, aber da war etwas in ihrer Stimme, was Mike nicht gefiel. Ein Ton, den er noch niemals zuvor darin gehört hatte und der ihm Angst machte.

»Und es ist auch gut so«, fuhr Serena fort. »Ihr habt gehört, was mein Vater gesagt hat. Atlantis könnte wieder auferstehen, aber das darf nicht geschehen. Niemals.«

»Warum nicht?«, fragte Singh. »Du redest von deinem Volk!«

»Ihr redet von einem Volk, das sich selbst ausgelöscht hat«, antwortete Serena. »Ihr habt ihn gehört! Sie hatten die Wahl zwischen einem Leben in Demut und Bescheidenheit und dem fast sicheren Untergang und ihr wisst, wie sie sich entschieden haben.« Sie machte eine ausholende, wütende Geste. »Das hier ist alles, was von ihnen geblieben ist! Ein Werkzeug unvorstellbarer Vernichtung! Es darf niemals wieder missbraucht werden!«

Sie sah alle im Kontrollraum der Reihe nach an, aber niemand, selbst Ben nicht, hatte die Kraft, ihrem Blick länger als eine Sekunde standzuhalten. Schließlich drehte sie sich herum, trat mit langsamen Schritten an das Schaltpult heran und begann Knöpfe zu drücken und Ziffern in einer bestimmten Reihenfolge in eine Tastatur einzugeben.

»Was tust du da?«, fragte Ben misstrauisch.

»Was getan werden muss«, antwortete Serena. Sie zögerte noch einen letzten Moment, dann drückte sie eine weitere, besonders auffällige Taste.

Das Licht begann zu flackern. Ein hoher, nicht sehr lauter, aber durchdringend und sehr unangenehmer Ton erfüllte plötzlich die Luft und das Licht wechselte seine Farbe zu einem giftigen Grün und begann in hektischem Rhythmus zu flackern.

»Was hast du getan?«, keuchte Ben. »Du ... du hast doch nicht ...«

»Sie hat im Prinzip dasselbe getan wie Trautman und Mike in der grönländischen Basis«, sagte Singh leise und mit beinahe ausdrucksloser Stimme.

»Das meinst du nicht ernst«, stammelte Ben. »Das hast du nicht wirklich getan. Sag, *dass du das nicht getan hast!*«

Die letzten Worte hatte er geschrien, aber seine Stimme ging fast im immer lauter werdenden Heulen der Sirenen unter. Zugleich flackerte das Licht immer heftiger.

»Doch, Ben, das habe ich«, antwortete Serena. Tränen liefen über ihr Gesicht. »Ich habe die Selbstvernichtungsautomatik aktiviert. Man kann diese Maschine nicht abschalten. Aber man kann dafür sorgen, dass sie sich selbst zerstört. Das habe ich gerade getan.«

Mike sah aus dem Augenwinkel, wie Trautman zusammenfuhr und die Hand auf das linke Ohr legte, in dem er einen winzigen Funkempfänger trug, mit dem er in ständiger Verbindung zur WOTAN stand. Er achtete jedoch nicht weiter darauf, sondern blickte auf Ben, der am ganzen Leib zitterte, aber auch so aussah, als wollte er sich im nächsten Moment auf Serena stürzen.

»Mach es rückgängig!«, keuchte er. »Du ... du musst es aufhalten!«

»Das kann ich nicht«, sagte Serena traurig. »Es tut mir Leid, Ben, aber keine Macht der Welt kann es jetzt noch aufhalten. Ich habe die Verbindung zerstört, die die überschüssige Energie ableitet. Die Anlage wird weiter Zeitenergie sammeln, und wenn alle Speicher voll sind und sie nichts mehr aufnehmen kann, dann wird sie explodieren.«

»Du ... du ... du hast uns umgebracht«, stammelte Mike. »Weißt du, was du getan hast, du ... du Wahnsinnige? Du hast uns alle umgebracht!«

»Vielleicht auch nicht«, mischte sich Trautman ein. Er hob abwehrend die Hand. »Ben, bitte!« Zugleich deutete er mit der anderen Hand auf das Ohr, in dem er den Funkempfänger trug. »Die WOTAN hat sich gemeldet. Alle Maschinen funktionieren plötzlich wieder, auch die Motoren. Wisst ihr, was das bedeutet?« Er beantwortete seine Frage gleich selbst. »Wir können auftauchen. Das Schiff ist frei!« Aufgeregt drehte er sich zu Serena um. »Wie viel Zeit bleibt uns, bis der ganze Laden hier in die Luft fliegt?«

»Ich weiß es nicht«, antwortete Serena. »Ein paar Stunden. Zwei, drei vielleicht. Warum?«

»Dann haben wir vielleicht noch eine Chance«, sagte Trautman aufgeregt. »Aber nur, wenn wir keine Sekunde mehr verlieren. Schnell jetzt. Wir müssen zur WOTAN zurück. *Raus hier!*«

An Bord der WOTAN herrschte bereits helle Aufregung, als sie zurückkamen. Durch jeden Gang und über jede Treppe schienen Männer zu hasten, überall schrillten Sirenen, flackerte das Licht und liefen Maschinen, die sich seit Wochen beharrlich geweigert hatten, auch nur einen Mucks von sich zu geben.

Trautman nahm sich kaum die Zeit, den Taucheranzug abzulegen, da stürmte er auch schon in Richtung des Salons los. Kaum waren sie dort angekommen, da scheuchte er einen der Matrosen hinter den Kontrollen hervor und wies Singh mit einem Kopfnicken an, dessen Platz einzunehmen. Singh gehorchte wortlos, konnte ein flüchtiges Lächeln aber nicht ganz unterdrücken. Von einem Moment auf den anderen schien plötzlich alles wie früher zu sein. Es war fast, als wären sie wieder an Bord der NAUTILUS, ein eingespieltes Team, bei dem jeder genau wusste, was er zu tun hatte und was die anderen von ihm erwarteten.

Trautmans Blick tastete kurz und prüfend über die Kontrollen. Was er sah, schien ihn zufrieden zu stellen. »Wie es aussieht, scheint ja wieder alles zu funktionieren; auch wenn ich nicht verstehe, warum.«

»Weil wir alle sterben, wenn die Kuppel explodiert und wir dann noch in der Nähe sind«, sagte Serena.

»Und du mit uns«, fügte Trautman hinzu. Er nickte. »Deshalb hat die mechanische Intelligenz der Kuppel dafür gesorgt, dass wir entkommen können.«

»Wenn die Zeit reicht, ja«, sagte Ben. Er hatte sich, wie alle anderen auch, an den großen Tisch gesetzt und funkelte Serena wütend an. »Du musst komplett den Verstand verloren haben! Ich kann immer noch nicht glauben, dass du das getan hast!«

»Können wir uns darüber vielleicht später streiten?«, fragte Trautman ärgerlich. »Im Moment haben wir wirklich andere Probleme. Wir tauchen jetzt auf. Und betet, dass die Zeit reicht!«

Mike fuhr erschrocken zusammen, als sich die WOTAN mit einem sanften Ruck vom Meeresboden löste. Er streckte den Arm aus und ergriff Serenas Hand. Sein Blick wanderte zum Bullauge, hinter dem die Unterseekuppel mit unendlicher Langsamkeit in die Tiefe zu sinken schien. Sicher lag der Eindruck zum Teil an ihrer enormen Größe, denn die WOTAN stieg schnell und das rasch anwachsende Dröhnen der Motoren verriet ihm auch, dass sich ihre Geschwindigkeit noch steigern würde. Aber sie befanden sich auch ungeheuer tief unter Wasser und was viel schlimmer war: Keiner von ihnen wusste, wie weit sie sich von der Tiefseekuppel entfernen mussten, um in Sicherheit zu sein.

»Was wird passieren?«, fragte Juan in diesem Moment, fast als hätte er seine Gedanken gelesen. Aber vermutlich bewegten sich ihre Gedanken in diesem Moment alle in denselben Bahnen.

Serena, der die Frage gegolten hatte, hob die Schultern. »Ich weiß es nicht«, sagte sie. »Niemand weiß es.«

»Ich dachte, du weißt jetzt alles über die Geheimnisse deines Volkes«, sagte Ben.

»Auch die Forscher meines Volkes wussten nicht, was geschehen würde, wenn diese Anlage gewaltsam zerstört wird.«

»Wenn wir dabei draufgehen«, grollte Ben, »dann drehe ich dir den Hals um.«

Serena blickte ihn einen Augenblick lang verständnislos an, aber dann lächelte sie leicht und Mike hoffte, dass Bens scherzhafte Drohung die Situation zwischen ihm und Serena ein bisschen entspannte.

Er sah wieder aus dem Fenster. Die Kuppel war mittlerweile ein gutes Stück kleiner geworden. Die WOTAN gewann rasch an Höhe – aber über ihnen lagen noch immer mindestens drei- oder viertausend Meter Wasser. Serena ergriff seine Hand fester, so fest, dass es wehtat, aber Mike zog die Hand nicht zurück, sondern erwiderte ihren Griff sogar noch.

So saßen sie in vertrautem Schweigen da, Minuten, die sich zu einer Viertelstunde reihten, dann zu einer halben und schließlich einer ganzen. Die Tiefseekuppel mit ihrem unheimlichen, grünen Licht war längst unter ihnen verschwunden, über ihnen herrschte aber noch undurchdringliche Finsternis.

»Wie lange noch?«, fragte Juan nervös.

»Bis wir die Oberfläche erreichen?« Trautman sah auf die Instrumente vor sich. »Vielleicht zwanzig Minuten.«

»Wir müssten doch längst an der Meeresoberfläche sein«, sagte Ben. »Ich weiß, wozu die NAUTILUS im Stande war. Und dieses Schiff ist genauso gut. Aber vielleicht liegt es ja an seiner Mannschaft.«

»Wir tauchen nicht gerade auf«, erwiderte Trautman. »Ich habe einen östlichen Kurs gesetzt, hinaus aufs offene Meer.«

»Aber wieso?«, keuchte Ben. »Die WOTAN ist an der Oberfläche viel schneller als unter Wasser.«

»Wenn die Explosion wirklich so gewaltig ist, wie Serena befürchtet, müssen wir das offene Meer erreichen, bevor sie passiert«, antwortete Trautman. »Die Druckwelle wird uns gegen die Küste werfen oder auf ein Riff.«

Ben brummelte eine Antwort, die keiner von ihnen verstand, und starrte wieder aus dem Fenster. Serena blickte ihn noch einen Moment lang vorwurfsvoll an, aber dann lächelte sie wieder und schüttelte nur den Kopf. Sie alle waren nervös und natürlich hatten sie alle Angst. Es war nur Bens Art, damit fertig zu werden.

Die Zeit schien immer langsamer zu verstreichen. Endlich wurde es hell über ihnen, ein blasser Schimmer zuerst, dann ein blitzendes Gewirr aus Millionen halbmondförmiger Lichtsplitter, mit denen sich der Sonnenschein auf der bewegten Meeresoberfläche brach, und schließlich tauchten sie auf.

Über ihnen erstrahlte die Sonne an einem Himmel, der von einem klareren Blau war als alles, was Mike jemals gesehen hatte. Das Licht erschien ihm heller als gewohnt und die Sicht reichte unglaublich weit. Hoch über ihnen am Himmel glitt etwas mit weit gespreizten Schwingen dahin, wie ein Papierdrache, den Kinder an einem unsichtbaren Seil lenkten.

»Das ... das ist ein Pterodaktylos«, murmelte Chris fassungslos. »Ein Flugsaurier!«

»Wunderbar«, maulte Ben. »Willkommen in der Kreidezeit oder wann auch immer.«

Mike schwieg. Ben hatte leider nur zu Recht. Wenn er noch einen Beweis für Serenas Befürchtung gebraucht hätte, dann wäre es diese unheimliche Kreatur hoch oben am Himmel gewesen.

»Das ist ja fantastisch«, murmelte Chris.

»Ja, gewöhn dich schon einmal an den Anblick«, sagte Ben. »Für die nächsten hundert Jahre wird das so ziemlich alles sein, was du siehst. Und als Schoßtier kannst du dir einen jungen Tyrannosaurus Rex halten.«

»Wie weit sind wir von der Kuppel entfernt?«, fragte Serena.

»Fünf, sechs Meilen«, antwortete Trautman. »Aber wir gewinnen schnell an Fahrt. Wenn auch nicht so schnell, wie ich es gerne hätte.«

»Vielleicht kann ich Ihnen helfen, noch ein wenig mehr aus den Motoren herauszuholen.« Serena stand auf und trat mit ein paar schnellen Schritten neben Singh, aber der Inder machte keine Anstalten beiseite zu treten. »Du?«, fragte er zweifelnd. »Ich dachte, Technik interessiert dich nicht.«

»Das war, bevor ich das gesamte Wissen meines Volkes geerbt habe«, antwortete sie. »Also?«

Singh wich gehorsam zur Seite. Serena berührte nur ein paar Tasten und schob einen Hebel nach vorne und die WOTAN machte einen regelrechten Satz und pflügte plötzlich mit der doppelten Geschwindigkeit durch das Wasser. Singh riss ungläubig die Augen auf. »Aber das ist ja –«

»Lange halten die Motoren das nicht durch«, sagte Serena. »Achte auf die Skala. Sobald beide Zeiger im dunkelgrünen Bereich sind, musst du das Tempo wieder drosseln, sonst brennen die Generatoren aus.«

»Ja, und bis zur nächsten Werkstatt ist es ziemlich weit«, fügte Ben giftig hinzu. Mike überlegte, ob er aufstehen und Ben die Faust auf die Nase schlagen oder seine Bemerkung einfach ignorieren sollte, aber Serena nahm ihm die Entscheidung ab. Sie schenkte Ben ein Lächeln, das so kalt war, dass die Wut in seinen Augen schlagartig erlosch. Zwei oder drei Sekunden lang hielt er ihrem Blick noch stand, dann sah er betreten weg und begann mit den Füßen zu scharren.

»Achte auf die Anzeigen«, sagte Serena noch einmal. Dann kam sie mit schnellen Schritten zurück und setzte sich wieder; diesmal aber auf den Stuhl direkt neben Mike.

»Lass dich von diesem Blödmann nicht provozieren«, sagte Mike, ganz bewusst so laut, dass Ben die Worte verstehen konnte. Die Reaktion bestand aus einem giftigen Blick, aber Ben war auch klug genug, nichts mehr zu sagen.

»Schon gut«, sagte Serena. »Er hat ja Recht. In Zukunft müssen wir mit diesem Schiff umgehen wie mit einem rohen Ei, weißt du? Alles an Bord hier ist jetzt buchstäblich unersetzlich. Wir haben wirklich großes Glück, dass es sich in so gutem Zustand befindet.« Sie schwieg einen Moment, dann fügte sie leise hinzu: »Dabei dürfte es eigentlich gar nicht da sein.«

»Wie meinst du das?«, fragte Mike verwirrt.

»Ich weiß alles über die atlantische Flotte«, antwortete Serena. »Wenigstens alles, was mein Vater gewusst hat, und immerhin war er ihr Oberbefehlshaber.«

»Und der Kapitän der NAUTILUS«, fügte Juan hinzu. Ben sagte nichts, sah Serena aber auf sonderbare Weise an und Mike vermutete, dass er bereits überlegte, welche boshaftere Bemerkung er wieder anbringen konnte. Vorsichtshalber ballte er schon einmal unter dem Tisch die Faust.

»Eben«, sagte Serena. »Die NAUTILUS war das Flaggschiff der Flotte. So viel ich weiß, ist nur dieses eine gebaut worden. Dieses Schiff hier dürfte gar nicht existieren.«

»Tut es aber«, sagte Ben.

»Ja, sonst wären wir ja wohl nicht an Bord, nicht wahr?«, fragte Mike hämisch.

»Da hat wohl jemand ein zweites Schiff gebaut, ohne deinen Vater um Erlaubnis zu fragen«, sagte Ben. »Das finde ich empörend! Wo der ach so gute König von Atlantis doch ein Ausbund an Ehrlichkeit war.«

»Ben, bitte lass das«, sagte Chris. »Das führt zu nichts. Wir haben alle Angst, weißt du?«

Ben funkelte ihn an, aber er beließ es bei einer abfälligen Grimasse.

»Wir werden immer noch schneller«, sagte Singh vom Kommandopult aus. »Aber die Anzeige nähert sich auch rasch dem gefährlichen Bereich. Lange können wir dieses Tempo nicht mehr halten.«

Etwas ... *geschah*.

Mike konnte nicht sagen, was. Es war kein Geräusch. Keine Erschütterung. Kein Blitz. Nichts, was er mit seinen normalen menschlichen Sinnen wahrnehmen konnte. Aber es geschah und er spürte es deutlich und er war nicht der Einzige, dem es so erging. Auch auf den Gesichtern der anderen lag Erschrecken und Furcht. Etwas geschah. Etwas Unvorstellbares und Gewaltiges.

»Ich fürchte, das müssen wir auch nicht«, flüsterte er.

Plötzlich leuchtete das Meer hinter ihnen auf. Zuerst war es nur ein sanftes Glühen, ein mildes, düsterrotes Licht, das aus den tiefsten Tiefen des Ozeans heraufstrahlte, aber es steigerte sich in Sekundenschnelle von Rot zu Gelb und dann zu einem grausamen, grellen Weiß, als wäre tief unter ihnen eine zweite, ungleich hellere Sonne aufgegangen. Ein dumpfes Grollen erklang, das sich rasend schnell zu einem Dröhnen und dann zu einem ohrenbetäubenden Brüllen und Kreischen steigerte.

Serena schrie, ebenso wie Mike, Ben und alle anderen, aber das Brüllen der entfernten Urgewalten verschluckte jeden anderen Laut ebenso mühelos, wie der grellweiße Schein der ungeheuerlichen Explosion durch die stählernen Wände und Mikes instinktiv vor die Augen geschlagenen Hände drang, dass er trotzdem sah, was geschah, ob er es wollte oder nicht.

Hinter ihnen stieg eine brodelnde Feuerkugel von der Größe des Mount Everest aus dem Meer. Das Wasser verdampfte nicht etwa, es war von einem Sekundenbruchteil auf den anderen *einfach nicht mehr da*. Milliarden Tonnen Meerwasser, die sich schlagartig in ein zehntausend Grad heißes Plasma verwandelten, das mit mehr als tausend Stundenkilometern in alle Richtungen davonheulte, eine unsichtbare, aber unvorstellbar starke Druckwelle, der nichts standhalten konnte.

Nichts – außer der WOTAN.

Die Druckwelle hätte einen Berg zerschmettert, aber das Unterseeboot zitterte nicht einmal. Auch das grelle Licht war plötzlich erloschen und anstelle des trommelfellzerreißenden Dröhnens der Explosion senkte sich eine fast unheimliche Stille über das Schiff.

Außerhalb der WOTAN aber nahm die Verheerung unerbittlich ihren Lauf. Der Feuerball stieg langsam aus dem Meer empor, wobei er allmählich seine Form veränderte, bis er zu einem kolossalen, hoch in den Himmel hinaufreichenden, brodelnden Pilz aus reinem Feuer geworden war. Die Explosion hatte einen Krater von mehr als dreihundert Kilometern Durchmesser in den Meeresboden gerissen, der sich nun wieder mit Wasser füllte, das in der unvorstellbaren Hitze aber augenblicklich zu Dampf wurde, der seinerseits explodierte und die tobenden Urgewalten noch weiter aufheizte. Glutflüssiges Gestein spritzte kilometerhoch in die Luft und die Druckwelle trieb eine Wasserwand von mehr als zwei Meilen Höhe vor sich her, schneller als der Schall und so verheerend wie eine Faust, die die Küsten Nord- und Südamerikas fast gleichzeitig traf und alles Leben auf hunderte von Kilometern ins Landesinnere hinein augenblicklich auslöschte.

Was nicht der Hitzewelle und der anschließenden Druckwelle zum Opfer gefallen war, wurde von der rasenden Wasserwand zerschmettert oder ertrank in der Sintflut, die fast den gesamten Doppelkontinent überschwemmte. Selbst auf der anderen Seite des Ozeans, tausende von Meilen entfernt, war der Druck noch gewaltig genug, sämtliche Küstenregionen hundert Meter hoch zu überschwemmen und Milliarden und Abermilliarden von Lebewesen auszulöschen. Die gewaltige Flutwelle lief einmal um den gesamten Planeten herum, bevor sie ganz allmählich an Kraft verlor und während dies geschah, begann sich der Himmel zu verdunkeln. Milliarden Tonnen verdampfter Meeresboden und Stein waren in die Atmosphäre geschleudert worden, so leicht, dass sie nicht zu Boden sanken, sondern sich als feiner Staub in den obersten Schichten der Stratosphäre verteilten und eine fast undurchdringliche Wolkenschicht bildeten, die nahezu alles Sonnenlicht verschluckte.

Was folgte, war die längste Nacht, die dieser Planet je gesehen hatte. Es wurde nicht mehr wirklich hell, für mehr als fünfzig Jahre. Statt der glühenden Sonne des Jura beherrschte graues Zwielicht den Himmel. Die Temperaturen sanken unerbittlich und bald begann es zu schneien; eine kurze, aber verheerende Eiszeit, der die an tropische Temperaturen Gewöhnten nichts entgegenzusetzen hatten.

Als die Wolkendecke nach einem Jahrhundert wieder aufriss, fielen die heißen Strahlen der Jurasonne auf eine Welt, auf der mehr als neunzig Prozent alles Lebens ausgelöscht war.

Und während all dies geschah, verging an Bord der WOTAN nicht einmal eine Minute.

»Aber wie ... wie kann das sein?«, murmelte Chris. »Wieso leben wir noch?«

»Weil wir uns außerhalb der Zeit befinden«, sagte Trautman leise. »Wir stürzen zurück in die Zukunft, nicht wahr? In unsere Gegenwart.«

Serena nickte wortlos. Wie alle anderen – Trautman und Singh ausgenommen – stand sie am Fenster und starrte auf die unglaubliche Szene hinaus. Der Himmel war nicht mehr voller grauer Wolken, aber es war auch nicht richtig hell. Stattdessen herrschte ein sonderbares Zwielicht, und wenn man genau hinsah, erkannte man einen flackernden, blassgelben Streifen, der langsam über das Firmament wanderte; die Sonne, die in rasendem Tempo über den Himmel eilte.

»Ja«, murmelte Serena. »Sie hat uns zurückgeschickt. Sie hatten Recht, Trautman. Die Maschine, die mein Vater gebaut hat, hätte nie zugelassen, dass mir etwas zustößt.«

»Dafür hat sie zugelassen, dass einer ganzen Menge anderer Lebewesen etwas passiert«, sagte Ben böse. Er stieß hörbar die Luft aus der Nase aus. »Wie weit, hast du gesagt, waren wir in der Vergangenheit? Ungefähr fünfundsechzig Millionen Jahre?«

Serena nickte und Ben sagte spöttisch: »Von wegen Meteor.«

Es vergingen mehr als anderthalb Stunden, bevor sich das bizarre Bild vor dem Fenster ganz allmählich zu ändern begann. Draußen herrschte noch immer dieses sonderbare, graue Zwielicht und auch die Sonne war noch immer ein blassgelber Strich, der sich über das gesamte Firmament spannte und dem Wechsel der Jahreszeiten folgend von rechts nach links und wieder zurück schwankte. Aber etwas änderte sich; das Flackern wurde deutlicher und das Meer war nicht länger nur eine erstarrte graue Fläche, sondern schien ebenfalls zu flackern. Sie bewegten sich immer noch mit millionenfacher Geschwindigkeit durch die Zeit vorwärts, aber sie wurden langsamer.

Serena war in ihre Kabine zurückgekehrt. Mike hatte ihr folgen wollen, aber Astaroths lautlose Stimme hatte ihn davon abgehalten; Serena wollte jetzt allein sein und Mike respektierte das. Auch im Salon kehrte allmählich wieder so etwas wie Normalität ein; so weit man in einer Situation wie dieser von Normalität sprechen konnte. Singh, Trautman und einige seiner Männer standen noch immer hinter den Kontrollen, obwohl sie im Grunde zur Untätigkeit verdammt waren; sämtliche Geräte und Zeiger schienen wie eingefroren zu sein.

Nach einer weiteren Stunde kehrte Serena in der Begleitung von Astaroth zurück. Mike wollte aufstehen und ihr entgegengehen, ließ es aber bleiben, als er einen Blick in ihr Gesicht warf. Sie wirkte gefasst und ernst, aber man sah ihr an, dass sie geweint hatte.

»Es dauert jetzt nicht mehr lange«, sagte sie. »Die genauen Zeitkoordinaten müssen wir von Hand einstellen.«

»Und du weißt, wie das geht?«, fragte Trautman.

»Wenn dieses Schiff genauso gebaut ist wie die NAUTILUS, ja«, antwortete Serena. Sie machte eine entsprechende Geste und Trautman trat von den Kontrollen zurück, um ihr Platz zu machen. Mike fiel auf, dass er einen raschen Blick auf den Matrosen warf, der neben ihm stand. Der Mann hatte während der gesamten Zeit kein Wort gesprochen, aber der Ausdruck auf seinem Gesicht gefiel Mike ganz und gar nicht.

Da liegst du gar nicht mal so falsch, sagte Astaroth. *Die Männer sind nicht begeistert von dem, was hier passiert.*

Was genau soll das heißen?, fragte Mike. Er sah ganz bewusst nicht in Astaroths Richtung. Trautman hatte ohnehin schon Verdacht geschöpft, dass der Kater nicht unbedingt ein normaler Kater war, und er musste seinem Misstrauen nicht noch neue Nahrung geben.

Sie haben bisher stillgehalten, antwortete Astaroth, *weil sie ohnehin nichts tun konnten. Aber Trautman ist nicht sicher, dass sie ihm weiter gehorchen. Er hat Angst vor einer Meuterei.*

Mike musste sich beherrschen, um die Matrosen nicht erschrocken anzusehen. Sie waren jetzt so lange zusammen, dass sie schon zu einem ganz selbstverständlichen Teil ihres Lebens geworden waren. Er hatte fast vergessen, dass diese Männer im Grunde Piraten waren. Sie hatten Trautman als Kapitän akzeptiert, nachdem ihre Heimatbasis zerstört worden war und vor allem wohl, weil er hier an Bord derjenige war, der sich am besten mit der Technik der WOTAN auskannte, aber das musste nicht für alle Zeiten so bleiben.

Serena blickte flüchtig auf die Kontrollen und dann aufmerksam nach draußen, obwohl jenseits des großen Bullauges absolut nichts anderes zu sehen war als während der letzten zwei Stunden. Dann berührte sie rasch hintereinander zwei, drei Tasten.

Im ersten Moment geschah nichts. Dann ertönte ein helles Summen, das rasch anstieg und schon nach wenigen Augenblicken jenseits der Hörgrenze angekommen war und verstummte, und einen Augenblick später begann der leuchtende Sonnenstreifen am Himmel stärker zu flackern, zerfiel für einen Moment in zahllose grell leuchtende Stücke und wurde schließlich zu einem flammenden Ball, der mit atemberaubender Geschwindigkeit über das Firmament raste. Das graue Zwielicht verschwand, als Tag und Nacht in rasender Folge zurückkehrten. Sonne und Mond jagten noch immer irrsinnig schnell, aber dennoch deutlich langsamer werdend, über den Himmel, der abwechselnd dunkel und hell war. Tage vergingen in Sekunden, dann in Minuten, und schließlich wanderte die Sonne nur noch einmal gemütlich über den Himmel und verschwand, um von einer leuchtenden Vollmondscheibe verfolgt zu werden, die sie niemals einholen würde, erschien noch einmal und hielt dann nahezu im Zenit an. Serena atmete hörbar auf und trat vom Kommandopult zurück.

»Wir sind zu Hause«, sagte sie.

Mike blickte zweifelnd aus dem Fenster. Das Meer draußen sah wieder ganz normal aus und auch die Sonne leuchtete nicht mehr so unnatürlich hell, wie sie es nach dem Auftauchen der WOTAN getan hatte.

»Du hast es geschafft, Serena«, sagte Trautman. »Danke.« Er wirkte unendlich erleichtert. Der Gedanke, vielleicht für den Rest seines Lebens in der Vergangenheit gefangen zu sein, hatte ihm wohl genauso zugesetzt wie allen anderen, auch wenn er sein Möglichstes getan hatte, um es sich nicht anmerken zu lassen. Die Stimmung im Salon hellte sich schlagartig auf.

»Ich habe über diese ganze Geschichte nachgedacht«, fuhr

Trautman fort. Er ging zum Fenster, lehnte sich mit dem Rücken dagegen und verschränkte die Arme vor der Brust, bevor er mit leiser Stimme und nachdenklichem Gesichtsausdruck fortfuhr. »Die Idee einer Reise durch die Zeit ist ja nicht neu. Viele kluge Menschen haben sich Gedanken darüber gemacht, was wohl geschehen würde, wenn man die Möglichkeit hätte, in der Zeit zurückzureisen und möglicherweise die Vergangenheit zu ändern. Ich glaube, dass es unmöglich ist.«

»Sehr komisch«, sagte Ben. »Dann haben wir uns das alles wohl nur eingebildet, wie?«

»Ich sagte nicht, dass es unmöglich ist, durch die Zeit zu reisen«, antwortete Trautman. »Ich sagte nur, dass es unmöglich ist, die Vergangenheit zu verändern.«

»Aber das haben wir doch gerade getan.«

»Nein«, behauptete Trautman. »Genau das haben wir nicht, Ben. Wir haben sie überhaupt erst erschaffen.« Er sah Zustimmung heischend von einem zum anderen, aber er erntete nur verständnislose Blicke. Selbst Mike war nicht ganz sicher, ob er ihn verstand, obwohl sich seine Gedanken in dieselbe Richtung bewegten.

»Es ist kompliziert, ich weiß«, fuhr Trautman fort. »Aber wenn man logisch denkt, ist es die einzige Erklärung, die Sinn macht. »Überlegt mal: Bisher waren alle Wissenschaftler der Meinung, dass ein riesiger Meteor vor fünfundsechzig Millionen Jahren die Erde getroffen hat und für das Aussterben der Dinosaurier verantwortlich war. Aber wir haben gesehen, was wirklich passiert ist.« Er wandte sich direkt an Ben. »Was wäre, wenn Serena die Kuppel nie gesprengt hätte?«

»Nichts«, antwortete Ben in leicht verwirrtem Ton.

»Das stimmt nicht ganz«, erwiderte Trautman. »Die Dinosaurier wären nie ausgestorben. Vielleicht hätten sie sich weiterentwickelt und die Erde würde heute von intelligenten Reptilien bevölkert werden.«

»Ist sie aber nicht.«

»Eben«, sagte Trautman beinahe triumphierend. »Wir existieren überhaupt nur, weil die Explosion der Kuppel die Saurier ausgelöscht hat und das Leben auf diesem Planeten praktisch von vorne beginnen musste. Serena wäre nicht da. Ich wäre nicht da. Nichts von alledem hier würde existieren. Wir wären niemals geboren worden, versteht ihr?«

»Und hätten niemals Gelegenheit gehabt, in die Vergangenheit zurückzukehren und die Katastrophe auszulösen«, murmelte Ben. »Aber so ganz verstehe ich es trotzdem nicht.«

»Es ist auch wirklich kompliziert«, räumte Trautman ein. »Versuchen wir es anders: Stell dir vor, du würdest in die Vergangenheit reisen und dort deinen eigenen Großvater töten. Was würde geschehen?«

»Aber warum sollte ich so etwas tun?«, fragte Ben. »Mein Großvater war ein netter Bursche.«

»Nur mal angenommen«, sagte Trautman. »Also was würde geschehen?«

»Ben würde niemals geboren werden«, sagte Chris nachdenklich.

»Genau!«, sagte Trautman. »Und also könnte er auch niemals in die Vergangenheit reisen und seinen Großvater töten.«

»Äh?«, machte Ben.

»Wenn aber niemand deinen Großvater tötet, bevor er deine Großmutter kennen lernt und eine Familie gründet, wirst du doch geboren und kannst in die Vergangenheit reisen, um Opa Ben abzumurksen«, sagte Chris.

»Öh ...«, meinte Ben.

»Also verhinderst du auf diese Weise, dass du überhaupt je geboren wirst«, sagte Mike. »Was wiederum dazu führt, dass du nicht in die Vergangenheit reisen kannst, wodurch dein Großvater dann doch dafür sorgt, dass er einen Enkel bekommt.«

»Ach so«, murmelte Ben. Er sah ziemlich hilflos drein.

»Ein klassisches Paradoxon«, sagte Trautman. »Es ist einfach nicht möglich, versteht ihr? Und aus diesem Grund bin ich der Meinung, dass es auch nicht möglich ist, irgendetwas in der Vergangenheit zu verändern.« Er wandte sich direkt an Serena. »Deine Leute müssen das gewusst haben. Sie haben mit Zeitreisen experimentiert und ich nehme an, genau aus diesem Grunde haben sie die Experimente auch wieder eingestellt. Sie sind vollkommen sinnlos. Was einmal geschehen ist, ist geschehen und lässt sich einfach nicht mehr ändern. Selbst wenn man in die Vergangenheit reist und dort etwas zu verändern versucht, dann *erschafft* man diese Vergangenheit dadurch erst.«

»Das ist mir zu kompliziert«, maulte Ben. »Davon kriegt man ja Kopfschmerzen.«

»Dann trifft es ja kein wichtiges Teil«, sagte Chris. Ben schenkte ihm einen bösen Blick.

»Niemand hier muss sich irgendwelche Vorwürfe machen«, sagte Trautman. »Was immer passiert ist, wir hätten es nicht ändern können.«

»Wir sind zurück in unserer Gegenwart«, sagte Singh. »Was geschieht weiter?«

Trautman warf einen raschen, fragenden Blick zu den beiden Matrosen neben sich, bevor er antwortete. »Ich habe keinen Streit mit Ihnen, Singh. Und auch nicht mit den anderen. Was geschehen ist, ist nun einmal geschehen, und wie wir ja gerade selbst erlebt haben, ist daran nichts mehr zu ändern.«

»Einer so umständlichen Einleitung folgt doch bestimmt ein großes *Aber*«, vermutete Singh.

»Ihr könnt nicht an Bord des Schiffes bleiben«, antwortete Trautman. »Wir werden die Küste anlaufen und euch in der Nähe einer Stadt an Land setzen. Es tut mir Leid, aber das ist alles, was ich für euch tun kann.«

Den Blicken der beiden Matrosen nach zu schließen, dachte Mike, war das vielleicht schon mehr, als er durfte.

»Sie können uns doch nicht einfach irgendwo aussetzen!«, protestierte Ben.

»Und was schlägst du vor?«, fragte Trautman. »Dass ihr für die nächsten zwanzig Jahre als Gefangene an Bord lebt?« Er schüttelte entschieden den Kopf. »Es würde nicht gut gehen und das weißt du auch.« Er stieß sich von der Glasscheibe ab, ging mit schnellen Schritten zum Steuerpult und warf einen Blick auf die Navigationsinstrumente. »Wir können bis Sonnenuntergang die amerikanische Nordküste erreichen«, sagte er. »Sobald es dunkel ist, setzen wir euch an Land.«

»Aber –!«, wollte Ben protestieren.

Trautman sagte nichts, aber einer der beiden Matrosen neben ihm trat vor und nahm eine deutlich drohende Haltung an. Plötzlich, von einer Sekunde auf die andere, kippte die Stimmung und eine fast mit Händen greifbare Spannung lag in der Luft.

»Ich schlage vor, ihr geht in eure Kabinen«, sagte Trautman kühl. »Ich rufe euch, wenn es so weit ist.«

Diesmal wurden sie einzeln in ihre Kabinen geführt und dort eingeschlossen, sodass Mike für den Rest des Tages keine Gelegenheit mehr fand, mit einem der anderen zu sprechen. Auch Astaroth, der zusammen mit Serena eingesperrt worden war, meldete sich nicht mehr, ganz egal, wie intensiv Mike auch in Gedanken nach ihm rief. Ihm blieb nichts anderes übrig, als sich zu gedulden, so schwer es ihm auch fiel.

Erst nach endlosen Stunden wurde er abgeholt, nicht von Trautman oder Singh, sondern von zwei finster dreinblickenden Matrosen, die noch dazu bewaffnet waren und ihn mit einer Geste aufforderten, mit ihnen zu kommen. Wortlos führten sie Mike durch das Schiff und die Treppen zum Turm hinauf, wo die anderen bereits auf ihn warteten.

Die WOTAN war aufgetaucht, aber vor den beiden großen Bullaugen war nur Dunkelheit zu sehen und das flimmernde Licht der Sterne, das sich auf den Wellen brach. Das Turmluk über ihnen stand offen und kalte Nachtluft strömte herein. Zwei weitere Matrosen waren anwesend, auch sie mit Gewehren bewaffnet, die sie allerdings nicht über die Schultern gehängt hatten, sondern entsichert und durchgeladen in den Händen hielten. Von Trautman selbst war nichts zu sehen, aber Mike meinte seine Stimme draußen auf dem Deck zu hören.

Sofort ging er auf Serena zu und schloss sie in die Arme.

»Vielleicht können wir die herzzerreißende Wiedersehensszene ja auf später verschieben«, sagte Ben heftig. »Hier stimmt nämlich etwas nicht.«

Mike sah zuerst ihn, dann Singh stirnrunzelnd an. »Was heißt das?«

Noch bevor Singh antworten konnte, polterte es über ihnen und Trautmans Gesicht erschien in der offen stehenden Luke. »Kommt raus«, sagte er. Erst nach einer Sekunde und fast widerwillig fügte er hinzu: »Bitte.«

Mike zögerte, aber dann musterte er kurz die anwesenden Matrosen und kam zu dem Schluss, dass es keinen Sinn hatte, ihnen einen Vorwand zu liefern, um Trautmans Worten mit ihren Gewehrkolben Nachdruck zu verleihen. Direkt hinter Singh stieg er die erste Leiter zum Turmluk hinauf.

Kalte und überraschend klare Luft schlug ihm entgegen, als er auf den Turm hinaus und an dem gezackten Stahlkamm entlang zum Vorderdeck der WOTAN hinabkletterte. Es war sehr dunkel; dunkler, als es sein sollte, trotz der späten Stunde. Der Mond war nur eine schmale Sichel, die kaum Licht spendete, und der Großteil der Sterne hatte sich hinter den tief hängenden Wolken verborgen, die nur darauf warteten, ihre nasse Last abzuregnen. Weit über dem Meer im Osten wetterleuchtete es bereits, und wenn man ganz genau hinhörte, konnte man ein fernes, rumpelndes Grollen vernehmen. Vor dem Schiff aber, dort, wo die Küste lag, herrschte vollkommene Dunkelheit.

Trautman wartete, bis alle das Schiff verlassen und sich hinter ihm versammelt hatten, dann deutete er auf den Schatten, der unweit der WOTAN aus dem Meer wuchs. »Da wären wir.«

»Ein gemütliches Plätzchen haben Sie uns ausgesucht«, sagte Ben. »Was ist das? Die Galapagos-Inseln?«

Trautman maß ihn mit einem sonderbaren Blick, antwortete aber nicht, sondern wandte sich an Singh.

»Wir haben ein Problem«, gestand Trautman unbehaglich. »Es könnte sein, dass ich Ihre Hilfe noch einmal benötige. Und vor allem die Serenas.«

»Wozu?«, fragte Mike misstrauisch.

Statt direkt zu antworten, drehte sich Trautman zur Küste um und sah lange und wortlos zu der schwarz daliegenden Landmasse hin. »Das da ist Florida«, sagte er.

»Wie bitte?«, murmelte Juan.

»Vor uns sollte jetzt eigentlich Miami liegen«, sagte Trautman. »Aber es ist nicht da.«

»Was soll das heißen, es ist nicht da?«, ächzte Ben. »Eine ganze Stadt kann doch nicht einfach so verschwinden.«

»Nicht, wenn es sie überhaupt niemals gegeben hat, nein«, bestätigte Trautman. »Ich kann es mir auch nicht erklären, aber es ist so.« Er drehte sich wieder zu ihnen herum und seufzte tief. »Ich habe die Koordinaten dreimal überprüft, aber sie stimmen. Wir sind genau da, wo wir sein sollten. Unsere Position stimmt, aber die Stadt ist nicht da. Und nicht nur die. Wir fahren seit zwei Stunden an der Küste entlang. Da ist nichts. Keine Stadt, kein Dorf, nicht einmal ein einzelnes Haus. Kein Licht und nicht einmal ein Schiff.«

»Ich verstehe«, sagte Ben. Er nickte grimmig und warf Serena einen giftigen Blick zu. »So viel zu der Behauptung, dass man keinen Schaden anrichten kann, wenn man in der Zeit herumpfuscht, wie?«

»Wie gesagt, wir haben ein Problem«, sagte Trautman. »Ich hatte vor, euch hier an Land zu setzen, aber solange wir nicht genau wissen, was hier überhaupt los ist, werde ich das nicht tun.«

»Und wo ist dann das Problem?«, fragte Mike. Er sah nervös zur Küste hin. Dort drüben war nicht nur keine Stadt. Er konnte die Leere regelrecht spüren. Der Gedanke, an dieser unbekannten und menschenleeren Küste an Land zu gehen, jagte ihm einen eisigen Schauer über den Rücken.

»Das Problem ist«, sagte Trautman offen, »dass ich nicht weiß, ob ich euch trauen kann.«

»Sie haben bereits unser Ehrenwort«, sagte Singh. »Was wollen Sie noch mehr?«

Trautman zögerte. Als er weitersprach, hatte Mike das sichere Gefühl, dass die Worte im Grunde gar nicht ihnen galten, sondern den Matrosen, die hinter ihnen standen. »Wir fahren jetzt weiter in nördlicher Richtung an der Küste entlang«, sagte er. »Wir fahren über Wasser, sodass euch nichts zustoßen wird. Ihr könnt hier an Deck bleiben, bis wir auf eine Stadt oder ein anderes Schiff treffen.«

»Hier an Deck?«, keuchte Ben. »Sind Sie wahnsinnig? Da zieht ein schweres Unwetter auf. Die erste richtige Welle spült uns ins Meer!«

»Das Turmluk bleibt offen«, sagte Trautman. »Ihr könnt euch

in den Turm zurückziehen, wenn es zu schlimm wird, oder gleich hier an Land gehen. Aber mehr kann ich nicht tun. Es tut mir Leid.«

Mike wollte auffahren, aber in diesem Moment hörte er Astaroths Stimme hinter seiner Stirn. *Das meint er ernst. Es tut ihm wirklich Leid, aber er hat keine andere Wahl. Ein paar seiner Leute sind der Meinung, dass man euch einfach über Bord werfen sollte. Er geht ein verdammt großes Risiko ein, euch so zu schützen. Mach es ihm nicht noch schwerer.*

»Also gut«, sagte Mike rasch, bevor Ben den Bogen vielleicht überspannen konnte. »So wie die Dinge liegen, scheint mir das ein vernünftiger Vorschlag zu sein.« Er ließ sich in die Hocke sinken, nahm Astaroth hoch und begann ihn zu streicheln, während er sich wieder aufrichtete. Er hoffte, dass die anderen den Hinweis verstanden.

»Warten wir, bis es Tag wird«, fuhr er fort. »Wenn es hell ist, sehen wir vielleicht mehr.« Er zwang sich zu einem Lächeln. »Vielleicht gibt es ja eine ganz einfache Erklärung. Möglicherweise sind ja auch die Navigationsinstrumente nicht in Ordnung. Wer weiß, welchen Schaden sie genommen haben.«

Trautman wirkte überrascht, dass sie so schnell nachgaben, aber auch sehr erleichtert und die anderen hatten wohl verstanden, was er ihnen sagen wollte, denn niemand erhob Einspruch. Wortlos kehrten sie wieder in den Turm zurück. Als Trautman und seine Matrosen gingen, verriegelten sie das Schott, das tiefer in das Schiff hineinführte.

Kaum waren sie allein, da sprang Astaroth mit einem beleidigten Fauchen von Mikes Arm und flitzte davon und natürlich bestürmten ihn alle sofort mit Fragen. Mike erzählte mit wenigen Worten, was er von Astaroth erfahren hatte.

»Ich dachte mir schon, dass Trautman Ärger mit seinen Männern hat«, sagte Singh. »Aber ich wusste nicht, dass es so schlimm ist.« Er wiegte nachdenklich den Kopf. »Vielleicht können wir das zu unseren Gunsten ausnutzen.«

»Wie?«, fragte Chris.

»Wir müssen zuallererst wissen, was Trautman wirklich will«, antwortete Singh. »Vielleicht ist der dem Gedanken gar nicht so abgeneigt, eine neue Mannschaft zu bekommen.« Er blickte erst Astaroth, dann Mike auffordernd an.

Er würde sie lieber heute als morgen loswerden, sagte Astaroth. *Aber schlagt euch das aus dem Kopf. Die Kerle sind bewaffnet und sie misstrauen ihm sowieso schon.*

Mike übersetzte die Worte des Katers, durch die sich Singh aber nicht entmutigen ließ.

»Wir sind schon mit ganz anderen Gefahren fertig geworden«, sagte er. »Wichtig ist, dass wir jetzt zuerst einmal mit Trautman reden. Und zwar allein.«

Kein Problem, sagte Astaroth. *Ist euch nicht aufgefallen, dass er uns weder Essen noch Wasser hier gelassen hat? Das war Absicht. In spätestens einer Stunde wird es ihm ganz zufällig wieder einfallen und dann bringt er uns etwas.*

»Das heißt, wir müssen nur warten, bis er kommt«, sagte Singh.

»Ja. Und in der Zwischenzeit finden wir ja vielleicht heraus, was hier passiert ist«, sagte Ben. »Ich meine: Irgendwo hat unser Prinzesschen ja vielleicht doch einen Fehler gemacht. Wie es aussieht, schienen wir eindeutig *nicht* in der Gegenwart angekommen zu sein, die wir alle kennen.«

»Unsinn«, sagte Singh. »Trautman hat vollkommen Recht, Ben. Es ist unmöglich, die Vergangenheit zu verändern.«

»Ach, und wieso?«, wollte Ben wissen.

»Weil wir noch da sind«, sagte Singh. »Wenn es möglich wäre, die Zeit zu manipulieren, dann wäre es längst geschehen.«

»Und wer sagt dir, dass das nicht so ist?«

»Wir könnten uns nicht erinnern, wenn jemand wirklich unsere Vergangenheit manipuliert hätte«, sagte Singh. »Nein. Hier ist etwas anderes nicht in Ordnung. Ich weiß noch nicht, was, aber wir finden es schon raus. Wir müssen vielleicht einfach nur abwarten.«

»Und wie lange?«, fragte Ben.

»So lange es eben dauert.« Singh drehte sich demonstrativ zum Bullauge um und sah nach draußen, als gäbe es außer Dunkelheit dort noch etwas anderes zu sehen. Ben schien noch irgendetwas sagen zu wollen, aber dann drehte auch er sich weg und kletterte schließlich die eiserne Leiter zum Luk hinauf. Er blieb draußen, bis das Grollen des Gewitters näher kam und es zu regnen begann.

Für den gesamten Rest der Nacht bewegte sich die WOTAN weiter an der Küste entlang, und als die Sonne aufging, wurde ihre unheimliche Ahnung zu noch unheimlicherer Gewissheit. Die Küste, an der sie entlangfuhren, war unberührt; eine menschenleere Landschaft, die ebenso gut in eine Welt gehören konnte, auf der sich niemals intelligentes Leben entwickelt hatte.

Trautman kam erst eine halbe Stunde nach Sonnenaufgang zu ihnen, um Lebensmittel und frisches Wasser zu bringen. Aber er kam nicht allein, sondern in Begleitung zweier Matrosen, die ihn auf Schritt und Tritt überwachten, sodass es unmöglich war, auch nur ein Wort mit ihm zu wechseln.

»Wir nehmen jetzt wieder Kurs auf das offene Meer«, verabschiedete er sich. »In zwei oder drei Stunden müssen wir Jamaika erreichen. Dort werdet ihr an Land gehen.«

»Wieso ausgerechnet dort?«, fragte Chris.

»Eine Insel ist so gut wie die andere«, antwortete Trautman. »Außerdem kenne ich den Hafen von Kingston wie meine Westentasche. Selbst wenn er ebenfalls verschwunden sein sollte, würde ich die Küste wiedererkennen.«

»Und dann wissen wir wenigstens, ob der Kompass und die anderen Navigationsinstrumente noch funktionieren, ich verstehe.« Singh nickte. »Ein guter Plan.«

»Ich hoffe es.« Trautman unterdrückte mit Mühe einen nervösen Blick zu den beiden Männern hin. Mike hatte immer mehr den Eindruck, dass sie viel mehr mitgekommen waren, um *ihn* zu bewachen, statt sie.

Trautman und seine beiden Begleiter gingen wieder und nur wenige Minuten später schwenkte der Bug der WOTAN herum und das Schiff nahm Kurs auf die kristallklaren Gewässer der Karibik.

Für die nächsten zwei oder drei Stunden war das alles, was sie sahen. Die WOTAN lief mit voller Kraft, was bedeutete, dass sie mit nahezu einhundert Stundenkilometern durch das Wasser schoss; eine geradezu unheimliche Geschwindigkeit für ein Schiff. Dennoch war von ihrem Ziel nichts zu sehen. Die Navigationsinstrumente der WOTAN mussten bei dem zweifachen Sturm durch die Zeit mehr gelitten haben, als es bisher den Anschein gemacht hatte – oder Trautman hatte einen gewaltigen Fehler gemacht, als er ihre Position berechnete. Beides kam Mike nicht besonders wahrscheinlich vor, aber die einzige Alternative dazu war noch unangenehmer, sodass er es vorzog, nicht weiter darüber nachzudenken.

»Wir werden langsamer«, sagte Chris plötzlich.

Mike schrak aus seinen Gedanken hoch und sah zum Fenster. Die WOTAN verlor tatsächlich rasch an Fahrt, aber sie begann gleichzeitig auch, tiefer ins Wasser zu sinken. Nach wenigen Minuten nur lag das Schiff fast regungslos auf der Stelle und war weit genug abgetaucht, dass nur noch der Turm aus dem Wasser ragte.

»Da hinten ist etwas.« Serena deutete nach Osten, und als Mike die Augen zusammenkniff und in dieselbe Richtung blickte, sah er tatsächlich einen winzigen Punkt auf dem Horizont; möglicherweise auch zwei.

»Eine Insel?«, murmelte Juan.

»Eher ein Schiff«, sagte Singh nachdenklich. »Das würde auch erklären, warum wir angehalten haben.«

»Ja. Wahrscheinlich laden sie gerade die Torpedorohre«, grollte Ben.

»Diese Zeiten sind doch wohl vorbei«, antwortete Singh. »Trautman ist nur vorsichtig. Nach allem, was passiert ist, kann ich das gut verstehen.« Er kniff ebenfalls die Augen zusammen, schüttelte aber nach einem Moment enttäuscht den Kopf. »Zu weit. Ich kann nichts erkennen.«

Das Geräusch des Riegels erklang. Der Schott wurde geöffnet und Trautman kletterte in den Turm herauf, gefolgt von den beiden Matrosen, die auch jetzt wieder die Waffen schussbereit hielten. Ohne ein Wort zu sagen, trat er ans Bullauge heran, zog ein messingfarbenes Fernrohr aus dem Gürtel und setzte es an, nachdem er es auf einen knappen halben Meter Länge auseinander gezogen hatte.

Mindestens zwei oder drei Minuten lang stand er da und blickte wie erstarrt durch das Fernrohr; eine kleine Ewigkeit, wie es Mike vorkam. Ein sonderbarer Ausdruck lag auf seinen Zügen, als er das Fernrohr absetzte.

»Was haben Sie?«, fragte Singh.

Trautman starrte nun mit bloßen Augen, aber immer noch wie gebannt, nach Osten. »Sehen Sie selbst«, sagte er, während er Singh das Fernrohr reichte.

Singh setzte das Fernrohr an – und sog nach einem Moment überrascht die Luft ein. »Aber das ist ja ...!«

»Sehen Sie sich das vordere Schiff an«, sagte Trautman. »Können Sie den Namen am Bug erkennen?«

»Großer Gott«, murmelte Singh. »Das ... das kann doch gar nicht sein!«

»Ich fürchte doch«, murmelte Trautman. Seine Stimme zitterte ganz leicht. »Wissen Sie, was das bedeutet?«

»Aber was ist denn nur los?«, fragte Mike.

Statt zu antworten, reichte ihm Singh wortlos das Glas.

Mike benötigte ein paar Augenblicke, um den winzigen

Punkt am Horizont wieder zu finden, aber dann sog auch er überrascht die Luft ein.

Es waren tatsächlich Schiffe; nicht zwei, sondern drei. Und es waren sehr sonderbare Schiffe: Ein plumper, nicht besonders großer Dreimaster, auf dessen schlaff von den Masten hängenden Segeln ein dunkelrotes Kreuz zu erkennen war, und zwei etwas kleinere Segler, die ihn begleiteten. Die Schiffe sahen sehr alt aus, aber es waren keineswegs Museumsstücke, wie die winzigen Gestalten bewiesen, die sich hinter der Reling bewegten – obwohl Mike sicher war, dass es mindestens drei- oder vierhundert Jahre her sein musste, seit Schiffe wie diese das letzte Mal die Meere befahren hatten.

Er stellte das Fernglas noch etwas schärfer ein und richtete es auf den Bug des Führungsschiffes, um seinen Namen zu entziffern.

Mike konnte spüren, wie sich ihm jedes einzelne Haar sträubte. Er sah noch einmal hin und noch einmal und obwohl er sich selbst mit aller Macht einzureden versuchte, dass das, was er sah, einfach nicht sein *konnte*, blieb es dabei. Der Name des Schiffes, das die kleine Flotte anführte, lautete SANTA MARÍA.

Das Schiff war getaucht und hatte wieder ein wenig Fahrt aufgenommen, glitt nun aber wieder in fast gemütlichem Tempo dahin, nur fünf oder sechs Meter unter der Wasseroberfläche, aber so in direkter Linie zur Sonne platziert, dass ihr Licht jedermann an Bord der kleinen Flotte blenden musste, der zufällig in ihre Richtung sah.

Umgekehrt konnten sie die drei Schiffe und ihre Besatzung umso deutlicher erkennen, denn Trautman hatte das Sehrohr wieder ausgefahren und sie wechselten sich seit einer guten Stunde darin ab, aufmerksam hindurchzublicken.

»SANTA MARÍA, NIÑA und PINTA«, sagte Juan zum mindestens zwanzigsten Mal, seit sie wieder in den Salon heruntergekommen waren, aber noch immer in demselben fassungslosen Ton. »Es ist einfach unglaublich. Das ... das ist tatsächlich die Kolumbus-Flotte!«

»Und der kleine Dicke am Ruder ist vermutlich Christoph Kolumbus höchstselbst«, sagte Ben, der gerade am Sehrohr stand und die Augen gegen das Okular presste. »Erstaunlich! Ich hätte gedacht, dass er irgendwie beeindruckender aussieht.«

»Wenn das da draußen wirklich Christoph Kolumbus ist«, sagte Chris nachdenklich, »dann bedeutet das, dass wir fast fünfhundert Jahre zu früh angekommen sind.«

»Bei einem Sprung über fünfundsechzig Millionen Jahre ist das auch gar nicht so schlecht«, spöttelte Ben. »Die paar Jährchen! Wir hätten es schlimmer treffen können. Das da draußen könnte Leif Eriksson mit einer Bande Wikinger sein. Oder ein Floß voller Neandertaler.« Er trat vom Sehrohr zurück, maß Serena mit einem spöttischen Blick und grinste dann in Trautmans Richtung. »Haben Sie sich schon überlegt, welche Chance sich Ihnen da bietet? Sie könnte Columbus und seine Flotte versenken und Ihre eigene Fahne in der Neuen Welt aufpflanzen. Stellen Sie sich nur vor: Nicht Amerika, sondern Trautmansland. Sie können Ihr eigenes kleines Königreich gründen. Ist das kein verlockender Gedanke?«

»Im Moment finde ich einen anderen Gedanken viel verlockender«, grollte Trautman. Er wandte sich an Singh. »Steht in den Geschichtsbüchern irgendetwas davon, dass Kolumbus ein Floß gefunden hat, auf dem ein an Händen und Füßen gefesselter Junge lag, der von sich behauptet hat, er käme aus der Zukunft?«

»Nein«, antwortete Singh ernsthaft. »Aber das könnte auch daran liegen, dass sie ihn für verrückt gehalten und gleich wieder über Bord geworfen haben.«

»Sehr komisch«, sagte Ben.

»In den Geschichtsbüchern steht aber auch nichts von einem Unterseeboot, das die Flotte ein Stück weit begleitet hat«, sagte Chris. »Vielleicht sollten wir nicht mehr allzu lange hier bleiben.«

»Keine Sorge«, beruhigte ihn Trautman. »Sie werden uns nicht sehen. Du hast es selbst gesagt: In den Geschichtsbüchern steht nichts davon – deshalb haben sie uns auch nicht gesehen.« Er schüttelte ein paar Mal den Kopf und wandte sich dann mit besorgtem Blick an Serena.

»In einem Punkt muss ich Ben leider Recht geben: Wir sind über vierhundert Jahre zu früh zurückgekommen. Hast du eine Erklärung, wieso?«

Serena hob hilflos die Schultern. »Bei der Distanz, über die wir gesprungen sind, ist die Abweichung minimal. Ein winziger Fehler ...«

»Das meine ich nicht«, unterbrach sie Trautman.

Serena nickte. »Was Sie wirklich wissen wollen, ist, ob ich diesen Fehler korrigieren kann.«

»Ja.«

»Ich fürchte nein«, gestand Serena. »Die NAUTILUS hat keine Zeitmaschine an Bord.«

»Das hier ist aber nicht die NAUTILUS«, erinnerte sie Trautman, »sondern die WOTAN.«

»Aber die Schiffe sind vollkommen gleich«, antwortete Serena. Mike hatte das Gefühl, dass sie eigentlich etwas ganz anderes hatte sagen wollen. Sie hob abermals die Schultern. »Ich kann mir das Kontrollpult ja noch einmal ansehen. Aber ich sage es gleich: Wenn es hier so etwas wie eine Zeitmaschine gibt, dann verstehe ich nichts davon.«

»So wenig wie wir.« Trautman machte eine einladende Handbewegung. Serena wollte hinter das Kontrollpult gehen, aber einer der Matrosen vertrat ihr den Weg.

»Was soll das?«, fragte Trautman. »Dieses Mädchen ist vielleicht unsere einzige Chance, je wieder nach Hause zu kommen. Oder legt ihr vielleicht Wert darauf, den Rest eures Lebens unter Indianern zu verbringen und Büffel zu jagen.«

Der Mann starrte Trautman noch einen Moment lang an, dann wich er zurück. Er trat allerdings nicht vollends zurück, sondern blieb so stehen, dass er jeden Handgriff Serenas genau verfolgen konnte.

Sehr viel gab es allerdings nicht zu sehen. Serena musterte das Instrumentenpult lange und aufmerksam, aber sie berührte es nicht einmal und hob schließlich mit einem enttäuschten Seufzen die Schultern.

»Wie gesagt: Es ist alles ganz genau, wie auf der NAUTILUS. Da ist nichts, was ...« Sie stockte. »Das ist sonderbar.«

»*Was* ist sonderbar?«

»Diese Anzeige hier.« Serena deutete auf ein unauffälliges Kontrollinstrument. »Sie scheint vollkommenen Unsinn anzuzeigen. Auf der anderen Seite ...«

»Ja?«

»Temporäre Energie geht niemals verloren«, sagte Serena.

»Was?«, machte Ben.

»Zeit«, erklärte Serena. »Streng genommen ist Zeit nichts anderes als Energie – nur dass sie sich nicht verbraucht wie Hitze oder elektrische Spannung. Genau genommen geht Energie natürlich nie verloren, sondern ändert eigentlich nur ihren Zustand, aber –«

»Serena«, seufzte Juan.

Serena blinzelte. »Ja. Entschuldigt. Manchmal ist es schwer, mit all dem neuen Wissen fertig zu werden, das plötzlich in meinem Kopf ist. Worauf es ankommt ist, dass Zeit niemals verloren geht. Wir haben eine ganz bestimmte Menge an Zeitenergie gespeichert, als wir in die Vergangenheit gezogen wurden. Im Prinzip ist eine Zeitreise nichts anderes, als diesen Prozess umzukehren, versteht ihr?«

»Nein«, sagten Ben, Juan, Chris und Mike wie aus einem Mund. Singh grinste und selbst Trautman lächelte knapp.

»Stellt euch vor, die Zeit wäre so etwas wie ein unsichtbares Gummiband«, sagte Serena. »Als wir in die Vergangenheit gezogen wurden, ist das Gummiband immer weiter und weiter gedehnt worden. Nachdem uns die Kuppel wieder losgelassen hat, sind wir einfach wieder dorthin zurückgeschleudert worden, woher wir kamen.«

»Das heißt, wir müssten eigentlich auf die Sekunde genau

wieder dort ankommen, wo wir gewesen sind«, sagte Trautman nachdenklich.

»Plus die Zeit, die wir dort unten verbracht haben, ja«, bestätigte Serena.

»Aber wir sind es nicht.«

»Und laut dieser Kontrollen hier hat das Schiff noch eine beachtliche Menge temporärer Energie gespeichert«, sagte Serena. Dann registrierte sie die verständnislosen Blicke Bens und der anderen und fügte erklärend hinzu: »Zeit. Wir hängen sozusagen irgendwo fest. Das Gummiband hat sich verhakt.«

»Dann müssen wir dafür sorgen, dass es sich wieder löst«, sagte Singh.

»Theoretisch ja«, antwortete Serena. »Praktisch habe ich nicht die geringste Vorstellung, wie. Das Wissen, das ich von der mechanischen Intelligenz der Kuppel bekommen habe, reicht nicht so weit.« Sie hob erneut die Schultern. »Es gäbe vielleicht eine Möglichkeit. Aber sie ist riskant und ich weiß nicht einmal, ob es funktionieren würde.«

»Riskant?« Trautman lachte, aber es klang nicht besonders amüsiert. »Die Alternative wäre, Anker zu werfen und fünfhundert Jahre zu warten. Was müssen wir tun?«

»Das kann ich noch nicht sagen«, antwortete Serena. »Vereinfacht ausgedrückt, müssen wir den Speicher finden, in dem die temporäre Energie festsitzt, und ihn entladen ... so eine Art Kurzschluss erzeugen, verstehen Sie?«

»Nein«, sagte Trautman unumwunden. »Aber das muss ich auch nicht, solange *du* verstehst, wovon du sprichst.«

»Nicht genau«, sagte Serena. »Aber ich denke, ich kann es herausfinden, wenn Sie mir ein wenig Zeit lassen.«

»Zeit?« Trautman seufzte. »Also davon haben wir nun wirklich mehr als genug.«

Sie waren wieder getaucht und Trautman hatte einen willkürlichen Kurs auf das offene Meer hinaus eingeschlagen, wo nicht die Gefahr bestand, dass sie von einem Schiff gesehen wurden. Auch wenn Trautman nicht müde wurde, ihnen das Gegenteil zu versichern, hatten sie alle die unangenehme Vorstellung, vielleicht doch ganz versehentlich irgendetwas in dieser Vergangenheit zu verändern, das zu katastrophalen Folgen in der Zukunft (und damit ihrer Gegenwart) führen mochte. Gute zweihundert Seemeilen von der Kolumbus-Flotte entfernt tauchten sie wieder auf und Trautman ließ auf Serenas Bitte hin die Motoren und nahezu sämtliche anderen Maschinen abschalten, damit sie in Ruhe ihrer Arbeit nachgehen konnte. Mehr als eine Stunde lang untersuchte und begutachtete sie immer wieder das Instrumentenpult, schüttelte aber auch immer wieder den Kopf und gab sich alle Mühe, möglichst enttäuscht und niedergeschlagen auszusehen.

Nichts davon ergab irgendeinen Sinn, aber das wusste außer Serena nur noch Astaroth – und Mike, den der Kater auf seine lautlose Weise über Serenas riskantes Vorhaben informiert hatte, wobei *riskant* noch sehr vorsichtig ausgedrückt war. *Selbstmörderisch* wäre wohl der passendere Ausdruck gewesen.

Nachdem eine mehr als angemessene Frist verstrichen war, trat Serena mit einem leicht übertriebenen Kopfschütteln vom

Pult zurück und sagte: »Das hat alles keinen Sinn. Ich muss in den Maschinenraum.«

»Wozu?«, wollte einer der Matrosen wissen.

»Weil ich von hier aus nichts machen kann«, antwortete Serena. »Sie können gerne mitkommen, wenn Sie Angst haben, dass ich das Schiff sabotiere.«

»Ich begleite Sie«, sagte Trautman.

Der Matrose dachte einen Moment lang über diesen Vorschlag nach, aber dann schüttelte er den Kopf. »Meinetwegen. Aber ich begleite euch ebenfalls.«

»Und Mike auch«, sagte Serena. »Ich brauche seine Hilfe.«

Der Mann zuckte nur die Schultern. Es war ein großer, überaus breitschultriger Bursche, der in Mike offensichtlich keine Gefahr sah. Ohne ein weiteres Wort verließen sie den Salon und begaben sich in den Maschinenraum, der zwar groß, aber so mit Maschinen und Mike größtenteils unbekannten Gerätschaften vollgestopft war, dass sie sich nur gebückt und hintereinander darin bewegen konnten. Trautman und der Matrose blieben zwar ein Stück zurück, aber sie hielten sich immer in Sichtweite auf.

Wir müssen diesen Matrosen loswerden, dachte Mike. *Wenigstens für einen Moment.*

Ich werde sehen, was ich tun kann, antwortete Astaroth. *Aber viel Zeit kann ich euch nicht verschaffen. Der Bursche ist misstrauisch. Er ahnt, dass hier etwas nicht stimmt. Und er traut Trautman nicht.*

Mike blieb stehen, warf Serena einen raschen verschwörerischen Blick zu und drehte sich dann herum. »Wir brauchen hier Hilfe«, sagte er. »Könnten Sie diese Instrumente hier im Auge behalten, während wir ein paar Einstellungen vornehmen?«

Er deutete ziemlich wahllos auf das erstbeste Messinstrument in seiner Nähe und registrierte erleichtert, dass sich Trautman gehorsam in Bewegung setzte, während der Matrose ihm zwar folgte, aber ein paar Schritte Abstand hielt. Er sah nicht begeistert drein. Bei seiner Größe hatte er Schwierigkeiten, sich hier drinnen überhaupt zu bewegen, ohne sich ständig den Kopf anzustoßen.

»Und worauf genau soll ich achten?«, fragte Trautman.

Eine gute Frage, dachte Mike. Noch lieber wäre ihm allerdings eine Antwort darauf gewesen. Ihr Begleiter war zwar nur ein einfacher Matrose, aber er war ganz bestimmt nicht dumm.

Er wurde einer Antwort jedoch enthoben, denn noch bevor sich Trautman in Bewegung setzen konnte, raste ein struppiges schwarzes Fellbündel hinter ihnen herein und lief so gezielt zwischen den Füßen des Matrosen durch, dass dieser stolperte und mit dem Kopf gegen ein vorspringendes Rohr knallte.

»Blödes Mistvieh!«, brüllte er. Astaroth blieb stehen, fauchte herausfordernd – und schlug blitzschnell mit ausgefahrenen Krallen nach den Beinen des Mannes. Diesmal brüllte er nicht nur vor Wut, sondern ganz eindeutig vor Schmerz – und knallte zum zweiten Mal und noch sehr viel heftiger mit dem Kopf gegen dasselbe Rohr.

Astaroth lief ein paar Schritte davon, drehte den Kopf über die Schulter zu seinem unglückseligen Opfer zurück – und streckte ihm die Zunge heraus!

»Na warte, du wandernder Flohzirkus!«, brüllte der Matrose.

»Ich mache eine Rheumadecke aus dir, wenn ich dich kriege! Du bist jetzt schon Fischfutter!« Und damit stürzte er mit drohend erhobenen Fäusten hinter dem Kater her und war einen Moment später draußen auf dem Gang verschwunden.

Trautman riss ungläubig die Augen auf. »Das ... das kann doch nicht sein!«, sagte er. »Dieser Kater hat ihm doch nicht wirklich die Zunge –«

»Astaroth ist kein normaler Kater«, unterbrach ihn Mike hastig. »Aber dafür ist jetzt keine Zeit. Der Mann kommt bestimmt gleich zurück.«

»Und?«, fragte Trautman misstrauisch.

»Wir wissen, dass Sie die Mannschaft loswerden wollen«, sagte Serena. »Und wir können Ihnen dabei helfen. Aber es ist riskant.«

»Meine Mannschaft?« Trautman sah verwirrt von Serena zu Mike und wieder zurück. »Wie kommt ihr denn auf die Idee?«

»Sie trauen den Männern nicht und die Männer Ihnen noch viel weniger«, sagte Mike. »Sobald wir wieder in der Gegenwart sind, werden sie meutern und das Schiff übernehmen. Jedenfalls befürchten Sie das.«

»Und nicht zu Unrecht«, fügte Serena hinzu.

»Woher ... woher wisst ihr das?«, murmelte Trautman fassungslos.

Mike tauschte einen fragenden Blick mit Serena. Sie nickte.

»Wir wissen es, weil Astaroth Ihre Gedanken liest«, sagte Mike. »Und auch die Ihrer Mannschaft.«

»Meine Gedanken liest?«, ächzte Trautman. »Aber –«

»Auch dafür ist jetzt keine Zeit«, sagte Mike. Er warf einen raschen Blick zur Tür. Von draußen drangen rennende Schritte, Poltern und das wütende Gebrüll der Matrosen herein und dann und wann Astaroths Fauchen. »Sie haben völlig Recht, Trautman. Sobald die Männer der Meinung sind, dass sie uns – und vor allem Sie – nicht mehr brauchen, werden sie Sie davonjagen. Oder auch gleich umbringen. Wir sind auf Ihrer Seite, aber wir müssen wissen, ob *Sie* auf *unserer* Seite sind.«

»Und was ... habt ihr vor?«, fragte Trautman zögernd.

»Serena hat einen Plan, wie wir die Männer loswerden können«, sagte Mike. »Wir können sie unmöglich überwältigen. Dafür sind es zu viele und außerdem will niemand von uns ein Blutbad hier an Bord anrichten. Sie doch auch nicht, oder?«

»Natürlich nicht«, antwortete Trautman. »Aber was genau habt ihr denn vor?«

»Etwas, worin wir schon Übung haben«, sagte Mike. »Wir versenken das Schiff.«

Sie liefen den ganzen restlichen Tag und die darauf folgende Nacht mit südlichem Kurs weiter, allerdings nicht mehr mit voller Kraft und wie Mike annahm, auf ziemlich willkürlichem Kurs – obwohl er immer mehr und mehr das Gefühl hatte, dass rein gar nichts, was hier geschah, Zufall war. Wenn das, was Trautman über die Unveränderlichkeit der Zeit gesagt hatte, stimmte, dann gab es so etwas wie Zufall gar nicht – aber dann spielte es im Grunde auch gar keine Rolle, was sie taten und was nicht, denn es war ohnehin alles vorbestimmt. Von einem zukünftigen Standpunkt aus betrachtet war schließlich jede Gegenwart bereits Vergangenheit.

Bei Sonnenaufgang des nächsten Tages rief Trautman die gesamte Mannschaft im Salon zusammen, dem einzigen Raum an Bord des Schiffes, der groß genug war, um so viele Menschen aufzunehmen. Die Männer wirkten übernächtigt und nervös und Mike brauchte Astaroths telepathische Fähigkeiten nicht, um in ihren Gesichtern zu lesen.

»Wir sind jetzt fast an unserem Ziel«, begann Trautman. »Eine halbe Stunde vor uns liegt eine kleine Inselgruppe. Sie ist unbewohnt, sowohl in dieser Zeit als auch in der Gegenwart. Sobald wir sie erreicht haben, versuchen wir, in unsere Zeit zurückzukehren.«

»Wieso erst dann?«, fragte einer der Matrosen. Es war derselbe, der sie in den Maschinenraum begleitet hatte. Mike erkannte ihn ganz deutlich an den tiefen, parallel verlaufenen Schrammen, die sich kreuz und quer über sein Gesicht und seine Hände zogen. Er vermutete, dass er so etwas wie der Sprecher der Mannschaft war und vermutlich ihr zukünftiger Kommandant.

»Weil es nicht ungefährlich ist«, antwortete Serena, bevor Trautman die Frage beantworten konnte. »Temporärmechanik ist ein äußerst kompliziertes Fachgebiet. Um es einfach auszudrücken: Wir werden so etwas wie einen Kernschluss in den Energiezellen versuchen, in denen die Zeitenergie steckt. Wenn alles planmäßig verläuft, werden wir in unsere Gegenwart zurückgeworfen.«

»Und wenn nicht?«, fragte der Matrose misstrauisch.

»Das weiß ich nicht«, antwortete Serena offen. »Im allerschlimmsten Fall könnte das Schiff zerstört werden. Ich glaube das nicht, aber es ist einfach sicherer, wenn wir uns in der Nähe einer Küste oder wenigstens einer Insel aufhalten. Es sei denn«, fügte sie mit einem zuckersüßen Lächeln hinzu, »Sie möchten sich in einem Rettungsboot mitten im Nichts wiederfinden, falls etwas schief geht.«

»Das ist doch ein Trick«, sagte der Matrose misstrauisch.

»Klar«, sagte Ben spöttisch. »Wir haben vor, das Schiff in die Luft zu jagen, nur um euch eine lange Nase zu drehen.«

»Wir müssen das nicht tun«, sagte Trautman rasch. »Es gibt auch noch eine andere Möglichkeit. Wir können irgendwo an Land gehen und dort eine Kolonie gründen. Mit unseren Waffen und den technischen Möglichkeiten, die dieses Schiff bietet, haben wir vor den Menschen dieser Zeit nichts zu befürchten.«

»Aber wir wären in diesem Jahrhundert gefangen«, sagte der Matrose.

»Ja«, antwortete Serena.

»Ich will euch nichts befehlen«, sagte Trautman rasch. »Dieses Schiff gehört euch genauso wie mir und ich habe nicht das Recht, über eure Leben zu entscheiden. Wir können hier bleiben oder wir gehen das Risiko ein, bei dem Versuch nach Hause zu kommen, zu sterben.«

Lange Zeit herrschte Stille in dem großen, aber überfüllten Raum. Die Männer tauschten betretene und angstvolle Blicke und schließlich sagte ihr Sprecher: »Wir müssen uns beraten.«

»Das verstehe ich«, sagte Trautman.

»Aber lasst euch nicht zu viel Zeit«, fügte Serena hinzu. »Ich weiß nicht, wie lange die Speicherzellen die Energie noch halten.«

Nacheinander verließen die Matrosen den Salon und als Letzter ging auch Trautman. Sie waren übereingekommen, dass es das Beste war, wenn er sich möglichst unauffällig verhielt, um das ohnehin schon vorhandene Misstrauen der Mannschaft nicht noch zu schüren.

»Ist alles vorbereitet?«, fragte Singh, kaum dass sie allein waren.

Mike dachte an die unauffälligen Päckchen, die sie unter dem Tisch, auf den Bücherregalen und an anderen Stellen im Salon verteilt hatten. Es waren insgesamt sieben, keines davon größer als eine geballte Kinderfaust und in groben, beigefarbenen Stoff eingeschlagen. Astaroth hatte den ganzen Tag und auch die Nacht dazu gebraucht, um sie hierher zu schaffen, ohne dass es der Mannschaft auffiel; eine Aufgabe, die nicht unbedingt dadurch erleichtert wurde, dass ein gewisses Mitglied der Mannschaft nichts anderes im Kopf hatte, als dem Kater den Hals umzudrehen.

»Hoffentlich funktionieren diese Dinger«, murmelte Ben.

»Wenn nicht, sind wir die Ersten, die es merken«, antwortete Mike. *Astaroth, was ist mit der Mannschaft? Sind sie einverstanden?*

Ich denke schon, antwortete der Kater. *Sie haben natürlich Angst, aber sie haben auch begriffen, dass sie sonst bis ans Lebensende hier festsitzen.*

Mike berichtete knapp, was Astaroth ihm mitgeteilt hatte, und Singh wandte sich mit einem fragenden Blick an Serena. »Wie gefährlich ist es wirklich?«, wollte er wissen.

»Ich habe die Wahrheit gesagt«, antwortete Serena ernst.

»Ich weiß es nicht. Es könnte sein, dass tatsächlich nichts passiert.«

»Aber wir könnten auch in die Luft fliegen«, sagte Ben.

Serena schwieg. Das war auch Antwort genug.

Die Mannschaft kehrte nach wenigen Minuten zurück. Dem Ausdruck auf ihren Gesichtern nach zu schließen, hatte sich ihre Stimmung nicht gerade gebessert.

»Ihr könnt anfangen«, sagte der Matrose mit dem zerschrammten Gesicht. »Aber ich warne euch. Wenn das ein Trick ist, dann werdet ihr es bereuen.«

»Dann sollten jetzt alle auf ihre Posten gehen«, sagte Trautman rasch. »Wir laufen die Insel an. Sobald wir sie erreicht haben, riskieren wir den Zeitsprung. Macht das Rettungsboot klar – nur für alle Fälle.«

»Und ich werde hier bei euch bleiben«, knurrte der Matrose mit dem zerschrammten Gesicht. »Auch nur für alle Fälle.«

Trautman unterdrückte nur mit Mühe eine zornige Antwort und einen Moment lang befürchtete Mike ernsthaft, dass es nun zu einer offenen Auseinandersetzung zwischen Trautman und seiner Mannschaft kommen würde, aber dann nickte Trautman nur knapp und trat mit steinernem Gesicht hinter die Kontrollen. Der Matrose nahm den Platz neben ihm ein und der Rest der Mannschaft verließ nach und nach den Salon, während die WOTAN wieder Fahrt aufnahm.

Er ahnt etwas, flüsterte Astaroths Stimme in Mikes Bewusstsein. *Ihr solltet den Mann im Auge behalten. Er ist gefährlicher, als er aussieht.*

Mike blickte unauffällig zu dem Matrosen hin. Er fand nicht, dass der Mann *un*gefährlich aussah; ganz im Gegenteil. Sein breites Gesicht, das durch das Muster aus frischen Kratzwunden etwas fast Verwegenes hatte, wirkte vielleicht nicht sonderlich intelligent, aber er hatte wache Augen, denen so schnell nichts entging, und wie gefährlich er war, hatte er schon vorhin bewiesen, als er Astaroth um ein Haar erwischt hätte.

Sie brauchten nicht annähernd so lange, um die Insel zu erreichen, von der Trautman gesprochen hatte, wie erwartet. Die Dämmerung war noch nicht vollends vorbei, als ein gedrungener Schatten am Horizont auftauchte. Die WOTAN wurde noch schneller und verlor dann an Fahrt, um sich der Insel so weit zu nähern, wie es ging.

»Wir wären dann so weit«, sagte Trautman. Die Worte galten Serena, die mit einem knappen Nicken aufstand und hinter die Kontrollen trat.

Mike wusste nicht genau, was er erwartet hatte – irgendwelche bedeutungsschweren Worte, eine große Geste ... Serena tat nichts davon, sondern betätigte nur rasch hintereinander mehrere Tasten und ein kurzer, harter Schlag hallte durch das Schiff, als wäre etwas sehr Großes aus Stahl zerbrochen. Für zwei oder drei Sekunden war das alles, was geschah, dann erklang wieder das ihnen allen bekannte, rasch höher werdende Singen und das Licht draußen begann zu flackern. Tag und Nacht wechselten sich in rasender Folge ab und die Sonne wurde zu einem winzigen Ball, der nur so über den Himmel flitzte.

Diesmal vergingen allerdings nur wenige Augenblicke, bis sich die rasante Fahrt durch die Zeit wieder verlangsamte. Alles in allem vergingen nicht einmal fünf Minuten (in denen sie allerdings, wenn alles gut gegangen war, nahezu fünfhundert Jahre zurückgelegt hatten), bis das Schiff endgültig zur Ruhe kam und die Sonne wieder am Himmel über ihnen erstrahlte.

»Das war's.« Serena atmete hörbar auf. »Die Speicher sind leer. Wo auch immer wir sind, hier werden wir bleiben.«

»Das war alles?«, fragte der Matrose misstrauisch, aber auch erleichtert.

»Ich habe Ihnen doch gesagt, dass wir entweder in die Luft fliegen oder gar nichts passiert«, antwortete Serena. »Wäre Ihnen ein bisschen Feuerzauber und Panik lieber gewesen?«

»Natürlich nicht«, antwortete der Matrose.

Kannst du aber haben, sagte Astaroth. *Jetzt?*

Jetzt, bestätigte Mike. Er glaubte vor seinem inneren Auge regelrecht zu sehen, wie der Kater unten im Maschinenraum die Pfote auf eine bestimmte Taste legte, die Singh und er in mühsamer Kleinarbeit eigens für diesen Zweck präpariert hatten – und das unter den Augen ihrer Bewacher, die der Meinung waren, dass sie Serena dabei halfen, alles für den Rücksturz durch die Zeit vorzubereiten.

Ein dumpfer Knall tönte durch das Schiff und dann noch einer. Die eisernen Decksplanken unter ihren Füßen zitterten leicht.

»Was war das?«, fragte der Matrose erschrocken.

Statt zu antworten, trat Serena mit einem raschen Schritt neben ihn. Ihre Augen weiteten sich in gespieltem Schrecken, als sie auf das Kontrollpult blickte. »O Gott!«

»Was?!«, fragte der Matrose scharf. Seine Hand senkte sich auf die Pistole, die er an seinem Gürtel trug.

»Da stimmt etwas nicht«, flüsterte Serena. »Alle Maschinen haben sich abgeschaltet. Und die Flutventile sind offen!«

»Das ist doch nicht wahr«, knurrte der Matrose. »Daran habt ihr doch etwas gedreht!«

»Wie denn?«, verteidigte sich Serena. »Ich habe doch gar nichts angefasst. Schließlich haben Sie die ganze Zeit hinter mir gestanden!«

Erneut krachte es, als würde die WOTAN von einem gewaltigen Hammerschlag getroffen. Diesmal schwankte das Schiff so stark, dass sie sich festhalten mussten, um nicht von den Füßen gerissen zu werden. Als die WOTAN wieder zur Ruhe kam, lag sie nicht mehr ganz gerade im Wasser, sondern hatte spürbare Schlagseite.

»Großer Gott, wir sinken!«, kreischte Ben. »So tut doch etwas!« Der Ton in seiner Stimme klang nach echter Panik. Mike fand, dass er seine Rolle ein wenig übertrieb.

Unterdessen begann Serena wie wild auf dem Kontrollpult herumzuhämmern. »Hier funktioniert nichts mehr!«, keuchte sie. »Ich ... ich kann überhaupt nichts machen!«

Bevor jemand antworten konnte, stürzte einer der Matrosen herein. Er war völlig außer Atem und seine Uniformhose war bis zu den Knien durchnässt.

»Wasser im Schiff!«, keuchte er. »Wir laufen voll!«

Der Matrose neben Serena überlegte einen Moment. Dann nickte er grimmig, machte ein paar schnelle Schritte und zog seine Pistole und Mikes Herz machte einen erschrockenen Sprung in seiner Brust. Dies war der gefährlichste Moment ihres Planes.

»Alle Mann von Bord!«, befahl der Matrose. »Wir verlassen das Schiff!«

»Aber –«, protestierte der zweite Matrose.

»Wir gehen unter, du Dummkopf!«, unterbrach ihn der andere. »Wollt ihr ersaufen?«

Der Mann starrte ihn einen Moment aus großen Augen an, dann fuhr er herum und stürzte davon und der andere Matrose drehte sich wieder zu ihnen herum. »Das nenne ich Pech«, sagte er.

»Pech?«, wiederholte Trautman.

»Für euch«, sagte der Matrose kalt. »Da gibt es doch diese alte Tradition, dass der Kapitän mit seinem Schiff untergeht.«

»Was ... was soll das heißen?«, stammelte Trautman. »Sie können doch nicht –«

»Das Rettungsboot reicht nicht für alle«, unterbrach ihn der Matrose.

»Dann lassen Sie wenigstens die Kinder von Bord!«, sagte Singh.

»Genau!«, fügte Ben hinzu. »Damit wir Ihnen an Land den einen oder anderen Liebesdienst erweisen können – weil Sie so nett zu uns waren.«

»Ihr bleibt hier, basta«, sagte der Matrose. Er lachte böse. »Es ist nicht allzu weit bis zur Küste. Sobald wir von Bord sind, könnt ihr ja meinetwegen schwimmen. Aber seid vorsichtig. Es gibt eine Menge Haie hier in der Gegend.«

Damit fuhr er auf dem Absatz herum und stürmte hinaus. Das Schott fiel mit einem dumpfen Krachen hinter ihm zu.

Mike atmete hörbar auf. »Das war knapp. Ich hatte schon Angst, er würde uns mitnehmen!«

»Dafür hast du beinahe erreicht, dass er uns erschossen hätte«, sagte Chris. Ben wollte antworten, aber Singh beendete den drohenden Streit mit einer energischen Handbewegung.

»Schluss jetzt. Wir sind noch nicht außer Gefahr. Wenn sie merken, was wir getan haben, kommen sie garantiert zurück.«

Serena betätigte einen einzelnen Schalter und sie konnten hören, wie die Riegel des schweren Panzerschotts einrasteten. »Kaum«, sagte sie lächelnd.

»Ich dachte, hier funktioniert nichts mehr«, sagte Trautman.

»Nur das, von dem ich *will*, dass es nicht funktioniert«, antwortete Serena.

»Dann ist es doch gar nicht nötig, dass wir das Schiff versenken«, sagte Trautman.

»Vermutlich nicht«, antwortete Mike. »Wir warten, bis die Männer alle von Bord sind. Dann schließen wir die Flutventile und starten die Motoren. Keinen Augenblick eher – es sei denn, Sie legen Wert darauf, eine Bande äußerst schlecht gelaunter und schießwütiger Matrosen an Bord zu haben.« *Astaroth?*

Die meisten sind schon von Bord, antwortete der Kater. *Aber nicht alle. Ich sage euch Bescheid, wenn es so weit ist.*

Sie mussten sich gedulden, so schwer es ihnen auch fiel. Die Schlagseite der WOTAN nahm allmählich ab, aber das lag wohl eher daran, dass das Schiff jetzt gleichmäßig voll Wasser lief und dabei sank, gottlob allerdings nicht sehr schnell.

Jetzt sind alle im Rettungsboot, meldete sich Astaroth.

Gut, antwortete Mike. *Dann geh hinauf in den Turm und*

beobachte sie weiter. Ich möchte keine böse Überraschung erleben.

Er wusste es in diesem Moment noch nicht, aber das würden sie.

Es verging noch nahezu eine Viertelstunde, bis Astaroth ihm mitteilte, dass das hoffnungslos überfüllte Rettungsboot abgelegt hatte und die nahe liegende Küste ansteuerte. Sofort erwachten sie zu hektischer Aktivität. Serena schloss mit einem einzigen Tastendruck die Flutventile und aktivierte zugleich die Lenzpumpen, um das eingedrungene Wasser wieder aus dem Schiff hinauszubefördern, während Singh die kleinen Päckchen zusammentrug, die sie überall im Salon versteckt hatten, und eines nach dem anderen öffnete. Sie enthielten kleine, aber sonderbar gedrungene Taucherbrillen, die mit einer winzigen Atemmaske verbunden waren. Die Geräte funktionierten nach demselben Prinzip wie die schweren Rückentornister, die zu den Taucheranzügen gehörten, nur dass der Sauerstoffvorrat darin für allerhöchstens zehn Minuten reichte. Mike war nicht besonders wohl bei ihrem Anblick. Er wusste zwar, wie zuverlässig atlantische Technik war, aber keiner von ihnen hatte diese Geräte jemals ausprobiert.

Trautman schien es ganz ähnlich zu ergehen, denn er drehte die Atemmaske unschlüssig in den Händen und schien nicht so genau zu wissen, was er überhaupt damit anfangen sollte.

»Ben und Juan gehen nach oben und verriegeln das Turmluk und die vordere Schleuse«, erklärte Singh. »Mike und ich müssen nach unten, um die großen Pumpen einzuschalten. Außerdem müssen wir die Taucherkammer schließen. Sie werden uns begleiten.« Er machte eine Kopfbewegung auf die Atemmaske in Trautmans Hand. »Das untere Drittel des Schiffes steht unter Wasser. Wir werden tauchen müssen.«

»Mit diesen Dingern?«

»Nur bis in die untere Schleusenkammer«, antwortete Mike. »Dort können wir die Anzüge anlegen ... Sie können natürlich auch hier bleiben, wenn Sie Angst haben.«

Trautman warf ihm einen zornigen Blick zu und stülpte die Maske mit einer fast trotzigen Bewegung über. Serena entriegelte das Schott und sie verließen hintereinander den Salon. Juan und Ben machten sich auf den Weg, um das offen stehende Turmluk und die vordere Schleuse zu verriegeln, damit die Matrosen nicht etwa auf die Idee kamen, noch einmal kehrtzumachen und zurückzukommen, während Singh, Trautman und Mike die entgegengesetzte Richtung gingen. Der Gang stand bereits knöcheltief unter Wasser und alles war feucht und kalt.

Mike lief ein eisiger Schauer über den Rücken, während er hinter Singh auf die Treppe zueilte, die in den unteren, überfluteten Teil der WOTAN hinabführten, aber dieser Schauer lag nicht wirklich an der Kälte und Feuchtigkeit. Vielmehr erinnerte ihn der Anblick so sehr an die letzten Stunden, die sie an Bord der untergegangenen NAUTILUS verbracht hatten. Nur mit Mühe gelang es ihm, die Schreckensbilder zurückzudrängen, die aus seiner Erinnerung aufsteigen wollten, und sich auf die vor ihm liegende Aufgabe zu konzentrieren.

Als sie die Treppe erreichten, stülpten sie die Masken über und tauchten in das eiskalte Wasser hinab. Die meisten Lampen waren ausgefallen, als das eingedrungene Wasser die elektrischen Leitungen kurzgeschlossen hatte, nur hier und da durchdrang noch ein verwaschener grüner Schein das Dunkel. Im Grunde stellte das kein Problem dar, denn sie kannten sich hier an Bord gut genug aus, um ihren Weg schlimmstenfalls auch in absoluter Dunkelheit zu finden.

Dennoch war es ein durch und durch unheimliches Gefühl und Mike raste ein eiskalter Schauer nach dem anderen über den Rücken. Die Ähnlichkeit der Bilder war einfach zu groß. Die WOTAN war nicht zerstört. Sie stießen weder auf zerfetzte Metallträger noch auf gähnende Löcher im Rumpf und trotzdem hatte er das schreckliche Gefühl, wieder an Bord der NAUTILUS zu sein, die für alle Zeiten auf den Meeresgrund gesunken war. Nicht nur weil sich der Sauerstoffvorrat in ihren Atemmasken allmählich neigte, war Mike heilfroh, als sie endlich die ebenfalls geflutete Taucherkammer erreicht hatten und Singh die Tür hinter ihnen schloss. Es gab noch einen angstvollen Moment, in dem sich Mike mit klopfendem Herzen fragte, was sie eigentlich tun würden, wenn die Schleuse nicht mehr funktionierte. Der Luftvorrat in ihren Masken reichte nicht mehr für den Rückweg und so lange die Tauchkammer geflutet war, konnten sie auch die Anzüge nicht anlegen.

Aber die Pumpen sprangen gehorsam an und der Wasserspiegel in der Tauchkammer begann rasch zu fallen, als die zusätzlich hereingepumpte Pressluft das Meerwasser durch die offen stehende Bodenluke hinauspresste. Mike folgte Singhs und Trautmans Beispiel und streife mit einem erleichterten Seufzen die Atemmaske ab.

»Großer Gott, ist das kalt«, sagte Trautman bibbernd. »Ich erfriere!«

»Sobald das Wasser ganz abgelaufen ist, ziehen wir die Taucheranzüge an«, beruhigte ihn Singh. Er deutete auf das halbe Dutzend schwerer Unterwasseranzüge, das wie eine Abteilung bizarrer Ritter an der gegenüberliegenden Wand aufgereiht war. »So lange müssen Sie schon noch durchhalten ...«

Trautman klapperte vor Kälte mit den Zähnen. »Und ... und danach?«, fragte er mühsam. »Ich meine, es wäre ja vielleicht ganz praktisch, wenn ich wüsste, wie es weitergeht, statt mir jeden Handgriff einzeln erklären lassen zu müssen.«

»Ich dachte, das wüssten Sie«, sagte Mike kühl. »Sobald wir die WOTAN wieder flott bekommen haben, tauchen wir auf und Sie können sich aussuchen, ob Sie hier an Land gehen und ein großes Wiedersehensfest mit Ihrer Mannschaft feiern oder ob wir Sie an einer anderen Küste absetzen.«

»Aber ich dachte –«

»Was?«, unterbrach ihn Mike. »Dass Sie der Kapitän der WOTAN bleiben, und wir Ihre neue Mannschaft werden?«

»Immerhin habe ich euch geholfen«, sagte Trautman.

»Sie haben Ihre eigene Haut gerettet«, widersprach Singh.

»Ihr könnt mir nicht einfach mein Schiff wegnehmen!«, protestierte Trautman. Mike bedauerte seine Bemerkung längst. Es war ein Fehler gewesen, das Thema jetzt anzuschneiden. Aber nun war es zu spät.

»Es ist nicht Ihr Schiff«, widersprach Singh. »Und das war es auch nie.«

»Und ich fürchte, das wird es auch nie werden.«

Mike und Singh erstarrten, während Trautman herumfuhr und aus hervorquellenden Augen auf einen der Taucheranzüge starrte.

Die Unterwasserrüstung bewegte sich. Sie war nicht leer. Hinter der beschlagenen Sichtscheibe war ein breitflächiges, zerschrammtes Gesicht zu erkennen, und als Singh eine erschrockene Bewegung machte, kam ihr rechter Arm blitzschnell hoch. Der klobige, gepanzerte Handschuh hielt eine großkalibrige Pistole, deren Mündung drohend auf Singhs Gesicht gerichtet war.

»Tu mir einen Gefallen und liefere mir einen Vorwand, um dich über den Haufen zu schießen, Kaffer«, sagte der Matrose. »Tretet zurück! Dichter zusammen, damit ich euch alle im Auge behalten kann.«

Sie gehorchten und der Mann trat mit einem schwerfällig wirkenden Schritt zwischen den übrigen Anzügen heraus und klappte mit der freien Hand die Sichtscheibe seines Helmes zur Seite.

»Becker!«, keuchte Trautman. »Was ... wie kommen Sie denn hierher?«

»Sagen wir: Ich hatte das Gefühl, dass hier etwas nicht mit rechten Dingen zugeht«, antwortete der Matrose. Er zog eine Grimasse. »Ich wusste, dass Sie ein Feigling sind, Trautman. Aber für einen Verräter habe ich Sie nicht gehalten. Da habe ich mich wohl geirrt.«

»Sie verstehen die Situation vollkommen falsch, Becker«, sagte Trautman nervös.

»Ich verstehe, dass Sie die Seiten gewechselt haben«, sagte Becker zornig. »Aber das war ja eigentlich klar. Für Sie waren wir ja immer nur nützliche Idioten, nicht wahr? Ich wundere mich fast, dass Sie sich an meinen Namen erinnern.«

»Und was haben Sie jetzt vor?«, fragte Mike nervös. Er sah aus den Augenwinkeln, wie Singh das Gewicht verlagerte und sich fast unmerklich spannte.

»Das hast du doch gerade selbst gesagt, Kleiner«, antwortete Becker mit einem hässlichen Grinsen. »Ihr könnt euch aussuchen, ob ihr gleich hier aussteigt oder wir euch später an Land erschießen.« Er grinste noch breiter und deutete mit der Pistole auf die offen stehende Bodenluke und das war ein Fehler. Er war vielleicht nur für den Bruchteil einer Sekunde abgelenkt, aber das genügte.

Singh sprang ihn an. Seine vorgestreckten Füße trafen Becker genau vor die Brust und ließen ihn zurücktaumeln. Ein Schuss löste sich, aber die Kugel prallte harmlos weit neben Mike gegen die Wand und heulte als Querschläger davon. Mike zog den Kopf zwischen die Schultern und er sah aus den Augenwinkeln, wie Trautman neben ihm zusammenfuhr und erschrocken gegen die Wand prallte, konzentrierte sich aber sofort wieder ganz auf Singh und den Matrosen.

Becker war zurückgetaumelt und hatte die Waffe fallen lassen. Der Taucheranzug, der für extreme Wassertiefen bestimmt war, schützte ihn vor fast jedem denkbaren Angriff. Es war die pure Wucht des Aufpralls gewesen, die ihn zurückgeschleudert hatte – aber darüber hinaus machte ihn der Angriff nur wütend. Noch während Singh sich aufrappelte, stieß er sich mit einem ärgerlichen Knurren von der Wand ab, machte einen Schritt und bückte sich nach seiner Waffe.

Singh war schneller. Mit einem einzigen Schritt schleuderte er die Waffe davon und zielte aus der gleichen Bewegung heraus auf Becker. Sein Fuß traf den Helm des Matrosen mit solcher Wucht, dass er abermals gegen die Wand geworfen wurde und diesmal nur noch mit letzter Mühe sein Gleichgewicht behielt. Sofort setzte Singh ihm nach, aber diesmal war der andere schneller. Ein fürchterlicher Hieb seiner gepanzerten Faust schleuderte Singh zurück. Sein Gesicht war plötzlich voller Blut und er hatte Mühe, auf den Beinen zu bleiben.

Verzweifelt sah sich Mike nach der Pistole um, die Becker fallen gelassen hatte, aber er konnte sie nirgends entdecken und diesen gepanzerten Riesen mit bloßen Händen anzugreifen, war reiner Selbstmord. Aber er musste etwas tun, um Singh zu helfen. Mit einem verzweifelten Satz sprang er über die Luke hinweg und rammte Becker die Schulter gegen den Leib. Es gelang ihm nicht, den gepanzerten Riesen auch nur zu erschüttern. Ganz im Gegenteil: Becker versetzte ihm einen Hieb, der ihm die Luft aus den Lungen trieb und ihn halb bewusstlos auf die Knie fallen ließ.

Immerhin verschaffte seine verzweifelte Aktion Singh die Sekunde Luft, die er brauchte, um seine Benommenheit zu überwinden und erneut zum Angriff überzugehen. Mit einem Wutschrei, der in der engen Schleusenkammer scheinbar zehnfach verstärkt widerhallte, drang er auf Becker ein und traktierte ihn mit einem ganzen Hagel von Schlägen und Tritten, die jeden anderen auf der Stelle kampfunfähig gemacht hätten.

Gerade als Mike sich mühsam hochstemmte und Becker zu einem gezielten Faustschlag ansetzte, begann das Wasser in der

Bodenluke zu brodeln. Kopf und Schultern eines klobigen Taucheranzuges hoben sich in die Kammer, dann wurden die Arme sichtbar, die eine schlanke, sonderbar geformte Waffe hielten, von der Mike im ersten Moment glaubte, es wäre ein Gewehr. Dann erkannte er, dass es sich um eine Harpune mit einem geradezu lächerlich dünnen Pfeil handelte.

Der Taucher erhob sich bis zur Hüfte aus dem schäumenden Wasser, schwenkte die Harpune herum und zielte auf Becker. Der Pfeil löste sich mit einem hässlichen Zischen aus der Harpune, durchschlug mühelos Beckers Taucheranzug und durchbohrte seine Schulter. Der Matrose kippte mit einem krächzenden Schrei nach hinten und schlug mit einem Dröhnen auf dem Boden auf, das in der gesamten WOTAN zu hören sein musste.

Mike starrte den Taucher einfach nur fassungslos an. Einen Moment lang erschien ihm die einzige Erklärung die, dass der Mann einen entsetzlichen Fehler gemacht und ganz versehentlich auf seinen eigenen Kameraden geschossen hatte, aber dann fiel ihm der Unterschied zwischen ihren Taucheranzügen und dem des Fremden auf: Es war ein kleines Symbol, das auf dem Helm prangte. Ein winziger achtarmiger Oktopus, der einen Diamanten umklammerte.

»Aber –«, begann er ungläubig.

»Kümmert euch nicht um mich«, unterbrach ihn der Taucher. »Seht nach Trautman. Der braucht eure Hilfe nötiger.«

Mike drehte den Kopf – und stieß einen erschrockenen Schrei aus. Trautman lag reglos am Boden, das Gesicht in einer dunkelroten, rasch größer werdenden Blutlache. Mit einem einzigen Satz war er auf den Füßen und neben Trautman, beinahe gleichzeitig mit Singh, dessen Gesicht ebenfalls blutüberströmt war.

»Trautman! Um Gottes willen! Was ist passiert! So antworten Sie –« Mike verstummte entsetzt mitten im Wort, als er die tiefe, heftig blutende Wunde in Trautmans Schläfe sah.

»Aber wie kann denn das passiert sein? Er hat doch nicht einmal geschossen!«

»Vermutlich ein Querschläger«, sagte Singh. Er fuhr sich mit dem Handrücken über das Gesicht, um das Blut wegzuwischen. »Das sieht nicht gut aus.«

»Aber er wird es überleben.« Der Fremde hatte sich mittlerweile ganz in die Schleusenkammer gestemmt und stand auf. »Trotzdem solltet ihr ihn schnellstens in den Salon schaffen. Er hat eine Menge Blut verloren. Macht euch keine Sorgen um das Schiff. Meine Männer und ich kümmern uns um alles Notwendige.«

»Ihre Männer und –« Mike brach mitten im Wort ab und riss ungläubig die Augen auf, als der Fremde den Helm absetzte und er sein Gesicht erkennen konnte.

»Nemo!«

Wie sich herausstellte, hatte Nemo Recht, was die Schwere von Trautmans Verletzung anging. Sie hatten es mit Mühe und Not geschafft, seine Kopfwunde zu verbinden, indem sie Streifen aus ihren Hemden rissen, um damit einen Verband zu improvisieren, der die Blutung zwar nicht stoppte, aber doch zumindest weit genug eindämmte, damit sie ihn transportieren konnten.

Was sich als der eindeutig schwierigere Teil des Unternehmens erwies. Selbst mit Nemos Hilfe hatten sie alle Mühe, Trautman in einen der Taucheranzüge zu stecken und ihm den Helm aufzusetzen; schließlich stand der Großteil des Weges, den sie ihn transportieren mussten, noch immer unter Wasser.

Endlich im Salon angekommen, bot sich ihnen ein schrecklicher Anblick, nachdem sie Trautman den Helm wieder abgenommen hatten. Der Verband hatte sich gelöst und die Kopfwunde hatte wieder stärker zu bluten begonnen. Sein Gesicht ähnelte einer glänzenden dunkelroten Maske, und als sie ihn vorsichtig aus dem Anzug schälten, ergoss sich ein wahrer Sturzbach von Blut und Wasser auf den Boden.

»Ist er ... ist er tot?«, murmelte Chris entsetzt.

»Nein«, antwortete Mike. »Aber ich fürchte, das wird er bald sein, wenn kein Wunder geschieht.«

»Lass mich nach ihm sehen!« Serena schubste ihn unsanft zur Seite und beugte sich über Trautman, um ihn zu untersuchen. Mike stellte keine entsprechende Frage, aber er nahm an, dass zu all dem Wissen, das ihr die mechanische Intelligenz der Unterseekuppel vermittelt hatte, auch medizinische Grundkenntnisse gehörten.

Jedenfalls klang sie so, als sie sich nach kurzer Zeit aufrichtete und besorgt den Blick in die Runde schweifen ließ. »Es sieht schlimm aus, aber das muss nicht unbedingt etwas bedeuten«, sagte sie. »Kopfverletzungen bluten immer sehr stark. Ich muss ihn noch genauer untersuchen, aber ich denke, er wird es auf jeden Fall überleben.«

»Das hat Nemo auch gesagt«, entfuhr es Mike.

Schlagartig wurde es still und Mike hätte sich am liebsten auf die Zunge gebissen.

»Nemo?«, fragte Ben schließlich. »Hast du jetzt gerade *Nemo* gesagt? Soll das heißen, dein Vater ist hier an Bord?«

Mike hob fast verlegen die Schultern, aber dann erzählte er den anderen, was sich unten in der Schleusenkammer zugetragen hatte. »Das ist alles«, schloss er. »Ich habe keine Ahnung, warum er so plötzlich aufgetaucht ist oder woher er wusste, wo wir sind.«

»Und wo ist er jetzt?«, fragte Ben.

»Er und seine Männer wollten sich darum kümmern, dass die WOTAN wieder flottgemacht wird.«

»Er und seine Männer«, wiederholte Ben. Er klang nicht begeistert. »Heißt das im Klartext, dass wir gerade geentert werden?«

»Wir sorgen dafür, dass das Schiff nicht vollkommen untergeht, Ben«, sagte eine Stimme von der Tür her. »Wenn du das entern nennen willst, dann gebe ich dir Recht.«

Nicht nur Ben fuhr erschrocken zusammen und sah zur Tür.

Unter dem jetzt wieder weit offen stehenden Schott war eine schlanke, hoch gewachsene Gestalt mit graumeliertem Haar erschienen. Nemo trug jetzt nicht mehr den klobigen Taucheranzug, in dem er unten in der Kammer aufgetaucht war, sondern eine blütenweiße Kapitänsuniform, deren einziger Schmuck das kleine Krakensymbol auf beiden Manschetten war. Er lächelte; ein durch und durch ehrliches, offenes Lächeln, in dem allerdings eine leichte Spur von Amüsiertheit zu sehen war, fast als wisse er etwas, das für sie von großer Bedeutung war, und warte noch auf den richtigen Moment, um dieses Wissen preiszugeben.

»Nemo?«, fragte Ben mit ungläubig aufgerissenen Augen.

»Vater?«, murmelte Mike.

»Auch wenn du es jetzt seltsam finden wirst, Mike«, sagte Nemo lächelnd, »würde ich es doch vorziehen, wenn du mich Nemo nennen würdest. Ich werde dir später erklären, warum. Im Moment ist leider nicht viel Zeit.«

»Sie sind tatsächlich Kapitän Nemo?«, fragte Chris mit fast ehrfürchtiger Stimme.

»Schuldig in allen Punkten«, gestand Nemo. Er kam näher, machte aber nur zwei Schritte und blieb wieder stehen. »Lange her«, murmelte er.

»*Was* ist lange her?«, fragte Ben misstrauisch.

»Nichts.« Nemo machte eine entsprechende Geste und kam wieder näher. Sein Lächeln erlosch, als er neben Trautman trat und auf ihn hinabsah.

»Macht euch keine Sorgen um ihn«, sagte er. »Es wird eine Weile dauern, aber er wird wieder ganz gesund ... oder sagen wir: fast.«

»Fast?«, fragte Serena besorgt.

»Er wird sich an vieles nicht mehr erinnern, wenn er wieder aufwacht. Manches wird wiederkommen, aber vieles wird für immer aus seinem Gedächtnis gelöscht bleiben. So etwas kommt bei schweren Kopfverletzungen manchmal vor. Und in diesem Fall ist es vielleicht sogar ganz gut so.«

»Woher wollen Sie das wissen?«, fragte Juan.

»Und wie kommen Sie überhaupt hierher?«, fügte Ben hinzu.

»Mir ist klar, dass ihr tausend Fragen habt«, sagte Nemo. »Vor allem du, Mike. Mir bleibt leider nicht die Zeit, sie alle zu beantworten, aber die wichtigsten sicher.«

»Oh, ich verstehe«, sagte Ben spöttisch. Er hatte seine Überraschung mittlerweile weit genug überwunden, um wieder in seine alte Rolle zu fallen. »Sie haben einen dringenden Termin bei Ihrem Schneider, wie?«

»Ich kann nicht mehr lange in dieser Zeit bleiben«, sagte Nemo ernst. »Schon sehr bald wird mein Schiff in seine eigene Gegenwart zurückkehren.«

»In ... in *seine* Gegenwart?« Ben wurde blass. »Was soll das heißen?«

»Ich glaube, das weißt du bereits, Ben«, sagte Nemo ernst.

»Moment mal«, sagte Ben. »Aber wir sind doch ... ich meine ... Serena hat uns doch ...«

»Es hat nicht funktioniert, nicht wahr?«, fragte Serena leise.

»Nicht vollständig«, sagte Nemo. »Es tut mir Leid.«

»Dann ... dann sind wir ... sind wir immer noch in der Vergangenheit?«, stammelte Ben. Er war mittlerweile fast so weiß wie Nemos Uniform. »Wann? Welches ... welches Jahr schreiben wir?«

»Es sind nicht ganz fünfunddreißig Jahre«, sagte Nemo.

»Fünfunddreißig Jahre?« Ben kreischte fast. »Aber dann ... dann bin ich ja noch nicht einmal geboren!«

»Schön wär's«, seufzte Chris.

»Aber Sie können uns helfen«, sagte Juan. »Ich meine: Deswegen sind Sie doch hier, nicht wahr? Sie können uns helfen in die Zeit zurückzukehren, aus der wir gekommen sind. Sie sind doch Kapitän Nemo!«

»Das bedeutet nicht, dass ich zaubern kann«, antwortete Nemo traurig. »Ich fürchte, in diesem Punkt überschätzt du meine Fähigkeiten, Juan. Und selbst wenn ich es könnte, so dürfte ich es nicht.«

»Was soll das jetzt wieder heißen?«, fragte Mike. Ein unheimliches Gefühl beschlich ihn. Ein *ganz und gar* unheimliches Gefühl, das sich sogar noch verstärkte, als Nemo den Kopf wandte und ihn ansah.

»Es ist nicht leicht zu erklären«, antwortete Nemo. »Selbst ich habe annähernd mein ganzes Leben gebraucht, um es zu verstehen – und ich bin bis heute nicht sicher, dass ich es wirklich verstehe. Im Großen und Ganzen läuft es auf dasselbe hinaus, was euch Trautman bereits erklärt hat. Seine Theorie hat ein paar Löcher, aber im Prinzip kommt sie der Wahrheit sehr nahe.«

Es dauerte einen Moment, bis Mike auffiel, was an Nemos Worten nicht stimmte.

»Woher ... wissen Sie das?«, fragte er stockend. »Sie waren doch gar nicht dabei.«

»Du«, verbesserte ihn Nemo. »Ich habe dich zwar gebeten, mich Nemo zu nennen statt Vater, aber so förmlich müssen wir nun doch nicht werden.«

»Das ist keine Antwort auf meine Frage«, sagte Mike, nunmehr in deutlich schärferem Ton. »Woher weißt du, was Trautman uns erzählt hat? Wir waren hunderte Meilen voneinander entfernt!«

»Und hunderte Jahre, ich weiß«, sagte Nemo.

»Und woher wussten Sie, dass wir Hilfe brauchen und wo wir waren?«, fügte Chris hinzu.

»Also gut«, seufzte Nemo. »Ich hatte gehofft, es diesmal abkürzen zu können, aber im Grunde sollte ich am besten wissen, wie unmöglich das ist.« Er warf noch einen nachdenklichen Blick auf Trautman hinab, dann wandte er sich um.

»Bitte begleitet mich«, sagte er. »Und macht euch keine Sorgen um Trautman. Mein Leibarzt wird sich um ihn kümmern, solange wir fort sind.«

Als er weitergehen wollte, kam Astaroth herein. Als er Nemo erblickte, blieb er wie angewurzelt stehen. Jedes einzelne Haar auf seinem Leib sträubte sich und er stieß ein schrilles, fast panisches Fauchen aus.

Nemo ließ sich in die Hocke sinken, streckte die Hand aus und begann Astaroth zu streicheln. Und zur allgemeinen Verblüffung reagierte Astaroth nicht auf seine gewohnte Art – die Nemo vermutlich einige tiefe Schrammen auf der Hand beschert hätte – auf diese unwürdige Behandlung, sondern schloss genießerisch das Auge und begann laut zu schnurren.

Astaroth?, fragte Mike erstaunt.

Lass mich, antwortete Astaroth kurz angebunden. *Ich nehme gerade diplomatische Beziehungen auf.*

»Astaroth, alter Freund!«, sagte Nemo. »Du ahnst ja nicht, wie froh ich bin, dich wiederzusehen!«

Wiedersehen? Mike runzelte die Stirn. *Könnte es sein, dass du uns etwas zu sagen hast?*

Mag sein, antwortete Astaroth unwillig. *Aber ich will nicht. Du wirst schon noch früh genug alles erfahren, also gedulde dich gefälligst. Und jetzt stör mich nicht weiter. Diplomatie ist ein schwieriges Geschäft.*

Nemo streichelte den einäugigen Meerkater noch ein paar Sekunden, dann stand er auf und ging weiter. Aber er hatte die Rechnung ohne Astaroth gemacht. Der Kater maunzte enttäuscht, stieß sich mit einer kraftvollen Bewegung ab und sprang in Nemos Arme und Nemo streckte die Arme aus und fing ihn auf, und zwar den Bruchteil einer Sekunde *bevor sich der Kater abstieß*. Es ist vollkommen unmöglich, dachte Mike fassungslos, aber er *hatte gewusst*, was passieren würde, noch *bevor es geschah*!

»Kommt ihr?«, fragte Nemo. »Wir haben wirklich nicht besonders viel Zeit, wisst ihr?«

Mit Astaroth auf den Armen, der sich laut schnurrend an ihm rieb und sich so aufgeregt gebärdete, als würde er am liebsten in ihn hineinkriechen, verließ er den Salon und ging mit schnellen Schritten den Gang hinunter. Als sie an der Treppe vorbeikamen, sah Mike, dass der Wasserstand bereits gefallen war. Tief unter sich erkannte er geisterhaft huschende Scheinwerferstrahlen. Nemos Männer leisteten gute Arbeit.

Sie gingen die Treppe nach oben und verließen die WOTAN durch die vordere Schleuse. Mike war kein bisschen überrascht, als sie auf das Vorderdeck hinaustraten und er Nemos schneeweiße Jacht erblickte, die längsseits gegangen war, aber Ben stieß einen überraschten Schrei aus und auch Chris und Juan blieben erstaunt mitten im Schritt stehen. Nur Singh runzelte die Stirn und deutete fragend an der Jacht vorbei. »Was geht da vor?«

Als Mikes Blick der Geste folgte, verstand er, was Singh meinte. Auf halber Strecke zwischen der WOTAN und der Küste befand sich ein zweites, ebenfalls weißes und futuristisch anmutendes Boot, das allerdings deutlich kleiner war als Nemos Jacht. Er hatte das Ruderboot mit den Matrosen, die von Bord der WOTAN geflüchtet waren, abgehängt und zum Anhalten gezwungen und Mike erkannte ungefähr ein halbes Dutzend Matrosen, die an Deck standen und die Möchtegern-Piraten mit drohend angelegten Gewehren in Schach hielten.

»Wir können nicht zulassen, dass sie diese Insel betreten«, sagte Nemo. »Keine Sorge. Sie werden an einen anderen Ort gebracht und dort freigelassen. Obwohl sie es nicht verdient hätten. Sie sind nichts als feige Piraten.«

»Was ist denn an dieser Insel so –« begann Ben, brach mitten im Satz ab und riss ungläubig die Augen auf.

»Aber das ist ja ...«

»Du hast es erkannt«, sagte Nemo lächelnd.

»Das ... das ist die Vergessene Insel«, murmelte Ben. »Die Insel, auf der ... auf der wir die NAUTILUS gefunden haben. Oder finden werden.« Er machte ein hilfloses Gesicht. »Was stimmt denn nun?«

»Eigentlich beides«, antwortete Nemo. »Ich weiß, es ist schwer zu verstehen. Mike wird euch alles erklären, sobald er zurück ist. Es wird nicht lange dauern.«

»Sobald er zurück ist?« Ben blickte mit zusammengekniffenen Augen zu der weißen Jacht hin, die längsseits gegangen war und ein schmales Fallreep zur WOTAN hinabgelassen hatte.

»Ich fürchte, ihr könnt uns nicht begleiten«, sagte Nemo. »Nur Serena und Mike.«

»Und warum nicht?«, fragte Ben.

»Weil ihr es nicht getan habt«, antwortete Nemo. »So einfach ist das.«

»Aha«, machte Ben. »Natürlich, das sehe ich ein.«

Nemo lachte leise, wurde aber sofort wieder ernst und ging weiter, ohne noch ein Wort zu sagen. Er schien vollkommen sicher zu sein, dass Serena und Mike ihm folgten.

Sie taten es auch, wenn auch erst nach einigem Zögern und nachdem sie einen fragenden Blick mit den anderen getauscht hatten. Mike griff nach Serenas Hand, während sie Nemo folgten und nebeneinander auf das Deck der Jacht hinauftraten.

Das Schiff schien verlassen zu sein. Mike nahm an, dass der Großteil der Mannschaft auf das zweite Boot umgestiegen war, um die Piraten in Schach zu halten. Die Tür zu der geheimnisvollen Kapitänskajüte stand offen, und Nemo, der schon vorausgegangen war, winkte ihnen ungeduldig zu, sich zu beeilen.

Obwohl Mike nicht zum ersten Mal hier war, versetzte ihn der Anblick genauso in Erstaunen wie damals, und auch Serena sah sich aus großen Augen um.

»Was ... was ist das hier?«, flüsterte sie.

»Es tut mir Leid, wenn mein Auftritt vielleicht ein bisschen melodramatisch ausgefallen ist«, begann Nemo. »Aber uns bleibt wirklich nicht mehr sehr viel Zeit. Weniger als zehn Minuten, um genau zu sein. Dabei gibt es so viel, was ich euch sagen müsste, und zweifellos noch sehr viel mehr, was ihr mich fragen wollt. Aber uns bleibt nur Zeit für das Allernotwendigste.«

»Was sollen wir hier?«, fragte Serena. »Warum haben Sie uns hierher gebracht. Und wieso dürfen die anderen nicht an Bord dieses Schiffes?«

»Weil sie es nicht getan haben«, antwortete Nemo. Schon wieder diese scheinbar sinnlose, aber durch und durch unheimliche Art zu antworten, dachte Mike.

»Wo ist ...«

»– deine Mutter?«, unterbrach ihn Nemo. Er schüttelte den Kopf. »Sie wird nicht kommen. Nicht jetzt.«

Seltsamerweise sah er Serena bei diesen Worten an und wieder erschien dieses sonderbare Lächeln in seinen Augen, das Mike einfach nicht verstand – obwohl er das unbehagliche Gefühl hatte, es eigentlich doch zu tun und nur nicht zu *wollen*.

»Also?«, begann Serena. »Warum sind wir hier? Wieso sind *Sie* hier?«

»Weil es schon immer so war«, antwortete Nemo geheimnisvoll. *Nein*, dachte Mike schaudernd. *Nicht geheimnisvoll*. Er wusste, was seine Worte bedeuteten. Es war nur so bizarr, dass er sich immer noch weigerte, es zu glauben.

»Aber es ist die Wahrheit«, sagte Nemo. »Ich weiß, dass es schwer zu akzeptieren ist.« Er lachte leise, und sehr gutmütig. »Glaub mir, Mike, wenn jemand weiß, was du jetzt fühlst, dann ich.«

Serena blinzelte ein paar Mal und sah verständnislos von einem zum anderen. »Lesen Sie jetzt auch seine Gedanken?«, fragte sie verwirrt.

»Nein«, antwortete Mike. »Er weiß nur, was ich gerade gedacht habe.« Er tat einen schweren Atemzug, als trüge er eine unsichtbare Zentnerlast auf der Brust. »Es hat nichts mit Telepathie zu tun, Serena. Er hat sich nur daran erinnert.«

»Erinnert?«, wiederholte Serena verwirrt. »Aber das verstehe ich –«

Doch, fügte ihr Blick hinzu, nachdem sie mitten im Satz abgebrochen hatte. Mike konnte regelrecht sehen, wie es hinter ihren Augen *klick* machte. Sie verstand jetzt alles.

Und er ebenfalls.

Mit einem Mal ergab alles einen Sinn.

Der niederländische Arzt, der Dinge gewusst hatte, bevor sie geschahen.

Nemo, der immer im genau richtigen Moment zur Stelle war.

Die WOTAN, die der NAUTILUS bis ins letzte Detail ähnelte, obwohl sie im Grunde gar nicht existieren durfte.

Trautmans Tagebuch, das zweimal da war.

Und schließlich Trautman selbst, der jenem anderen, älteren Trautman, den Nemo an Bord genommen hatte, zum Verwechseln ähnelte und beharrlich darauf bestand, dass dieser Mann *nicht* sein Vater war.

Und da war noch etwas, und das war vielleicht das Unheimlichste von allem.

»Ich beneide dich nicht um die Aufgabe, es den anderen zu erklären«, fuhr Nemo fort, nachdem er ihm hinlänglich Zeit gegeben hatte, das Unbegreifliche begreifen zu wollen. »Zumal ich weiß, wie schwer es sein wird. Aber am Ende werden sie dir glauben, ich weiß das.«

»Aber das kann doch nicht sein«, murmelte Serena verstört. »Ich meine ... Sie sind ... Sie können doch nicht ...«

Sie hat längst begriffen, dass es so ist, dachte Mike. Der Mann in der weißen Kapitänsuniform, der vor ihnen stand und immer noch den Kater streichelte, der Mann mit seinem Gesicht, nur um fast sechs Jahrzehnte gealtert, der eigentliche Kapitän Nemo ...

... war er selbst.

»An dieser Stelle schließt sich der Kreis«, sagte Nemo. »Ich weiß, du fragst dich jetzt, warum ich nicht eher gekommen bin. Warum ich nicht vieles verhindert und euch vor manchem gewarnt habe.«

»Sie hätten eine Menge Unglück verhindern können«, sagte Serena. »Eine Minute eher und Trautman läge jetzt nicht mit einer Kugel im Kopf da. Nur als Beispiel.«

»Ich weiß«, sagte Nemo. »Aber es wäre unmöglich gewesen. Ich konnte die Dinge nicht ändern, weil sie bereits geschehen waren, versteh doch. Es ist so, wie Trautman gesagt hat. Die Vergangenheit lässt sich nicht ändern. Und das ist auch der Grund, aus dem ich euch keine Fragen über eure Zukunft beantworten werde. Es wäre sinnlos.«

»Warum sind Sie dann überhaupt gekommen?«, fragte Serena.

»Frag Mike«, antwortete Nemo lächelnd. »In mehr als fünfzig Jahren wird er sich daran erinnern, dass er dort gestanden hat, wo er jetzt steht, und ganz genau diese Worte von mir gehört hat ... oder von sich selbst, das kommt auf den Standpunkt an.«

Serena sagte nichts mehr. Vielleicht versuchte sie immer noch, etwas zu verstehen, was im Grunde nicht zu verstehen war.

»Ich fürchte, ihr müsst jetzt gehen«, sagte Nemo. Er zögerte, blickte auf Astaroth herab, den er noch immer in den Armen trug und kraulte, und fragte in fast verlegenem Tonfall: »Würde es euch etwas ausmachen, wenn Astaroth bei mir bliebe? Ich weiß, er gehört zu euch, aber mir und deiner Mutter würde es unheimlich viel bedeuten.«

Serena wollte auffahren, aber Mike sagte rasch: »Und was sagt Astaroth dazu?«

Astaroth kuschelte sich noch enger an Nemos Brust und schnurrte lautstark. Welche Antwort wollte er noch?

»Ich glaube, du kennst die Antwort«, sagte Mike.

»Wenn mich meine Erinnerung nicht täuscht«, sagte Nemo plötzlich mit einem fast lausbubenhaften Grinsen. »Es ist lange her. Und nun geht«, fuhr er fort. »Dieses Schiff wird in wenigen Minuten in seine Zeit zurückkehren. Ich kann nichts dagegen tun.«

»Nicht so schnell!«, protestierte Serena. »Da sind noch so viele Fragen! Was ist mit der WOTAN?«

»Du meinst die NAUTILUS«, verbesserte sie Nemo. »Du hattest vollkommen Recht. Dein Vater hat nur dieses eine Schiff bauen lassen. Es gab niemals ein zweites. Bringt die NAUTILUS in die geheime Basis auf der Insel. Ihr kennt den Weg dorthin. Dort werdet ihr alles finden, was nötig ist, um sie zu überholen.« Plötzlich erschien wieder das Lausbubengrinsen auf seinem Gesicht. »Und vor allem einen Eimer Farbe, um diesen albernen Namen zu überpinseln. WOTAN! Ich frage mich, was in Trautman gefahren ist, sich diesen Namen auszudenken!«

Sie verließen die Kabine. Aber bevor sie wieder auf das Unterseeboot zurückkehrten, blieb Serena doch noch einmal stehen und drehte sich zu Nemo herum.

»Eine allerletzte Frage.«

»Ich weiß«, seufzte Nemo.

»Wenn Sie ...« Sie verbesserte sich. »Wenn *du* Mike bist – wer ist dann Mikes wirklicher Vater?«

»Kapitän Nemo«, antwortete Nemo.

»Das ist unmöglich«, beharrte Serena. »Ich meine: Niemand kann sein eigener Vater sein ... oder doch?«

Diesmal antwortete Nemo nicht. Er lächelte nur.

»Und ... und wer ist dann seine Mutter?«, fragte Serena.

Auch darauf antwortete Nemo nicht, und auch Mike schwieg. Wortlos nahm er Serena bei der Hand und führte sie über den Laufsteg und kaum hatten sie die WOTAN – oder genauer gesagt: die NAUTILUS – wieder betreten, da begann die weiße Segeljacht hinter ihnen wie unter einem inneren Licht zu erglühen. Nur einen Moment später wurde sie durchsichtig und schien sich in ein Gespenst ihrer selbst zu verwandeln. Dann war sie vollkommen verschwunden, ebenso lautlos und geisterhaft, wie sie aufgetaucht war.

»So«, sagte Serena, plötzlich in fast schnippischem Ton. »Du bist also dein eigener Vater, wie? Das heißt, du wirst einen Sohn bekommen.«

»Sieht so aus«, grinste Mike.

Serenas Augen blitzten. »Darf ich auch fragen, mit wem?«

Mikes Grinsen wurde noch breiter. Er dachte an die alte und trotzdem noch immer schöne Frau, die er bei seinem ersten

Besuch auf Nemos Zeitschiff gesehen hatte. Die Frau, die Serena so sehr glich wie er selbst Nemo.

»Das ist jetzt ein bisschen kompliziert zu erklären«, sagte er.

Serena boxte ihm in die Rippen. »Nur zu. Ich habe Zeit.«

»Ich weiß«, grinste Mike. »Erinnerst du dich daran, was uns die mechanische Intelligenz der Kuppel über deine Kinder erzählt hat? Dass sie reinblütige Atlanter sein werden?«

»Wenn ich denn welche bekomme, ja«, sagte Serena finster. »Was ich nicht vorhabe.«

»Und erinnerst du dich auch, dass sie hinterher behauptet hat, es wäre noch ein zweiter reinblütiger Atlanter im Raum?«

»Natürlich«, sagte Serena unwillig. »Aber das war Unsinn. Sie muss sich geirrt ...« Sie brach ab. Ihre Augen weiteten sich.

»Geirrt haben?«, führte Mike den Satz zu Ende. »Wer weiß? Vielleicht auch nicht.«

Einen Moment lang weidete er sich noch mit unverhohlener Schadenfreude an dem Ausdruck vollkommener Fassungslosigkeit auf Serenas Gesicht, dann drehte er sich herum und ging zu den anderen zurück, die noch immer reglos und verwirrt dastanden und die Stelle anstarrten, an der Nemos Jacht gewesen war.

»Wo ist das Schiff?«, fragte Ben. »Und wo ist Astaroth?«

»Das ist eine lange und komplizierte Geschichte«, antwortete Mike. »Ich erzähle euch alles, aber zuerst müssen wir einen Eimer Farbe organisieren.«

»Farbe?«, wiederholte Ben verständnislos.

»Wir müssen einen Namen ändern«, antwortete Mike.

Und genau genommen, dachte er, sogar zwei.

»Mike, ich verstehe nicht ganz –«, begann Chris, aber Mike unterbrach ihn mit einer Geste.

»Nicht Mike, Chris«, sagte er. »Nicht mehr.«

»Hä?«, machte Ben.

»Wirklich«, sagte Mike, der immer mehr Mühe hatte, ein schallendes Lachen zu unterdrücken. »Es wäre mir lieber, wenn ihr mich nicht mehr Mike nennen würdet. Eigentlich war das nie mein richtiger Name.«

»Sondern?«, fragte Ben.

»Nemo«, antwortete Mike. »Einfach nur Nemo.«

OPERATION NAUTILUS

»Der gläserne Kasten war ein Sarg ...«

LESEPROBE AUS:

DAS MÄDCHEN VON ATLANTIS

VON WOLFGANG HOHLBEIN

Mike trat mit klopfendem Herzen durch die Tür auf der rechten Seite. Der Raum, in den er gelangte, war im ersten Moment eine Enttäuschung. Die Kammer war fast vollkommen leer – bis auf einen länglichen, völlig aus Glas bestehenden Behälter, der auf einem schwarzen Podest ruhte. Kein Schatten. Keine Gespenster und keine Ungeheuer mit Krakenarmen, die seit fünftausend Jahren darauf warteten, dass ihr Frühstück zur Tür hereinspaziert kam.

Mutiger geworden, trat Mike vollends in den Raum hinein und warf einen Blick auf den Glasbehälter.

Mike schluckte. Eine Sekunde lang stand er einfach da, vollkommen starr vor Überraschung und Unglauben, dann fragte er sich, ob er das wirklich sah oder nicht vielmehr noch immer bewusstlos im Salon der NAUTILUS lag und einen Albtraum hatte. Hätte er nicht die dicken Handschuhe getragen, dann hätte er sich wahrscheinlich gekniffen um sich zu überzeugen, dass er sich auch wirklich in wachem Zustand befand.

Aber was er sah, war wahr: In dem Kasten lag regungslos – ein Mädchen.

Mike blinzelte.

Das Bild blieb. Vor ihm befand sich ein fast zwei Meter langer, gläserner Sarg auf einem schwarzen Basaltblock, in dem eine schlanke, blondhaarige Mädchengestalt lag.

Langsam, mit klopfendem Herzen und weichen Knien ging Mike weiter und blieb einen Schritt vor dem Sarg stehen. Er sah noch immer ein bewegungslos daliegendes Mädchen von dreizehn oder vierzehn Jahren, in einem schlichten, weißen Gewand, mit gelocktem, blondem Haar und einem bleichen Gesicht. Und offensichtlich war sie tot. Sie atmete nicht. Was hatte er erwartet? Wahrscheinlich war seit hunderten, vermutlich sogar tausenden von Jahren niemand mehr in dieser Kuppel gewesen. Sein erster Eindruck hatte ihn nicht betrogen: Der gläserne Kasten war ein Sarg, in dem –

Mike begriff erst mit einiger Verspätung, *wen* er da überhaupt vor sich hatte, und diese Einsicht traf ihn mit voller Wucht.

Wenn diese Kuppel von den Bewohnern des untergegangenen Reiches gebaut worden war, dann stand er einem *Mädchen aus Atlantis* gegenüber, das hier zur letzten Ruhe gebettet worden war!

Der Gedanke erfüllte Mike mit einer tiefen Trauer. Er trat dichter an den Sarg heran und betrachtete das Gesicht des Mädchens genauer. Ja, sie war eine Schönheit gewesen, als sie noch gelebt hatte. Ihr Gesicht schien aus feinstem weißem Porzellan modelliert zu sein und das Haar, das ihren Kopf und die Schultern wie ein goldener Schleier umgab, musste ihr etwas Engelsgleiches verliehen haben. Ihre Züge waren fremdartig, aber trotzdem weich und edel.

Plötzlich hatte Mike das sichere Gefühl, dass er nicht mehr allein war, und wandte sich um. Aber es waren nicht Trautman oder der Sikh, die unbemerkt hinter ihm die Kammer betreten hatten ...

Mike wich mit einem hellen Schrei zurück, hob entsetzt die Arme vor das Gesicht – und war die nächsten Sekunden vollauf damit beschäftigt, sich unbeschreiblich blöd vorzukommen.

Hinter ihm stand kein Ungeheuer. Kein Monster, das gekommen war, um seine tote Herrin zu beschützen und den Eindringling anzugreifen. Nein, was Mike schier zu Tode erschreckt hatte, war nichts anderes als eine ganz normale, langhaarige schwarze Katze.

Mike lachte befreit, nannte sich in Gedanken einen Narren und ließ sich automatisch in die Hocke sinken und streckte die Hand aus, um die Katze zu streicheln, die –

Katze?

Hier?

Zweihundert Meter unter dem Meeresspiegel? In einer hermetisch verschlossenen Kuppel, die mindestens fünftausend Jahre alt war??!

Mikes Unterkiefer klappte vor Verblüffung herab. Er starrte das Tier an, das nur noch ein Auge hatte und zutraulich war, denn als Mike keine Anstalten machte, seine Bewegung zu Ende zu führen, kam es herangetrippelt, stellte grüßend den Schwanz auf und rieb sich schnurrend an seiner Handfläche.

Mike zog fast erschrocken die Hand zurück. Wo um alles in der Welt kam diese Katze her? Sein Herz klopfte. Irgendetwas stimmte hier nicht ...

UEBERREUTER